LE BAISER DU DÉMON

LE BAISER DU DÉMON

Une aventure de Danny Valentine

LILITH SAINTCROW

Roman traduit de l'anglais (États-Unis)
par Célia Chazel

orbit

Titre original anglais :
WORKING FOR THE DEVIL
A DANTE VALENTINE NOVEL
(première publication Orbit : Septembre 2007
ouvrage publié avec l'aimable autorisation de
Little, Brown and Compagny Inc, New York. Tous droits réservés.)

ISBN 978-2-36051-018-4

À L. I.
Je tiens mes engagements.

Nel mezzo del cammin di nostra vita
mi ritrovai per una selva oscura
che la diritta via era smarrita.

Dante

Hell hath no limits, nor is circumscribed
In one self place, for where we are is hell,
And where hell is must we ever be.

Mephistopheles,
by way of Marlowe

1

Ma collaboration avec le Diable commença un lundi pluvieux. Je m'apprêtais à passer l'après-midi à regarder des feuilletons holovid et à faire un peu de divination, et j'étais en train de disposer les cartes et les runes sur le carré de soie bleue que j'avais étalé au sol, quand les murs tremblèrent. Quelqu'un cognait à ma porte comme un malade.

Je retournai une carte de mes ongles vernis, et la bague d'ambre à mon majeur gauche scintilla. L'arcane du Diable s'envola de sa propre initiative sans que j'y aie touché, et atterrit sur une pile de pierres plates runiques. La carte que j'avais retournée était blanche.

— Intéressant, murmurai-je en frissonnant.

Je me relevai lentement du tapis rouge élimé sur lequel j'étais assise et me dirigeai pieds nus vers l'entrée. Un faisceau d'étincelles vertes jaillit de mes anneaux et crépita autour de mes doigts. Je les éparpillai en fronçant les sourcils.

Des ondes de pouvoir agressives tourbillonnaient devant ma porte – quelque chose de dangereux se trouvait de l'autre côté. Je rajustai mon jean en vitesse et décrochai l'épée suspendue au mur du salon.

Aucune lumière ne filtrait par le trou de la serrure. Je ne perdis pas mon temps à essayer de scruter au travers. J'effleurai la surface de la porte avant de poser ma paume droite contre le fer froid. Mes bagues émirent un bourdonnement en sondant l'énergie de la chose qui se trouvait de l'autre côté.

Oh, dieux du ciel. Je n'ai pas la moindre idée de ce que c'est, mais en tout cas, c'est énorme.

En essayant de me préparer mentalement à la désagréable perspective d'être assassinée ou recrutée pour un nouveau job, je déverrouillai la serrure et fis un pas en arrière, levant mon épée en position de garde. L'acier imprégné de magie émit un halo bleuté qui illumina les murs du vestibule, reflété par le grand miroir sur pied à côté du portemanteau. J'attendis.

La porte s'ouvrit lentement en grinçant. *Ils ont même pensé aux effets d'ambiance*, notai-je, sarcastique, en me préparant à vendre chèrement ma peau si c'était d'assassinat qu'il s'agissait. Je calculai qu'il me faudrait moins d'une seconde pour asséner un coup du revers de ma lame. Dieux merci, ce ne fut pas nécessaire. Je clignai des paupières.

Sur le seuil se tenait un homme de grande taille à la peau dorée, sec et athlétique, vêtu d'un long manteau noir à col haut. Le revolver d'argent qu'il pointait sur ma poitrine était assez déconcertant, légèrement moins cependant que son aura de flammes sombres à la pureté de diamant. Ses cheveux de jais coupés court encadraient un visage tout à fait oubliable au milieu duquel étincelait un regard de jade, surplombant des épaules de rêve.

Super. J'ai un démon devant ma porte.

Je ne bougeai pas. C'est à peine si je *respirai.*

— Danny Valentine ?

Le ton employé évoquait davantage un ordre qu'une question.

— Qui la demande ? répliquai-je du tac au tac.

Le revolver d'argent n'avait pas l'air d'être un plasgun. Ça ressemblait plus à un vieux 9 mm traditionnel.

— Je souhaiterais parler à Danny Valentine, reprit calmement le démon. Sinon, je vous tue.

— Je vous en prie, entrez. Et rangez ce truc. Votre mère ne vous a jamais appris que c'était très mal élevé de pointer une arme sur une femme ?

— Qui sait quelle créature un nécromant est capable d'invoquer pour garder sa porte ? Où est Danny Valentine ?

Je poussai un soupir intérieur.

— Ne restez pas planté comme ça sur mon paillasson. Je *suis* Danny Valentine, et vous êtes très mal élevé. Si vous êtes venu pour essayer de me tuer, venez-en au fait. Et si vous voulez m'embaucher, ce n'est pas *du tout* la bonne façon de vous y prendre.

Je crois que je n'avais jamais vu un démon arborer un air perplexe. Il rengaina son arme et pénétra dans mon vestibule en traversant mes boucliers de sécurité, qui s'écartèrent obligeamment pour le laisser passer. Quand il se retrouva face à moi après avoir refermé la porte d'un coup de botte, je l'avais sondé jusqu'à la dernière molécule.

Voilà qui ne me dit rien qui vaille. Qu'est-ce qu'un seigneur des Enfers fiche chez moi ?

Rien ne vaut l'instant présent pour poser les questions.

— Et qu'est-ce qu'un seigneur des Enfers fiche chez moi ?

— Je suis venu pour vous proposer un contrat, répondit-il. Ou plus exactement, pour vous convier à une audience devant le Prince, qui souhaite vous proposer un contrat. Si vous réussissez, vous serez récompensée au-delà de vos rêves les plus fous.

Ça ne sonnait pas comme un boniment appris par cœur. Je hochai la tête.

— Et si je vous disais que ça ne m'intéresse pas ? Je suis une femme extrêmement occupée, voyez-vous. Savoir réveiller les morts est une compétence assez demandée de nos jours.

Le démon me contempla sans mot dire pendant peut-être vingt secondes. Une vague de sueur inonda mon corps, mes cheveux se dressèrent sur ma nuque et mes doigts se tordirent d'angoisse. Un spasme pénible parcourut les trois cicatrices qui balafraient mon dos. Enfin, il grimaça ce qui pouvait passer pour un sourire amusé.

— D'accord, lâchai-je finalement. Laissez-moi le temps de prendre deux ou trois trucs, et je serai ravie d'honorer l'aimable invitation de Sa Gracieuse Seigneurie, tout ça tout ça. *Capice* ?

Il ne se départit pas de son expression amusée, mais son visage se fendit d'un rictus meurtrier.

— Bien entendu. Vous avez vingt minutes.

Si j'avais su dans quoi je mettais les pieds, j'aurais demandé un peu de temps supplémentaire. Par exemple, le restant de mes jours.

2

Le démon passa lesdites vingt minutes dans mon salon à examiner ma bibliothèque. Du moins, c'est ce qu'il semblait en train de faire quand j'arrivai en bas des escaliers en enfilant mon blouson. Abracadabra m'avait surnommée un jour « L'Indiana Jones des nécromants », ce qui, dans la bouche de l'Araignée de Saint-City, était un compliment – à supposer qu'elle le pensât vraiment. Je m'habillais toujours de manière à pouvoir faire face en toutes circonstances.

Ma panoplie se décomposait donc ainsi : un tee-shirt en microfibres déniché dans un bazar, à la teinture approximative, provenant visiblement d'un rebut industriel ; une paire de jeans usés jusqu'à la toile ; des bottes élimées aux talons usés ; une sacoche multipoches en bandoulière et, pour terminer, une vieille veste de baroudeur conçue pour les journalistes en zone de guerre, dotée d'une multitude de poches et de crochets en Kevlar.

Je finissais de lisser mes cheveux et j'étais en train de les nouer quand je réapparus dans le salon, où se mêlaient à présent une odeur de mâle parfumé à l'eau de Cologne et le parfum immatériel du démon – un mélange de cannelle brûlée et de musc ambré.

— Ma bibliothèque a l'air de vous plaire, lançai-je d'un ton semi-moqueur, poussée par l'envie d'occuper ma langue. Je suppose que vous ne pouvez pas me donner la moindre indication sur ce que votre Prince attend de moi.

Il se détourna de mes rayonnages et haussa les épaules. Les démons haussent souvent les épaules. J'imagine qu'ils considèrent que la majorité des actes humains n'appellent pas d'autre commentaire.

— Super, marmonnai-je en attrapant au vol mon Athamé et la petite flasque d'eau bénite posés sur un autel de pierre.

Une nouvelle marée de frissons s'empara de mon dos. *Il y a un démon dans mon salon. Il est derrière moi. J'ai un démon derrière moi. Bon sang, Danny, concentre-toi !*

— C'est un peu malpoli de porter des objets bénits devant le Prince, fit remarquer le démon.

J'émis un grognement de mauvaise humeur.

— C'est un peu malpoli de pointer une arme sous le nez des gens quand on veut les embaucher.

Je balayai d'une main la surface de l'autel – non, je n'avais besoin de rien d'autre. Puis je passai à ma grande commode de chêne et commençai à farfouiller dans les tiroirs. *Ce serait bien si mes mains arrêtaient de trembler.*

— Le Prince a expressément requis vos services et m'a envoyé vous chercher. Il n'a rien mentionné au sujet des points de détail de la bienséance *humaine*, répondit-il en me fixant avec ses yeux de laser émeraude. La situation est quelque peu urgente.

J'esquissai un geste négligent d'une main suante et tremblante.

— Mmmh, ouais. Mais si je passe cette porte à demi préparée, je ne vaudrai plus rien pour votre Prince, non ?

— Vous empestez la peur.

— À ma décharge, il faut dire qu'un seigneur des Enfers vient de me pointer un canon sous le nez. Je doute que vous soyez un lutin de deuxième catégorie du genre des quelques spécimens à qui il m'est arrivé d'avoir affaire, Bozo. Et vous venez de me dire que le Diable voulait me voir.

Je fourrageai au fond du troisième tiroir vers le bas pour en extraire un pendentif de turquoise, que je passai autour de mon cou avant de le dissimuler sous mon tee-shirt. *Au moins, ma voix a l'air normale*, me dis-je en réprimant un fou rire nerveux. *On ne croirait pas que je suis à deux doigts de mouiller mon pantalon. Une bonne chose pour toi, ma fille.*

— Le Prince vous convie à une audience.

J'ai l'impression que le Prince des Enfers n'aime pas trop qu'on l'appelle le Diable.

En n'importe quelle autre circonstance, j'aurais pu trouver ça drôle.

— D'accord. Et vous, c'est quoi votre petit nom ? demandai-je sur le ton de la conversation.

— Vous pouvez m'appeler Jaf, lâcha-t-il après un long silence.

Et merde. S'il m'avait révélé son véritable Nom, j'aurais peut-être pu m'en servir. Mais « Jaf » sonnait plus comme une plaisanterie ou un surnom. Impossible de se fier à la parole d'un démon.

— Enchantée de vous connaître, Jaf. Et comment vous vous êtes retrouvé à jouer les coursiers ?

— Il s'agit d'une situation quelque peu délicate.

On aurait cru entendre un politicien. Je glissai mon poignard dans le fourreau dissimulé sous ma manche avant de me retourner vers mon visiteur, qui me regardait fixement.

— Il serait sage de faire preuve de discrétion.

— Je suis très douée pour la discrétion, répondis-je en ajustant la lanière de ma sacoche.

— Vous devriez vous entraîner davantage, rétorqua-t-il, toujours aussi impassible.

Je haussai les épaules.

— Je suppose qu'on ne va pas s'arrêter pour boire une bière en chemin.

— Vous êtes déjà en retard.

Autant essayer de parlementer avec un robot. Je regrettai de ne pas avoir consacré plus de temps à l'étude des démons durant mon passage à l'Académie. Ça ne leur ressemblait pas, de porter une arme à feu. Je raclai les tréfonds de ma mémoire à la recherche de la moindre mention d'un démon armé.

Aucune ne me vint à l'esprit. Évidemment, je n'étais pas magi. Mon rayon, c'était les macchabées, pas les créatures de l'Enfer.

J'empoignai mon épée et allai me planter dans le vestibule.

— Passez devant, je vous en prie, dis-je en ouvrant la porte.

Il hocha la tête et franchit le seuil dans un bruissement d'air. Son odeur me submergea – dans un espace aussi confiné, elle colorait presque l'atmosphère, comme un équivalent psychique de l'électricité statique. Je lui emboîtai le pas et verrouillai les champs de force derrière moi, un automatisme acquis de longue date. Mes boucliers coulissèrent et se refermèrent comme les sas à air comprimé des vieilles séries B.

Dehors, la pluie tombait en larges gouttes sur la toiture du porche et les dalles de l'allée. La végétation du jardin ployait sous l'averse.

Je suivis le démon dans l'allée. La pluie ne le touchait pas – cela dit, ça ne faisait pas grande différence ; ses cheveux étaient si sombres qu'il avait l'air trempés de toute façon, de même que son long manteau noir à col haut. Mes bottes produisaient un bruit mouillé sur le trottoir. Je songeai un instant à faire demi-tour en courant pour regagner la douteuse sécurité de mon logis.

Le regard que le démon me jeta par-derrière son épaule scintilla comme un éclair d'émeraude à travers la pluie.

— Suivez-moi.

— Comme si j'avais le choix ! m'exclamai-je en levant les bras au ciel comme pour souligner les conditions climatiques. Je me permets de signaler que le temps est très humide. Ça m'ennuierait terriblement d'attraper une pneumonie et d'éternuer sur Sa Majesté.

Il se dirigea vers le bas de ma rue. Je balayai du regard les alentours. Aucun véhicule n'était visible. J'étais censée me rendre aux Enfers à pied ?

Le démon atteignit le coin du pâté de maisons et bifurqua sur la gauche sans un regard en arrière. Apparemment, la réponse était *oui*.

Super.

3

Se balader avec une épée dans le métro a tendance à vous octroyer un certain espace libre, même dans les aérowagons les plus bondés. Je suis une nécromante accréditée et tatouée, ce qui m'autorise à porter toutes sortes de fusils d'assaut dans la rue et certains types d'armes blanches dans les transports publics. Dépenser les trois mille crédits demandés pour l'examen d'accréditation à l'Académie a été la meilleure idée que j'aie jamais eue pour assurer ma sécurité.

Même si l'épreuve finale m'a valu quelques cheveux blancs. Les nécromants accrédités ne sont pas nombreux.

La présence du démon tenait également les gens à distance. Bien qu'aucun des Normaux ne puisse réellement comprendre ce qu'il était, ils ne s'en approchaient pas. Les Normaux sont incapables de percevoir visuellement l'énergie psychique, mais ils *sentent* les flux de pouvoir quand ces derniers sont suffisamment puissants, comme un courant d'air froid.

Tandis que nous descendions les marches du métro, Jaf ralentit pour se positionner à côté de moi, à ma droite, et m'indiqua quelle entrée prendre. Je réprimai un frisson quand je le vis insérer deux jetons à l'ancienne mode dans le portillon – les démons n'ont pas pour habitude de payer pour quoi que ce soit. Nom d'un fichu diable, qu'est-ce que tout ça voulait dire ?

Jaf nous fit prendre la ligne qui desservait le sud de la ville. Je sentais les vagues psychiques de la foule se briser contre mes digues mentales. Mes doigts étaient tellement crispés sur la barre verticale que mes articulations blanchissaient. Le démon se tenait légèrement derrière moi, et j'étais incapable de penser à autre chose – *il peut me planter une lame entre les omoplates et abandonner mon corps ici, oh dieux, protégez-moi !* Le vieux wagon modernisé glissait sur les rails graissés aux réactifs moléculaires, et la vibration geignarde de l'antigrav se répercutait jusqu'à mes molaires. Avec l'antigravité, chaque arrêt provoquait une étrange sensation de flottement.

Le wagon bruissait de chuchotements et de murmures. Une petite fille blonde en uniforme d'écolière me dévisageait avec des yeux bleus étincelants. Elle fixait probablement le tatouage sur ma joue gauche, un caducée ouvragé surmonté par une émeraude flamboyante. L'émeraude était la marque des nécromants – au cas où quelqu'un n'aurait pas vu l'épée. J'adressai un sourire à la petite fille, qui me le rendit. Sa mère, une femme au visage fatigué, les bras chargés de courses, blêmit quand elle s'en aperçut. Elle attira sa fille à elle un peu plus fermement qu'il n'était nécessaire.

Mon sourire s'évanouit.

Tandis que le wagon négociait un tournant, mon épaule cogna celle du démon. Je m'écartai instinctivement, autant que la foule autour de nous me le permettait. Ce faisant, je donnai un autre coup d'épaule involontaire à une femme d'un certain âge qui tenait un sac plastique à la main. Cette dernière émit un couinement indigné.

C'est pour ça que je ne prends jamais les transports en commun, pensai-je en esquissant un sourire d'excuses. La femme blêmit et toussa nerveusement avant de détourner le regard.

Je poussai un soupir intérieur. *Je ne sais même pas pourquoi j'essaie. La seule chose qu'ils voient, c'est mon tatouage.*

Les Normaux nourrissaient une peur atavique envers tous les psions, sans distinction. Ils étaient persuadés que nous passions notre temps à lire dans leurs esprits, à nous gausser de leurs pensées et à construire des plans machiavéliques pour faire d'eux nos esclaves. Les tatouages et l'accréditation étaient censés remédier à cela en rendant les psions identifiables et en encadrant sévèrement l'usage des pouvoirs mentaux. Mais leur seul résultat concret était de nous rendre plus vulnérables à la haine. Les Normaux ne comprenaient pas que pénétrer dans leurs esprits revenait pour nous à prendre un bain dans les égouts. Il fallait une sérieuse urgence pour qu'un psion se résolve à lire dans l'esprit d'un Normal. L'Acte Parapsychique avait mis fin au commerce des psions, jadis vendus aux enchères comme du bétail, mais il n'avait rien fait pour neutraliser la haine. Et la peur, qui nourrissait la haine... et ainsi de suite.

Au bout de six arrêts, je n'en pouvais déjà plus de voir les gens murmurer et battre hâtivement en retraite dès qu'ils m'apercevaient. Trois arrêts plus loin, nous avions dépassé le centre-ville et le wagon commençait à se vider. La petite fille qui tenait la main de sa mère continuait à me regarder, et un groupe de jeunes vauriens débraillés déblatérait à l'autre bout du wagon. Je restai debout, mon bras droit enroulé autour de la barre centrale de manière à pouvoir dégainer mon épée à tout moment en cas de nécessité. De toute façon, je préférais éviter de poser mes fesses sur les sièges imprégnés de germes du métro.

— Prochain arrêt, lâcha Jaf-le-démon.

Je hochai la tête. Il était quasiment collé contre moi, et les effluves démoniaques dominaient les remugles de l'air confiné du métro. Je jetai un coup d'œil à l'autre extrémité de la voiture et vis que les garçons étaient en train de murmurer en se donnant des coups d'épaule.

Tiens, ça faisait longtemps. Il prenait régulièrement l'envie à ce genre de petite frappe de vérifier si mon épée, c'était juste pour la frime. Je n'ai jamais compris les nécromants qui ne portaient en public que des armes cérémonielles. Quand on vous autorise à porter de l'acier, il vaut mieux savoir vous en servir. Mais, comme par hasard, la plupart de ceux-là ne s'abaissent pas à travailler comme mercenaires. Ils vivent dans de minuscules appartements merdiques jusqu'à ce qu'ils aient terminé de rembourser leurs accréditations et, *ensuite*, commencent à envisager d'acheter une maison. En ce qui me concerne, j'avais décidé de prendre le chemin le plus court. Comme d'habitude.

Un des gamins se leva et s'approcha du couloir central. La mère de la fillette, une brune impassible en blouse d'infirmière et baskets Nikesi, attira une nouvelle fois sa fille contre elle.

Le garçon au visage grêlé vint se planter juste devant moi. Il ne sentait pas le chill ni le hash, ce qui était une bonne chose. Avec une racaille défoncée au chill, la situation pouvait dégénérer rapidement. D'un autre côté, s'il se montrait aussi stupide à jeun…

— Eh, poupée ! (Ses yeux faisaient des allers-retours entre mes seins et mes hanches.) T'as un problème ?

— Non, répondis-je en veillant à conserver un ton totalement neutre.

— Joli jouet. T'as une licence pour porter ça, mon cœur ?

Je hochai légèrement la tête pour qu'il voie ma joue tatouée. L'émeraude devait scintiller sous la lumière brute.

— Un peu, que j'ai une licence pour ça. Et devine quoi ? Je sais même m'en servir. Je te conseille de retourner voir tes potes en te magnant le cul, boutonneux.

Sa bouche molle demeura un instant en suspens. Puis il porta la main à sa ceinture.

Je ne disposais que d'une fraction de seconde pour décider s'il était armé ou s'il cherchait juste les ennuis. Je n'eus finalement pas à trancher la question, car le démon fit un pas devant moi, me repoussa sur le côté et frappa le garçon. Ce n'était qu'un banal coup du revers de la main, qui ne semblait pas destiné à causer un réel dommage, mais ça n'empêcha pas le gamin de se retrouver propulsé à l'autre bout du wagon, au milieu du tas formé par ses amis.

Je soupirai.

— Bordel, m'écriai-je en lâchant la barre centrale dès que j'eus retrouvé mon équilibre. C'était pas la peine de faire ça !

C'est à cet instant qu'un fusil Transom 987 apparut entre les mains d'un des acolytes du punk, et que je plongeai au sol vers un abri inexistant. Le démon s'avança au centre de l'allée, et j'assistai, impuissante, à l'enchaînement des événements jusqu'à leur conclusion logique.

Les gamins jaillirent de leurs sièges, l'un d'eux soutenant son ami au visage congestionné. Ils portaient tous des vestes de cuir noir et des bandanas verts – encore un minigang.

Le démon traversa en un clin d'œil l'espace qui les séparait et arracha des mains du garçon l'arme illégale (à moins que son porteur ait été muni d'un badge d'officier de police, ce qui semblait peu probable). Le fusil valdingua au sol. L'infirmière plaqua les mains sur les oreilles de sa fille en fixant la scène, bouche bée. Je me redressai et vins m'interposer entre elles et le gang, lame au clair, prête à frapper. Le démon avait brisé l'un des bras du garçon au fusil et était à présent en train de l'empoigner par la gorge aussi facilement qu'un chat avec une souris.

— Vous descendez au prochain arrêt, dis-je à la mère qui me contemplait avec des yeux écarquillés de terreur. Faites-moi confiance.

Elle hocha la tête sans mot dire. La petite fille me regardait.

Je me retournai vers le centre de l'allée. Le démon se tenait debout au milieu d'un tas de corps informes.

— Eh ! l'interpellai-je en positionnant mon épée à la diagonale de mon corps, me servant du fourreau qui remontait le long de mon bras gauche comme d'un bouclier.

C'était une façon extrêmement peu orthodoxe de tenir un katana, mais le Sensei Jado avait toujours accordé plus d'importance au fait de rester en vie qu'à l'orthodoxie, et il se trouve que j'étais plutôt d'accord avec lui.

Si le démon décidait de s'en prendre à moi, je pouvais gagner un peu de temps avec l'épée, et encore un peu plus avec mon pouvoir. Il était capable de me dévorer toute crue, bien sûr, mais j'avais une chance de...

Un des garçons grogna. Le démon se tourna vers moi en se frottant les mains comme pour en faire tomber de la poussière.

— Oui ?

Toujours la même voix de robot, monocorde.

— Vous n'avez tué personne, si ?

Ses yeux verts étincelants transpercèrent l'espace. Il haussa les épaules.

— Ça risquerait de créer des ennuis.

— Ça veut dire oui, ou non ? insistai-je en resserrant ma prise sur la garde de mon épée. Est-ce que vous en avez tué ?

Je n'avais pas envie de faire la une des journaux, même pour de la légitime défense.

— Non, ils vont tous survivre, me répondit-il avec un regard condescendant, avant de sortir négligemment du cercle de corps inanimés.

Anubis et'her Ka, soufflai-je. *Anubis, protège-moi.*

Les lèvres du démon s'étaient réduites à une mince ligne. Le train ralentit, et la décélération me fit trébucher en arrière. S'il avait l'intention de m'attaquer, on allait assister à un grand moment.

— Le Prince a exigé que je vous livre en bon état, ajouta-t-il en se décalant vers la porte, sans présenter le dos à ma lame.

— Faites-moi penser à le remercier.

Je déglutis pour évacuer le goût de plâtre qui avait envahi ma bouche. Je me demandais quelles autres « exigences » avait formulées le Prince.

4

Un fois descendue sur le quai, je rangeai avec réticence mon épée au fourreau pendant que le démon surveillait l'infirmière qui grimpait l'escalier en hâte en poussant sa fille devant elle. La station était déserte, et le moindre bruit résonnait contre les carreaux de céramique. Je pris une longue inspiration pour essayer de calmer les battements de mon cœur tandis que le train redémarrait sur les rails magnétiques.

Quand les derniers bruits de pas se furent évanouis, le démon fit volte-face et sauta sur les rails.

— Oh, non, soufflai-je. C'est hors de question. *Niet*. (Je reculai de deux pas.) Écoutez, je suis *humaine*. Je ne peux pas me balader comme ça sur les rails du métro.

Pendant un instant, la station parut se contracter, comme si la terre faisait pression derrière les parois. Je jetai un regard désespéré en direction des escaliers.

Le démon me fixa un moment, ses longues mains dorées profondément enfoncées dans les poches de sa veste.

— Il n'y a rien à craindre, fit-il enfin.

— C'est vous qui le dites. Et c'est *moi* qui suis en train de risquer ma peau ici. Ça suffit. Y a pas moyen.

— C'est le chemin le plus rapide.

Ses lèvres venaient de s'étrécir encore davantage. Je voyais bien qu'il était en train de perdre patience avec cette humaine stupide.

— Je vous promets qu'il n'y a aucun danger. Mais si vous continuez vos caprices, je n'aurai plus d'autre choix que de vous forcer à me suivre.

Je viens juste de le voir anéantir six néopunks d'un claquement de doigts. C'est un démon majeur. Qui sait de quoi il est capable ?

— Dites-moi votre Nom, lâchai-je. Et je vous suivrai.

À l'instant même où ces mots s'échappaient de ma bouche, je reculai de deux pas supplémentaires en maudissant ma langue trop bien pendue. Trop tard. Le démon émit un son qui pouvait passer pour un rire.

— Ne me forcez pas à vous traîner derrière moi, nécromante. Le Prince serait extrêmement mécontent.

— C'est pas mon problème. Je ne peux pas vous faire confiance.

— Vous avez renoncé à la sécurité de votre tanière et vous m'avez suivi jusqu'ici, dit-il en me transperçant du regard. Ce n'est pas très malin de vous rebeller maintenant.

— Admettons, je suis trop curieuse pour mon bien. Dites-moi votre Nom, et je vous suivrai.

Il haussa les épaules et sortit les mains de ses poches. J'attendis. Si le Prince voulait réellement que je lui sois livrée en bon état, le démon me donnerait son Nom. Cela n'avait qu'une incidence infime – je n'étais pas une magi, capable de soumettre un démon mineur à sa volonté ou d'exercer un chantage sur un démon supérieur pendant des années en échange de sang, de sexe, ou simplement de publicité. J'avais même très rarement affaire à des démons. Il n'avait pas tort en disant qu'il n'était pas précisément malin de ma part de ruer dans les brancards après l'avoir suivi aussi loin, mais c'était le moment ou jamais, avant que je perde toute chance de regagner la surface en m'enfonçant avec lui dans le tunnel. Au moins, si je connaissais son Nom, je serais peut-être capable de l'empêcher de me tuer.

— Tierce Japhrimel.

Je clignai des paupières, ébahie, en essayant de réfléchir à toute vitesse.

— Jurez-vous, devant le Prince des Enfers et les Eaux de Léthé, que votre Nom véritable et complet est réellement Tierce Japhrimel ?

Il haussa les épaules.

— Je le jure, dit-il après une longue seconde ruisselante de tension.

Je sautai à pieds joints dans la tranchée obscure entre les rails, me meurtrissant les genoux au passage. *J'ai passé l'âge pour ces conneries. Je l'avais déjà passé il y a dix ans de ça !*

— Marché conclu, grommelai-je. Passez devant, je vous suis. Mais je vous préviens, au moindre coup fourré, je reviendrai vous hanter jusqu'à la fin des temps, démon ou pas démon.

— J'aimerais bien voir ça.

Je crois qu'il avait voulu répondre d'un ton posé, mais l'écho de ses paroles résonna à travers toute la station.

Toutes choses étant dites, je m'engageai derrière lui dans les ténèbres, avec mon épée à la main, et aucune excuse supplémentaire à ma disposition.

5

Si on m'avait demandé de localiser avec certitude l'endroit où le démon ouvrit la porte vers le halo rouge, j'aurais été bien en peine de le faire. J'avais déjà perdu en grande partie mon sens de l'orientation dans les souterrains. Le démon étirait la toile de la réalité pour fissurer les murs entre les mondes... enfin, c'était assez complexe, ça demandait une quantité inhumaine de pouvoir, et je n'avais jamais vu personne d'autre qu'un démon accomplir cela. Les magi parvenaient parfois à grand-peine à forcer le seuil entre cette réalité et le monde des démons pour s'en approcher à un fil, mais j'étais nécromante. La seule réalité alternative que je connaissais était celle des Morts.

Certains magi affirmaient que les manifestations de pouvoir le plus puissantes étaient la conséquence d'un relâchement de la frontière entre notre monde et celui des démons. Je n'avais jamais eu cette impression – pour ce que j'en savais, les humains et la terre renfermaient leur propre pouvoir. Même si les techniques des magi étaient enseignées comme base nécessaire pour contrôler les pouvoirs psi, chacun d'entre eux possédait ses propres trucs, transmis de maître à élève et retranscrits en code, quand ils n'étaient pas tout simplement appris par cœur. C'était comme pour les skinlins avec leurs séquences ADN, ou les nécromants avec leurs psychopompes – des informations strictement confidentielles.

Tout ce dont je me souviens, c'est qu'il y avait une trappe d'accès, que le démon ouvrit comme si on l'avait laissé délibérément déverrouillée. De toute façon, qui d'autre pouvait bien traîner par ici ? Le démon me précéda dans un long couloir au sol carrelé, faiblement éclairé par des néons grésillants, qui finit par déboucher sur une porte barrée de fer, protégée par un glyphe aux formes torturées gravé dans la surface du bois. Le glyphe scintilla et commença à tournoyer. Je sentis la réalité s'étirer et se contracter alternativement autour de nous jusqu'à ce que le démon demeure la dernière chose solide dans mon champ de perception.

Tout ça avait fini par me donner sérieusement la nausée ; je ravalai ma bile, prise d'un tremblement nerveux. *Cet endroit n'est pas fait pour les humains*, songeai-je, en sentant de petites dents vicieuses mordiller ma peau. Marcher entre les mondes était comme tomber en chute libre. C'est pour ça que vous étiez censé le faire *astralement*. La structure physique de mon corps était déformée à l'extrême, chaque molécule poussée vers un chemin qu'elle n'était pas conçue pour emprunter. Sans parler du chaos des sensations visuelles et auditives, et de l'*étrangeté* du pouvoir de ce lieu qui comprimait mon aura à un atome de ma peau.

Quand la porte s'ouvrit enfin et que la lumière rouge jaillit, je faillis rendre la soupe au poulet que j'avais avalée à midi. Le démon m'empoigna le bras pour me faire franchir le seuil, et je compris alors pourquoi il s'était tenu si près de moi. Dès que son odeur m'inonda, je commençai à me sentir mieux. Son aura s'étendit pour me recouvrir, et quand la porte se referma bruyamment derrière nous, je me retrouvai entourée par sa chaleur brûlante. Nous nous trouvions au seuil d'un gigantesque hall pavé d'obsidienne encadré de hautes fenêtres étroites. Des torches alimentées par magie dispensaient une lumière rougeoyante qui se diffusait du sol au plafond – vers lequel je ne jetai qu'un coup d'œil avant de baisser précipitamment la tête, les paupières obstinément serrées.

J'entendis vaguement le démon prononcer quelque chose. La sensation de chute libre cessa brutalement, comme si la gravité normale venait d'être rétablie. Ma nausée battit en retraite complètement – ou presque. Prise de hoquets, j'essayai de faire cesser mes tremblements.

Le démon posa ses doigts sur mon front en sueur et dit quelques mots supplémentaires, dans une langue rude et inarticulée qui heurta mes oreilles. Du sang chaud gouttait sous mon nez. Je me raccrochais toujours désespérément à mon épée.

Il fallut encore quelques minutes pour que le monde arrête de tournoyer autour de moi et que mon estomac se décide à demeurer en place pour de bon.

— Ça va aller, dis-je finalement, en sentant la sueur dégouliner le long de ma colonne vertébrale. Je suis juste un peu… oohh. C'est… *merde !*

— C'est une réaction classique. Contentez-vous de respirer.

Je me forçai à me redresser en avalant le sang au goût de cuivre et la sueur âcre qui coulait sur mes joues.

— Je vais bien, répétai-je. Plus vite j'en aurai fini avec tout ça, plus vite je pourrai rentrer chez moi, hein ?

Il hocha la tête en esquissant un étrange rictus. Je réalisai que son long manteau noir épousait à présent le schéma géométrique de la salle qui nous entourait. C'était d'ailleurs en partie le problème : les angles du sol et des murs étaient juste légèrement erronés, à peine de un millimètre. Mon cerveau essayait en permanence de rectifier mes perceptions, et c'est ça qui envoyait mon estomac jouer aux montagnes russes – sans le côté amusant.

— Très bien, repris-je. Allons-y.

Il garda sa main posée fermement sur mon épaule tandis que nous traversions l'immense salle. *L'antichambre des Enfers ?* songeai-je en réprimant avec difficulté un fou rire nerveux. *Je ne m'en sors pas si mal, tout compte fait. Vraiment pas si mal.*

Quand le démon poussa les larges battants d'une nouvelle porte bardée de fer à l'autre extrémité du hall, toute ma belle assurance s'envola d'un coup. J'en lâchai même mon épée. Le démon la rattrapa d'un geste éclair. Je n'avais jamais lâché mon épée auparavant. *Jamais.*

— *Humaine.*

La chose qui venait de parler était assise derrière un bureau massif. Trois cornes spiralées lui sortaient du front et d'étroits yeux félins me fixaient implacablement. Le corps était constitué d'une masse jaune informe parsemée de quelques touffes de cheveux noirs et raides. Un bouquet de trois tétons fleurissait au milieu de la poitrine et la peau semblait malade, graisseuse. La mâchoire articulée et les dents en lames de rasoir étaient plus atroces encore, mais il y avait pire : les longs doigts inarticulés qui rampaient comme des chenilles sur les papiers posés sur le bureau. Mes pensées se succédaient sans logique ni contrôle – *un démon bureaucrate – même l'Enfer produit sa paperasse...*

— N'y touche pas, Trikornus, répliqua le démon aux yeux verts. Elle est pour le Prince.

— Quel adorable présent. Tu as donc fini par revenir dans ses bonnes grâces, Assassin ?

La chose continuait à me fixer. Une langue purpurine et pointue jaillit de la bouche et pourlécha le menton avec un bruit de papier de verre.

— Ooooh, fais-nous goûter. Juste un petit morceau !

— Elle est *pour le Prince*, baron, répéta lentement Jaf.

Je m'étais découvert un intérêt soudain pour l'extrémité de mes bottes. *Comment je me suis débrouillée pour atterrir ici ? Si j'avais su, je ne serais jamais devenue nécromante. Mais, bon sang, ils ne m'ont jamais prévenue que discuter avec les morts pouvait me mener jusque-là, je croyais que seuls les magi avaient affaire aux démons...*

— Très bien, sale gâcheur de plaisir, soupira l'horreur derrière le bureau.

Je tressaillis. Une image mentale très nette des dents de la chose plantées dans une de mes cuisses au milieu d'un geyser de sang venait de se former dans mon esprit. Malgré la chaleur brûlante qui m'entourait, je tremblais de froid. La chose m'adressa un rire aigu et méprisant.

— Le Prince est dans son bureau, il vous attend. Deuxième porte sur la gauche.

Je devinai plus que je ne vis le hochement de tête de Jaf. *Qui aurait cru que je pourrais voir en lui le moindre de deux maux ?* Il effleura de ses doigts ma nuque en sueur. Le fait qu'il m'apparaisse un peu plus humain n'enlevait rien à son étrangeté.

Japhrimel m'empoigna le bras et me fit traverser le bureau en prenant soin de se tenir entre moi et le démon à quatre yeux, ce dont je lui fus reconnaissante. Qu'est-ce que j'aurais fait si *ce truc* était venu me chercher ? Et qu'est-ce qu'un démon pouvait bien vouloir faire d'une nécromante ?

Une étrange grisaille envahit ma vision, et Jaf dut me traîner à moitié jusqu'à une nouvelle porte barrée de fer.

— Respirez, humaine, me dit-il en s'arrêtant durant quelques secondes. Le baron aime revêtir une peau différente pour chaque visiteur. C'est normal. Respirez.

Si c'est normal, pourquoi il ne veut pas que je regarde ?

— Ça veut dire que vous amenez souvent des gens ici ?

Il émit un bref grognement.

— Pas moi. Il arrive que des gens se présentent aux Enfers sous forme astrale, les magi et apparentés. Très peu y sont convoqués. Seuls ceux que tout espoir a abandonnés viennent de leur plein gré.

— Je veux bien vous croire.

Je respirai profondément pour faire refluer la bile vers mon estomac.

— Merci, dis-je finalement.

Le démon me fit reprendre la marche. Cette nouvelle salle était étroite mais haute de plafond, et il y avait des toiles accrochées au mur que je me refusai à regarder après avoir jeté un coup d'œil à la première. J'optai pour la contemplation de mes pieds se posant l'un devant l'autre, et je ressentis une brève sensation d'irréalité : ils ne semblaient plus m'appartenir.

Je trébuchai. Les doigts de Jaf se refermèrent autour de ma nuque pour m'empêcher de tomber.

— Nous y sommes presque. Tenez le coup.

J'étais à deux doigts de rendre tripes et boyaux quand il ouvrit une autre porte dont il me fit franchir le seuil dans un *plop* subliminal. Mes pieds retrouvèrent leur dimension habituelle et je me raccrochai avec reconnaissance au bras du démon, la seule chose qui m'empêchait de m'écrouler au sol.

Je sentis alors quelque chose dans ma paume. Il avait resserré sa main libre sur la mienne autour de la poignée de mon épée.

— Nous y sommes. Ne lâchez pas votre épée, nécromante.

— Effectivement, ça ferait mauvais effet.

La voix qui venait de s'élever était aussi douce et envoûtante qu'un bruissement de soie.

— Elle a survécu à la traversée du Hall. Très impressionnant.

Japhrimel ne répondit rien. Je crois bien que je commençais à l'apprécier.

Non, pas vraiment.

Je rouvris les paupières, et me retrouvai nez à nez avec le torse du démon. Je relevai les yeux et soutins son regard brûlant.

— Merci, dis-je sans parvenir à maîtriser totalement le tremblement dans ma voix. C'était très sympa, cette petite balade tous les deux.

Il demeura silencieux et ses lèvres s'étrécirent. Puis il s'écarta.

J'avais devant moi une pièce aux proportions parfaitement raisonnables, au style néo-victorien, tapissée de pourpre. Des rayonnages remplis d'ouvrages reliés de cuir recouvraient la quasi-totalité des murs à l'exception d'un côté de la pièce, où trônait un large bureau d'acajou ; trois sièges tendus de velours faisaient face à un feu de bois crépitant, et des draperies rouges dissimulaient ce qui aurait logiquement dû être une fenêtre.

Une silhouette sombre se tenait près du feu ; les effluves démoniaques saturaient l'air. Je raffermis ma prise sur la garde de mon épée et serrai l'autre poing jusqu'à sentir mes ongles s'enfoncer dans mes paumes.

L'homme – au moins, ça avait forme humaine – arborait une extraordinaire auréole de cheveux blonds. Il portait un tee-shirt noir uni et une paire de jeans. Ses pieds d'une couleur brun doré étaient nus. J'inspirai profondément.

— *Qu'importe la perte d'une bataille ? Une volonté invincible nous reste encore ; une soif ardente de vengeance, une haine immortelle...* *

Je laissai s'éteindre ma voix, et tentai d'humecter mes lèvres avec ma langue sèche. Mon parrain à l'Académie m'avait enseigné les grands classiques humanistes, et j'avais toujours nourri une passion pour les livres depuis mon plus jeune âge. La lecture des grandes œuvres m'avait soutenue tout au long de ma formation dans ce trou infernal qu'était le Hall des Manipulations.

Je frissonnai à ce souvenir. Je n'aimais pas penser au Hall, où j'avais appris la lecture, l'écriture, l'arithmétique, et les techniques de base pour contrôler mes pouvoirs. Et où j'avais aussi appris à quel point la protection que je pouvais en espérer était infime.

L'homme se détourna du feu.

— *... et un courage indomptable*, acheva-t-il.

Ses yeux semblaient faits à la fois de glace noire et de flamme d'émeraude, et il y avait une marque sur son front que je ne regardai pas, car elle m'avait fait instantanément baisser les yeux.

Le démon Jaf s'inclina, un genou à terre, puis se releva.

— Vous êtes en retard, reprit le Prince des Enfers d'un ton neutre.

— J'ai dû me refaire les ongles. Et puis, un démon qui se pointe devant ma porte pour me braquer un flingue sous le nez, ça a tendance à me perturber.

Bon sang, Danny, tu ne peux pas fermer ta grande gueule ?

---

* John Milton, *Le Paradis perdu*. *(N.d.T.)*

— Il a fait ça ? (Le Prince évacua l'incident d'un geste négligent.) Je vous en prie, asseyez-vous, mademoiselle Valentine. Puis-je vous appeler Dante ?

— C'est mon nom, répondis-je, mal à l'aise.

Le Diable connaît mon nom. Le Diable connaît mon nom. Cette pensée délirante rebondissait contre les parois de mon crâne. Je m'infligeai une gifle mentale. *Arrête ça. Tu as besoin de toutes tes ressources, Danny, alors arrête ça.*

— J'en serais honorée, ajoutai-je. C'est un plaisir de rencontrer Votre Majesté. Votre Altesse. Comme vous voulez.

Il s'esclaffa. Le tranchant de son rire aurait pu écorcher vif un éléphant.

— On m'appelle le Père des Mensonges, Dante. Je suis assez vieux pour reconnaître l'hypocrisie.

— Moi aussi. Je suppose que vous allez me dire que vous ne me voulez aucun mal ?

Il rit à nouveau, rejetant la tête en arrière. Il était extraordinairement beau, le genre de beauté androgyne que les top-modèles holographiques arrivaient parfois à atteindre. Si je n'avais pas su qu'il était mâle, j'aurais pu me poser la question. La marque verte sur son front scintillait. *Une émeraude, comme celles des nécromants. Je me demande pourquoi...* Les émeraudes étaient incrustées dans notre peau vers l'âge de huit ans, à la fin des études élémentaires. Je n'avais jamais entendu dire que le Diable avait fréquenté l'école primaire.

Mes pensées redevenaient incohérentes.

— Veuillez m'excuser, repris-je d'un ton poli, mais avec la chaleur, ça devient difficile de respirer, ici.

— Notre entretien ne sera pas très long. (Il s'adressa à Jaf.) Donnez une chaise à notre jolie nécromante, mon cher, ou elle va finir par s'écrouler.

Sa voix avait une texture de chocolat arrosé de miel. Mes genoux se liquéfièrent.

Jaf me fit traverser la pièce. J'étais trop soulagée pour protester. Cet endroit avait l'air normal. *Humain*, sans la moindre bizarrerie géométrique. *Si je remets un jour les pieds dans le monde réel, je jure que j'embrasse le sol. Dire que ceux qui visitent cet endroit le font sous forme astrale... Je suppose que je dois m'estimer chanceuse d'avoir le privilège d'y être en chair et en os.*

Jaf me laissa tomber sur un fauteuil – celui de gauche – puis recula pour se positionner légèrement en retrait, bras croisés, immobile comme une statue.

Le Prince me regardait. Ses yeux étaient plus clairs que ceux de Jaf mais totalement impénétrables, irradiant une sorte de douce lueur radioactive. Au bout de trente secondes, j'aurais accepté de faire n'importe quoi pour que ce regard cesse. Je retournai finalement à la contemplation de mes membres inférieurs.

— Vous vouliez me voir. Je suis là.

— En effet. (Le Prince se tourna vers la cheminée.) J'ai une mission à vous proposer, Dante. Si vous la menez à bien, vous pourrez me compter parmi vos amis jusqu'à la fin de votre vie, qui sera longue. J'ai le pouvoir de vous accorder la richesse et une quasi-immortalité, et je suis disposé à me montrer généreux.

— Et si j'échoue ?

Je n'avais pas pu m'empêcher de poser la question.

— Vous mourrez. En tant que nécromante, vous êtes plutôt bien préparée à l'idée, je me trompe ?

Mes bagues luisaient faiblement dans la lumière rougeoyante.

— Je ne veux pas mourir, répondis-je après un silence. Pourquoi m'avoir choisie ?

— Vous possédez certains talents... uniques, qui correspondent parfaitement à la tâche dont il est question.

— Et plus précisément, vous voulez que je fasse *quoi* ?

— Je veux que vous assassiniez quelqu'un.

6

— Quoi ? (Je relevai les yeux vers lui, oubliant le pouvoir hypnotique de son regard vert.) Écoutez... Je ne suis pas une tueuse à gages. Je suis nécromante. Mon job, c'est de *ramener* les morts pour leur poser des questions, avant de les laisser reposer en paix.

Le Prince ignora royalement mes objections.

— Il y a cinquante ans, un démon s'est échappé de mon royaume. Depuis, il voyage à son gré dans votre monde, et il est sur le point de briser l'Œuf.

Hum, il vient bien de dire « briser l'Œuf », là ? C'est un genre d'euphémisme démoniaque, ou quoi ?

Je me redressai péniblement sur ma chaise.

— Quel œuf ?

Mon épée était posée en travers de mes genoux. Tout ça avait l'air trop réel pour être une hallucination.

— L'Œuf est un artefact démoniaque. Il vous suffit de savoir que si ce démon le brisait dans votre monde, les effets seraient extrêmement déplaisants.

Ma bouche était toujours aussi sèche.

— Quand vous dites « déplaisant », vous faites allusion à un truc genre la fin du monde ?

Il haussa les épaules.

— Je veux que l'Œuf soit retrouvé et le voleur exécuté. Vous êtes une nécromante, et en tant que telle vous êtes capable de percevoir ce que les autres ne voient pas. Certains parlent de vous comme de la plus grande médium de votre génération, ce qui en dit long. Vous êtes humaine, mais vous avez la capacité de retrouver l'Œuf et de tuer celui qui l'a dérobé. Jaf vous accompagnera pour vous garder en vie jusqu'à ce que vous ayez accompli votre mission... (Il se détourna de nouveau pour contempler le foyer.) Et en cas de succès, vous serez récompensée plus généreusement qu'aucun être humain n'a jamais osé le rêver.

— Je ne suis pas sûre de vouloir de votre récompense... Écoutez, je suis juste une professionnelle. J'invoque les esprits des morts pour résoudre des affaires financières ou criminelles. Je ne fais pas dans le mercenariat et les histoires de vengeance.

— Depuis que vous avez quitté l'Académie, vous flirtez avec les limites de la clandestinité – espionnage industriel et autres caprices illégaux. Cela n'inclut pas le meurtre sur commande, je vous l'accorde, mais vous avez toujours fait en sorte de vivre plus confortablement que la plupart de vos anciens camarades. Ne jouez pas sur les mots avec moi, Dante. C'est une très mauvaise idée.

— Pour introduire dans votre sanctuaire une nécromante armée jusqu'aux dents qui connaît votre Nom, vous devez être vraiment désespéré.

Ma bouche était sèche comme du coton et mes mains tremblaient. Je venais de mentir.

Même si j'étais plus portée sur la recherche que la plupart de mes camarades, je ne connaissais évidemment pas le Nom du Diable. Personne ne le connaissait. Et de toute façon, il était trop puissant pour être manipulé comme un simple diablotin. Je n'étais même pas sûre que le fait de connaître le Nom de Tierce Japhrimel me conférait un pouvoir autre que celui de l'empêcher de me tuer. Le Nom de Lucifer était le Saint-Graal des magi, qui pensaient pouvoir contrôler les légions de l'Enfer s'ils le découvraient. Les adjurateurs affirmaient cependant que le vrai nom du Diable s'apparentait plus à celui d'un dieu : il exprimerait son essence, mais n'octroierait pas de pouvoir sur lui.

La nature exacte de la relation entre Lucifer et les dieux était toujours sujette à débats virulents. Depuis que l'existence des démons avait été démontrée, les quelques Églises qui avaient survécu à l'Éveil avaient mené de nombreuses expériences, sans pour autant obtenir de résultat concluant. Il était nécessaire de croire au pouvoir des mots pour bannir un démon mineur, mais cela ne marchait pas à tous les coups, à moins que le démon en question ne soit extrêmement faible. La grand-mère de Gabe, Adrienne Spocarelli, y faisait allusion dans une note de bas de page de son *Dieux et Magi* :

heureusement que les démons ne souhaitaient pas envahir la Terre, parce qu'on était incapables d'en renvoyer un seul de taille raisonnable.

— Quant à vous, vous devez être vraiment inconsciente pour oser me parler sur ce ton, répondit-il sans rien perdre de son impassibilité. Que voulez-vous de moi, Dante Valentine ? Je peux vous offrir le monde.

Ces mots s'infiltraient dans mes veines, résonnaient contre mes tempes... *Je peux vous offrir le monde.*

Je m'accordai une seconde pour y réfléchir sérieusement, mais le Diable ne pouvait rien m'offrir de ce que je désirais réellement. Pas sans un prix beaucoup trop élevé. Je n'étais sûre de rien d'autre dans la situation où je me trouvais, mais j'étais sûre de *ça.*

— Laissez-moi tranquille, murmurai-je finalement. Je veux juste rentrer chez moi. Je ne veux rien avoir à faire avec tout ça.

— Je peux même vous dire qui étaient vos parents.

Salopard. Je bondis sur mes pieds et ma lame jaillit hors du fourreau. Les runes bleues scintillaient sur l'acier, pourtant aucun des deux démons ne broncha. Je reculai derrière la chaise, m'écartant de Jaf qui ressemblait toujours autant à une statue. Il fixait mon épée de ses yeux de jade.

— Vous allez laisser mes parents hors de tout ça, sifflai-je. (Je pris une lente inspiration.) C'est d'accord. C'est d'accord, j'accepte de faire votre sale boulot, *Iblis Lucifer,* à condition que vous me fichiez la paix. Et je refuse de traîner votre doberman de démon partout. Donnez-moi les informations dont vous disposez, et je trouverai votre maudit Œuf.

Tout ce que je savais sur mes parents, c'est qu'ils étaient trop pauvres pour avoir pu m'élever. Ou trop défoncés à n'importe quel truc, pour ce que ça changeait – ma mère avait accouché à l'hôpital, et mon indice de Matheson s'était révélé si élevé qu'ils n'avaient pas pu me vendre comme domestique. C'était le seul cadeau qu'ils m'avaient fait. Ça, et l'accident génétique qui avait fait de moi une nécromante. Deux cadeaux extraordinaires, quand on songe à ce qui se serait passé sinon. Bon, ce n'était pas la première fois qu'on me jetait à la figure mon statut d'orpheline.

Mais personne ne l'avait fait plus d'une fois.

Lucifer haussa les épaules.

— Vous devez prendre Japhrimel avec vous. Sinon, c'est du suicide.

— Pour qu'il s'empresse de me doubler une fois qu'on aura localisé l'Œuf ? Vous devez vous ficher comme d'une guigne de savoir qui l'aura récupéré. (Je secouai obstinément la tête.) Je ne prendrai pas ce risque. Je travaille seule.

Son regard vrilla mon front.

— Vous croyez encore avoir le choix.

Je dressai ma lame comme un bouclier contre son regard. La sueur ruisselait dans mon dos, inondant mon jean. Il faisait atrocement chaud – *et tu t'attendais à quoi d'autre, en Enfer ? Une brise légère et une menthe fraîche ?*

Je ne vis pas Jaf bouger. En un seul mouvement fluide, il m'avait arraché mon épée et l'avait remise au fourreau. À présent, il entourait ma gorge de son bras et pointait son revolver sur ma tempe. Mes jambes se débattaient vainement dans le vide.

Le Prince des Enfers s'était relevé.

— Vous êtes très intrigante. À votre place, la plupart des humains seraient en train de hurler. Ou de pleurer. Votre espèce a une tendance pénible à se lamenter.

Je crachai une obscénité qui aurait fait grimacer d'horreur le noble Sensei Jado et son sens du décorum. Jaf ne bronchait pas. Sa prise se relâcha un peu, et je luttai pour reprendre ma respiration. Il était capable de me broyer le cou comme on écrase une araignée dans son poing. Je cessai de me débattre – je n'avais pas envie de gaspiller le peu d'oxygène qu'il me restait – et je me *concentrai.* Le monde se contracta jusqu'à se réduire en un point unique.

— Lâche-la, dit calmement le Prince. Elle rassemble son pouvoir.

Jaf me libéra. Je tombai au sol et me relevai instantanément. Ma main plongea vers la garde de mon épée et ma lame déchira l'air dans un arc argenté. *Ne pense pas.* La frêle silhouette de Jado dans sa robe orange occupait mon esprit. *Ne pense pas. Bouge, bouge !*

Le mouvement de Jaf m'échappa tout autant que la fois précédente. Il se rapprocha de moi à une vitesse inhumaine – évidemment –, me tordit le poignet, le brisant presque, et força mes doigts à lâcher la garde. Je tentai un direct du gauche, avec succès, qui projeta sa tête en arrière. Puis je reculai le plus loin possible des deux démons et demeurai en garde, poings serrés, prête à ce qu'il arrive n'importe quoi.

N'importe quoi, sauf ça.

Jaf laissa échapper mon épée, qui heurta le sol dans un tintement métallique. De la fumée s'en dégageait.

— De l'acier consacré. Elle a la *foi*, lâcha-t-il en adressant un regard au Prince qui me scrutait, parfaitement immobile.

Évidemment que j'ai la foi. Je discute tous les jours avec le dieu des Morts. J'ai la foi parce que je n'ai pas le choix.

Mes pensées, incontrôlables, frôlaient le délire.

— Vous pensez pouvoir vous échapper toute seule des Enfers ? s'enquit le Prince.

— Et vous pensez pouvoir vous montrer poli ? répondis-je hargneusement. Parce que, je suis désolée de vous le dire, mais vous avez une curieuse façon de traiter vos invités.

J'avalai une grande bouffée d'air, meurtrissant mes poumons. Respirer l'air dont usaient les démons était comme une lente suffocation.

Lucifer s'avança d'un pas vers moi.

— Je vous présente mes excuses, Dante. Je vous en prie, rasseyez-vous. Japhrimel, rends-lui son épée. La politesse n'est-elle pas le moindre de nos devoirs, puisque nous lui *demandons* son aide ?

— Qu'est-ce qu'il y a, dans l'Œuf ? demandai-je sans baisser ma garde. Pourquoi est-ce si important ?

Lucifer sourit. Je me redressai, et mon épaule cogna une étagère.

— Ce qu'il y a dans l'Œuf ? Rien qui vous regarde, humaine.

— Bon sang…, grinçai-je. Vous ne comprenez *vraiment* rien.

— Apportez-moi votre aide, Dante, et vous ferez partie des rares élus qui ont le droit de se dire mes amis.

Sa voix était douce et persuasive, elle caressait mes oreilles à la recherche d'un point vulnérable. Je me mordis férocement la joue, et la douleur aiguë éclaircit un peu mes pensées.

— Je vous jure sur les Eaux de Léthé, reprit-il, que si vous retrouvez l'Œuf et tuez le voleur, je vous considérerai comme une amie pour l'éternité.

J'avais un goût de sang dans la bouche.

— Quel est le nom du démon ? Celui qui a volé l'Œuf.

— Son nom est Vardimal. Vous le connaissez sous celui de Santino.

J'envisageai de lui lancer mon poignard au visage. Ça ne le tuerait pas, mais l'acier consacré pourrait peut-être le ralentir suffisamment pour me laisser le temps de me ruer vers la porte ou la fenêtre.

— Santino ? soufflai-je. Vous n'êtes qu'un sale fils de...

— Surveillez votre langage devant le Prince, m'interrompit Jaf.

Lucifer leva une main dorée.

— Laisse-la s'exprimer comme elle l'entend, Japhrimel. (Pour la première fois je perçus dans sa voix comme une réelle forme de lassitude.) Il convient d'estimer à leur juste valeur les humains qui parlent avec sincérité, car ils sont rares.

— J'en ai autant au service des démons, grognai-je. Santino...

Le sang qui ruisselle entre mes doigts, un rire glacé et cristallin, le hurlement de Doreen, la vie qui s'écoule du gouffre dans sa gorge, elle hurle, elle hurle...

Je rengainai mes poignards.

Lucifer continua à me fixer pendant quelques instants, puis se détourna vers la cheminée.

— Je sais que vous avez vos propres comptes à régler avec Vardimal. Nous partageons certains intérêts. Vous comprenez ?

— Santino était un démon ? Comment... (Je dus m'éclaircir la gorge.) *Par les Enfers*, comment suis-je censée le tuer ?

— Japhrimel vous aidera. Il est lui aussi... concerné à titre personnel.

Jaf ramassa doucement mon épée et la remit au fourreau. Je le regardai faire. Des gouttes de sueur perlaient sur mon front. Un voile noir tomba devant mes yeux, et je clignai des paupières pour le repousser.

— Pourquoi vous ne l'envoyez pas, *lui*, tuer Santino ? demandai-je d'une voix tremblante.

— Il y a très longtemps, à l'aube du monde, j'ai accordé une faveur à ce démon en paiement d'un service. Il m'a demandé l'immunité. Aucun homme ou démon ne pourrait le tuer.

— Et vous pensez que j'en suis capable, parce que je ne suis ni l'un ni l'autre ?

Lucifer haussa les épaules.

— Je pense que ça vaut le coup d'essayer. Japhrimel vous protégera assez longtemps pour vous permettre d'aller au bout de cette mission.

Comme c'est touchant. J'étais sur le point d'exprimer cette réflexion à voix haute quand un subit accès de jugeote me fit fermer mon clapet. Au bout du compte, je hochai la tête.

— OK, dis-je d'un ton sinistre. Je vais le faire. Ce n'est pas comme si j'avais le choix.

Et je serai débarrassée de tout ça dès que mon dogue attitré me faussera compagnie, à l'instant où j'aurai retrouvé la piste du démon. Ça ne doit pas être si difficile.

— Vous ne serez pas déçue par la récompense, jugea bon de me rappeler le Prince des Enfers.

— Je me fous de votre récompense. Je m'estimerai heureuse si je m'en sors vivante.

Santino était un démon ? Pas étonnant que je n'aie jamais réussi à le retrouver.

— Je peux rentrer sur Terre, maintenant ? Ou est-ce que je suis censée traquer votre Vardimal dans les abysses de l'Enfer ?

La perspective de partir à la chasse au démon dans les contrées irréelles-mais-pas-tant-que-ça rendait l'option du suicide plutôt attrayante.

— Il se trouve parmi les vôtres, répondit Lucifer. Votre monde est un terrain de jeu pour nous, et les siens sont cruels.

— Sans blague. Un démon qui aime faire le mal ? Je n'en crois pas mes oreilles.

— Laissez-moi vous dire quelque chose, Dante Valentine, rétorqua Lucifer en fixant les flammes. J'ai vu votre espèce ramper dans la poussière à l'aube de votre temps, et j'ai eu pitié de vous. *Je* vous ai donné le feu. *Je* vous ai donné la civilisation et la technologie. *Je* vous ai donné les moyens de vous élever au-dessus de la boue. *Je* vous ai donné le secret de l'amour. Mes démons vivent parmi vous depuis des milliers d'années, ils vous ont accompagnés et ont modelé votre système nerveux pour faire de vous davantage que des animaux. Et aujourd'hui, vous me crachez dessus et m'appelez le Mal.

Ma langue était sur le point de tomber en poussière. Nous les appelions les démons, ou les djinns, ou les créatures du diable, ou par une centaine d'autres noms encore, et chaque culture possédait sur eux ses propres histoires. Avant l'Éveil, ils ne représentaient pour l'humanité *que* des histoires, même si les magi les étudiaient et avaient établi un contact régulier avec eux depuis des centaines de générations. Personne ne savait s'ils étaient des dieux, ou les sujets des dieux, ou Complètement Autre Chose.

Je penchais pour Complètement Autre Chose, mais j'avais toujours été du genre sceptique.

— Lucifer était le premier véritable humaniste, soufflai-je. Je suis parfaitement consciente de cela, Votre Altesse.

— Pensez-y la prochaine fois que vous ouvrirez la bouche. Je vous offre Japhrimel comme compagnon, Dante Valentine. À présent, sortez d'ici, et faites ce qu'on vous demande.

— Mon seigneur..., commença Jaf, pendant que j'essuyais mes paumes dégoulinantes de sueur sur la toile de mon jean.

La chaleur était presque solide, pesant sur ma peau et mes vêtements trempés de sueur. Il allait me falloir un kilo de sel dessicant et quelques litres d'eau minérale pour éponger tout ça.

— *Sortez d'ici.* Ne m'obligez pas à le répéter.

Je n'envisageais pas de discuter. Je jetai un coup d'œil à Jaf.

Le démon contempla Lucifer pendant quelques instants, la mâchoire serrée, les yeux étincelants.

Des yeux verts. Ils ont tous les deux les yeux verts. Est-ce qu'ils ont un lien de parenté ? Bon sang, qui sait ? Je déglutis. La tension vibrait dans l'air, quasi insupportable.

Lucifer traça un geste élégant de sa main dorée. C'était une rune, mais pas de celles que je connaissais.

Une morsure enflammée incendia mon épaule gauche. Je hurlai, persuadée qu'il avait finalement décidé de me tuer, moi et ma langue trop bien pendue. Mais Jaf se rapprocha de moi, me tendit mon ceinturon et mon épée, et m'agrippa de nouveau par l'épaule.

— C'est par là, dit-il.

Mon hurlement s'était mué en croassement suffoqué. C'était comme si on venait de me marquer au fer rouge : ça brûlait, tandis que le démon m'entraînait vers le seuil que nous avions franchi tout à l'heure. Je luttai – *pas ça encore, ça fait trop mal, trop mal, trop mal.* Mais quand il ouvrit la porte et me poussa devant lui, il n'y avait plus de grand hall, juste une brise glacée et l'odeur miséricordieuse de l'air des humains.

7

Une pulsation lancinante vibrait dans mon épaule. Il faisait sombre. La pluie tombait, mais ma peau était sèche, tout comme mes vêtements. Je respirais le parfum incandescent de la magie démoniaque.

Je clignai des paupières.

J'étais étendue sur une surface dure et froide, mais quelque chose de chaud se trouvait contre mon visage. Quelqu'un me serrait. Musc et cannelle brûlante. Cette odeur me submergea, apaisant la brûlure de mon épaule, les battements frénétiques de mon cœur, la douleur sourde dans les muscles de mes jambes. J'avais l'impression qu'on m'avait découpée en morceaux et qu'on avait remonté les pièces dans le désordre.

— *Mal...*

Le gémissement m'avait échappé sans que je m'en rende compte.

— Respirez. Ça va passer. Je vous le promets.

Je grognai. *Respirer.*

Le spasme arriva enfin. Le démon me fit rouler sur le côté, sans cesser de me maintenir, et je déversai au sol le contenu de mon estomac en proférant des obscénités. Le démon me caressait les cheveux. Si j'arrivais à faire abstraction du fait qu'il m'avait braqué un flingue sous le nez il y a quelques heures, c'était réellement quelque chose de réconfortant.

Je finis de vomir tout ce que je me souvenais avoir mangé. La nausée s'attarda un petit moment, puis tout se remit en place et je devins peu à peu consciente de la rumeur des sirènes et des klaxons qui nous entouraient. Il me fallut encore un petit moment pour arriver à regarder le monde – le monde humain – autour de moi.

J'avais promis que j'embrasserais le sol. L'idée paraissait nettement moins bonne maintenant qu'il était recouvert de vomissures. *Mes propres vomissures. C'est dégueulasse.*

— Je suppose que vous trouvez ça répugnant, dis-je en regrettant de ne pas pouvoir me rincer la bouche.

Je sentis qu'il haussait les épaules.

— Ça n'a pas d'importance.

— Bien sûr que non. (Le goût de la bile emplissait ma bouche.) C'est un truc d'*humains*. Ça ne vous intéresse pas.

— J'aime les humains. Comme la plupart des démons. Sinon, nous n'aurions pas fait de vous nos compagnons, nous vous aurions laissé à l'état de singes.

Il continuait de me caresser les cheveux. Parfois, ses doigts s'égaraient sur mes joues et mon front.

— C'est formidable. J'imagine que nous faisons d'adorables petits animaux domestiques.

Je pris une longue inspiration. Je commençais à me sentir capable de me relever.

— Je suppose que je dois me contenter de ces ordres de mission, hein ? lâchai-je enfin.

— Je suppose.

Il se releva lentement, me soulevant avec lui, et me rattrapa quand je perdis l'équilibre. Il déposa mon épée au creux de mes mains, referma mes doigts sur la garde, et attendit que je cesse de vaciller pour me rendre le fourreau.

C'était mon tour de hausser les épaules.

— Je dois passer chez moi pour récupérer du matériel, puisqu'on est censés partir à la chasse au démon. Et il me faudra...

— Je suis à vos ordres. C'est la volonté du Prince.

La façon dont il avait prononcé cette phrase, d'une seule traite, ressemblait beaucoup à une insulte.

— Je ne lui ai rien demandé, rétorquai-je. Inutile de vous énerver contre moi. Et d'ailleurs, vous pourriez me dire ce qu'il m'a fait ?

— Vous devriez jeter un coup d'œil à votre épaule quand vous serez chez vous, me répondit-il avec un calme souverainement déplaisant. J'espère que vous réalisez votre chance, nécromante.

— Je viens de survivre à l'Enfer. Croyez-moi, vous avez ma reconnaissance éternelle. On est où ?

— Trente-troisième sur Pole Street. Une impasse.

Je scrutai les alentours. Il disait vrai. C'était une petite impasse crasseuse, abritée de la pluie par un auvent. Trois containers encombraient l'entrée, bloquant le passage. Entre les façades de brique couvertes de graffitis, une brise douteuse faisait voler des papiers gras.

— Charmant. Vous avez un goût très sûr pour choisir les endroits.

— Vous auriez préféré apparaître au milieu de l'avenue principale ?

Ses yeux verts transperçaient la pénombre. Je m'écartai un peu de lui, autant que mes jambes mal assurées me le permettaient. Ses bras retombèrent le long de son buste.

— Le Prince…

Il laissa mourir sa voix sans terminer sa phrase.

— Oui, le Prince, quel formidable charmeur, hein ? Qu'est-ce qu'il a fait à mon épaule ? Ça fait un mal de chien.

— Vous verrez.

Il me dépassa dans un souffle, en direction de l'entrée de l'allée.

— Je vais appeler un taxi.

— On prend un taxi, maintenant, alors que vous m'avez traînée dans le métro à l'aller ?

Je tirai mon épée du fourreau et examinai la lame. Toujours étincelante. Et acérée.

— C'était nécessaire. Ce n'est pas la même chose de quitter l'Enfer que d'y rentrer, en particulier pour un être humain. Je devais trouver une entrée à laquelle vous pourriez *survivre.* Il est beaucoup moins dur de revenir dans le monde des mortels… (Il s'immobilisa, le dos tourné.) Vraiment beaucoup moins dur.

Le soir tombait – *je viens de passer l'après-midi en Enfer.* Un fou rire nerveux enfla en moi comme une bulle, puis disparut. *Pourquoi est-ce que j'ai toujours envie de rire dans des situations pareilles ?* Ce genre de truc m'arrivait systématiquement dans les pires moments.

— Parfait, marmonnai-je en rangeant ma lame au fourreau. Allons-y.

Il déplaça un des containers aussi facilement qu'une corbeille à papiers. Je me concentrai pour mettre un pied devant l'autre sans que mes genoux ne me trahissent.

Les néons éclairaient la rue trempée par l'averse. La Trente-Troisième sur Pole Street était au beau milieu du Tank District, un quartier qu'on surnommait la Marmite. Je me demandai si c'était de l'humour de démon. Mais, après tout, l'air devait être saturé d'effluves sexuels et de substances psychoactives diverses. C'était probablement plus facile d'ouvrir une porte entre ce monde et les Enfers dans des endroits chargés de ce genre d'énergie.

Nous avançâmes en pataugeant dans les flaques, le démon me guidant parfois en me tenant par l'épaule quand il fallait bifurquer à un coin de rue. Ça n'avait pas l'air de le gêner de marcher en silence, et j'étais trop épuisée pour faire la conversation. L'occasion viendrait bien assez tôt.

Il héla un taxi au coin de la trente-neuvième rue, et je m'effondrai sur le siège avec gratitude. Je donnai mon adresse au chauffeur – un Polonais triste à lunettes qui murmura une prière contre le mauvais œil quand il vit ma joue tatouée. Après quoi, il fit tinter le vieux rosaire accroché au-dessus du tableau de bord et m'ignora totalement, n'adressant plus la parole qu'au démon ; il ne pouvait pas savoir que ce dernier représentait une menace bien plus grande que la pauvre petite humaine que j'étais.

Voilà qui résumait bien ma vie. Cet homme n'était pas dérangé par le démon, mais il m'aurait jetée hors de son taxi, s'il l'avait pu.

8

— Faites comme chez vous, dis-je en verrouillant la porte derrière moi. Il y a de la bière au frigo. Et du vin, si vous aimez. Je vais prendre une douche.

Le démon hocha la tête.

— Il faut que je vous parle de Vardimal. Pour vous familiariser avec...

— Plus tard.

Mon épaule m'élançait.

— Qu'est-ce qu'il m'a fait ? repris-je en désignant du pommeau de ma lame l'endroit où se nichait la douleur.

— Le Prince des Enfers vous a accordé un familier, nécromante, me répondit solennellement le démon en croisant les mains derrière son dos.

Il ressemblait un peu à un prêtre avec son long manteau noir à col haut. Je me demandai où il cachait ses armes, bien que je n'aie jamais entendu parler d'un démon utilisant des armes à feu. *J'aurais dû étudier la question plus sérieusement, je suppose. Mais comment j'aurais pu me douter qu'un putain de démon viendrait frapper à ma porte ? Je suis nécromante, pas magi !*

— Un fam...

Mon cerveau recommençait à fonctionner normalement.

— Oh, non... Je ne suis pas une magi. Je ne veux pas...

— C'est trop tard. Allez prendre votre douche. Je monte la garde.

— Monter la garde ? Personne ne sait que je travaille pour...

Je m'adossai contre la porte. *Comment ai-je fait pour me retrouver là ?* me demandai-je une nouvelle fois – sans doute pas la dernière.

— Votre incursion aux Enfers n'est pas forcément passée inaperçue. Je vais faire du café.

Je secouai la tête et me dirigeai vers les escaliers.

— Dieux du ciel et des enfers, murmurai-je. Qu'est-ce que j'ai fait pour mériter ça ?

— Vous avez une réputation d'honorabilité, me répondit obligeamment le démon. Et vos talents professionnels sont connus de tous.

J'eus un geste résigné.

— C'est bon, j'ai compris. Essayez juste de ne pas mettre le feu à quelque chose, d'accord ? Faites attention à la maison.

— Les désirs de ma maîtresse sont des ordres.

Il aurait eu du mal à faire passer encore plus d'ironie dans sa voix.

Je grimpai les escaliers ; mes jambes n'en pouvaient plus. Même mes dents me faisaient mal. *Ça fait à peine une heure que j'ai démarré ce boulot, et j'ai déjà envie de prendre des vacances.* C'était à mourir de rire. Je laissai mes doigts courir contre le papier peint. Mon épée était bien plus lourde qu'elle n'aurait dû l'être. À mi-chemin des escaliers, dans une niche creusée dans le mur, j'attrapai une bouteille d'eau minérale. Je fouillai mon sac et en sortis une tablette de sel dessicant. Le produit crépita sur ma peau. Je ressemblais probablement à une fille qui vient de passer des heures coincée dans un four. C'était un miracle que mon cœur n'ait pas lâché.

Je vidai entièrement la bouteille d'eau, déposai l'épée sur mon lit, accrochai mon sac à la porte de la salle de bains, et commençai à me déshabiller. Une fois torse nu, je m'interrompis pour ouvrir l'eau chaude de la douche et examiner mon épaule gauche dans le miroir.

Incrusté dans ma peau, je découvris un sceau que je n'avais jamais vu auparavant – en tout cas, il n'appartenait pas aux Neuf Canons. Comme je n'étais pas démonologue, j'étais incapable de comprendre ce qu'il signifiait exactement. Quand je l'effleurai, le glyphe complexe vibra faiblement sous mes doigts comme une cicatrice brûlante, et je laissai échapper un gémissement aigu. Je fermai les yeux pour lutter contre une vague de chaleur.

Je vis alors ma cuisine comme à travers une glace sans tain, les objets qui m'étaient ordinairement familiers déformés et éclairés par une lueur surnaturelle. Il inspectait mes placards...

Je tombai à genoux, haletante. *J'ai lu des choses là-dessus. J'ai lu qu'on pouvait voir à travers les yeux de son démon familier. Respire, Danny. Respire. Inspire, expire. Tu as fait ça toute ta vie. Respire.* Les jointures du carrelage meurtrissaient mes genoux, mon front reposait contre le rebord de la baignoire. L'air était saturé de vapeur. *Oh, dieux. C'était de ça dont ils parlaient quand ils... oh, bon sang. Quel putain de merdier. Je voudrais que tout ça ne soit jamais arrivé.*

On venait de me donner un démon comme compagnon familier. N'importe quel magi en baverait d'envie – établir une relation durable avec un des citoyens de l'Enfer était un de leurs objectifs suprêmes. Je ne m'étais jamais lancée sur ce terrain-là ; j'avais largement de quoi faire à l'intérieur de ma propre spécialité. Mais les praticiens occultes sont de drôles d'oiseaux. Certains passent leur vie à essayer d'ingurgiter autant de connaissances que possible. Beaucoup de techniques standards utilisées par les magi sont partagées avec les autres écoles – les chamans, les bateleurs, les sorcières, les adjurateurs, les skinlins... et les nécromants. Après tout, les magi étaient les plus anciens d'entre nous à pratiquer les disciplines occultes, bien avant l'Éveil et l'Acte Parapsychique. En bref, on venait de me donner quelque chose que les magi pouvaient espérer acquérir après des années de travail – et je n'en voulais pas. Ça ne faisait que compliquer cette foutue situation.

Des volutes de vapeur emplissaient la pièce. Je jetai un regard à l'eau qui ruisselait du pommeau de la douche. Un beau gaspillage.

Ça me décida à bouger. Je me débarrassai du reste de mes vêtements avec des mains tremblantes et détachai mes cheveux en enjambant le rebord de la baignoire. Je me teignais les cheveux en noir depuis des années pour obéir au code des nécromants, mais il m'arrivait de me demander si je ne pourrais pas rajouter quelques mèches rousses ou auburn. Ou alors, carrément ratiboiser le tout. Quand j'étais petite, au Hall, toutes les filles portaient les cheveux courts à l'exception des ensorceleuses. Je suppose que le fait de les avoir laissés repousser une fois sortie de l'Académie était une autre façon de prouver que je n'entendais plus suivre les règles, sauf celles qui étaient justifiées professionnellement. Des mèches rousses, ça m'irait bien.

Mes cheveux naturels étaient d'un blond très clair. Ça m'avait fendu le cœur de devoir les teindre pour me conformer aux codes traditionnels, mais ça faisait partie du principe de l'Accréditation. Nous étions censés présenter une apparence uniforme vis-à-vis de l'extérieur afin d'être instantanément reconnaissables – les cheveux noirs, la peau pâle, l'émeraude sur la joue, les tatouages d'accréditation – et nos épées nous identifiaient, comme les bâtons pour les chamans.

Lorsque j'aurai pris ma retraite, je les laisserai peut-être repousser blonds, songeai-je, quand un nouveau sentiment d'irréalité me frappa. Je m'effondrai contre le mur carrelé, claquant des dents.

Je traçai un glyphe de Force d'une main tremblante sur les carreaux. Il rougeoya pendant un moment – j'avais été à deux doigts de perdre conscience. Si je m'évanouissais, qui sait ce que ferait le démon ?

Je terminai de me savonner et de me rincer, sortis de la douche, me séchai, et retournai pieds nus dans la chambre en attrapant mon sac au passage. Je m'habillai en quelques minutes avec des gestes automatiques, et enfilai avec soulagement mes bottes préférées. Le sceau sur mon épaule ne me faisait plus mal – seul un léger picotement subsistait, un halo de pouvoir qui rendrait perceptible mon lien avec un démon pour ceux qui usaient de la Vision. Des diamants noirs se mêlaient à mon aura de nécromante, comme jaillis d'un puits d'obscurité creusé à même mon épaule.

Génial. Ça va rendre les choses encore plus faciles.

Il fallait que je mange. Mon estomac gargouillait, sans doute parce que je venais de rendre l'intégralité de son contenu dans une allée sordide. Je m'étirai, ébouriffai mes cheveux humides, ramassai mon épée, et jetai mes vêtements imprégnés de dessicant dans le panier à linge sale.

Puis je me dirigeai vers le bureau et effleurai d'une main le verrou du tiroir. Le mécanisme – à la fois électronique et magique – s'ouvrit en cliquetant, et je fouillai dans mes affaires à la recherche de ce qui m'intéressait. Je ne m'étais pas encore vraiment accordé le temps d'y songer.

Le dossier rouge. Je m'en saisis d'une main peu assurée et le contemplai fixement, avant de refermer le tiroir et d'aller m'asseoir sur le lit. Je demeurai ainsi plusieurs secondes, immobile, tête baissée, les genoux légèrement tremblants, respirant comme un cheval en bout de course.

Quand ma respiration fut redevenue normale, je descendis les escaliers, m'arrêtant à mi-chemin pour effleurer la statue d'Anubis sur le petit autel dressé dans la niche. Je me promis de lui dédier un cierge si je m'en sortais vivante.

Je trouvai le démon dans la cuisine, en train de contempler la machine à café avec une expression horrifiée. Ou du moins, une imitation aussi proche que possible de l'expression horrifiée, compte tenu de son visage lisse et saturnin.

— Il y a un problème ?

— Vous buvez de l'*instantané* ? demanda-t-il comme s'il venait de découvrir que je sacrifiais des nourrissons à Jéhovah dans ma cuisine.

— Je ne croule pas sous l'or, monsieur le Difficile. Pourquoi vous n'invoquez pas simplement du Kona frais, si vous avez des goûts de luxe ?

— Désirez-vous que je le fasse, maîtresse ?

Il y avait une infinitésimale trace d'ironie dans sa voix. Il portait toujours son long manteau noir, et je le détaillai plus attentivement. Un nez long, des pommettes saillantes, une nuque large… il n'était pas spectaculaire comme Lucifer, ou horrible comme la chose dans le Hall. Un frisson parcourut ma peau. Il avait l'air *normal*, et ça le rendait encore plus terrifiant, quand on y réfléchissait.

— Appelez-moi juste Danny, grommelai-je en me dirigeant vers le frigo. (J'ouvris la porte et attrapai une boîte métallique.) Voilà le *vrai* café. Je le sors seulement pour les amis, ce qui vous donne une idée de la faveur que je vous fais.

— Vous pourriez me considérer comme un ami ?

Il semblait sincèrement surpris. Tout d'un coup, la conversation ressemblait moins à une interaction verbale avec un robot, et je lui en fus reconnaissante.

— Pas vraiment. Mais j'ai *réellement* apprécié que vous m'ayez tenue dans vos bras pendant que je déversais le contenu de mes tripes dans cette impasse. Je comprends bien que vous ne faites qu'obéir aux ordres de Lucifer, et quelque chose me dit que vous ne m'aimez pas beaucoup, alors il faut bien que nous arrivions à une sorte de compromis.

Je lui tendis la boîte à café et il la décapsula d'un geste vif.

— Vous êtes plutôt impressionnant, admis-je. Je n'aimerais pas avoir à me battre contre vous.

Il hocha légèrement la tête ; quelques mèches noires comme de l'encre glissèrent sur son front.

— Merci pour le compliment. Je m'occupe du café.

— Prenez votre temps. Il faut que j'aille réfléchir à cette affaire, dis-je en me dirigeant vers le salon.

Le démon ressemblait à une pièce de mobilier baroque au milieu de ma cuisine ultramoderne. J'avais presque envie de rester là pour voir comment il allait se débrouiller avec la cafetière, mais je n'étais pas curieuse à ce point. Et puis les démons s'intéressaient à la technologie depuis des centaines d'années. Ils étaient très doués dans ce domaine. Malheureusement pour l'humanité, ils n'étaient pas disposés à *partager* la leur, que les rumeurs disaient immensément étendue. Je réalisai que les démons faisaient probablement ce que les Nichtvren pratiquaient avant l'Acte Parapsychique : utiliser des prête-noms pour contrôler certaines sociétés de biotechnologie ou de recherche avancée. Le sang synthétique, par exemple, était une invention des Nichtvren. Beaucoup de ces suceurs de sang immortels avaient fait fortune en jouant les intermédiaires dans ce genre de business. J'imagine que quand vous avez l'éternité devant vous, vous avez tout intérêt à vous intéresser à la finance pour assurer la pérennité de votre petit nid douillet.

J'emportai mes documents dans le salon et m'effondrai sur le canapé, tremblante de la tête aux pieds. Je posai le dossier sur mon ventre, croisai mes avant-bras au-dessus de mes yeux, et expirai lentement. Mon entraînement me permit de reprendre le dessus, canalisant les ondes psychiques de mon cerveau. Je tombai rapidement en transe et retrouvai mon sanctuaire intérieur, celui qu'aucun scan ou carte génétique n'était capable de localiser. Le monde s'évanouit immédiatement autour de moi.

9

Des murs de cristal surgirent autour de moi. Le Hall était immense, il s'étendait jusqu'au sombre infini étoilé et plongeait jusqu'aux abysses. J'avançais sur le pont, et l'écho de mes pas résonnait sur le sol. Mes pieds étaient nus. Je sentais la rugosité de la roche, sa froideur humide, le poids de ma longue chevelure sur mon dos. Ici, je portais toujours la robe blanche des élus, une ceinture d'argent, et la marque brûlante sur ma joue. L'émeraude flamboyait, comme un cocon de lumière protecteur qui m'empêchait de basculer dans les ténèbres éternelles. Les vivants ne venaient pas ici – sauf moi et mes semblables.

Les nécromants.

De l'autre côté du pont, le chien noir et élancé m'attendait, assis, ses longues oreilles aux aguets. Je le saluai en portant la main droite à mon cœur, puis à mon front. « Anubis », dis-je dans le non-rêve, tandis que mes lèvres formaient les syllabes d'un autre mot qui était le Vrai Nom du dieu, celui-qui-ne-pouvait-pas-être-prononcé, et qui résonna à travers mon être.

Je ne suis que son instrument, mais en posant ses mains sur moi le dieu me fait vibrer comme les cordes d'une harpe.

Je respirai profondément en sentant la chaleur de son réconfort se répandre en moi. Ici, j'étais hors d'atteinte de Lucifer. Les démons ne fréquentaient pas le royaume des Morts. Du moins, je n'en avais jamais vu dans les parages.

Parfois, en particulier après une longue séance de travail passée à enchaîner les invocations les unes après les autres, j'avais envie de rester. J'en avais presque besoin. *Aucun autre nécromant ne pouvait pénétrer dans* mon *sanctuaire, même ceux dont Anubis était également le psychopompe. Ici, j'étais merveilleusement seule, en compagnie seulement du dieu et de la Mort.*

L'avatar-chien se rapprocha de moi. Je lui caressai la tête. Dans le silence, je sentis qu'il soupesait le problème et ses conséquences. Les parois de cristal bleu et le sol émirent une vibration qui me submergea tout entière, repoussant la peur et la souffrance comme ils le faisaient toujours. Les souffles des morts m'entourèrent, dans un bruissement de cristal issu du puits des âmes, jaillissant des profondeurs de l'éternité. J'enfouis mes mains dans la fourrure du chien et sentis un flux de chaleur remonter le long de mon bras.

Mon épaule gauche se contracta. Le chien releva des yeux inquisiteurs au sommet de son étroit museau. Puis, gravement, il hocha la tête. Tout cela était absurde. La marque du démon ne m'avait pas dépossédée de ma capacité à marcher dans le royaume de l'au-delà. J'étais sous la protection de mon patronus, *le seigneur des Morts. Que pouvais-je craindre ?*

Rien.

Je me redressai brusquement, et la base de ma lame glissa hors du fourreau. Au-dessus de moi, le démon me regardait, les yeux voilés. Le dossier glissa sur mon flanc.

Je le rattrapai et appuyai le bout du fourreau sur le sol pour y réintégrer la base de l'épée. Il me fallut quelques instants supplémentaires pour retrouver mes esprits, mais Jaf attendit patiemment, avant de me tendre une tasse de café fumant.

— Étiez-vous en train de rêver, ou de voyager ?

— Ni l'un ni l'autre.

Les contacts d'un nécromant avec son psychopompe ne regardaient que lui. Aucun de nous n'en parlait aisément – encore moins à des étrangers ou à d'autres psions. En discuter avec un démon était bien la dernière chose qui me serait venue à l'idée. J'acceptai le mug de café et le humai délicatement. Fort et parfumé. Il avait même ajouté une lichette de crème, comme j'aimais le faire moi-même.

— Merci.

Il haussa les épaules et croisa les doigts autour du mug qu'il s'était choisi. C'était le bleu ; un choix intéressant. La plupart des gens prenaient le blanc, et quelques-uns le mug TanDurf rouge géométrique. Une seule autre personne parmi celles que j'avais autorisées à pénétrer chez moi avait choisi le mug Baustoh bleu.

Les dieux essayaient peut-être bien de me dire quelque chose.

Je m'étirai, me frottai les yeux, et décrochai le combiné du téléphone. Je faisais partie des rares individus à ne pas posséder de videoshell. Je n'avais pas envie que quiconque puisse voir mon visage autrement qu'en face à face. Je suis peut-être vieux jeu, mais je n'ai aucune confiance dans ce genre de truc. Et dans mon intimité, si je veux répondre au téléphone toute nue, ça ne regarde que moi.

Je composai le numéro, et une voix électronique me répondit. Après que j'eus appuyé sur une série de touches, le programme vérifia ma masse corporelle et m'informa que la pizza serait déposée devant ma porte dans vingt minutes. Je raccrochai et m'étirai à nouveau.

— La pizza est en route. Vous pouvez manger de la nourriture humaine, non ?

— Je peux. Vous avez faim ?

Je hochai la tête et trempai mes lèvres dans mon café. Je réalisai qu'il était brûlant et grimaçai en serrant le dossier contre moi. Un bruissement parcourut la tapisserie accrochée sur le mur ouest. L'œil d'Horus s'agitait.

— J'ai rendu mon petit déjeuner *et* mon déjeuner tout à l'heure dans l'impasse. Il faut que je mange, ou je vais commencer à parler aux morts, et *pas* volontairement... J'espère que vous aimez les trucs épicés. Faites comme chez vous pendant que je jette un coup d'œil à ce dossier.

Il s'écarta de moi sans poser d'autre question, et se laissa tomber sur une chaise, à côté de la pile de manuels de nécromancie qui servait de socle à mon euphorbe en pot. Il leva son mug à hauteur de ses lèvres et demeura ainsi, les yeux étrécis, à me contempler sans toucher au café.

J'ouvris la couverture du dossier.

Plusieurs secondes s'écoulèrent. Je n'avais réellement pas le courage de regarder.

Je sirotai un peu de café et aspirai de l'air pour le faire refroidir dans ma bouche. Enfin, je baissai les yeux sur le contenu du dossier. La simple vision de cette photo de mauvaise qualité imprimée au laser me donnait la nausée – Santino en train de sortir d'une voiture, ses longs cheveux couleur de glace tirés en arrière, exposant ses grandes oreilles pointues, les larmes noires peintes sous ses yeux comme deux puits de ténèbres… Je fermai les yeux.

— *Baisse la tête, Doreen ! Baisse la tête !*

Le grondement du tonnerre. Avancer désespérément, ramper à terre… mes doigts qui s'écorchent contre le bitume, esquiver le sifflement des balles… Je bute contre un obstacle, et une ombre surgit des ténèbres juste devant moi. Il tient le petit sac noir dans une main.

— *La partie est finie, ricane-t-il en déchirant l'air de ses griffes.*

La douleur atroce à mon côté se transforme en brûlure insoutenable. Je me jette en arrière, pas assez vite, pas assez vite…

Je repoussai violemment ces souvenirs.

« Dernière localisation connue : Santiago City, Hegemony », disait la légende sous la photo, avec une date qui remontait à cinq ans. *Le jour où Doreen est morte*, songeai-je en prenant une autre gorgée de café pour dissimuler mes tremblements. *Il peut être n'importe où, aujourd'hui.* Il utilisait le nom de Modeus Santino, le riche et mystérieux propriétaire de la société Andro-Biomed… Tout le monde pensait qu'il était génétiquement modifié. De nos jours, les nantis ne se privaient pas d'utiliser ce procédé pour modifier leur apparence à leur gré. Après l'enquête criminelle, on avait découvert qu'Andro-Biomed n'était qu'une société écran. Mais la piste administrative s'arrêtait là, car la société mère faisait partie de l'empire des mafias, ce qui la rendait de fait anonyme.

Je haïssais les mafias comme je haïssais le chill. Ça ne leur aurait pas coûté beaucoup de nous dire où Santino avait disparu. Ce n'était pas comme si c'étaient elles qu'on visait directement.

Nous avions pressuré tous les contacts dont nous disposions chez elles, ajoutant au passage quelques noms à la liste de nos ennemis, pour finalement devoir admettre notre défaite. La loi ancienne de l'omerta était toujours en vigueur, même dans notre société technologique. Et Santino s'était évanoui dans la nature.

D'autres photos.

Des photos de victimes.

La première était la pire de toutes, parce que c'était celle de Doreen. Elle était étendue sous l'objectif du photographe, les jambes écartées de manière obscène, un atroce sourire sanglant en travers de la gorge. Sa cage thoracique était écartelée, exposant ses entrailles ; sa cuisse droite écorchée sur toute la longueur laissait apparaître les restes du fémur absent, excisé au scalpel laser. Ses yeux étaient clos, son visage paisible, mais ça restait...

Je fixai le plafond du regard. Des larmes perlaient derrière mes paupières.

Un jour, quelqu'un se rendra compte que tu es une sentimentale, Danny. La voix de Reena traversait les années pour parvenir jusqu'à moi. Ça faisait un moment que je n'avais pas pensé à elle, pas plus qu'à aucune autre cause de douleur profonde. Quelqu'un m'avait un jour accusée d'être insensible. C'était faux – j'avais ressenti la douleur jusqu'au plus profond de mes os. Je ne voyais juste pas l'intérêt de l'afficher devant autrui.

Un coup de sonnette retentit à travers la maison silencieuse. Je m'étais à moitié redressée sur le canapé quand Jaf atteignit la porte d'entrée. Je me laissai retomber en arrière et me contentai d'écouter leur conversation. Le livreur de pizza avait une voix d'alto nasillarde – *ça doit être le gamin à bicyclette*. Je n'entendis pas la réponse que lui fit à voix basse le démon, mais elle provoqua une exclamation chez le gosse. *Jaf a dû lui donner un pourboire.* Je m'autorisai un sourire. Je pouvais déjà sentir l'odeur du fromage et de la pâte croustillante.

La porte se referma, et un silence pesant envahit de nouveau la maison. Le démon était en train de vérifier mes champs de sécurité. C'était quelque peu malpoli – pensait-il vraiment que j'étais incapable de protéger mon propre foyer ? – mais je serrai les dents et tournai la page où se trouvait la photo de Doreen.

Santino n'avait pas eu le temps d'accomplir l'intégralité de son « travail » habituel sur elle, mais il y avait d'autres photos, plus représentatives. Il avait prélevé des choses différentes sur chaque fille – du sang et des organes divers –, mais en incluant systématiquement le fémur, ou une partie de ce dernier. En tant que serial killer, sa seule originalité était sa gourmandise en matière de trophées.

Puis on arrivait à la période où la police m'avait confié l'affaire. Je passai quand même tous les cas en revue, surtout ceux que Gabe avait pris en charge.

J'avais une dette envers Gabe. Et, surtout, c'était mon amie.

Santino était un démon. Ça explique tout, au bout du compte. Mais pourquoi est-ce que je ne l'ai pas senti ? Je n'étais pas à ce point *inexpérimentée... et pourquoi Lucifer ne se soucie de lui qu'aujourd'hui ?*

Je relevai les yeux. Jaf se tenait sur le seuil du salon. Mes tapisseries ondulaient d'une vie propre ; Horus scintillait, Anubis observait, calme et immobile, Isis écartait les bras en un geste accueillant.

— Pourquoi Lucifer ne lui donne la chasse que maintenant ? m'enquis-je. Après cinquante ans ?

— Cinquante années ne représentent rien pour nous. Ça pourrait aussi bien être hier.

Mon regard se durcit.

— Parce qu'il n'avait écorché jusque-là que des *humains*, hein ?

Il haussa les épaules. Son manteau accompagnait ses gestes comme une seconde peau.

— Nous ne passons pas notre temps à surveiller tous les criminels et tueurs en série de votre monde. Nous avons mieux à faire. Comme s'occuper de ceux qui ont envie d'évoluer.

— Les assiettes pour les pizzas sont dans la cuisine.

Je me massai le front du bout des doigts, avant de replonger les yeux dans le dossier.

Le corps éventré d'une adolescente. Sa bouche ouverte dessinait un rictus de terreur. Dans les actualités holovid, les journalistes appelaient Santino « le Tueur de Saint-City ». Ils dissertaient avec délectation sur les détails les plus glauques de l'affaire, élaboraient des théories sur la raison pour laquelle il prenait les fémurs, harcelaient la police pour obtenir des informations.

Je décrochai de nouveau le téléphone et composai un numéro.

La tonalité retentit dans le vide pendant plusieurs secondes, avant que quelqu'un décroche.

— Mrph. Gaar. Hrhum.

On aurait dit un singe affligé d'une bronchite aiguë.

— Salut, Eddie, répondis-je. Gabe est là ?

— Schrmuk. Grmph. Ahr.

Je pris ça pour un « oui ». J'entendis un froissement de vêtement qu'on enfile, puis la voix fatiguée de Gabe.

— Tu as... tu as intérêt à avoir une bonne raison pour appeler à cette heure-là.

— Tu as un peu de temps à me consacrer ce soir, Spook ?

D'autres froissements de vêtements. Un bruit sourd. Un grognement d'Eddie.

— Danny ? Qu'est-ce qui se passe ?

— J'ai une piste. Sur l'Éviscérateur.

Le silence crépita à l'autre bout de la ligne. Enfin, Gabe soupira.

— Rendez-vous à minuit, chez moi ? (Elle n'avait pas l'air fâchée.) Tu sais que je n'ai pas de temps à perdre à chasser des chimères, Danny.

— Ce n'est pas une chimère.

Ma mâchoire était tellement serrée que mes dents grinçaient presque.

— Tu as de nouveaux indices ?

La voix de Gabe était passée en un instant du mode « amie » au mode « flic. »

— D'une certaine façon, répondis-je. Mais rien qui tiendrait devant un tribunal.

— Même avec la jurisprudence des preuves paranormales ?

Son ton s'était fait plus dur, mêlé de frustration.

— Bon sang, Gabe... Fais-moi un peu confiance.

Le démon était réapparu sur le seuil de la cuisine, la boîte à pizza et deux assiettes entre les mains. Il s'immobilisa, le regard fixé sur moi.

— OK.

Le clic d'un interrupteur, une longue inspiration. *Elle doit vraiment être énervée.*

— Pointe-toi à minuit chez moi. Tu es seule ?

— Non.

Je lui devais la vérité.
— Mort ou vivant ?
— Ni l'un ni l'autre.
Elle prit quelques instants pour digérer l'information.
— Très bien, jeune fille, garde ton petit secret. Rendez-vous à minuit, avec ce que tu as de nouveau. On regardera ça. Et d'ici là, fiche-moi la paix.
— À tout à l'heure, Spocarelli.
Elle éclata de rire.
— Va te faire foutre, Dante.
J'entendis Eddie grogner une question, avant que la tonalité ne retourne sonner dans le vide.
Je raccrochai et contemplai la tapisserie. Horus avait bougé et Isis levait les bras, paumes ouvertes. La grande déesse brandissait l'Ankh devant sa poitrine en un geste protecteur. Je vis la tête d'Anubis s'incliner légèrement, comme s'il entendait ma prière.
Eh bien, au moins, les dieux étaient avec moi...
— On a rendez-vous dans deux heures avec une de mes amies, annonçai-je au démon. Finissons-en avec le dossier, et on pourra y aller.
Tu n'as pas besoin de savoir que je m'apprête à te semer aussi vite que possible.
Je luttai contre un nouveau fou rire.
— Amenez la pizza, je vous fais un peu de place, repris-je en désignant l'espace sur le divan à côté de moi.
Il hésita une fraction de seconde avant de venir s'asseoir à mes côtés. J'écartai le dossier et ouvris la boîte à pizza. Moitié peperoni, moitié végétarienne – je découpai une part de chaque côté et les déposai dans mon assiette.
— Servez-vous, ajoutai-je abruptement.
Il prit une seule part côté salami, et me regarda d'un air interrogateur.
— Vous n'avez jamais mangé de pizza ?
Il secoua la tête. Sous ses cheveux de jais tirés en arrière, son visage était blanc comme un masque d'androïde. Un muscle glissa sous sa joue lisse. Est-ce que j'avais encore enfreint une règle obscure de l'étiquette démoniaque ?

Je divisai le reste de la partie végétarienne en deux, déposai la boîte ouverte sur le tapis, et mordis dans ma part avec voracité. Du fromage fondu, de la pâte croustillante, de l'ail, et des morceaux de trucs probablement végétaux.

— Hmmmh, fis-je, encourageante.

Le démon prit une bouchée. Il mâcha avec un air concentré, avala, et prit une autre bouchée.

Après avoir fait de même, je léchai mes doigts recouverts de graisse et de fromage. La nourriture me faisait me sentir plus solide, elle m'ancrait dans la réalité. Au bout de trois parts, je commençai à ralentir et à savourer réellement. J'alternais entre les bouchées de pizza et de longues gorgées de café tiédi. Le démon m'imita, et à nous deux, nous fîmes un sort à la gigantesque pizza. Il en avait mangé les trois quarts.

— On dirait que vous aviez faim, conclus-je en me léchant une dernière fois les babines. Bon sang, qu'est-ce que c'était bon !

Il haussa les épaules.

— Mauvais pour la santé. Mais, oui, très bon.

Ses yeux verts brillaient.

— Ça faisait longtemps que, euh... ? Je veux dire, vous n'avez pas l'air de sortir très souvent, quand même.

— Les années humaines ne signifient pas grand-chose pour nous, rétorqua-t-il, coupant court à la conversation.

Je sentis le parfum de l'irritation. Ça m'apprendrait à essayer d'engager une discussion personnelle avec un démon.

— Puisque vous le dites... Et si vous m'expliquiez pourquoi Santino n'a pas une odeur de démon ?

— Il a une odeur de démon. Mais pas celle de ceux qui sont autorisés à sortir des Enfers. Santino n'est qu'un charognard doublé d'une vermine, mais il a rendu un service au Prince, et a été récompensé pour cela.

Jaf enfourna le dernier morceau de croûte dans sa bouche, les paupières à demi closes.

— Cette récompense lui a finalement permis d'échapper au contrôle du Prince et de venir dans votre monde, avec l'Œuf.

— Et que contient l'Œuf ?

Autant poser la question maintenant, songeai-je. *Je n'en aurai peut-être plus l'occasion.*

— Le Prince vous a dit que ça ne vous regardait pas, répondit le démon en fixant d'un œil vide la boîte à pizza. Il n'y en a plus ?

— Vous avez mangé les trois quarts d'une pizza géante et vous avez encore faim ? (Je vrillai mes yeux dans les siens.) Qu'est-ce qui se passerait de si terrible si on le brisait ?

— Je ne mange pas souvent de nourriture humaine. (Il relâcha les épaules et s'affala au fond du canapé.) On ne doit pas laisser Vardimal ouvrir l'Œuf. Les répercussions seraient excessivement désagréables.

Je laissai échapper un grognement de dépit.

— Désagréables comment ? Une pluie de lave, des salamandres, la peste noire, ce genre de truc ?

— Peut-être. Ou l'anéantissement de votre espèce.

Comme je restais sans voix, il reprit :

— Nous aimons les humains. Nous souhaitons qu'ils vivent – enfin, la plupart d'entre nous le souhaitent. Quelques-uns n'en sont pas convaincus.

— Super, dis-je en tripotant du bout des orteils la boîte à pizza vide. Et vous êtes de quel côté ?

— Je ne prends pas parti. Le Prince me dit ce que je dois tuer, et je tue. La philosophie ne m'intéresse pas.

— Donc, vous êtes du côté du Prince. (Je renfilai mes bottes et m'extirpai du canapé.) Vous avez encore faim, hein ? Ce n'était pas suffisant ?

— Non.

Un drôle de rictus déformait un côté de sa bouche.

Je ramassai la boîte en carton et ma tasse à café vide.

— Bon. Je vais voir s'il me reste autre chose à manger. Qu'est-ce que vous savez de plus sur Santino ?

Il écarta les bras en signe d'impuissance.

— Je peux vous donner son Vrai Nom, écrit dans notre propre langue. À part ça, pas grand-chose.

— Alors, vous servez à quoi ?

La frustration conférait à ma voix un tranchant inhabituel. En général, il vaut mieux parler doucement quand vous êtes nécromant. Certains d'entre nous ont tendance à ne plus s'exprimer que par murmures après un certain temps. Je pris une longue inspiration.

— Écoutez. Vous frappez à ma porte, vous me menacez, vous filez une raclée à six néopunks, vous me faites traverser les Enfers, et vous mangez les trois quarts de ma pizza. Le moins que vous puissiez faire, c'est de m'aider *un minimum* à retrouver la piste de ce démon-qui-n'en-est-pas-un.

— Je peux vous donner son Nom, et je peux le repérer à l'intérieur d'un certain périmètre. Par ailleurs, je suis là pour vous garder en vie. Vous pourriez trouver ça utile, en fin de compte.

— Lucifer a dit que vous aviez un intérêt personnel dans tout ça, rétorquai-je en bazardant le carton à pizza. Lequel ?

Il ne répondit pas. Ses paupières cillèrent à peine d'un millimètre sur ses yeux d'émeraude incandescente. *Les yeux de Lucifer étaient plus clairs*, songeai-je en frissonnant. *Plus clairs, mais plus effrayants.*

— Vous n'avez pas l'intention de m'en dire plus. Vous allez juste essayer de me balader à droite et à gauche sans me révéler quoi que ce soit.

Le silence, encore une fois. Son visage semblait sculpté dans un marbre doré et poli jusqu'à la perfection. C'était comme d'avoir la statue d'un prêtre assis sur mon canapé.

C'est la dernière fois que j'essaie d'être aimable avec un démon, pensai-je, et le murmure s'échappa de mes lèvres :

— C'est la dernière fois que j'essaie d'être aimable avec un démon.

Je me dirigeai vers la cuisine. *Maudits démons. J'allais passer un après-midi tranquille à faire de la divination devant un feuilleton à la noix, et voilà que j'en ai un à traquer, un autre assis sur mon canapé, et Doreen...*

Je pliai machinalement le carton en deux, le fourrai dans le container et appuyai sur le bouton noir.

— Foutus démons, marmonnai-je. Ils se servent de nous comme des pions. Leur job, ils peuvent se le reprendre et se le carrer dans leur infernal...

Dante... Un souffle de cristal froid sur ma joue.

Je fis volte-face. Le monde tournoyait et ondulait autour de moi comme la flamme d'une bougie. Je contemplai ma main posée sur le plan de travail, mes doigts longs et pâles, le vernis écarlate de mes ongles qui scintillait sous la lumière brutale.

Les néons ne sont pas très flatteurs pour le teint des nécromants.

J'aurais pu jurer que je venais d'entendre la voix de Doreen, que j'avais senti le contact de ses doigts sur ma joue, ses ongles le long de mon cou.

Ma maison est aussi sécurisée qu'un bunker présidentiel. Il faudrait l'équivalent psychique d'une explosion thermonucléaire pour percer ses défenses.

Un démon en serait capable. Je clignai des paupières.

Mon épée était dans une autre pièce. Le salon. J'avais laissé mon épée à côté d'un démon.

Je me ruai dans le couloir, dérapai sur le plancher en tournant à l'angle droit, et fis irruption dans le salon. Mon épée n'avait pas bougé de l'endroit où je l'avais laissée, posée en équilibre contre le canapé. Le démon était assis, immobile, et tenait une feuille de papier entre ses doigts dorés.

J'empoignai mon épée et fis volte-face. L'acier jaillit hors du fourreau. Il y eut une explosion d'étincelles vertes – mes anneaux s'étaient réactivés et crépitaient dans l'air. Je basculai sur un autre niveau de conscience et sondai les alentours.

Il n'y avait rien. Rien de rien.

Je l'ai entendue, je sais que c'était la voix de Doreen. J'en suis sûre.

Je laissai échapper un soupir heurté. J'avais entendu sa voix.

Mon épée émit une très douce vibration musicale au milieu du silence. C'était une lame consacrée et gravée de runes. J'avais passé des mois à l'imprégner de pouvoir pour en faire une arme psychique aussi bien que physique. Je dormais avec, et je la portais en permanence sur moi ; elle était devenue une extension de mon propre bras. Elle fredonnait à présent une sourde mélodie qui parlait de terreur et de sang versé ; les harmoniques issus de la lame envahissaient la pièce comme des vagues qui venaient mourir contre mes boucliers.

Mon épaule gauche m'élançait douloureusement. Je jetai un coup d'œil au démon qui n'avait toujours pas bougé.

— Vous prévoyez une bataille ? s'enquit-il finalement.

Une goutte de sueur dévala ma colonne vertébrale jusqu'à la ceinture de mon jean. J'essayai de regarder partout à la fois.

Je l'ai entendue. Je le sais.

Je remis la lame au fourreau et remontai l'escalier vers l'autel où j'attrapai ma sacoche. Je devais aussi prendre les poignards, dans ma chambre.

— Je monte à l'étage, lui répondis-je. Quelqu'un est en train de jouer avec moi, et je n'aime pas ça. Je *déteste* ça.

— Je ne joue pas avec vous.

Sa voix avait repris sa tonalité robotique.

— Si c'était le cas, vous ne me le diriez pas, répliquai-je en quittant la pièce.

Finalement, il faut que je le sème tout de suite... Dire que je vais être obligée de laisser un démon à l'intérieur de chez moi, bordel de merde !

Arrivée en haut de l'escalier, je récupérai mes poignards et complétai mon équipement en moins de vingt secondes. Puis, épée à la main, je me dirigeai vers la fenêtre de la chambre à coucher. Le châtaignier qui se dressait juste devant était doté d'une branche très commode sur laquelle je pouvais sauter.

J'avais ouvert la fenêtre et déjà passé un pied dehors quand la main de Jaf se referma sur ma nuque.

— Vous allez quelque part ?

Ses doigts étaient durs, et trop brûlants pour être humains.

Oh, non.

10

J'avais exprimé mon intention de me rendre chez Gabe à pied, et le démon n'y avait pas émis d'objection. La pluie avait cessé, et le trottoir mouillé luisait sous les réverbères. Au moins, ce n'était pas une nuit sans lune – ça aurait rendu le trajet encore plus angoissant. Je détestais la lune noire, même quand j'utilisais un patch Espo pour interrompre mes menstruations et éviter d'être dérangée avec ça en mission.

Je jetais régulièrement de furtifs coups d'œil au démon tandis que nous descendions Trivisidiro Street. Gabe habitait dans la partie mal famée de la ville, mais sa maison était toujours entourée par les hauts murs de pierre que son arrière-arrière-arrière-grand-quelque-chose avait fait élever. Les *véritables* défenses, c'étaient les boucliers de Gabe et la force brutale d'Eddie. Même un junkie défoncé au chill n'aurait pas osé pénétrer par effraction dans une maison habitée par un skinlin et une nécromante. Les skinlins avaient pour principale spécialité de faire pousser des trucs – un peu l'équivalent moderne de la sorcellerie domestique. La plupart d'entre eux travaillaient pour des firmes de biotechnologie ou pharmacologie, dans des usines où ils élaboraient des parades moléculaires contre des virus mutant en permanence, quand ils ne fusionnaient pas des branches d'ADN en utilisant la magie ou d'autres procédés assez compliqués. Les skinlins étaient presque aussi rares que les *sedayeen*, mais pas autant que les nécromants. La plupart des psions étaient des chamans.

Encore un débat brûlant entre les adjurateurs, les magi et les généticiens : pourquoi les nécromants et les *sedayeen* étaient-ils si peu nombreux ? Le seul petit problème avec les skinlins, c'est qu'ils entraient dans un état second quand ils se retrouvaient impliqués dans un combat. Un sorcier des éléments en colère était pire qu'un chillomane en manque : impossible à arrêter, même blessé. Et dans ce domaine, Eddie se situait au-dessus de la moyenne, même parmi ses semblables.

Le démon demeurait silencieux, se contentant de me suivre à deux pas derrière moi. C'était assez désagréable, un peu comme de marcher avec un fauve dangereux dans son dos.

Non que j'aie déjà vu un vrai fauve de mes propres yeux, mais quand même.

Je parvins à me contenir jusqu'au croisement entre Trivisidiro et la Cinquantième avenue.

— Écoutez, ce n'est pas la peine de faire la tronche comme ça. Je vous rappelle que vous êtes juste là pour me tenir en laisse jusqu'à ce qu'on ait trouvé votre foutu Œuf, que vous pourrez ensuite ramener à Lucifer en me laissant toute seule dans la merde face à Santino. Ça vous étonne, après ça, que je sois méfiante ?

Il ne répondit rien. Ses yeux perçants luisaient au-dessus de ses épaules carrées. Ses joues dorées étaient lisses et parfaites – les démons étaient tous imberbes. Enfin, je crois, personne ne le savait vraiment. Ce n'était pas exactement le genre de question qu'on osait leur poser.

— Hé, ho ? lançai-je avec un claquement de doigts. Ça vous intéresse, ce que je raconte ?

Toujours aucune réponse.

Je soupirai et me concentrai sur le bruit de mes propres pas. Nous arrivâmes à un croisement. Trivisidiro était une des artères principales de la ville, et la circulation de véhicules terrestres et antigrav battait son plein.

— OK, lâchai-je finalement. Je suis désolée de m'être énervée. Voilà. Vous êtes content ?

— Vous êtes trop bavarde.

— Allez vous faire foutre, lui répondis-je dans un élan de grâce.

Le feu passa au vert et je m'engageai machinalement sur le passage piéton, déjà en train de réfléchir à un moyen pour le semer après la visite chez Gabe.

Un éclair de douleur fusa dans mon épaule gauche. La main du démon se referma sur mon bras et me tira en arrière tandis qu'une bourrasque d'air chaud balayait l'avenue. J'entendis hurler les sirènes de la police aéromobile, et un véhicule argenté passa en trombe devant moi, bien au-delà de la limite de vitesse autorisée. Les ultrasons d'un neutraliseur antiradar me firent grimacer.

J'aurais dû anticiper ça.

Je demeurai sous le choc, le souffle coupé, les yeux fixés sur le sillage de la voiture. Tôt ou tard, le conducteur finirait par se faire rattraper et verbaliser, mais pour l'instant, je ne parvenais pas à faire cesser mes tremblements. Le démon relâcha lentement mon bras.

Je parvins enfin à retrouver une respiration normale. Je n'avais pas fait attention à mon environnement. J'étais trop occupée à fulminer intérieurement contre ce démon. Non seulement c'était un manque de professionnalisme, mais j'aurais pu mourir. Je ne pouvais pas me permettre de perdre ma concentration.

Je fermai les yeux, me jurant à moi-même qu'*à partir de maintenant, tu feras attention, c'est compris, Danny ? Ça ne sert à rien de se débarrasser du démon si tu meurs écrasée dans la seconde qui suit par un petit morveux au volant de la voiture de son papa.*

Je devrais le remercier, songeai-je. *Sauf que s'il n'avait pas frappé à ma porte cet après-midi, je serais tranquillement au chaud, chez moi, en train de vivre ma vie.*

— Merci, dis-je finalement, en rouvrant les yeux pour faire le point sur le monde qui m'entourait. Je sais que vous ne faites qu'obéir à vos ordres... mais merci.

Je ne recommencerai plus jamais un truc pareil.

Pour toute réponse, il cligna des paupières.

Je balayai les alentours du regard pour m'assurer qu'il n'y avait plus de danger et m'engageai prudemment sur le passage, quand il saisit à nouveau mon bras.

— Vous haïssez les démons ? me demanda-t-il.

Le feu piéton repassa au rouge. Je dégageai mon bras de son emprise.

— Si ce que vous m'avez dit est vrai, c'est un des vôtres qui a assassiné ma meilleure amie. C'était une *sedayeen*. Elle n'avait jamais fait de mal à qui que ce soit, mais Santino l'a tuée quand même. (Jaf fixait l'avenue comme s'il trouvait les lumières de la circulation incroyablement intéressantes.) Et pourtant, non. Je ne hais pas les démons. J'ai juste horreur qu'on se serve de moi. Vous auriez pu me demander gentiment de vous aider au lieu de me braquer un flingue sous le nez, vous savez ?

— Je m'en souviendrai. (Il y avait une légère pointe de surprise dans sa voix.) Santino a tué votre amie ?

— Il n'a pas fait que la tuer, répliquai-je sèchement. Il l'a terrorisée pendant des mois et il a failli m'avoir aussi.

Il y eut un moment de silence entre nous, uniquement meublé par les bruits de la ville – le gémissement des sirènes, le ronronnement de la circulation, le grésillement du flux de pouvoir de la cité.

— Je lui ferai payer cela. Venez, la voie est libre.

Je vérifiai une énième fois que le passage était libre avant de le suivre. Pendant toute la fin du trajet, il marcha à mes côtés, silencieux, les mains croisées derrière son dos, alors que je caressais la garde de mon épée en réprimant mon envie de tirer la lame.

S'ils avaient raison, et que je *pouvais* tuer Santino, ce serait avec cette lame.

Attends d'avoir l'avis de Gabe. Je réalisai que j'étais en train de sourire, un sourire dur qui n'atteignait pas mon regard.

11

Je posai une main sur la porte et me laissai scanner par les ondes du bouclier de Gabe. Il me reconnut, la serrure se déverrouilla et je m'empressai de mettre un pied dans la porte avant qu'elle ne se referme. Le démon me suivit, presque collé à mon dos. Une lumière rouge vacillante émit un flash à son passage. Je m'immobilisai et attendis, les mâchoires serrées.

Les défenses psychiques vibrèrent et le spectre coloré se stabilisa sur un bleu-violet profond. Gabe avait compris ce qui m'accompagnait, et ça ne l'amusait pas spécialement.

— Suivez-moi, dis-je au démon. Et bouclez-la, d'accord ? Elle ne plaisante pas.

— Comme vous voulez.

Son ton avait retrouvé sa pointe sarcastique. Juste au moment où je commençais à le trouver moins insupportable.

Mes pas résonnaient sur l'allée pavée. Les plates-bandes étaient plutôt négligées, mais l'ensemble conservait l'aspect d'un jardin, et Eddie continuait à s'occuper des haies et des pots de fleur.

Je gravis les marches jusqu'à la porte peinte en rouge. Les paliers de défense de Gabe étaient aussi nombreux que des pelures sur un oignon – sa famille avait toujours compté des flics et des nécromants dans ses rangs, avant même l'Acte Parapsychique qui avait accordé aux psions un statut protégé et reconnu plusieurs races non humaines.

Gabe avait hérité d'un énorme fonds d'investissement parfaitement bien géré. Elle pouvait se passer de ses revenus de nécromante, sans parler de son salaire de flic. Mais elle avait besoin de se sentir utile à la communauté, un idéal qui se transmettait de génération en génération dans la lignée de sa mère. C'était quelque chose que j'admirais chez elle, quelque chose qui l'avait surtout empêchée de devenir une riche enfant gâtée.

Je frappai poliment, devinant une concentration de pouvoir juste derrière le seuil.

La porte s'ouvrit et je me retrouvai face à Eddie, rugissant. Je souris sans dévoiler mes dents. Le démon eut le bon goût de ne rien dire, mais je sentis son aura cristalline se densifier lentement et recouvrir la mienne, comme pour me protéger.

Le skinlin blond et hirsute demeura planté devant moi pendant environ dix longues secondes, nous jaugeant tous les deux. On devinait la musculature de ses épaules tendue sous son tee-shirt ; une odeur de terre humide et d'arbres saturait l'air autour de lui. Je gardai mes mains parfaitement immobiles. S'il passait à l'attaque, il ne s'arrêterait pas avant que l'un d'entre nous, ou les deux, ne soit gravement blessé.

Gabe surgit au milieu des ombres, lame au clair. Les runes scintillaient sur la surface de l'acier.

— Tu ne m'as pas dit que tu ramenais un démon, lâcha-t-elle, la douceur de sa voix formant un contrepoint au grondement d'Eddie.

Gabrielle Spocarelli était petite et mince, un mètre cinquante-huit de muscles et de grâce. Son émeraude de nécromante étincela sur sa joue, exprimant une sorte de message de bienvenue auquel répondit mon propre tatouage. Elle portait une tunique de soie à col en U au-dessus d'une paire de jeans, avec une élégance désinvolte que je lui enviais secrètement. Je m'étais toujours demandé ce qu'elle pouvait bien trouver à son sorcier hirsute, boueux et misanthrope, mais Eddie semblait bien la traiter, et il veillait sur elle avec une ardeur presque fanatique. Gabe en avait besoin. Son job à la police criminelle lui créait beaucoup de soucis – presque autant que m'en attirait le mien.

Presque.

— Crois bien que j'en suis surprise moi-même, répondis-je. On fait la paix ?

Je levai lentement la main pour découvrir partiellement mon épaule, révélant la moitié de la cicatrice rouge et ardente.

— J'ai quelque chose à te raconter, Gabe.

Gabrielle me contempla pendant un long moment. Son regard noir et perçant faisait des allers-retours entre le démon et la marque sur mon épaule. Enfin, elle rangea son épée au fourreau.

— Eddie, tu peux nous préparer du thé ? demanda-t-elle. Entre, Danny. Tu ne t'es jamais moquée de moi jusqu'à présent. J'imagine que ce n'est pas non plus le cas aujourd'hui.

— Tu n'es pas sérieuse, gronda Eddie.

Ses sourcils blonds et broussailleux étaient tellement froncés qu'ils se rejoignaient presque. *Pourquoi ne se rase-t-il jamais ?* songeai-je en remettant mon tee-shirt en place – je me sentais mieux en sachant ce truc recouvert par le tissu.

— Oh, Eddie, ça va. Détends-toi un peu. Fais-nous du thé, s'il te plaît. Et quant à vous – qui que vous soyez... (Ses yeux étaient vrillés sur Jaf.) Si vous causez le moindre trouble chez moi, je vous renvoie aux Enfers en colis express. Compris ?

Le démon hocha la tête sans mot dire.

Heureusement pour lui.

Un parfum ténébreux embaumait l'intérieur de la maison. Gabe faisait brûler du kyphii. Je fermai les yeux pendant un moment et pris une grande inspiration pour emplir mes poumons. Mon amie ne comptait pas parmi les plus puissants nécromants, mais elle possédait une sérénité et une acuité qui manquaient à beaucoup. Nous nous fréquentions rarement, entre collègues – assez logique pour une bande de prima donna névrotiques. Avoir trouvé une personne que j'appréciais et qui comprenait ce que c'était que de parler aux morts, c'était... eh bien, quelque chose d'exceptionnel.

Elle nous conduisit à la cuisine, où Eddie avait mis la bouilloire à chauffer. Il avait sorti ma tasse habituelle, le haut mug noir et tordu qui m'était réservé.

— Thé ? proposai-je au démon.

Il écarta les mains en signe d'impuissance.

— Il prendra du thé. Je lui ai dit de la boucler.

— Bien vu.

Gabe posa son épée sur le bar. Je préférais les lames de type katana, mais Gabe avait opté pour une longue épée à deux mains qui semblait monstrueuse entre ses mains menues. Et, croyez-moi, je n'ai jamais voulu me mesurer à elle dans cette discipline.

— Donc, tu disais tout à l'heure, à propos du cas...

Je sortis le dossier de mon sac et le lui tendis.

— Le Prince des Enfers veut que je pourchasse ce type. Il s'appelle Vardimal – notre bon vieux pote Santino.

— Le Prince des...

Gabe détourna son regard de moi pour fixer à nouveau le démon.

— Apparemment, une sorte de garçon de course, précisai-je en essayant de réprimer le fou rire qui montait en moi. (Je n'y parvins pas, et un ricanement étranglé s'échappa de ma bouche.) Désolée. J'ai eu une journée *vraiment* difficile, Gabe.

Elle ouvrit le dossier, bien qu'elle sût déjà ce qu'il contenait. Son visage était devenu d'une blancheur de craie.

— Gabrielle ?

La voix d'Eddie contenait seulement une esquisse de grondement.

Gabe fouilla dans sa poche, en tira un paquet écrabouillé de Gitanes, et porta une cigarette à sa bouche d'une main tremblante. Elle leva un briquet Zijaan argenté et fit jaillir la flamme. L'odeur du tabac synthétique en train de se consumer se mélangea aux effluves piquants du kyphii.

— Occupe-toi du thé, Eddie, reprit-elle d'une voix rauque mais assurée. Nom de dieu...

J'attrapai une cuillère de l'autre côté du bar.

— Ouais.

Ma propre voix était rauque, peut-être à cause de la fumée dans l'air.

Gabe referma le dossier sans même regarder l'ajout qu'y avait fait le démon – une simple feuille de papier, couverte de lignes argentées retranscrivant le nom de Santino dans le langage des démons.

— Tu penses vraiment que…

— Oui. Sincèrement.

Elle considéra l'information en tirant une autre bouffée de sa cigarette. L'émeraude sur sa joue crépita ; mes bagues scintillèrent en guise de réponse. Eddie versa l'eau chaude dans les tasses et je humai le liquide. Du thé à la menthe.

— Tu as besoin de quoi ? demanda finalement Gabe.

— J'ai besoin d'un permis officiel de chasse paranormale sur ma licence de chasseur de primes.

Ça, c'était assez anodin et ça n'engagerait pas sa responsabilité ; tout ce qu'elle avait à faire, c'était de contresigner une décharge officielle. À présent venaient les choses sérieuses.

— J'ai aussi besoin de deux H-DOC, d'une licence-omni, et d'un module-réseau.

Je m'humectai les lèvres. Le H-DOC et le module me donneraient accès aux fichiers de la police de l'Hégémonie et aux méandres tordus du réseau de l'Alliance Poutchkine, et la licence-omni pourrait se révéler utile si j'avais besoin d'un canon plasma ou de quelques mitrailleuses automatiques pour m'assurer que le démon ne se relève pas.

— Rien que ça…, glapit Eddie. Tu ne veux pas le rein droit de Gabe, Danny, tant que tu y es ?

J'ignorai la remarque, mais le démon se rapprocha de moi pour se placer juste dans mon dos. Un élancement furieux pulsait dans mon épaule gauche.

Les paupières de Gabe se refermèrent à demi, et elle inhala une nouvelle bouffée de fumée.

— Je peux t'obtenir le permis, un H-DOC, et peut-être la licence-omni, mais le module… Je ne sais pas. Rien de ce que tu m'as dit ne constitue une nouvelle preuve.

— Et… avec une petite participation financière ? (Mes anneaux crépitèrent.) C'est *vraiment* important.

— Tu crois que je n'ai pas compris ? répondit-elle d'un ton hargneux. Qu'est-ce qui te prend, Danny ?

Eddie me tendit ma tasse avant de déposer brutalement un mug rose à fleurs devant le démon. Un rictus déforma les extrémités de mes lèvres.

— Je suis désolée. C'est juste que… Doreen, tu sais…

— Je sais.

Gabe rouvrit le dossier sur une autre page.
— Je ne peux pas convaincre un juge de t'accorder un module en lui apportant ça... mais je peux me renseigner et voir ce que les collègues peuvent faire de manière moins officielle. Et peut-être même assurer un peu tes arrières. Qu'est-ce que tu en dis ?
— Je travaille seule. (Je désignai Jaf d'un mouvement du menton.) La seule raison pour laquelle je le laisse traîner dans mes basques c'est qu'on m'y a forcée. Tu ne peux pas t'imaginer, Gabe. C'était atroce.
Elle tressaillit, et une mince ligne se dessina entre ses sourcils noirs parfaits.
— Je n'ai aucune envie d'imaginer ça, Danny. Hadès me suffit.
Je n'avais jamais demandé à Gabe qui était son psychopompe attitré. À présent, je m'interrogeais vraiment. C'était une question impolie – chaque Porte divine possède une clé différente, codée dans les strates les plus profondes du sang, du souffle et de la conscience de chaque nécromant. Ce serait comme de fouiller dans les tiroirs à sous-vêtements les plus secrets de quelqu'un.
Je soufflai sur les bords de ma tasse pour refroidir le thé. Gabe feuilletait avidement le reste du dossier. Ses doigts tremblaient légèrement ; elle fit tomber quelques cendres chaudes dans un petit cendrier de céramique bleue. Eddie restait planté dans la cuisine, indécis, ébouriffant ses cheveux blonds hirsutes avec ses doigts grossiers. Ses yeux étaient fixés sur les lèvres serrées de Gabrielle et ses épaules tendues.
— Dieux du ciel et des enfers, lâcha-t-elle enfin. Est-ce que cette chose peut vraiment retrouver Santino ?
Je me retournai à moitié vers le démon, et son regard croisa le mien. Est-ce qu'il était en train d'observer ma nuque ? Pourquoi ?
— Vous pouvez le retrouver ?
Il haussa les épaules et écarta une nouvelle fois les bras en signe d'impuissance. Je lui lançai un regard furieux.
— Ah, lâcha-t-il.
Il s'éclaircit la gorge. C'était la première fois que je l'entendais émettre un son quasiment humain.

— À l'intérieur d'un certain périmètre, je peux le retrouver. Mais il faut que je sache dans quelle partie de votre monde le chercher.

— Donc, il me *faut* un module pour savoir qui se trouve dans chaque ville où je vais me rendre, dis-je doucement, en faisant volte-face pour regarder Gabe dans les yeux. Dacon pourrait me servir de pisteur, mais si Santino est vraiment un putain de démon, il détectera les techniques magi, et il sera peut-être capable de répliquer… (Je laissai planer un souffle.) Et dans ce cas, il ne fera *pas* dans la dentelle.

Gabe mordilla silencieusement sa lèvre inférieure. Finalement, elle jeta un coup d'œil à Eddie. Immobile, respirant à peine, ce dernier était toujours planté au milieu de la cuisine, les bras ballants.

Elle se retourna enfin vers moi.

— Tu auras ton module. Donne-moi vingt-quatre heures.

Je hochai la tête et avalai une gorgée de thé.

— Ça me va. Je vais aller voir Dacon et l'Araignée, et il faudra que je m'équipe. Dake n'a pas déménagé ?

— Tu plaisantes ? Tu le connais, il n'est pas fichu de traverser la rue tout seul. Il habite toujours dans ce trou pas loin de Pole Street. Tu devrais aussi dormir un peu, Danny. Je sais comment tu es quand tu chasses.

Je haussai les épaules.

— Je ne pense pas que j'aurai l'occasion de dormir beaucoup dans les jours qui viennent. Pas avant de l'avoir écorché vif – Vardimal, Santino, qui qu'il soit. *Quoi* qu'il soit.

— Si c'était un démon, pourquoi on ne s'en est pas aperçu ?

Je désignai Jaf d'un mouvement de tête.

— Il m'a dit que Santino était un charognard, et qu'ils ne sont pas autorisés à sortir des Enfers. Celui-là s'est échappé avec quelque chose que Lucifer veut récupérer.

— Super. (Un bref rictus déforma les lèvres de Gabe.) Une dernière chose, Danny. N'amène plus jamais cette *chose* ici.

Mes bagues crachèrent des étincelles vertes. Le fait que Gabe comprenne à quel point le démon était plus dangereux que moi ne représentait qu'une faible consolation. J'aurais espéré une attitude un peu plus compréhensive de la part de quelqu'un qui savait ce que c'était que d'être constamment montré du doigt dans la rue.

Encore une fois, la présence du démon compliquait tout.

— Ce n'est pas une chose, rétorquai-je d'un ton acide (Japhrimel me jeta un regard en biais). C'est un démon. Mais ne t'inquiète pas, je ne le ramènerai pas.

12

J'avais besoin de réfléchir, et je réfléchissais mieux quand je bougeais. Comme je doutais que Jaf soit capable de piloter un slicboard, j'optai pour la marche. Le démon me suivit sans enthousiasme. L'écho de ses bottes sur le pavé rythmait mes pensées, et mes doigts étaient tellement crispés sur la garde de mon épée qu'ils me faisaient mal.

Sur la chaussée gisaient des papiers gras, du verre brisé, des restes d'emballages, des mégots, tous les rebuts de la grande cité. Je donnai un coup de pied dans une canette de Sodaflo, qui racla le trottoir avec un bruit d'aluminium froissé. Des cristaux de quartz scintillaient dans le macadam, une boîte pourrie de Céréagen traînait, et un pigeon empli d'espoir patientait dans le caniveau avant de s'envoler à notre approche.

— Ça s'est bien passé, lâcha finalement Jaf.

J'abandonnai un instant la contemplation de mes bottes pour lui lancer un regard aiguisé.

— Vous trouvez ? (Je rajustai mon sac sur mon épaule.) Gabe et moi, on a fait pas mal de chemin ensemble.

— Gabe ? Ah. Et vous, c'est... Danny. Dante.

Un soupçon de curiosité perçait dans sa voix.

— Je suis tombée à ma naissance sur un parrain philanthrope, expliquai-je en caressant la garde de mon épée. Mon test était positif pour les capacités psioniques, et on m'a intégrée au programme psi de l'Hégémonie. J'ai eu de la chance.

— De la chance ?

— Mes parents auraient pu me vendre comme domestique, probablement dans une colonie, mais ils m'ont donné naissance dans un hôpital public qui m'a automatiquement transférée aux services sociaux.

Même si j'aurais peut-être préféré grandir dans une colonie qu'au Hall des Manipulations, en fin de compte. Pendant un moment, je dus subir l'assaut des souvenirs – la cage, les punitions délirantes et absurdes, la brûlure du fouet semblable à une traînée de feu sur mon dos. Le Hall avait été un enfer – un véritable enfer, un enfer humain. Les démons y étaient absents, rien ne pouvait donc excuser son horreur.

— Ils auraient pu aussi me louer à une ferme industrielle, où on m'aurait épuisée au travail jusqu'à anéantir mes pensées et mon Talent. Ou encore me vendre comme reproductrice, pour pondre en série des bébés psions destinés au programme colonial. On ne saura jamais.

— Oh...

Je lui jetai un coup d'œil et croisai de nouveau son regard. Son profil était osseux, presque laid, et la lumière brutale des réverbères projetait des ombres noires sous ses yeux et ses pommettes. Son aura formait un halo étrangement sombre, comme une cape de ténèbres.

Ou comme des ailes noires.

J'avais eu de la chance. J'ignorais où mes parents se trouvaient à présent, mais ils m'avaient fait un ultime cadeau en signant les papiers qui me cédaient à l'Hégémonie. Même si l'Acte Parapsychique accordait en théorie aux psions le statut de citoyens à part entière, les choses étaient loin d'être aussi claires dans la réalité. Il existait encore des marchés aux esclaves virtuels où les nôtres étaient mis aux enchères, surtout si leur Talent était faible ou leurs gènes récessifs. Et surtout s'ils avaient eu la malchance de naître dans des cliniques clandestines ou dans le caniveau.

Le manteau noir de Jaf bruissait légèrement au rythme de ses pas. Il croisait toujours les mains derrière son dos quand il marchait, ce qui lui donnait une allure lente et mesurée.

— Et vous, qu'est-ce que vous faites ? l'interrogeai-je. En Enfer, je veux dire. C'est quoi votre boulot ?

Je trouvais déjà son profil inquiétant avant d'avoir posé cette question, mais ce ne fut rien en comparaison de la froide sauvagerie qui déforma soudain son visage en un rictus meurtrier. Même son regard paraissait plus sombre. Mon estomac se contracta, et un âcre goût métallique envahit ma bouche.

— Je suis l'Assassin, répondit-il enfin. Le Bras Droit du Prince.

— Vous faites le sale boulot du Diable ?

— Vous pourriez essayer de l'appeler autrement ? Vous utilisez un langage excessivement impoli, même pour une humaine. Les démons ne correspondent pas à l'idée que vous vous faites du mal.

— Et vous, vous vous comportez comme un sale con, même pour un démon, rétorquai-je d'un ton hargneux. L'idée que les humains se font du mal est la seule que j'aie à ma disposition. Et d'ailleurs, puisque j'ai affaire à un si important personnage, puis-je lui demander ce qu'il vient foutre dans mes basques ?

— Je dois vous garder en vie jusqu'à ce que nous retrouvions l'Œuf. Ensuite, je serai libre, grinça-t-il, la mâchoire serrée.

— Vous voulez dire que vous n'êtes pas libre en ce moment ?

— Bien sûr que non.

Il releva soudain la tête comme s'il avait entendu quelque chose. Une fraction de seconde plus tard, j'entendis au loin le bruit d'une sirène. Mon épaule gauche m'élança.

— Où allons-nous ? reprit-il.

— Voir Dacon. C'est un magi, il va vous *adorer*. Après ça, j'irai dormir un peu avant d'aller rendre visite à l'Araignée. D'ici là, Gabe devrait avoir réuni tout le barda, et je commencerai la chasse.

— Je suppose que vous essaierez de me fausser compagnie à la première occasion.

— Pas ce soir. Je suis trop fatiguée.

— Mais après ce soir ? insista-t-il. Je n'ai pas envie de laisser échapper mes chances de retrouver la liberté à cause de votre stupide petit orgueil humain.

— Vous prononcez « humain » comme si c'était un gros mot.

J'enfouis ma main libre dans ma poche. Mes anneaux ne scintillaient pas ici – le flux de pouvoir ambiant produit par la cité n'était pas suffisant pour les faire réagir, et ils se contentaient de luire faiblement.

— Vous dites « démon » de la même façon, rétorqua-t-il sèchement.

Est-ce qu'il boudait ? Je n'avais jamais vu un démon bouder et je le dévisageai avec fascination.

Je ne vais pas gagner cette partie-là, réalisai-je, en baissant de nouveau les yeux vers le trottoir.

— Vous m'avez pointé un canon sous le nez.

C'était une réplique foireuse, même d'après mes propres standards.

— C'est vrai, admit-il. J'ai fait ça. Je pensais que vous étiez une créature chargée de garder l'entrée. Qui sait de quels moyens la meilleure nécromante de sa génération dispose pour protéger sa maison ? Tout ce que je savais, c'était que je devais vous ramener et vous garder en vie. Rien d'autre, pas même le fait que vous étiez une femme.

Je m'immobilisai un instant sur la chaussée pour le fixer. Il s'arrêta, lui aussi, et se tourna légèrement pour me faire face.

Je sortis ma main de ma poche et la lui tendis.

— OK, on va tout reprendre à zéro. Salut, je suis Danny Valentine.

Il demeura si longtemps silencieux que j'envisageai de retirer ma main, mais il me tendit finalement la sienne et ses doigts se refermèrent sur les miens.

— Japhrimel, répondit-il gravement.

Il secoua mon bras à deux reprises, et je dus insister un peu pour dégager ma paume.

— Enchantée de vous connaître.

Je ne le pensais pas – j'aurais préféré ne jamais l'avoir croisé – mais un minimum de politesse avait parfois du bon.

— Moi de même. Je suis très heureux de vous rencontrer, Danny.

Il mentait probablement aussi, mais j'appréciai l'effort.

— Merci.

Je me remis en marche, et il revint se placer légèrement derrière moi.

— Alors comme ça, vous êtes le Bras Droit de Lucifer, hein ?

Il hocha la tête, et son profil retrouva sa dureté habituelle.

— Depuis mon éclosion.

— Votre éclos...

Je réalisai que je n'avais aucune envie d'en savoir davantage.

— Laissez tomber. Ne me dites rien, je ne veux pas savoir.

— Sage décision. Certains humains passent leur temps à nous harceler de questions.

— Je croyais que vous aimiez ça. Enfin, les démons dans leur ensemble, je veux dire.

Il haussa les épaules.

— Certains d'entre nous ont quitté le service du Prince pour répondre à l'appel des magi. Quant à moi, je n'apprécie pas à ce point la compagnie des humains.

— Moi non plus.

Cela mit momentanément un terme à la conversation, ce qui n'était pas pour me déplaire. J'avais largement de quoi occuper mon esprit avec les futurs problèmes qui se profilaient – quelle serait la réaction de Dacon, et à quelle vitesse se propagerait la nouvelle que je traînais avec un citoyen des Enfers, en particulier si Abra était au courant. Je ne pouvais pas laisser le démon à l'écart – d'une part, je préférais le garder à l'œil, et d'autre part, je n'étais pas sûre qu'il serait d'accord pour m'attendre sur le trottoir pendant que je ferais une petite incursion dans le club de Dake.

13

J'avais raison.

— Pas question.

Ses yeux étaient presque incandescents.

— OK, soupirai-je. Continuez à faire votre tête de mule.

Je jetai un regard de l'autre côté de la rue trempée par la pluie. Quelques autoplanes individuelles à la carrosserie effilée stationnaient sur le parking, et une poignée de slicboards recouverts de peinture phosphorescente étaient alignés contre le mur de l'entrepôt. Je les balayai machinalement du regard et notai que le verrou électromagnétique d'un des antivols clignotait. Je pestai intérieurement : des gamins qui volaient des slicboards me semblaient bien mal partis dans la vie. D'un autre côté, depuis que les autoplanes étaient toutes équipées en standard de serrures à empreintes digitales et de scans oculaires, les gamins ne pouvaient plus voler grand-chose d'autre.

Sous la lumière blafarde des néons de Pole Street, la vie nocturne battait son plein. Je jouai des coudes et m'adressai en soupirant au démon :

— Si vous voulez m'accompagner à l'intérieur, vous faites ce que je vous dis, OK ? Vous me laissez parler, vous n'attaquez personne sans que je vous en donne l'ordre, et si on en arrive là, vous essayez de ne pas tuer les gens – abîmez-les juste assez pour qu'ils ne se relèvent pas.

Il hocha la tête. Ses longs cheveux étaient plaqués sur son crâne par l'humidité ambiante. Depuis que nous avions dépassé Trivisidiro et la Dix-huitième, les nuages crachaient une légère bruine. Quelques prostituées freelance racolaient de l'autre côté de l'avenue. Leurs collants en sky et leurs go-go boots luisaient sous la lumière des réverbères. Un croiseur de police ralentit devant elles tel un requin silencieux, entouré par la lueur d'un bouclier antiémeute. Je me demandai si les flics avaient l'intention de vérifier leurs licences ou de se payer un petit extra.

Je m'humectai les lèvres avec nervosité.

— Bon, repris-je, vous pourriez prendre un air effrayant ?

Il découvrit ses dents, et je réprimai un réflexe de recul.

— OK. Ça ira. Donc vous, vous prenez l'air effrayant, et moi, je m'occupe de la conversation.

Je traversai la rue et il me suivit, légèrement en retrait. Deux videurs gardaient l'entrée du club – des gorilles rasés de près et bardés de prothèses illégales qui devaient faire à peu près trois fois mon poids. Mes doigts me démangeaient.

Ne cherche pas les ennuis tout de suite, Danny.

Je vins me planter juste devant les deux gorilles. Celui de gauche pâlit à la vue de mon tatouage. Celui de droite dévisagea le démon, un rictus déformant ses joues grasses, ce qui pouvait exprimer soit la peur, soit un ricanement de mauvais aloi. J'inspirai profondément. L'odeur du shit et les remugles douceâtres et salés du chill se mêlaient dans l'air de la nuit. Dake était-il au courant que l'un de ses videurs prenait du Clormen-13 ? Ce truc était une des pires saloperies que je connaisse ; au bout d'un certain temps, les toxicos finissaient psychotiques et ils se révélaient alors extrêmement difficiles à maîtriser quand ils étaient défoncés.

J'inclinai la tête de façon à ce qu'ils puissent voir mon tatouage.

— Je viens voir Dacon Whitaker, annonçai-je en forçant la voix suffisamment pour couvrir les pulsations sourdes de la basse qui martelaient mes tympans depuis l'intérieur du club.

Le gorille de droite hocha la tête. La lueur reconnaissable d'un commlink clignota au-dessus de son oreille droite, et je vis un mouvement animer sa gorge. Implant vocal.

Génial. C'était fichu pour l'effet de surprise.

— Il est indisposé, annonça le gorille n° 1.

Il portait des favoris, et un très joli pantalon de cuir qui moulait ses jambes massives.

— Soit il me reçoit tout de suite, soit je casse tout et j'appelle les flics. Ils peuvent le coffrer pour entrave à une traque légale. (J'esquissai un sourire carnassier.) J'ai une mission en cours, et je suis de mauvais poil. À lui de voir.

Le silence éloquent du démon vint appuyer mes arguments. Cinq secondes. Dix. Vingt.

— Vous pouvez entrer, lâcha finalement le gorille n° 1. Montez directement à son bureau.

Je hochai la tête et passai entre les deux hommes pour franchir le seuil, le démon sur mes talons. Un maelström de spots rouge orangé et de paillettes lumineuses nous happa instantanément, dans une atmosphère où se mêlaient des relents de hash, d'alcool et de sueur. Les ondes psychiques de la foule hypnotisée par la musique évoquaient un raz-de-marée où les sourires de façade dissimulaient le désespoir le plus atroce, où des lames de rasoir frôlaient dangereusement des bras nus et impuissants.

Rodée à ce genre d'environnement, je ne ralentis que quelques instants pour renforcer mes boucliers psychiques. Je discernai des spectres qui flottaient au-dessus de ce magma humain ; certains avaient la bouche figée sur un hurlement silencieux.

La plupart des gens pensent qu'une lumière apparaît au moment de leur mort pour leur ouvrir le passage vers l'au-delà. Généralement, c'est à peu près comme ça que ça se passe. Mais il arrive – assez souvent – que des âmes demeurent enchaînées au monde des vivants, soit parce qu'elles sont désorientées, à la suite d'une mort violente, soit parce qu'elles sont tout simplement incapables de partir sans un être aimé. Ces fantômes reviennent alors errer parmi les vivants, attirés par les endroits où la concentration de pouvoir est assez importante pour faire d'eux davantage que des soupirs glacés, davantage que de simples souvenirs.

Durant presque une cinquantaine d'années, avant que l'Acte Parapsychique ne vienne mettre fin à ces pratiques, les psions étaient vendus et achetés comme du bétail par des sociétés commerciales. Et encore avant cela, les nécromants finissaient la plupart du temps enfermés dans des asiles, quand ils n'étaient pas poussés au suicide par ce qu'ils voyaient – et que personne d'autre ne pouvait voir. Certains, comme les ancêtres de Gabe, étaient parvenus à survivre en gardant le silence sur leurs talents. D'autres se considéraient effectivement comme fous.

Je jouai des coudes pour me frayer un passage à travers cette masse humaine compacte. Tous les esprits autour de moi vibraient au rythme du martèlement sourd des basses, totalement ouverts sous l'effet des drogues et de la trance-music. Je reconnaissais le morceau – « Celadon Groove », de Retro-Phunk.

Si j'étais capable de supporter la foule, je pourrais danser là-dessus. Un élancement de tristesse étreignit soudainement mon cœur. Je n'avais pas dansé depuis trois ans. Pas depuis Jace.

Ce n'est pas le moment de penser à ça. Je retrouvai mes esprits et scannai mon environnement. Comme la plupart des psions, je n'aimais pas les mouvements de foule, en particulier dans le cas d'émeutes ou de prise de drogue massive. Bien sûr, j'étais capable de puiser dans le réservoir de pouvoir qu'engendraient de telles concentrations d'émotions brutes, et de les utiliser à mon profit, mais je n'en avais pas besoin. Les psions savaient comment dissimuler leurs pensées à autrui, mais la plupart des Normaux étaient l'équivalent de radio-émetteurs sauvages, submergeant d'émissions parasites et de pensées chaotiques tout ce qui passait à leur portée. C'était comme d'avancer au milieu d'un concert de klaxons : même avec des bouchons d'oreille, on ressentait comme une souffrance les vibrations sonores à travers les os.

Et à y réfléchir... Ce n'étaient peut-être pas les pulsations de la foule qui me faisaient souffrir. Peut-être que c'était autre chose. Ça faisait au moins six mois que je n'avais pas repensé à Jace.

Les corps anonymes se déhanchaient sur la piste de danse. Je vis des couples étroitement enlacés ; des silhouettes indistinctes s'entremêlaient à l'intérieur des backrooms, dans un magma d'inconscience qui faisait tout autant penser à la mort qu'à l'amour. Le fumet âcre du sexe désespéré flottait dans l'air. Mes narines frémirent et mes bagues crépitèrent. Je me faufilai entre deux filles maquillées à outrance, maigres à faire peur, et tellement défoncées au hash qu'elles tenaient debout par miracle. J'adressai un hochement de tête au barman. Ce dernier – un type nerveux et efflanqué, vêtu d'une combinaison rouge, cigarette au bec – écarta un rideau de velours miteux à l'arrière du bar et nous fit signe de passer. Derrière, une porte de secours légèrement entrouverte laissait filtrer un rai de lumière jaune dans l'air enfumé.

La musique était moins forte ici. La chaleur et le maelström psychique me faisaient transpirer.

Bon sang, cet enfoiré de videur a prévenu Dake, il se prépare à me recevoir. Je comptais sur l'effet de surprise.

Je m'engouffrai dans le passage, et montai les escaliers d'un pas léger. Je n'étais pas au mieux de ma forme – mon estomac ne s'était pas encore remis de ses mésaventures et l'ensemble de mon corps réagissait avec une fraction de seconde de retard. Pourtant, quand je fis irruption épée à la main dans le bureau aux vitres blindées, Dake eut *réellement* l'air surpris. Il était appuyé sur ses coudes replets, un faisceau de lumière verte crépitait entre ses doigts, et il relevait tout juste les yeux d'un coffret de fer posé sur son bureau.

Dacon était un magi, quoique assez faible. Il avait quelques années de moins que moi quand je le côtoyais au Hall des Manipulations, et j'avais toujours conservé de lui l'image d'un gamin grassouillet en uniforme négligé, avec sur le visage une expression perpétuellement un peu attardée, due à un excès de hash de synthèse. Il s'était tout juste débrouillé pour invoquer un gnome de bas niveau à l'examen d'accréditation, et son tatouage figurait un symbole celtique grossier et de mauvais goût. L'un dans l'autre, il était loin de représenter le profil idéal pour traquer un démon, mais c'était l'unique magi que j'étais en mesure d'intimider suffisamment pour qu'il accepte de me rendre un petit service sans que j'aie à débourser une fortune.

Par ailleurs, bien qu'invocateur médiocre, il se débrouillait pas mal dans le domaine des sorts offensifs. Il ne valait pas grand-chose physiquement, mais avec une réserve de pouvoir suffisante, il se révélait rapide et vicieux. C'était sans doute pour ça qu'il sortait aussi rarement de son night-club, à supposer même que ça lui arrive. Ça faisait des années que personne ne l'avait vu dans la rue. Dake menait une vie aussi confinée qu'il était possible pour un psion.

C'était aussi pour cette raison que je pouvais me fier à ses capacités. Il était spécialisé dans une forme de magie passive-offensive, ce qui était précisément ce qui m'intéressait dans le cas présent – il n'aurait même pas besoin de mettre un pied dehors.

— Salut, connard, l'interpellai-je d'un ton aimable. Tu me préparais une surprise à ta façon pour saluer mon arrivée, hein, Dake ? Je n'en attendais pas moins de la part d'un petit fils de pute dans ton genre.

Mon arme crachait des étincelles et les runes que j'avais forgées dans l'acier ondoyaient le long de la lame tel un serpent prêt à frapper. L'aura du démon tournoyait autour de la mienne.

Un glapissement s'échappa des lèvres de Dacon, et un flot de sueur inonda subitement son visage pâle et bouffi. Je sentis le démon approcher derrière moi. Dacon manqua défaillir, et une auréole peu élégante apparut au niveau des aisselles sur son tee-shirt Drakarmani hors de prix.

— C'est *toi*... Tu...

La lueur verte tremblotait entre ses doigts. Toujours aussi impressionnable, ce cher Dacon.

— Évidemment, que c'est moi. Qui d'autre se donnerait la peine de venir te voir, Dake ? Personne ne t'aime, tu n'as pas d'amis... qu'est-ce qui te surprend à ce point ?

Dake jeta un coup d'œil craintif derrière mon épaule.

— Il y a un... c'est un... tu as...

— Un démon familier. (Ma voix vibrait d'une exaltation sauvage que je ne ressentais pas réellement.) Tu es jaloux, magi ? Je peux faire en sorte que tu le voies de plus près, si tu veux.

Jaf s'avança, comme s'il lisait dans mes pensées. Les flammes cristallines de son aura se déployèrent pour se refermer autour du malheureux magi. Je levai mon épée, tandis que le démon continuait à s'avancer à pas lents, très lents, vers Dake.

— Qu'est-ce que tu es venue chercher, nom de dieu ? ! hurla Dake, en passe de se liquéfier de terreur sur son bureau. Bon sang, Danny, qu'est-ce que tu veux ? Dis-moi juste ce que tu veux !

Le démon interrompit son avancée.

— Des informations, dis-je en parcourant la pièce du regard.

Il y avait quelque chose qui clochait, comme un instrument désaccordé dans un orchestre.

Odeur de sueur aigre-douce. Du chill. Un scintillement argenté parcourut mes bagues.

Je sortis la feuille de papier de mon sac et m'approchai prudemment de Dake, passant devant le démon qui se tenait immobile, prêt à frapper. Je dépliai le papier et jetai un coup d'œil à la rune ouvragée qui transcrivait le nom de Vardimal.

Les masques africains que Dake avait fait accrocher au mur émirent une brève lueur rougeâtre reflétée par les vitrines de plasverre. En bas des marches, les gens continuaient à danser, abrutis de drogue et de sexe, inconscients du drame qui se jouait à l'étage au-dessus.

— Je veux que tu me fournisses un traceur calibré sur ce nom, Dake. Et si tu te comportes *vraiment* comme un gentil garçon, je n'appellerai pas la patrouille pour leur indiquer ta planque de chill.

Misérable petit con. Le chill te bouffera vivant. Combien de vies es-tu en train de détruire, en dealant cette saloperie ? Pas étonnant qu'un de tes videurs soit raide défoncé. Va te faire foutre, Dake.

Ses yeux bruns roulèrent dans leurs orbites. Je lui tendis la feuille, prête à bondir en arrière si la lueur verte autour de ses mains me prenait comme cible.

— Je suis pas... Ce n'est pas... *Danny...*

Un mince filet de salive coula sur son menton mal rasé. Sa bouche tremblait.

— Ne me prends pas pour une conne ! explosai-je en fouettant l'air de mon épée.

La pointe de ma lame s'immobilisa juste devant son visage. Le tranchant de l'acier vint caresser son double menton luisant de bave.

— J'attends ta réponse, Dake. Tu me fournis ce traceur, ou je rameute tous les néo-cathos du quartier pour qu'ils viennent foutre le feu à ce lieu de perdition ?

Où est passé le démon ? Je ne l'entends plus bouger.

Le bras de Jaf jaillit devant moi et ses doigts se refermèrent sur la gorge de Dake, au-dessous de sa masse graisseuse. Je rengainai mon épée.

— Jette ça. Tout de suite.

Le démon avait énoncé ces mots lentement, d'une voix caverneuse et vibrante.

Quelque chose tomba sur le sol avec un tintement métallique. Mes yeux ne cessèrent pas un instant de fixer le magi. La lueur verte s'évanouit entre ses mains.

Le visage de Dake se décomposa, et il s'effondra en sanglots.

Oh, mère Sekhmet. S'il commence comme ça, je vais devoir rester toute la nuit pour le calmer.

— Lâchez-le, ordonnai-je d'un ton sec au démon. On ne pourra plus en tirer quoi que ce soit s'il continue à chialer.

— Comme vous voulez, gronda le démon.

Dake émit un gémissement. Il tremblait de tous ses membres.

J'étais à deux doigts de perdre mon calme. Je posai ma main sur l'épaule du magi tandis que Jaf relâchait son étreinte.

— Oh, ça va, Dake. Écoute, on discute juste entre *amis*, hein. Tu n'as pas envie de faire du mal à ta vieille copine Danny ?

Dake secoua la tête en gémissant. De longues mèches de cheveux bruns filasses adhéraient à son front inondé de sueur. Exactement comme à l'école. J'étais intervenue une fois quand quelques gamins magi plus doués que lui s'étaient mis en tête de le malmener, et j'avais dû endurer sa reconnaissance pathétique pendant le reste de ma scolarité. Le problème avec Dake, c'était sa totale absence de cran. Si cela n'avait pas déjà été fait avant son arrivée au Hall des Manipulations, Mirovitch l'aurait probablement brisé. Pour un magi, la volonté était une qualité essentielle : sans une discipline mentale implacable, les sorts partaient à vau-l'eau. De l'avis général, le fait que Dake soit incapable d'invoquer plus qu'un diablotin était une très bonne chose : un magi couard et mal préparé constituait une proie facile pour toute autre entité démoniaque plus évoluée.

Je me demandai ce qui serait arrivé si un truc ressemblant à Jaf avait eu l'idée saugrenue de répondre à une invocation de Dacon. Les démons des Cercles Supérieurs pouvaient se libérer aisément d'un pentacle de craie ; c'était pour cette raison qu'ils étaient si délicats à invoquer. Heureusement pour moi, le mien se révélait somme toute plutôt de bonne composition.

Jaf émit un nouveau grondement sourd.

— C'est bien, repris-je. Très bien. Tu vas être un bon garçon, Dake, et tu vas me donner un traceur. Après, je te foutrai la paix et tu pourras continuer à traficoter du chill en attendant qu'il te bouffe le cerveau, et ton Talent avec.

— Je ne prends pas de chill, mentit-il, incapable de maîtriser les mouvements erratiques de ses prunelles.

Je jurai intérieurement. *Est-ce qu'il lui reste seulement assez de Talent pour fabriquer un traceur convenable ?* Dake s'affala brutalement au fond de son siège, et je me tournai légèrement vers le démon.

— Assurez-vous qu'il reste là où il est, dis-je sans attendre la réponse.

Puis je fermai les yeux.

Au-delà de la sphère physique, le vortex tourbillonnant de noirceur qui appartenait au démon dominait un halo brun-rouge. Dake.

Mon aura, protégée par celle de Jaf, émettait le scintillement caractéristique des nécromants. Je regardai virevolter les étincelles, qui réagissaient à la présence du démon et aux éclaboussures rouge sale qui s'échappaient du halo de Dake. À ce niveau de conscience, son état de panique explosait aux yeux : des failles béantes apparaissaient dans son aura, son pouvoir s'échappait dans tous les sens, incontrôlé. Il consumerait la raison de Dake de la même façon que le chill consumait son système nerveux. Mais… pas tout de suite. Il disposait encore à peu près de son pouvoir – même si ce n'était plus pour très longtemps.

Je réintégrai mon corps physique. Le démon n'avait pas bougé d'un pouce, silencieux, une épaule collée à la mienne, ses yeux dévorant un Dake décomposé.

Je tendis le papier au magi.

— J'ai besoin de ce traceur, Dake. Va chercher ton matériel, et grouille-toi. J'ai d'autres putains d'affaires à régler cette nuit.

Quand Dake eut terminé, le traceur ressemblait à un petit globe cristallin strié de filaments argentés, enserrant une flèche immatérielle qui émettait un rayonnement rougeâtre.

— C'est quoi, l'aire de détection de ce truc ? demandai-je à Dake.

À cet instant, j'oubliai presque que je m'adressais à un chillomane. Quand il était motivé, Dake pouvait faire du bon boulot, et c'était toujours intéressant d'assister au travail d'un collègue dans une autre discipline magique.

— Le monde entier, ma puce. C'est du travail de pro. Laisse-la se mettre au diapason toute seule pendant les prochaines vingt-quatre heures, donne-lui le mot de passe, et ça roule. Prends-en soin.

Dake fut pris d'une quinte de toux qui le plia en deux au-dessus de son bureau. L'odeur du sang brûlé m'avait dérangée aussi pendant les dix premières minutes, mais mes narines avaient fini par s'habituer.

C'est la première fois que je vois quelqu'un moudre une grenouille, songeai-je en frissonnant. Je rangeai le traceur dans un petit sac de cuir que je suspendis précautionneusement autour de mon cou.

— C'est noté, Dake. Merci.

Je ne lui dis pas que j'avais une dette envers lui.

Il cligna des yeux dans ma direction.

— Tu ne vas pas me tuer ?

Les pulsations de la basse à l'étage au-dessous me rendaient nerveuse.

— Non, répondis-je. Bien sûr que non, imbécile. Pourquoi je te tuerais ?

Bon sang, il réagissait comme un de ces fichus Normaux. Un vrai magi aurait déjà compris.

— Je sais ce que tu penses du chill, balbutia-t-il, et si tu crois que je...

Sans blague, tu sais ce que je pense du chill ? Tout le monde le sait.

— Je ne *pense* rien, Dake, dis-je en tournant les talons et en me dirigeant vers la sortie. Je *sais*. Et toi aussi, tu sauras. Bien assez tôt. Le chill va te dévorer. Il n'existe pas de détox. Tu n'es qu'un stupide petit con.

— *C'est pas ma faute !* glapit-il dans mon dos tandis que je franchissais le seuil. Bon sang, *c'est pas ma faute !*

Je commençai à descendre les escaliers en direction du cloaque bruyant et enfumé du rez-de-chaussée.

— Bien sûr que non, Dacon. Rien n'est jamais ta faute.

Des larmes salées dévalèrent mes joues tandis que je me frayais un chemin à travers la foule. Quand j'atteignis enfin la rue, sa fraîcheur m'apparut comme une bénédiction. Un des videurs – probablement le chillomane – marmonna une phrase indistincte derrière mon dos, et je considérai un instant l'idée de faire volte-face pour le soulager d'un organe ou deux.

Je réprimai cette envie en m'éloignant sur le trottoir fissuré, mes boucliers toujours en alerte. J'attendis d'avoir bifurqué au coin de la rue pour m'arrêter, la tête baissée, le cœur battant. J'avais enfoncé aussi loin que possible la garde de mon épée dans son fourreau – je savais que dans mon état actuel, je ne pourrais répondre de rien avec une arme entre les mains.

— Vous êtes blessée ? demanda Jaf.

Je tressaillis. Les ténèbres de son aura tournoyèrent autour de la mienne, à la recherche d'une lésion, effleurant doucement mes propres vibrations. J'eus un réflexe de défense, épaississant mes boucliers pour repousser le contact. C'était déjà assez pénible d'être imprégnée de l'odeur du démon, je n'avais pas envie de me faire peloter par-dessus le marché. Même sur un plan purement astral.

— Je vais bien, croassai-je d'une voix d'outre-tombe. J'avais juste besoin de... Je vais bien.

Il n'ajouta rien, et se contenta de demeurer immobile devant moi. Un être humain m'aurait harcelée de questions, aurait essayé de dire quelque chose de réconfortant. Apparemment, ce n'était pas dans les usages démoniaques.

J'essuyai enfin mes joues et balayai la rue du regard. Elle était déserte.

— OK, repris-je. On a le traceur. Allons-y.

— C'est un ami à vous ?

Le démon désigna d'un mouvement du menton la direction approximative du club que nous venions de quitter. Ses yeux semblaient plus sombres à présent, et d'étranges motifs runiques étincelaient dans les profondeurs de ses prunelles d'émeraude.

— Plus maintenant, répondis-je en scrutant les alentours à la recherche d'une borne d'appel.

Il y en avait une en bas de la rue. Je me dirigeai vers la cabine de plastacier éclairée. Le démon me suivit, aussi silencieux qu'une raie manta nageant dans une mer sombre.

Je passai la main devant le voyant de contrôle ; un flash de pouvoir illumina un instant ma paume. La porte se déverrouilla, et j'entrai. C'était une vieille cabine ancienne génération, sans videoshell. *Oh, dieux, merci au moins pour cette faveur.*

— Tenez-moi la porte, intimai-je au démon, qui leva une main dorée et s'exécuta.

Je décrochai le combiné et composai le numéro des flics.

— Brigade des Mœurs, agent Horman, annonça la voix chevrotante de l'inspecteur Lew Horman à l'autre bout du fil.

— Horman ? C'est Danny.

Ma voix avait l'air normale. Un peu rauque, mais normale.

— Oh, doux Jésus.

Je ne savais pas qu'il était chrétien.

— Ne blasphème pas, inspecteur. Écoute, j'ai un tuyau pour toi.

— Quelle mouche te pique, tête de mort ? Je bosse plus pour la Criminelle.

L'empreinte de la peur tirait sa voix vers les aigus.

— Tu sais, le trafic de chill dans le quartier sud ? Je viens de tomber sur un des principaux fournisseurs.

J'entendis presque sa mâchoire se décrocher. Je le laissai mariner quelques instants.

— Évidemment, si tu n'es pas intéressé...

— Crache le morceau, tête de mort !

— Dacon Whitaker, dans les alentours de son club. Un de ses videurs est chillomanc et il a visiblement plongé aussi.

— Un de ces maudits magiciens, chillomane ? Je croyais qu'ils ne pouvaient pas...

— Ils ne tiennent pas très longtemps, mais ils sont redoutables tant qu'ils tiennent. À ta place, je ne lésinerais pas sur les effectifs. Ne mentionne pas mon nom, OK ?

— Je serai muet comme un mort, grinça l'inspecteur.

Je ne relevai pas la pique.

— À charge de revanche, Horman.

Je raccrochai sans attendre la réponse. Le démon demeura silencieux.

Je m'écartai du téléphone et contemplai le reflet des lampadaires sur le trottoir humide à travers les vitres teintées de la cabine.

— Putain de merde, murmurai-je finalement en resserrant le poing. PUTAIN DE MERDE !

La vitre se fissura en étoile sous l'impact de mon premier coup de poing. Je redressai ma garde et en envoyai un second, qui laissa une empreinte sanglante sur le verre crevassé.

Puis je m'arrêtai enfin, le souffle coupé, luttant pour retrouver le contrôle de moi-même. J'entendais le sang battre à mes tempes.

Quand j'eus terminé de ravaler ma rage, je rouvris les yeux. Le démon me contemplait. Ses yeux s'étaient encore assombris.

— Qu'est-ce que vous avez fait ? demanda-t-il d'une voix égale.

— Je viens de livrer Dake aux flics.

— Pourquoi ?

Sa voix était toujours aussi dépourvue de passion.

— Parce qu'il va tuer des gens en vendant cette saloperie de chill.

— Une drogue ?

— Ouais. Et une des pires.

Une drogue qui pousse les mères à abandonner leurs bébés à peine nés, une drogue qui consume les êtres humains jusqu'à la dernière parcelle de leur chair, une drogue qui amène les petits voyous à assassiner des travailleurs sociaux en pleine journée, une drogue qui anéantit des familles entières et qui détruit les psions. Une drogue contre laquelle l'Hégémonie ne lutte pas sérieusement parce que les mafias lui versent des dessous-de-table généreux, une drogue que les flics ne parviennent pas à endiguer parce que la moitié de leurs effectifs est déjà camée, et que l'autre moitié est noyée sous la paperasserie.

Des mafias ou du chill, j'aurais eu du mal à dire ce que je haïssais le plus.

— Pourquoi vous ne laissez pas mourir ceux qui sont assez stupides pour en prendre ?

Je le fixai un moment, crispant ma main valide autour de ma main ensanglantée. Dake était passé par le Hall des

Manipulations. Je ne pouvais sans doute pas le blâmer pour avoir cherché une forme d'oubli. Mes propres cauchemars étaient suffisamment éloquents ; le simple fait de penser à cet endroit faisait palpiter mes boucliers.

Valentine, D. L'étudiante Valentine est convoquée au bureau de la direction immédiatement.

Et la petite voix glaçante, implacable et sèche du directeur. *Nous avons un traitement spécial pour ceux qui s'entêtent à enfreindre les règles, mademoiselle Valentine.* L'odeur de la craie et de la magie pervertie, le contact froid du collier de métal autour de ma gorge nue…

À ce souvenir, un élancement de douleur parcourut les cicatrices sur mon dos, une douleur purement mentale, je le savais. Trois balafres, le long de ma colonne vertébrale, et la troisième cicatrice, celle d'une brûlure, à gauche, au niveau de ma chute de reins. Dake avait probablement ses propres cicatrices… mais ce n'était pas une excuse pour les enterrer sous le chill. Après tout, je m'étais bien débrouillée pour survivre sans y avoir recours, non ? Ce n'était pas une excuse.

Est-ce que j'en étais sûre ? Ou est-ce que je l'avais juste trahi parce que j'étais dans un mauvais jour ?

— Je ne les laisse pas mourir parce que je suis humaine, répondis-je enfin. Et que je respecte les règles des humains, compris ?

Je n'avais aucune envie de lui parler de Lewis. Lewis, en train de se vider de son sang sur un trottoir, assassiné par un chillomane en manque, juste pour revendre sa montre ancienne et ses tennis Rebotnik. C'était trop personnel. Et de toute façon, qu'est-ce que ça pouvait bien lui faire ? Il n'avait pas besoin de savoir pourquoi je haïssais le chill. Il lui suffisait de savoir que je le haïssais.

Il haussa les épaules.

— Votre main ?

Je le fixai sans comprendre.

— Quoi ?

— Donnez-moi votre main.

Après quelques instants d'hésitation, je la lui tendis. Ma main tenait tout entière dans la sienne, et sa peau était dure et chaude. Il referma ses doigts autour des miens, maintenant toujours la porte de la cabine avec son épaule opposée.

Une vague de pouvoir électrisante submergea le reste de mon corps. Un éclair de lumière traversa ses yeux verts, et la douleur s'apaisa, drainée hors de moi.

Quand il relâcha ma main, elle était lisse et intacte sous la couche de sang. Je la contemplai avec incrédulité avant de relever les yeux vers le démon.

— Je ferai un effort pour me souvenir des règles humaines, lâcha-t-il.

— Vous n'y êtes pas obligé. Vous êtes un démon, vous ne faites pas partie des nôtres.

Il haussa les épaules, et s'écarta légèrement pour me laisser sortir de la cabine. La porte coulissante se referma derrière nous et la lumière s'éteignit à l'intérieur.

— OK, dis-je après une longue inspiration.

— Qu'est-ce qu'on fait maintenant ?

Je contemplai de nouveau ma main.

— Maintenant, je rentre chez moi et j'essaie de dormir un peu. Demain, on ira rendre visite à Abracadabra – une amie. Je verrai si elle peut m'indiquer une première piste et me fournir quelques contacts. Je préfère ne pas utiliser le traceur sauf si c'est absolument nécessaire.

— Très bien.

Il ne faisait toujours pas mine de bouger.

Un monstrueux coup de fatigue s'abattit brutalement sur mes épaules. Pourquoi fallait-il que les choses soient *toujours* aussi difficiles ? La tension qui régnait derrière mes yeux et au niveau de mon larynx me signalait que j'étais à deux doigts de m'effondrer en larmes. Je serrai les dents et balayai les alentours du regard.

Déserts. Évidemment. Pile au moment où j'avais besoin d'un taxi.

— Bon, répétai-je. Venez.

Il m'emboîta le pas, aussi silencieux que la Mort en personne.

14

J'étais étendue sur le dos, les mains crispées sur ma poitrine autour de mon épée, et je contemplais le plafond obscur. Mes yeux me brûlaient.

Je m'étais mise au lit sans enlever mes bagues, et leur scintillement bleu-vert reflétait l'intensité de mon agitation intérieure.

Comme si je n'étais pas déjà au courant, pestai-je, en resserrant encore davantage mes doigts sur la garde du katana.

À l'étage inférieur, le démon s'était assis devant la cheminée. Il avait ajouté à mes boucliers ses propres barrières de protection. Je n'étais même plus chez moi dans ma propre maison. Évidemment, d'un autre côté, c'était sécurisant.

Si j'étais née magi, j'aurais eu au moins un commencement d'idée sur la manière dont on se comporte avec un démon chez soi. Et j'aurais même probablement trouvé ça excitant. Les magi s'entraînaient pendant des années sur les pentacles pour établir un contact régulier avec l'Enfer, après avoir invoqué leur premier diablotin pour le test de l'Académie. Ils gagnaient leur vie en travaillant comme consultants et en concevant des boucliers de défense pour des sociétés commerciales, comme les chamans. Ils travaillaient aussi souvent pour les universités publiques, dans l'enseignement ou la recherche magique. La plupart d'entre eux avaient le sens du détail – il fallait être sacrément perfectionniste pour arriver à contenir un démon à l'intérieur de son cercle de protection. Les Démons Supérieurs étaient semblables aux *loas*, en plus puissants, et ils n'avaient pas une conception humaine de la morale. Et si un *loa* pouvait se tromper, les axiomes fondamentaux des magi insistaient sur le fait qu'un démon outrepassait parfois ses ordres par simple malice – là encore parce que leur conception de la parole donnée était sensiblement différente de la nôtre.

Je soupirai et essayai de me détendre. Je ressassais en boucle tout ce que je savais des démons, avec l'espoir que quelque chose de nouveau me reviendrait à l'esprit, quelque chose qui me rassurerait sur ce qui m'attendait.

Si j'étais chrétienne, je serais probablement en train de lacérer le papier peint en gémissant. Il restait quelques chrétiens parmi les Normaux, malgré l'Éveil et le rejet qu'il avait entraîné vis-à-vis des Évangélistes de Galaad. Un catholique, bien sûr, aurait essayé de lire des versets de la Bible en jetant de l'eau bénite pour se débarrasser du démon. Le comble, c'est que ça fonctionnait de temps en temps – certains Normaux étaient capables de foi, même s'ils ne pouvaient pas en user de la même façon qu'un nécromant ou un chaman. Les chrétiens étaient même persuadés que les démons pouvaient entrer *à l'intérieur* des gens, ce qui démontrait une connaissance bien lacunaire des mécanismes de l'esprit et des défenses psychiques.

Tout ça ne me menait pas bien loin.

Comment je me suis retrouvée dans cette putain de situation ? Comment j'ai pu en arriver à travailler pour le Diable ?

Je n'en avais pas la moindre idée. Les runes et les tarots ne m'avaient donné aucun avertissement. Ça avait juste fait irruption dans ma vie au milieu d'un après-midi pluvieux.

Est-ce que ça veut dire qu'ils ont triché, ou que mon instinct commence à rouiller ?

Les deux ?

Je contemplai les paillettes lumineuses projetées au plafond par le scintillement de mes bagues. Mon cerveau était en ébullition, à mille lieues du sommeil.

Respire, Danny. Trace le cercle comme on t'a appris à le faire. Inspire par le nez, expire par la bouche. Lentement, de plus en plus lentement…

Ce rituel, rodé durant tant de nuits sans sommeil, fonctionnait assez bien. Derrière ma fenêtre, une aube grise et pluvieuse était en train de naître. Je bâillai et m'enfonçai plus profondément entre les draps blancs.

Je me demandais si les flics s'étaient déjà pointés chez Dake. Ou si ce dernier avait balancé son stock après mon départ, assez fin pour deviner que je le trahirais malgré le chemin que nous avions parcouru ensemble. Le chemin du Hall des Manipulations.

Ne pense pas à ça.

La voix parcheminée de Mirovitch, trois lignes de feu sur mon dos – le fouet, l'odeur de ma propre chair qui grésillait…

Ne pense pas à ça. Je me redressai sur mon lit et écartai les draps, crispant les doigts sur la garde de mon épée à m'en faire blanchir les articulations.

— Ne pense pas à ça, murmurai-je en fermant les yeux. Ce à quoi tu ne peux pas échapper, tu dois le combattre ; ce que tu ne peux pas combattre, tu dois le supporter. Et si tu ne peux vraiment pas dormir, réfléchis à quelque chose d'utile.

Il n'y a pas eu d'avertissement parce qu'ils n'avaient pas préparé tout cela en amont, me susurra la voix sourde de mon intuition. *Ce n'était pas une opération mûrement réfléchie.*

Le fait d'avoir un nouvel élément à prendre en considération représentait un réel soulagement. Cela signifiait que le Diable lui-même avait été surpris par la tournure des événements. Peut-être avait-il constaté la disparition de cet Œuf au moment où il avait voulu l'utiliser. L'Enfer était grand. Ça devait être compliqué de surveiller en permanence chaque artefact et chaque démon.

Ce qui signifie que Santino tient probablement son maître par les couilles. Et que vient faire Japhrimel dans tout ça ? Il n'est que le Bras Droit de Lucifer. Pourquoi le Diable ne vient-il pas régler les choses en personne ?

Ça ne servait à rien de me torturer les méninges. Quelle que soit la réponse, j'étais enferrée jusqu'au cou dans cette affaire.

Je refermai les paupières sur mes yeux secs et fatigués, ajoutant la question à ma liste mentale. Avec un peu de chance, la réponse finirait par jaillir du bouillonnement de mon esprit pour exploser devant mes yeux – un jour ou l'autre.

Même Japhrimel n'a aucune idée de ce qui se passe. Même Lucifer. C'est une partie d'échecs en aveugle. Et c'est pour ça qu'ils ont besoin de moi.

Ils ont besoin de moi. Donc dans ce monde-ci, c'est moi qui mène le jeu.

Cette pensée réussit à faire naître un sourire sur mes lèvres, et je repris mes exercices de respiration en attendant l'aurore. Quand je m'endormis enfin, la lumière grise du matin avait pris possession du ciel.

Après une douche interminable, je passai des vêtements propres et descendis les escaliers. L'odeur du démon, ambre musqué et cannelle brûlée, imprégnait tout le rez-de-chaussée.

Il me tendit une tasse de café. Son apparence était exactement la même que la veille au soir, à part peut-être quelque chose de moins robotique dans l'expression. Son visage semblait songeur ; ses yeux verts pareils à deux puits sombres inaccessibles ne croisèrent pas les miens.

Je soufflai sur le liquide brûlant et m'étirai comme un chat, balayant la cuisine du regard. La lumière de l'après-midi finissant tombait en oblique à travers les carreaux de la fenêtre. La pluie avait dû cesser pour de bon, car un rayon de soleil illuminait la statuette du juif errant accrochée au-dessus de l'évier.

— Bonjour, articulai-je enfin, passant devant le démon pour atteindre le grille-pain. Vous avez passé une bonne nuit ?

— Assez bonne. Et vous ?

La question semblait vraiment sincère.

— Non. Ça m'arrive rarement. Merci pour le café.

Je plaçai deux tranches de pain blanc dans le grille-pain et appuyai sur le bouton « légèrement grillé ».

— Où est votre épée ?

Je haussai les épaules.

— Je ne suis pas censée en avoir besoin dans une maison protégée par un démon, si ? (Je m'étirai de nouveau.) Quand on partira en chasse, je prendrai mon épée et je ne m'en séparerai plus jusqu'à ce que j'aie abattu Santino. Là, je n'ai pas encore commencé – on n'en est qu'aux préparatifs.

Mes bagues crépitèrent. Au lieu du bleu-vert habituel, les étincelles étaient d'or pur.

On dirait que l'aura du démon déteint sur moi, songeai-je avec une pointe d'amusement. *Ça pourrait rendre les choses intéressantes.*

— Je vois.

Il avait l'air toujours aussi pensif, et il ne faisait pas mine de sortir de la cuisine.

— Avant qu'on y aille, repris-je, il faut que vous m'expliquiez précisément ce qu'implique le lien avec un démon familier. Je voulais poser la question à Dake, mais j'ai été prise par le cours des événements. Je suis donc obligée de vous le demander.

— Je ferai de mon mieux pour ne pas vous décevoir, répondit-il d'un ton sardonique.

Je lui lançai un regard meurtrier au-dessus de mon café fumant, et attrapai un couteau à beurre dans l'égouttoir à côté de l'évier.

— Vous commencez à développer le sens de l'humour. Félicitations.

— Nous n'arriverons à rien si nous ne réussissons pas à nous entendre un minimum. Je suis responsable de votre sécurité, et mon corps physique est à présent lié au vôtre par la volonté du Prince. Si je laisse quelque chose vous blesser, les conséquences seront extrêmement déplaisantes pour moi.

Son visage lisse était toujours aussi inexpressif, mais sa voix laissait transparaître une amorce de crainte.

— Hmmh... (Mon toast jaillit du grille-pain tandis que je reposais le couteau à beurre.) C'est pas de chance pour vous de vous retrouver coincé avec moi.

J'avalai rapidement une gorgée de café. Au moins, c'était buvable.

— Au contraire. J'ai *beaucoup* de chance. Vous avez besoin d'un familier, j'ai besoin de ma liberté, et vous vous révélez moins insupportable que la moyenne des humains, malgré votre bavardage intempestif. Vous êtes parfois irréfléchie, mais pas stupide.

Je lui jetai un regard en biais. Il avait recroisé les mains derrière son dos, raide comme un militaire, son long col noir boutonné jusqu'à la nuque.

— Merci pour le compliment, rétorquai-je d'un ton aussi glacial que possible. Vous avez petit-déjeuné ?

Il haussa les épaules.

— La nourriture humaine est plaisante, mais je n'en ai pas besoin.

J'étais sur le point de répondre quelque chose de désagréable quand le téléphone sonna.

— *Oui, allô, qu'est-ce qu'il y a ?*

C'était mon ton habituel au réveil.

— Bonjour à toi aussi, Danny ! pépia joyeusement la voix de Trinia.

Trinia travaillait à l'Agence Hégémonique pour l'Emploi Parapsychique ; la plupart des psions de Saint-City faisaient régulièrement appel à ses services. Depuis que je travaillais à la fois comme consultante et comme mercenaire, elle organisait mon emploi du temps et faisait le tampon entre moi et la poignée de cinglés qui tentaient parfois de se payer la tête d'un psion. Je n'avais ni le temps ni l'envie de consigner précisément à quel endroit j'étais supposée me trouver à tel ou tel moment, et Trinia s'occupait de coordonner mon datpilot et mon datband, tout en gérant mon carnet de clients quand je me trouvais en mission. La magie était un boulot à plein-temps ; de nos jours, même les nécromants avaient besoin de secrétaires, et ça coûtait moins cher de se payer les services d'une agence.

— Tu as deux minutes ?

— Pour un nouveau job ? C'est payé combien ?

— Cinquante mille. Le tarif standard.

Ça me permettrait de payer quelques traites.

— Quel genre ?

J'aspirai une gorgée de café en contemplant la vapeur qui s'étirait en volutes paresseuses.

— Une histoire de succession. Ça ne devrait pas te prendre plus de deux heures. Un vieux chnoque du nom de Douglas Shantern vient de mourir et ses héritiers contestent son testament. L'héritage total est de cinquante millions, c'est là-dessus qu'ils te payeront tes gages.

— OK, je prends, répondis-je en m'étirant. Où est le corps ? Il est frais ?

— L'urne se trouve dans le bureau du notaire, sur Dantol Street. Il est mort il y a deux semaines.

Je grimaçai.

— J'ai horreur de ça.

— Je sais, répondit Trinia d'une voix compatissante. Mais tu es la seule sur le continent capable de faire parler des cendres. Je te l'inscris pour minuit ?

— Ça fera l'affaire. Tu me donnes l'adresse ?

Elle me la dicta. Je connaissais le bâtiment ; c'était au centre-ville, dans le quartier financier. Les gens s'imaginent que la vie des nécromants est remplie de tombeaux, de psalmodies et de sang, mais en réalité, nous passons l'essentiel de notre temps dans des offices notariaux et des chambres d'hôpital. Il est assez rare de croiser un nécromant dans un mausolée ou un cimetière.

On ne vous aime pas.

— C'est noté. Préviens-les que j'amène un assistant.

— Je ne savais pas que tu avais pris un apprenti.

Elle semblait presque choquée. Je n'avais jamais rencontré Trinia en chair et en os, mais je me l'étais toujours imaginée comme une figure maternelle et impassible, buvant du thé et se nourrissant de pâtisseries danoises.

— Je n'ai pas pris d'apprenti. Merci, Trinia. Et sans doute à bientôt.

— De rien, répondit-elle après un infime instant d'hésitation. Au revoir.

— Au revoir.

Je raccrochai.

— Cool. Un autre petit boulot.

— Le temps est précieux, nécromante, commenta le démon d'un ton impatient.

Je lui adressai un hochement d'épaules.

— J'ai un crédit à rembourser. Et Santino ne va pas nous filer entre les doigts avant même que nous l'ayons repéré. Ça fait cinquante ans qu'il vous a échappé, et que je sache, vous n'avez pas sauté dans le premier train en marche pour le retrouver. Je ne vois pas pourquoi moi, je devrais le faire. En plus, il faut aussi qu'on aille voir Abra. Gabe me livrera le matériel dont j'ai besoin juste au moment où j'en aurai terminé avec ce job, et on pourra commencer la chasse. À moins que vous ayez l'intention de payer mes prochaines traites.

— Vous êtes exaspérante.

L'odeur du démon commençait à me monter à la tête.

— Ne prenez pas ce ton-là avec moi, Japhrimel, dis-je en posant mes paumes à plat sur le bar et en plantant mon regard dans le sien. (Je venais de lui rappeler volontairement que je connaissais son véritable Nom.) Vous commencez à m'énerver, et vous avez perdu une occasion de vous taire.

Il me transperça de son regard vert incandescent. *Apparemment, je l'ai mis en rogne. Ses yeux clignotent comme une guirlande de noël. À moins que le problème vienne de moi ?*

Je reposai sèchement le pot de beurre de cacahuètes sur le comptoir et soutins le regard du démon, en me demandant si la charge de pouvoir qui crépitait dans l'air allait finir par me brûler physiquement. Mes bagues grésillaient.

Il baissa finalement les yeux, et la tension s'évanouit d'un coup.

— À vos ordres, maîtresse, lâcha-t-il avec une note sarcastique particulièrement réussie, ce à quoi je répondis par un haussement d'épaules.

— Je ne suis pas votre maîtresse, Japhrimel. Plus vite je serai débarrassée de vous, plus vite je retrouverai ma vie, et mieux ce sera. La seule chose que j'attends de vous en ce moment, c'est que vous me laissiez travailler tranquillement, OK ? *Après* m'avoir expliqué en quoi consiste le lien avec un démon familier.

Il hocha la tête, les yeux toujours baissés.

— Et vous voulez qu'on fasse ça quand ?

Je passai une main moite sur mon tee-shirt ; mes boucliers se retirèrent en bourdonnant.

— Laissez-moi juste le temps de finir mon café.

— C'est vous qui voyez.

— Et servez-vous une tasse de quelque chose, bordel, ajoutai-je d'un ton hargneux.

J'avais bien l'intention de rester polie.

15

— Ashton Hutton.

La poignée de main de l'avocat était ferme et professionnelle. Il ne broncha ni à la vue de mon tatouage ni à celle de Japhrimel – évidemment, depuis le début de l'ère parapsychique, il en fallait beaucoup pour impressionner un homme de loi.

— Merci d'avoir accepté de venir dans un délai aussi court, mademoiselle Valentine.

— Merci à vous, monsieur Hutton.

Je lui rendis son sourire. *Maudit requin*, songeai-je. Il possédait un peu de talent psion, pas assez pour en faire son métier, mais suffisamment pour s'en servir dans une cour de justice. Ses cheveux blonds étaient peignés en arrière au-dessus d'un front dégarni, qui surplombait des yeux bleus étincelants et un sourire franc et désarmant. Alors que je retirais ma main, une odeur légèrement écœurante chatouilla mes narines. Il portait probablement un gri-gri animiste dissimulé quelque part sous ses vêtements.

Bon, c'est pas mes oignons. Je balayai du regard la salle de réunion. Derrière les fenêtres, il faisait nuit noire, mais l'antique table d'acajou poli qui occupait le centre de la pièce, assez grande pour y désosser une baleine, était généreusement éclairée.

Toute la famille était là. Une vieille femme sèche et osseuse au cou famélique cerclé d'une rangée de perles était vêtue d'un élégant tailleur pêche. La veuve du défunt, supposai-je. Deux jeunes garçons l'entouraient : le premier, plutôt rondelet, les cheveux gras, le visage constellé de cicatrices d'acné, ne semblait pas avoir plus de treize ans ; le deuxième, rencogné sur sa chaise, de l'âge d'un étudiant, arborait la célèbre coupe au bol popularisée par Jasper Dex à l'holovid et tapotait la surface polie de la table avec ses ongles rongés.

De l'autre côté de la table se tenait une jeune femme d'environ trente-cinq ans, avec des cheveux sombres retenus en arrière par une sorte de diadème collant et des pendants d'oreilles ornés de rubis. *La maîtresse,* songeai-je. Je jetai ensuite un coup d'œil aux deux flics en uniforme derrière elle. Je commençais à me faire une idée du tableau général.

Je me tournai vers l'avocat.

— Qu'est-ce qu'ils font là ? demandai-je en abandonnant mon sourire de façade.

— Nous ne le savons pas encore. Mlle Sharpley a requis leur présence, et rien ne l'interdit dans le testament du défunt, donc...

Sa phrase demeura en suspens et il écarta ses mains lisses et impeccables en guise d'excuse.

Je hochai la tête. En d'autres termes, les flics étaient là parce que quelqu'un était suspecté de quelque chose, ou parce que les relations entre l'épouse et la maîtresse étaient tout sauf cordiales. Ça ne me regardait pas non plus.

— Très bien, dis-je en sortant mes affaires de mon sac. Mettons-nous au travail, à présent.

— Qui est votre associé ? Je n'ai pas saisi son nom.

— Je ne vous l'ai pas donné, rétorquai-je d'un ton acerbe. Je suis ici pour recueillir la parole d'un mort, pas pour vous faire un rapport sur mes méthodes.

Je commençais déjà à regretter d'avoir accepté le job.

L'urne funéraire était placée au centre de la table, un lourd coffret d'acier qui contenait les restes de l'homme dont j'allais troubler le repos éternel. Je réprimai un frisson. J'avais horreur des cendres, et puis c'était beaucoup plus facile de travailler avec un corps complet... mais vous ne pouvez pas faire la difficile quand vous avez un crédit à rembourser. Je me demandai pourquoi les héritiers d'une fortune de cinquante millions n'avaient pas déboursé de quoi payer une urne funéraire décente à leur cher disparu, mais là encore, ce n'étaient pas mes affaires. On me payait pour faire parler les morts, pas pour que je prenne parti.

J'étais encore élève à l'Académie la première fois où j'avais fait surgir une apparition à partir d'un tas de cendres et de quelques bouts d'os. Rien ne m'avait préparée au silence qui s'était emparé de l'assistance à ce moment-là. Les nécromants avaient normalement besoin d'un cadavre entier, et plus il était frais, mieux c'était ; le Talent nécessaire pour obtenir un résultat à partir de quelques maigres restes était une chose rarissime. Il me garantissait un travail régulier, puisque j'étais la seule professionnelle connue à être capable de le faire, mais ça voulait aussi dire que je récupérais bien plus que ma part de débris humains diversement ragoûtants. Un de mes pires souvenirs remontait à la catastrophe des Choyne Towers, quand un avion poutchkine s'était écrasé accidentellement au beau milieu des trois tours. J'avais passé des jours et des jours à trier des bouts d'êtres humains et à invoquer les esprits de leurs propriétaires pour les identifier ; à la fin, il manquait toujours dix personnes. Si je n'avais pas pu les invoquer, c'est qu'elles avaient été littéralement réduites à néant – une idée extrêmement désagréable, soit dit en passant.

Pourtant, ce n'était pas cet événement qui m'avait valu ma réputation. Elle datait du jour où j'avais quasi accidentellement fait surgir l'apparition de saint Crowley le magi. J'étais censée faire semblant de l'invoquer pour une publicité commandée par la chaîne Holovid 2004, et il était réellement apparu, à la surprise générale, y compris la mienne.

Tout ça était bien beau, mais en pratique, ça signifiait que je devais me coltiner au quotidien les restes les moins engageants, les clients du crématorium et les psions. L'Hégémonie avait rendu obligatoire l'incinération du corps des psions après leur décès – en particulier les magi et les adjurateurs, pour éviter qu'ils soient la proie des Dévoreurs.

Je rassemblai mes esprits, et je commençai à disposer les bougies sur la table, quand l'épouse émit un léger hoquet d'indignation.

— Est-ce qu'il faut vraiment en passer par là ? demanda-t-elle d'une voix rauque et oppressée. Est-ce *absolument* nécessaire ?

— Relax, maman, rétorqua le plus âgé des deux fils. (Il se rencogna dans son siège en balançant ses jambes. Sa voix était étonnamment aiguë pour un garçon de sa stature.) C'est de la frime, rien d'autre, juste un truc pour nous impressionner.

— Mlle Valentine est une nécromante diplômée et accréditée, intervint Hutton d'un ton froid. Et c'est la meilleure dans ce pays, si ce n'est dans le monde, madame Shantern. Je vous rappelle que c'est *vous* qui avez souhaité que la… question qui nous occupe soit définitivement résolue.

Les lèvres étiques de la veuve se contractèrent. De l'autre côté de la table, la jeune femme fixait obstinément la boîte de métal. Son visage était aussi froid et impénétrable qu'un disque dur verrouillé, mais ses joues lisses et pleines se colorèrent légèrement quand elle releva les yeux vers moi.

Toi, tu m'as l'air d'une sacrée dure à cuire, songeai-je en jetant un coup d'œil vers les deux flics en uniforme. Leurs têtes ne me revenaient pas.

Je haussai les épaules, terminai d'installer les bougies et claquai des doigts. Mes anneaux crépitèrent, et une flamme bleue s'éleva au-dessus des mèches, aussi lumineuse que celle d'un chalumeau.

Ça m'amusait toujours d'impressionner les béotiens avec ce petit effet pyrotechnique.

La veuve hoqueta et les pieds de l'étudiant retombèrent brusquement sur le coûteux tapis qui recouvrait le sol.

— Auriez-vous l'amabilité d'éteindre les lumières, monsieur Hutton ? demandai-je en tirant mon épée du fourreau. Ça ne prendra que quelques minutes.

L'avocat s'exécuta, sans doute habitué à voir travailler les nécromants dans une semi-obscurité. En se dirigeant vers la porte, il passa à côté du démon qui ne me lâchait pas d'un pouce, presque collé à mon épaule. Je me hissai d'un bond sur la table et m'accroupis en tailleur, une main sur la garde de mon épée, l'autre posée sur le coffret d'acier. Dans cette position, je dominais toute l'assistance d'une bonne tête – à l'exception du démon et du plus grand des deux flics en uniforme froissé. *Qu'est-ce qu'ils foutent là ?* Je ne m'attardai pas sur la question.

— Dante ?

C'était la première fois que le démon prononçait mon véritable nom.

— Tout va bien. Contentez-vous d'attendre. Si j'ai besoin de vous, je vous le dirai.

Je suis votre familier, m'avait expliqué le démon, *et je dois vous protéger en toutes circonstances. Tout mal qui vous atteindra, je le ressentirai dans ma propre chair. Je suis soumis à votre volonté tant que vous porterez cette marque. Tant que cela m'est possible, j'exécuterai le moindre de vos ordres. Vous êtes libre de vos actes ; je ne le suis pas.*

Je comprenais mieux maintenant pourquoi tous les magi voulaient un familier. C'était comme d'avoir un esclave, m'avait expliqué Jaf, un esclave magique doublé d'un garde du corps. Le problème, c'est que je n'avais aucune envie d'avoir un esclave. Je voulais juste qu'on me fiche la paix.

Je fermai les yeux. Respiration lente, profonde, le poids de mon épée en équilibre sur mes genoux...

Après le chaos des derniers jours, j'étais soulagée de faire quelque chose que je maîtrisais et que je comprenais. Ici, au moins, j'étais confrontée à un problème que je pouvais résoudre. Au-delà de la sphère du réel, une lueur bleue naquit autour de ma main posée sur le coffret.

Les mots surgirent du plus profond de mon être.

— *Agara tetara eidoeae nolos, sempris quieris tekos mael...*

S'il vous prend un jour l'envie de transcrire par écrit le chant d'un nécromant, vous vous retrouverez avec un tas de syllabes dénuées de sens et de pouvoir. Nos psalmodies ne sont pas issues d'un texte canonique ni même d'un langage magique spécifique – ce sont juste des clés, des clés personnelles similaires au psychopompe qui accompagne chacun d'entre nous. Il se trouvait malgré tout toujours quelqu'un pour essayer de les retranscrire et d'en tirer des règles grammaticales. Le problème, c'est que les paroles changeaient constamment.

Une lumière bleue cristalline s'élève au-dessus de moi et m'entoure. Mes bagues crachent une pluie d'étincelles, mon épaule gauche m'élance. Je chevauche le pouvoir au milieu d'un labyrinthe de cristal, et j'atteins le lieu où reposent les incinérés, à l'affût. De minuscules fragments d'os et de cendres, un goût amer sur ma langue.

Goûter la Mort, accueillir la Mort en moi... c'est une chose amère, plus amère que n'importe quelle saveur vivante. Elle brûle à travers moi, elle recouvre la douleur de la marque sur mon épaule.

J'avais regardé les vidéos. Quand je psalmodiais, ma tête basculait en arrière, un flot lumineux de pouvoir gravitait autour de moi dans le sens des aiguilles d'une montre, et un nimbe de lumière pâle s'élevait autour du cadavre – ou de ce qui en restait. Mes cheveux se dressaient au-dessus de ma tête, même quand ils étaient attachés en queue-de-cheval. L'émeraude sur ma joue pulsait à l'unisson du halo de lumière, et la faille entre les mondes qui permettait aux morts de s'exprimer apparaissait.

Ma main gauche appuya plus fortement sur le coffret de métal tandis que l'autre se crispait sur la garde de mon épée. L'acier de la lame me brûlait les genoux, et les runes ondulaient comme un ruisseau liquide. Je sentais mon tatouage s'agiter avec frénésie, les serpents s'enlacer autour du caducée dans un bruissement d'écailles sèches.

Lumière bleue cristalline. Les dieux me contemplent, perçoivent les cendres à travers moi, et le fragile filament que j'ai tendu entre le séjour des vivants et celui des morts. Je deviens le pont infime qui relie une âme à notre monde, la corde de la harpe touchée par une main divine pour faire surgir une voix du silence…

Il y eut une sorte de « pop » subliminal, et j'entendis le hoquet suffoqué de l'épouse.

— Douglas !

Je gardai les yeux fermés. C'était difficile de faire tenir une invocation en place.

— Posez… vos… questions…, annonçai-je en brisant le silence pesant.

Le froid commençait à naître dans mes doigts et mes orteils. J'entendis la voix de l'épouse, puis celle de l'avocat qui enchaînait rapidement de courtes questions. Un bruissement de papier. La voix rauque de la maîtresse. Une sorte de cri – l'étudiant. Je patientai en maintenant le flot de pouvoir tandis que le froid s'étendait de mes doigts vers mes poignets. Mes pieds étaient déjà engourdis.

D'autres questions de l'avocat, les réponses du spectre. Douglas Shantern avait une voix éraillée, et son timbre était plat, monotone, comme toujours chez les fantômes… ce n'était que la survivance d'un cerveau broyé par la mort et d'un cœur qui a cessé de battre à jamais.

Une autre voix s'éleva, masculine, légèrement nasillarde. Un des deux flics. L'engourdissement du froid était en train de remonter le long de mes bras et d'atteindre mon dos. L'épée brûlait sur mes genoux. Une étoile de feu irradiait dans mon épaule gauche.

Le spectre répondit pendant un certain temps, détaillant ses explications. Mes paupières tremblaient et le flot de pouvoir tétanisait les muscles de mes bras.

Puis un écho de lutte, de personnes qui se déplacent. L'éclat de voix sèche de l'avocat. J'ignorai tout cela, concentrée sur le maintien de l'apparition.

De nouveau la voix de l'avocat qui prononce mon nom.

— Mademoiselle Valentine, je crois que nous en avons terminé.

Sa voix était grave, dépouillée de son urbanité de façade.

Je hochai légèrement la tête, inspirai profondément et relâchai l'air à travers ma mâchoire serrée, un souffle strident qui trancha dans le vif le torrent de pouvoir. Le froid commença à refluer.

Le gémissement des parois de cristal, le dieu qui rappelle à lui la fragile lueur de l'âme et la serre contre son sein, la tête de chien paisible et immobile. Ses crocs blancs et luisants, ses prunelles sombres et éloquentes... Il me contemplait gravement.

Allait-Il me rappeler à Lui, cette fois ? Le moment était-il venu ? Une partie de moi – mon âme, peut-être – se languissait à cette idée. Le réconfort de Ses bras, reposer ma tête contre Sa large poitrine, laisser aller...

— Dante ?

Une voix de caramel brûlant. Au moins, il n'avait pas essayé de me toucher.

— Dante ?

Mes paupières papillonnèrent. L'acier de ma lame fredonnait tandis que la lumière refluait dans le coffret métallique en s'attardant quelques instants à la surface, faisant brièvement étinceler ses angles durs.

Je m'affaissai d'un coup, appuyant ma main libre sur l'acajou lisse de la table, les narines soudainement envahies par les fragrances âcres de mon propre pouvoir. Je pouvais *sentir* l'inquiétude du démon.

Quand je relevai enfin les yeux sur la pièce sombre, l'un des flics avait passé des menottes en plastacier au plus jeune des fils – le garçon au visage constellé d'acné, à l'œil humide et aux cheveux gras. Ce dernier clignait des yeux et sa bouche molle tremblait. *Bon sang. Si j'avais su qu'il s'agissait d'une affaire criminelle, j'aurais demandé le double du tarif. Faut que je touche deux mots à Trinia au sujet de cet avocat.*

La veuve se tenait toujours droite et raide comme la justice, mais ses yeux étaient agrandis par le choc, et une rougeur colorait ses joues. La maîtresse contemplait la scène, imperturbable. Le plus âgé des garçons dévisageait son frère comme s'il voyait un serpent pour la première fois.

Je me laissai glisser lentement au bas de la table tout en remettant mon épée au fourreau. À mon grand étonnement, le démon tendit les bras vers moi et m'aida à retrouver la station debout en me soutenant par les épaules. Mes doigts étaient toujours engourdis. *Combien de temps ça a duré ?* Je dus me forcer à articuler.

— Combien de temps ça a duré ?

— Environ une heure, répondit Jaf. Vos... vos lèvres sont bleues.

Je hochai la tête, vacillant sur mes jambes.

— Ça va passer, je vais bien. Qu'est-ce qui est arrivé ?

Je baissai délibérément la voix, chuchotant presque. Jaf comprit et m'imita, ses mains toujours serrées autour de mes épaules.

— La maîtresse était accusée d'avoir assassiné l'homme, dit-il doucement. Le spectre a révélé que c'était son fils qui l'avait battu à mort avec une barre de fer.

— Mademoiselle Valentine ? interrompit l'avocat, qui avait retrouvé un peu de sa contenance.

Les flics étaient en train d'emmener le gamin hors de la pièce. Il se laissait faire, inerte, le regard fixé sur moi. Le plus petit des policiers – cheveux noirs bouclés, yeux sombres, probablement Novo Italiano – fit le signe contre le mauvais œil dans ma direction, croyant peut-être que je ne le voyais pas.

Une nouvelle vague d'épuisement me submergea. *Une heure ? J'ai fait parler un spectre dans sa forme complète pendant une heure ? À partir d'un tas de cendres ? Pas étonnant que je sois fatiguée.* Je pris quelques longues inspirations. L'air s'était tellement refroidi qu'un nuage de buée se formait devant mes lèvres, et que la peau de Jaf fumait.

— J'ai horreur des incinérés, marmonnai-je.

Je me tournai ensuite vers l'avocat au visage blême.

— Vous allez peut-être me dire que vous ignoriez qu'il s'agissait d'une affaire criminelle ?

— Considérez que vos, euh... gages sont triplés.

Ses yeux étaient écarquillés et ses cheveux blonds légèrement moins bien lissés. Je lui avais peut-être fait peur.

Tant mieux. Il y réfléchirait à deux fois avant d'essayer à nouveau d'arnaquer un psion.

— Je vous remercie, répondis-je en le tançant d'un œil froid.

Il suait à grosses gouttes et son visage était aussi blanc que la craie.

— Je n'ai jamais voulu... Je veux dire, j'ai à peine...

Je soupirai. Flanquer la trouille à un petit connard de ce genre me procurait un léger plaisir éphémère.

— Je sais. Je vais y aller maintenant. J'imagine que vous ne me retenez pas ?

— Oh, eh bien, nous pouvons...

— Ne vous fatiguez pas.

Une envie irrépressible d'échapper à ce bureau fade et impeccable et au petit homme terrorisé qui me faisait face s'empara de moi. Peut-être n'était-il pas aussi habitué aux nécromants qu'il le prétendait.

Je n'aurais jamais imaginé ressentir un jour de la reconnaissance envers un démon. Mais Japhrimel était manifestement impatient de me voir en finir avec les balbutiements de l'avocat, car il passa un bras derrière mes épaules pour m'entraîner vers la sortie. Je cillai légèrement sous le contact chaud de son bras.

Après avoir retraversé le bureau vide de la secrétaire et la salle d'attente du cabinet, je me dégageai de son étreinte.

— Merci. (Mes genoux tremblaient encore un peu, mais je récupérais vite.) C'était assez exténuant. Si j'avais su qu'ils voulaient une heure complète à partir de ce tas de cendres...

— Vous avez l'air plutôt exceptionnelle, répondit-il en laissant retomber son bras.

Ses yeux étaient à demi clos, si étincelants qu'une lueur émeraude semblait illuminer le reste de son visage. J'entrevis de nouveau le tourbillon de runes au fond de ses prunelles.

— Je n'en sais rien. Je suis juste une fille qui a un crédit à rembourser.

— Je suis désolé d'avoir douté de vos capacités, reprit-il en m'emboîtant le pas tandis que je me dirigeais vers les escaliers.

Le « ding » de l'ascenseur me fit presque sursauter. Japhrimel porta une main à mon bras, et je sentis sa poigne de fer se refermer sur ma chair.

— Tout va bien, Dante. Il n'y a personne ici.

— Pas... Pas l'ascenseur, articulai-je péniblement.

Si on m'enfermait dans un espace confiné...

Au moins, il savait cloisonner son esprit. Mes nerfs étaient tellement à vif que s'il avait été humain, je l'aurais sans doute repoussé violemment pour échapper à un flot d'émotions étrangères. En l'état, je le laissai m'escorter dans la cage d'escalier grise et froide.

— Alors, vous avez décidé que je n'étais pas si insupportable ? m'enquis-je en essayant de prendre un ton badin.

La voix du spectre résonnait toujours dans ma tête, juste à la périphérie de mon champ mental, comme une sourde vibration rauque. Je l'entendrais encore pendant quelques heures, jusqu'à ce que ma psyché se remette du contact prolongé avec l'esprit d'un mort. L'entraînement aidait à diminuer l'impact du choc, mais ne pouvait pas le supprimer complètement.

— J'ai décidé que vous aviez besoin d'un familier. Vous faites preuve d'une grande imprudence.

— Je fais attention ! protestai-je. Et j'ai bien survécu jusqu'ici.

— Visiblement, c'est essentiellement dû à la chance.

Je trébuchai. Mes pieds étaient semblables à deux blocs de glace – le démon me soutint, et nous commençâmes à descendre les escaliers. Seul l'écho de nos pas meublait le silence.

— Je ne vous aime pas beaucoup, dis-je.

— C'est ce que j'avais cru comprendre.

Quand nous atteignîmes le rez-de-chaussée, mes pieds commençaient à se souvenir qu'ils m'appartenaient. Le froid atroce se retirait lentement, comme repoussé par la marque enflammée sur mon épaule gauche. Je regagnais peu à peu des forces ; le pouvoir de la cité venait irriguer mon corps pour remplacer celui que j'avais dépensé en maintenant l'apparition. Une épaisse moquette tapissait le sol du hall d'entrée, et une élégante fontaine murale Marnick glougloutait doucement. La main toujours serrée sur mon épée, je sentais ma sacoche rebondir contre mon flanc. Dès que je fus capable de marcher toute seule, je dégageai mon bras de la main du démon. Heureusement que l'état de faiblesse ne durait jamais très longtemps.

— Merci.

— Vous n'avez pas à me remercier.

Il appuya sur le bouton commandant l'ouverture de la porte automatique, sécurisée par un arc lumineux de sodium qui se reflétait contre la vitre. Le parking à l'extérieur était quasi désert et le macadam commençait à sécher. L'air de la nuit caressa mon visage, et une brise froide souleva mes cheveux. Je rabattis quelques mèches derrière mes oreilles et contemplai le ciel. Après l'averse habituelle du soir, il était en train de se dégager. C'était une bonne chose.

— Une seconde ! (Je m'immobilisai face au démon.) J'ai quelque chose à faire. OK ?

— Pourquoi me le demandez-vous ?

Son visage était dénué de toute expression.

— Parce que vous allez devoir m'attendre. À moins que vous sachiez monter un slicboard.

16

— Salut, tête de mort, me lança Konnie en écartant ses cheveux teints en vert de son visage d'aspirine. Qu'est-ce qui t'amène ?

Une musique New Reggae emplissait le *Heaven's Arms*, et un parfum douceâtre de hash synthétique filtrait depuis la pièce du fond, stagnant autour des râteliers couverts de casques, d'épaulières et de protège-tibias.

— Salut, Konnie, répondis-je en tendant ma sacoche au démon. (Ce dernier attrapa la sangle sans rien dire – je ressentis un léger malaise en lui confiant mon épée.) J'ai besoin d'une heure et d'un slicboard.

Konnie se balança d'avant en arrière derrière le comptoir, ses yeux inexpressifs fixés sur moi.

— T'as de quoi payer ?

— Bordel de merde, Konnie, file-moi une planche ! Je veux la noire.

Il haussa les épaules.

— J'imagine que tu prends pas les protections.

— Tu as ma dispense dans tes fichiers.

J'effleurai le comptoir poussiéreux, dessinant de mes doigts un glyphe sur la vitre. Au-dessous était exposée une série de pipes à haschich en verre fumé. Il y en avait même quelques-unes en bois et en métal, et aussi une collection de brûle-encens. Les murs de la pièce étaient recouverts de tags de gangs et de skateurs.

— Magne-toi, Konnie. J'ai du boulot qui m'attend.

— Je sais, dit-il avec un geste négligent. (Sa main était couverte de bagues, ses ongles courts et vernis de noir – il jouait dans un groupe néopunk, et il fallait qu'il puisse distinguer ses mains sur les cordes de la basse dans la lumière des boîtes de nuit.) Ça se voit à ta tête. Qui est-ce que tu chasses en ce moment, poupée ?

— *Donne-moi* cette foutue planche, grondai-je en découvrant mes crocs. (Mon émeraude étincela et mes anneaux crépitèrent, tandis que le démon se crispait derrière moi.) Je reviens dans une heure.

Konnie se pencha brièvement derrière le comptoir, et en ressortit un slicboard qu'il posa sur la vitre. Il ôta l'étui, révélant une walkyrie noire élancée peinte sur la surface.

— Je viens de la régler. Un client magi est passé y a pas très longtemps et m'a dit qu'une tête de mort allait venir. Je déteste ce truc de précog. Et t'es la seule tête de mort assez timbrée pour oser te pointer ici. Pourquoi t'en achètes pas plutôt un ?

Je m'emparai de la planche d'une main tremblante. Le pouvoir ambiant de la cité continuait à irriguer mon corps pour remplacer ce que j'avais dépensé en ramenant Douglas Shantern du territoire des morts, mais je n'étais toujours pas convaincue d'être vivante.

— Super. Merci.

— Eh, je fais quoi de ton petit chat errant ? me héla-t-il alors que je me dirigeais vers la sortie.

— Essaye de ne pas l'énerver, répondis-je avant de refermer la porte derrière moi.

J'offris mon visage au vent froid de la nuit et je déposai la planche à terre en insérant la cellule d'énergie. Un bourdonnement de machine bien réglée vibra à travers mes os.

Je calai mes bottes au niveau du buste de la walkyrie. Le slicboard s'ajusta doucement à mon poids. J'imprimai un léger mouvement vers l'avant et l'engin s'engagea docilement dans la rue.

Non, pas la rue. Je veux voler. Ce soir, j'ai besoin de voler.

Je freinai, faisant gémir la cellule antigrav. Piloter un slicboard, c'est un peu comme descendre une rampe d'escalier en équilibre sur les deux pieds, les genoux pliés et détendus, les bras écartés. C'est la sensation la plus proche du vol et du voyage spatial en apesanteur qu'un corps humain peut espérer atteindre.

Les moteurs antigrav rugissaient autour de moi. Dans la haute circulation, les autoplanes arrivaient dans tous les sens. Le pilotage au milieu du trafic aérien ressemble beaucoup à la technique des anciens surfeurs : si vous arriviez à saisir la bonne vague, vous n'aviez plus qu'à vous laisser porter, comme si vous chevauchiez l'âme tourmentée de la cité.

Mais si par malheur vous vous trompiez, hésitiez, ou manquiez simplement de chance, vous finissiez aplati sur le bitume.

Les autoplanes et les navettes sont dotées d'intelligences artificielles qui préviennent toute collision – il suffit grosso modo de se laisser conduire en utilisant le joystick pour bifurquer aux intersections, où d'indiquer simplement une destination au pilote automatique. Les slicboards sont trop petits pour être détectés par ce système, ce qui empêche le Contrôle Central de la ville de les prendre en compte dans le suivi du trafic en temps réel. Et même s'il y avait eu la place pour un boîtier d'IA sur un slic, ce qui n'était pas le cas, les skateurs et les slic-coursiers les auraient dédaignés de toute façon.

J'imprimai un mouvement du talon gauche, faisant basculer la planche vers le haut, et je me faufilai entre deux transporteurs lourds en frôlant au passage une autoplane bleue pleine à craquer. L'adrénaline martelait mes tempes, inondait mon cerveau, et la walkyrie hurlait tandis que je fendais l'air entre les véhicules, l'esprit absent. C'était purement instinctif. Gorgée par l'ivresse du vent, j'abandonnai les voies réservées au trafic passagers pour rejoindre les lignes de fret.

Piloter au milieu des transporteurs exige encore une autre technique ; les véhicules sont plus gros et laissent dans leur sillage un air saturé de réactifs moléculaires. Ça nécessite des réflexes très différents : une navette ne vous tuera pas de la même manière qu'une autoplane. Les accidents de slicboard dans les lignes passagers sont surnommés « pop-corns ». Les collisions avec les transporteurs, « presse-purée ». Impossible de deviner s'ils vont surgir deux mètres au-dessus de vous ou trois mètres en dessous, et la moindre erreur peut se révéler instantanément fatale. Les remous aériens qu'ils provoquent dans leur sillage peuvent tout autant vous déséquilibrer qu'aspirer la planche sous vos pieds.

... gaffe, le semi-remorque, là. Je me penche en avant et mes ongles viennent griffer la planche, les cellules énergétiques vrombissent autour de moi, une bourrasque me fait vaciller, *retrouve ton équilibre, redresse-toi, les chevilles bien campées,*

redresse, redresse, je plonge sous le transporteur rugissant, mes cheveux frôlent la carrosserie de plastacier, mes bagues crachent des étincelles dorées, mon manteau flotte derrière moi, je me faufile entre les planeurs comme un moustique au milieu d'un vol d'albatros, *voilà ce que ça fait que d'être vivante, vivante, vivante...*

Le cœur battant, un goût de cuivre sur la langue, les lèvres retroussées sur les dents, le souffle haché, les jambes ployées, le contact solide de la planche sous mes bottes comme seul obstacle à la chute libre sur le macadam très loin en dessous...

Je m'engageai derrière un croiseur de police qui zigzaguait entre les transporteurs, sirènes éteintes. Ils m'avaient déjà scannée – piloter un slic sans casque n'était pas un délit, mais ils préféraient garder à l'œil les pilotes suicidaires –, et je jouai à chevaucher les turbulences dans leur sillage jusqu'à ce qu'ils réintègrent le trafic normal. Puis je continuai à voler un petit moment, presque paresseusement, allant et venant dans la circulation, taquinant les autoplanes.

Quand j'atterris finalement sur le trottoir, ivre d'adrénaline, le corps en sueur, je ramenai la walkyrie jusqu'à la devanture du *Heaven's Arms* et sautai à terre. Mes cheveux retombèrent devant mon visage. Mes épaules étaient souples et relaxées pour la première fois depuis qu'on avait frappé brutalement à ma porte au milieu d'un après-midi pluvieux.

Japhrimel était adossé contre la vitrine ; ses cheveux noirs et lisses luisaient sous la lumière des néons. Il tenait ma sacoche et mon épée, les doigts crispés sur la garde.

Je retirai la cellule d'énergie de la planche en poussant un soupir d'aise.

— Hey. Vous vous êtes bien amusé en mon absence ?

Il me fixa sans répondre, la mâchoire serrée.

Je rapportai la planche à l'intérieur de la boutique, la rendis à Konnie, et utilisai mon datband pour transférer le paiement. Je ressortis dans la nuit avec l'impression d'être davantage moi-même, en chantonnant une vieille chanson des PhenFighters. Après chaque job de nécromancie, je louais un slicboard. J'avais pris cette habitude depuis quelques années, depuis que j'avais découvert que la montée d'adrénaline provoquée par le vol en antigrav était presque aussi efficace que le sexe : la cascade chimique qui inondait mon corps dans ces moments-là balayait la chape poisseuse de la chair morte et me ramenait à la vie dans ce qu'elle avait de plus exacerbé. Les autres nécromants abusaient de patchs de caféine, de Tantra, se payaient une séance dans une cage de combat, un bordel accrédité comme le Polyamour, ou n'importe quel hôtel de passe minable. Moi, je montais des slics.

Japhrimel me tendit ma sacoche, puis mon épée. Son silence commençait à me peser sur les nerfs, et ça ne fit qu'empirer quand je remarquai la ligne froncée entre ses sourcils sombres.

— Qu'est-ce qu'il y a ? demandai-je d'un ton agressif.

Une brise lavée par la pluie s'engouffrait entre les hautes façades, soulevant mes cheveux en bataille et plaquant le long manteau du démon contre ses jambes.

Tu as un démon en face de toi, et tu n'es pas en train de t'enfuir en hurlant, Danny. Au lieu de ça, tu lui parles comme à n'importe quel être humain. C'est de la folie.

— Je préférerais que vous ne recommenciez plus, répondit-il calmement.

— Recommencer *quoi* ?

— C'était stupide et dangereux, Dante.

Il ne me regardait pas ; ses yeux fixaient le trottoir avec obstination.

Je haussai les épaules. Je ne pouvais pas expliquer à un démon que monter un slicboard était la seule façon de me prouver que j'étais encore vivante, après avoir côtoyé la mort joue contre joue et senti le goût amer des cendres dans ma bouche. Je ne pouvais pas non plus lui expliquer que c'était ça ou une cage de combat, et que je n'aimais pas les cages d'aucune sorte. Qui plus est, il s'en fichait probablement.

— Venez. On va voir Abra.

— Je voudrais votre parole que vous ne me laisserez plus en arrière. Je vous en prie, maîtresse.

— Arrêtez de m'appeler comme ça.

Je lui tournai le dos, et rajustai ma sacoche sur mon épaule. Alors que je m'apprêtais à repartir d'un pas digne, il me saisit le bras.

— S'il vous plaît, Dante. Je ne veux pas perdre mon unique chance de gagner ma liberté à cause d'un caprice humain. *S'il vous plaît.*

J'étais sur le point de dégager brusquement mon bras quand je réalisai qu'il était en train de me demander quelque chose poliment. Je me retournai vers lui en me mordillant la lèvre inférieure. Un muscle palpita sous sa joue lisse et dorée.

— D'accord. Vous avez ma parole.

Il cligna des yeux. C'était la deuxième fois de ma vie que je voyais un démon perplexe.

Nous demeurâmes immobiles, la main du démon sur mon bras et ses yeux plongés dans les miens, pendant peut-être les vingt plus longues secondes de ma vie. Je m'écartai enfin, retirai mon bras et levai brièvement mon regard vers le ciel, toujours dégagé. Quelques nuages d'altitude reflétaient la lumière orangée de la ville.

— Il faut qu'on y aille, dis-je sans agressivité. Plus il est tard, et plus Abra est de mauvaise humeur.

Il hocha la tête. L'accentuation du froncement entre ses sourcils n'était-il que le produit de mon imagination ? Il semblait indécis.

— Quoi, encore ?

Silencieux, il se contenta d'écarter les bras en signe d'impuissance. Je repris la marche et il me suivit, les mains croisées derrière le dos, la tête baissée, et une expression tellement méditative sur le visage que je m'attendais à moitié à le voir léviter.

— Japhrimel ? repris-je finalement.

— Hmm ?

Il ne releva pas la tête et évita d'un entrechat élégant un tesson de bouteille sur le trottoir. Je réajustai ma sacoche qui commençait à me scier l'épaule. J'avais confié mon épée et toutes mes affaires au démon pendant mon escapade, et il n'y avait pas touché.

— Vous n'êtes pas trop mal, vous savez. Pour un démon.

Je crus discerner une infime ébauche de sourire sur ses lèvres. Étrangement, c'était une chose agréable à voir.

17

La boutique d'Abra était située sur Klondel avenue, un coin vraiment moche même pour le Tank District. L'inscription MONT-DE-PIÉTÉ ABRACADABRA. DEMANDEZ-NOUS LA LUNE ! s'étalait en lettres dorées à demi effacées sur la vitrine. Un observateur particulièrement attentif aurait remarqué qu'aucun graffiti ne déparait la devanture et que le trottoir devant la porte de verre renforcée d'acier était étonnamment propre.

À l'intérieur, l'odeur de la poussière et du désespoir se mêlait à celle d'un ragoût de bœuf aux épices. Le plancher de bois miteux craquait sous les pas. Abra était assise derrière le comptoir dans sa posture habituelle, sur un tabouret pliant. Ses longs cheveux noirs bouclés encadraient un visage indéchiffrable au milieu duquel luisaient des prunelles sombres et liquides. Elle portait un cafetan bleu et argent et de larges anneaux d'or pendaient à ses oreilles. Je lui avais demandé une fois si elle était bohémienne. « Ne le sommes-nous pas tous ? » m'avait-elle répondu en riant.

Je devais reconnaître qu'elle avait raison.

Une série d'étagères parallèles emplies de marchandises emplissait la boutique. Slicboards et guitares côtoyaient des bijoux derrière une vitrine cadenassée. Le stock d'Abra semblait se renouveler régulièrement, mais je n'avais jamais vu personne entrer dans la boutique pour acheter quelque chose de matériel.

Non. Abra était l'Araignée, et sa toile recouvrait la cité. Elle vendait des *informations*.

C'était Jace qui me l'avait présentée, il y a longtemps de ça. Depuis, nous étions amies – d'une certaine façon. Je lui rendais service de temps en temps, elle ne vendait pas trop d'informations sur ma vie privée, et nous nous croisions parfois en observant une sorte de pacte de non-agression mutuel. Je devais aussi admettre qu'elle m'intriguait. De toute évidence, elle était non humaine, mais elle n'appartenait à aucune des catégories reconnues par le décret Paranormal – les Nichtvren, les Kine, les Cygnys, etc. J'en connaissais quelques autres comme elle, non répertoriés par les autorités officielles, mais qui s'arrangeaient pour faire entendre leur voix par divers moyens plus ou moins légaux.

La clochette au-dessus de la porte tinta quand je franchis le seuil, suivie par le démon qui ne me lâchait pas d'une semelle.

— Salut, Abra, commençai-je, avant d'entendre une sorte de déclic.

La main de Jaf heurta mon épaule. S'ensuivit un enchaînement d'événements instantanés, au terme desquels je me retrouvai coincée entre le démon qui pointait ses deux pistolets d'argent vers Abra, laquelle braquait sur lui un fusil plasma.

Eh ben, on peut dire que ça commence bien.

— Baisse ton arme, *s'darok*, gronda le démon. Ou ta vie d'Araignée est terminée.

— Qu'est-ce que c'est que cette *chose*, Danny ?

— Japhr... (Je m'interrompis avant de prononcer son nom en entier.) Qu'est-ce qui vous prend ?!?

— Elle avait une arme pointée sur vous, Dante, répondit-il d'une voix qui fit trembler la boutique. Je vais brûler ton nid, *s'darok*. Baisse ton arme.

— Putain de... (Abra déposa lentement le fusil plasma et releva les mains.) Foutues psions et leurs créatures. La pire source de problèmes de cette v...

— J'ai besoin d'informations, Abra, dis-je en me forçant à conserver un ton calme. Jaf, elle ne vous menace plus.

— Oh, je le sais. (Sa voix descendit encore dans les graves.) C'est à *vous* qu'elle fera du mal, si elle le peut.

— C'est-y pas mignon..., commenta Abra avec un rictus ironique.

Sur le verre de la vitrine, la poussière s'anima et se mit à former des motifs anguleux. La magie qui protégeait la boutique d'Abra était complexe et unique ; je ne connaissais rien de semblable.

— Dante, tu le fous dehors, ou c'est *niet*.

— Oh, pour l'amour de d... (Je commençais à perdre mon calme.) Jaf, elle a baissé son arme. Baissez les vôtres.

Après un dernier regard assassin, Japhrimel abaissa lentement ses armes. Ses mains esquissèrent un geste flou et elles disparurent.

— Comme vous voulez, gronda-t-il. (Une odeur de musc et de cannelle brûlée emplit soudainement la boutique. Je commençais à m'habituer.) Mais si elle fait un geste dans votre direction, elle le regrettera.

— Je suis *sûre* que je peux avoir une conversation avec Abra sans que personne ne tue personne. Ça fait des années qu'on fait ça.

L'air saturé de pouvoir me brûlait la peau. Les effluves odorants de bœuf aux épices me rappelèrent que je n'avais pas encore mangé.

— Pourquoi elle a sorti un flingue, dans ce cas ?

— Vous n'avez pas précisément l'air d'un gentil ours en peluche, rétorquai-je en raidissant les muscles de mes jambes pour ne pas vaciller sous le torrent de pouvoir. Tout le monde se calme, d'accord ? On peut faire ça ?

— Fais-le attendre dehors, proposa obligeamment Abra.

— Il n'en est pas q...

Au point où on en était, j'aurais de la chance si j'obtenais *une seule* information d'Abra.

— Ça suffit, tous les deux ! Plus longtemps vous continuerez à faire ça, plus longtemps je serai obligée de rester là, et plus ce sera pénible pour tout le monde. Donc vous avez intérêt à la fermer, et tout de suite.

Un silence écrasant me répondit. Japhrimel ne quittait pas Abra des yeux, mais il fit lentement un pas de côté. Je tirai de mon sac la feuille de papier où était inscrit le nom de Santino.

— J'ai besoin d'informations sur ce démon, repris-je d'une voix calme. Et sur Dacon Whitaker. Et sans doute sur d'autres trucs qui me reviendront au cours de la discussion.

— Combien tu payes ? demanda Abra, dont les yeux commençaient à reprendre un aspect humain.

— Ça ne marche pas comme ça aujourd'hui, Abra. Tu me dois une faveur. Si tu me donnes ce que je suis venue chercher, c'est moi qui aurais une dette envers toi.

Elle me devait bien davantage qu'une faveur : je lui avais fourni un tuyau de première qualité, l'année précédente, après l'affaire de la famille Chery. L'identité de la personne qui avait volé la famille valait son pesant d'or, et je suis sûre qu'Abra avait su revendre cette information au meilleur prix – sans mentionner sa source, bien évidemment. Après ça, j'avais assisté tranquillement aux luttes de pouvoir internes qui avaient fait perdre à la famille Owens une bonne partie de son parc immobilier. Jouer un tour aux mafias était toujours un plaisir.

Les yeux sombres d'Abra détaillaient Japhrimel.

— Tu n'es pas magi, Danny. Qu'est-ce que tu fiches avec le gratin de l'Enfer ?

Ainsi, elle sait reconnaître un démon, et précisément de quelle sorte, en plus. Intéressant.

— Appelle ça de la mobilité professionnelle, si tu veux. Écoute, ce sont *eux* qui sont venus *me* contacter, et pas le contraire. Je n'ai rien demandé, mais je suis enfoncée dans cette affaire jusqu'au cou, et l'eau monte. Si je veux continuer à rembourser mon crédit, j'ai besoin de respirer. Et pour respirer, j'ai besoin d'informations, d'accord ? (J'adoucis délibérément ma voix.) Ça fait longtemps qu'on travaille ensemble, je t'ai permis de faire de gros bénéfices pendant l'affaire Chery, l'an dernier, et j'ai *vraiment* besoin de récupérer certaines informations.

Elle me jaugea du regard pendant un long moment. Le démon ne bougeait pas d'un fil, mais je le sentais prêt à bondir à côté de moi. Mon épaule gauche m'élançait désagréablement.

— D'accord. Mais tu as intérêt à ne plus jamais ramener cette chose ici.

Ce n'est pas une chose. Je n'avais pas prononcé ces mots à voix haute, et je ne me demandai même pas pourquoi ils m'étaient venus à l'esprit. Je devais absolument rester concentrée sur la situation.

— Si j'avais eu le choix, je ne l'aurais pas amené du tout, rétorquai-je d'un ton acide. Bon sang, Abra !

Elle rangea lentement le fusil plasma sous le comptoir. Le démon ne bougeait toujours pas – mais une flamme dévorante consumait mon épaule. On n'était pas passés loin. Vraiment pas.

— D'accord, lâcha-t-elle enfin. Dis-moi tout ce que tu sais déjà.

Je posai la feuille de papier sur le comptoir, face retournée. Je lui racontai tout, Santino/Vardimal, l'Œuf volé aux Enfers, Dacon et le chill, le job que je venais d'effectuer. Ça, c'était un petit extra. Le fait que Douglas Shantern ait été assassiné par son fils constituait une information qu'elle pourrait revendre. Pendant que je lui détaillais le tableau, Japhrimel se rapprocha peu à peu de moi, jusqu'à ce que son manteau vienne effleurer le tissu de mon jean. Bizarrement, ça me dérangeait moins que ça l'aurait dû.

Abra m'écouta attentivement, un doigt posé sur ses lèvres étroites. Après la fin de mon discours, un long silence s'écoula et elle posa la main sur la surface du papier.

— OK, lâcha-t-elle. Donc, tu as un traceur et Spocarelli va te fournir une licence, un H-DOC et un omni... Maintenant, tu as besoin d'une direction, de rumeurs et de contacts.

Je hochai la tête.

— Tout juste.

— Et ton démon domestique est censé te garder en vie jusqu'à ce que tu aies tué ce Santino. À partir de là, impossible de dire ce qui va se passer.

Je sentis Japhrimel se raidir de nouveau.

— Ça correspond assez bien à mon estimation de la situation, répondis-je avec prudence.

Abra laissa échapper un soupir entre ses dents de perle. C'était l'équivalent chez elle d'un rire sarcastique.

— Ma fille, tu t'es fait avoir.

— Tu crois que je n'ai pas compris ? Dis-moi ce que tu sais, Abracadabra, j'ai encore du travail pour ce soir.

Elle hocha la tête et ses cheveux sombres glissèrent sur ses épaules. Enfin, elle retourna la feuille de papier et contempla le glyphe d'argent aux formes tourmentées.

— Oh..., murmura-t-elle, visiblement surprise. C'est... oh non, Dante !

Son visage était soudainement devenu blême. Elle étendit sa main au-dessus du papier, sans le toucher, les doigts tremblants.

— Le Sud, souffla-t-elle d'une voix atone. Le Sud, là où il fait chaud. Il est attiré par les endroits chauds... cachés. Il se cache... je ne peux pas dire pourquoi. Une femme... non, une jeune fille...

Je n'aurais pas cru Japhrimel capable de se crisper *à ce point-là*. Il se rapprocha encore un peu de moi, et je sentis sa chaleur m'envelopper. Impossible de faire plus près, à moins de fusionner les atomes de nos hanches.

— Et au sujet de l'Œuf ? interrogeai-je d'un ton rauque.

Les yeux d'Abra étaient de plus en plus écarquillés ; l'iris formait un cercle étroit autour de ses pupilles dilatées.

— Brisé... disparu... des cendres, des cendres dans le vent...

La main d'Abra s'écarta brusquement du glyphe pour retomber sur le comptoir. Je sursautai et Japhrimel resserra ses doigts sur mon épaule. Elle n'avait pas souvent ce genre de flash, mais quand elle en avait, ils étaient toujours infaillibles – quoique la plupart du temps trop flous pour être d'un réel secours.

J'avais une question plus importante encore.

— Comment je fais pour tuer ce salopard, Abra ? Comment je tue Santino ?

Ses paupières papillotèrent.

— Pas par le feu démoniaque... aucun homme ni démon ne peut le tuer... L'eau... (Elle prit une inspiration haletante, retroussant ses lèvres sur ses dents blanches.) Des vagues. Des vagues sur le rivage, de la glace, je te vois, je te vois, Dante... le visage dans l'eau, tu flottes, tu flottes... tu flottes...

J'agrippai les épaules d'Abra et la secouai sans ménagement pour la faire sortir de sa transe. Comme ça ne marchait pas, je la giflai – pas brutalement, juste assez fort pour la réveiller. Elle rouvrit brusquement les yeux et Japhrimel me tira en arrière, en sifflant quelques syllabes rudes et gutturales appartenant à une langue inconnue que je supposai être la sienne. Prise d'une quinte de toux rauque, Abra se cramponna au comptoir. Elle prononça ensuite quelques mots que je ne compris pas non plus, d'un ton calme et implacable, avant de relever les yeux vers moi.

— Cette chose va te tuer, Danny. (Toute trace de persiflage avait disparu dans sa voix.) Tu comprends ce que je te dis ? Cette chose va te *tuer*.

— Si je fais subir le même sort au fils de pute qui a tué Doreen, tant pis, grondai-je. Je veux des informations, Abra. Où est-il ?

— Je viens de te le dire. (Elle avait répliqué sèchement, mais son menton tremblait légèrement. Je ne l'avais jamais vue aussi pâle.) Nuevo Rio de Janeiro. C'est là que ta proie t'attend, Danny Valentine.

Je récupérai la feuille de papier et la rangeai dans ma sacoche. Abra me fixait, tremblante, en se mordant la lèvre inférieure. C'était la première fois que je la voyais dans un état proche de la peur.

En fait, elle avait l'air terrifiée.

— Et en ce qui concerne Dacon et le chill ? Comment diable il s'est débrouillé pour...

— Ça fait un bail que Whitaker travaille main dans la main avec la famille Owens. Ils l'ont rendu accro au chill depuis l'année dernière.

Elle porta la main à sa joue où ma gifle avait laissé une marque rouge.

— Tu m'as *frappée* !

— Tu commençais à radoter. Des contacts à Nuevo Rio ?

— Je n'en ai pas. Mais une fois là-bas, tu pourrais trouver utile de rendre une petite visite à Jace Monroe. Il s'est installé dans le coin il y a quelque temps. Au service de la famille Corvin. Il a renoué avec les mafias.

J'ignorais ça. Mais d'un autre côté, je n'avais jamais questionné Abra au sujet de Jace, alors même que c'était elle qui nous avait présentés. Je connaissais son passé mafieux, et je le suspectais déjà d'être retourné à ses premières amours – mais c'était autre chose de me l'entendre confirmer à voix haute. Je grimaçai.

— Je préférerais parler à une vipère armée d'un fusil plasma, marmonnai-je. Et pour les rumeurs ?

Abra haussa les épaules.

— On raconte en ville que tu es sur quelque chose de gros, et un mot circule : *Ne déconnez pas avec Danny Valentine.*

— Ça, je croyais que tout le monde le savait déjà.

— Tu te promènes avec un démon comme chien de garde, Danny. Personne n'a envie de se frotter à ce genre d'ennuis. (Elle grimaça en se frottant la joue.) Même pas moi. Tu peux t'en aller, maintenant ?

Je hochai la tête en réprimant ma frustration.

— Merci, Abra. Je te revaudrai ça.

Elle me répondit d'un rire froid.

— Tu ne vivras pas assez longtemps. Maintenant, sors de ma putain de boutique et ne ramène jamais cette chose ici.

Elle approcha ostensiblement la main du fusil plasma qui attendait rangé sous le comptoir. Japhrimel m'entraîna vers la sortie. La température dans la pièce avait pris au moins dix degrés.

Ce n'est pas une chose, Abra.

— Je le laisserai chez moi la prochaine fois que je passerai, répondis-je machinalement. Merci, Abra.

— Si elle meurt, *s'darok*, lança Jaf alors que la porte se refermait derrière nous, je reviendrai te voir.

Je fis instantanément volte-face vers le démon.

— Arrêtez ça ! C'est quoi, votre problème ?

Je tentai de dégager mon bras, sans succès. Il ne relâcha pas sa prise avant que nous ayons tourné au coin de la rue.

— Qu'est-ce qui vous prend, nom de…

— Elle a prédit votre mort, Dante.

Je sentais ma chair meurtrie à l'endroit où il avait plongé ses doigts. Je retrouvai mon aplomb et me dégageai avec brusquerie.

— Et qu'est-ce que ça peut bien vous foutre ? J'aurais pu obtenir d'Abra le double d'informations si vous n'aviez pas pété un plomb ! Vous ne servez strictement à rien !

Un muscle joua sous sa mâchoire.

— Je suis persuadé que si, répondit-il plutôt calmement. Vous entrez dans la tanière d'une *s'darok* sans protection, vous jouez avec la mort sans vous soucier des conséquences, et c'est moi que vous blâmez pour votre propre manque de discernement…

— Je vous blâme *vous* ? Ça n'a aucun sens ! Si vous n'aviez pas fait votre numéro de psychotique, on aurait obtenu deux fois plus d'informations ! Mais non, il fallait que monsieur joue au démon, que monsieur se comporte comme s'il avait la science infuse ! Vous êtes tellement arrogant, vous n'essayez jamais de...

— Vous gaspillez notre temps, m'interrompit-il. Je ne vous laisserai pas courir des risques stupides, Dante, quoi que vous disiez. Je ne le permettrai plus.

— *Permettre ?* Vous croyez être en position de me *permettre* quelque chose ? C'est vous qui avez un putain de problème !

Tout d'un coup, le poteau d'un réverbère apparut devant moi. Je l'évitai de justesse, et c'est là que je réalisai que j'étais en train de perdre mon self-control.

Il faut absolument que je me calme. Nom de Dieu de bordel de merde, je sens que c'est mal parti.

Le démon demeurait silencieux, la mâchoire serrée, se contentant de me fixer avec ses yeux semblables à deux lasers émeraude. La bise commençait à se réchauffer sous l'effet du pouvoir qui crépitait dans l'air.

Comme les adjurateurs, les nécromants avaient tendance à moduler leur voix en permanence. Nous passions notre temps à imposer notre volonté au monde à travers des mots chargés de pouvoir – des imprécations de colère pouvaient se révéler dévastatrices. « La parole d'un magi devient réalité. » C'était un des mantras que l'on nous faisait répéter inlassablement pendant nos années de formation. Pour un nécromant aguerri, la discipline constituait une qualité essentielle.

Je pris une longue inspiration. Sous l'effet de la colère, mes boucliers pulsaient d'un bleu presque noir.

— OK, dis-je, en faisant tout mon possible pour ne pas élever la voix. Je pense qu'on peut y arriver, si vous me dites juste ce qui cloche de votre côté. D'accord ? Il y a quelque chose qui rend les choses plus compliquées qu'elles ne devraient l'être.

Il me regarda fixement en faisant jouer les muscles de ses mâchoires. *S'il continue à grincer comme ça, ses dents vont finir par s'enfoncer dans son palais.* Je luttai contre un fou rire nerveux.

Mon bras et mon épaule gauche me faisaient mal. La douleur lancinante me rappela à quel point ma vie avait sombré dans le n'importe quoi. Même selon mes propres standards.

— Je voudrais ne jamais vous avoir connu, soufflai-je d'un ton atone. Ça fait mal, espèce de salaud.

J'étais bien trop énervée pour tourner sept fois ma langue dans ma bouche avant de traiter de salaud un démon capable de me dévorer toute crue au petit déjeuner.

Il éleva à nouveau la main vers mon épaule, et j'eus un réflexe de recul. Mais son geste s'interrompit à mi-chemin et son bras retomba le long de son flanc. Pour la première fois, il me sembla que son visage exprimait un sentiment de tristesse. Ou plus exactement, un mélange de tristesse et de rage. La seule fois où j'avais déjà vu cette expression, c'était sur le visage de Jace.

Je n'avais pas envie de penser à Jace.

D'une main tremblante, je massai mes nouvelles ecchymoses.

— Bon, dis-je finalement. Je vais appeler Gabe et fixer un rendez-vous pour qu'on puisse récupérer le matériel. Ensuite, je préparerai mes affaires pour Rio. On prendra une navette demain matin. Je n'ai pas le temps de vous donner des cours sur la façon dont on chasse un salopard de démon dans *mon* monde. (Mon tatouage émit un bref flash émeraude qui fit étinceler ses pupilles.) Je vais trouver Santino, et je vais le tuer. C'est *ma* vengeance. Une fois que je lui aurai fait bouffer ses entrailles, vous pourrez récupérer votre maudit Œuf et retourner vers votre maudit Prince et sortir de ma vie. Mais d'ici là, vous arrêtez de foutre en l'air ma chasse, compris ?

Il me fixa sans mot dire pendant environ dix secondes.

— Comme vous voulez, lâcha-t-il finalement.

— Très bien. Maintenant, vous me suivez. Et vous fermez votre putain de gueule.

18

Gabe et moi avions convenu d'un rendez-vous dans un petit fast-food chinois sur Pole Street. Je mourais de faim, et j'avais presque terminé mon bol de nouilles phô quand elle poussa la porte d'entrée, accompagnée d'Eddie. Enveloppée dans son grand manteau noir de flic, elle affichait une expression froide et impénétrable. Eddie ruminait silencieusement.

Elle s'installa en face de moi, et Eddie se posta derrière elle après avoir jeté un bref coup d'œil au démon assis sur le tabouret à côté de moi. Étrangement raide, ce dernier semblait contempler un point au fond de la salle, sans prêter attention au bol de thé qui fumait devant lui. Le velours rouge usé et les photographies de stars de cinéma en noir et blanc qui décoraient les murs donnaient l'impression que l'endroit était plus chaud qu'en réalité.

La serveuse apporta un café à Gabe, et Eddie commanda une soupe aux fruits de mer. J'aspirai une autre pelletée de nouilles. Eddie sentait la poussière et la violence, et Gabe arborait un énorme œil au beurre noir. Probablement très récent ; dans le cas contraire, elle aurait pris le temps de l'atténuer avec un charme de soin. Je la scrutai un long moment avant de hausser ostensiblement les sourcils.

— On m'a appelée pour une intervention hier soir, lâcha-t-elle finalement en rejetant ses mèches noires derrière ses épaules. Un enfoiré de magi qui dealait du chill autour de son night-club. Mais je crois que tu es déjà au courant.

Je hochai la tête.

— Je suis désolée.

Elle haussa les épaules. Elle gardait son épée coincée entre ses genoux, et je ne doutais pas qu'Eddie était lui aussi venu armé d'un arsenal.

— C'est pas ta faute, mon chou. Tu as fait ce qu'il fallait. (Elle posa sur la table un paquet volumineux enveloppé dans du papier brun.) Une licence de mercenaire officielle, deux

H-DOC, un permis de port d'arme universel, et un module Réseau. Accrédité, le module.

Ma mâchoire se décrocha, et une moue indéchiffrable apparut sur les lèvres de Japhrimel. Il gardait les yeux baissés sur la table, et traçait inlassablement du doigt un symbole sur le Formica, que j'étais incapable de déchiffrer.

— Nom de... Accrédité ? Qu'est-ce que ça veut dire ?

— Quelqu'un a manifestement fait pression sur ma hiérarchie. Je n'ai eu aucun problème pour obtenir tout ce que tu demandais. (Les lèvres de Gabe se retroussèrent.) Il y a quelques avantages à connaître le Diable en personne, je suppose.

Je laissai échapper un soupir et ingérai une autre pelletée de nouilles.

— Tu veux venir rallonger la liste des gens qui me font chier, toi aussi ? Elle a tendance à augmenter très vite, depuis hier soir.

— Pauvre chou, rétorqua-t-elle en éclatant de rire. Bon, et maintenant, qu'est-ce qu'on fait ? Abra a dit quoi ?

— Abra a dit Nuevo Rio. Et ça veut dire quoi, ce « on » ?

Japhrimel avait relevé les yeux et son regard balayait à présent l'intérieur du restaurant. J'eus l'impression que même les mouches qui volaient autour des tables, les taches de graisse sur le comptoir et les néons de la vitrine avaient droit à un examen en règle. À la table voisine, un vieil homme aspirait bruyamment ses nouilles. Des volutes de cigarette s'élevaient paresseusement au-dessus de lui. Ça faisait six ans que je fréquentais cet endroit, et quelle que soit l'heure du jour ou de la nuit, il était toujours là, et toujours en train de fumer. C'était une des rares choses stables dans mon univers.

— Eh bien..., répondit enfin Gabe, Doreen était mon amie aussi, et j'étais chargée de l'affaire. On en a parlé avec Eddie, et on a décidé qu'on t'accompagnait.

Je reposai mes baguettes et inspirai profondément.

— Gabe, dis-je aussi gentiment que possible. Je travaille seule.

Elle désigna le démon d'un geste du menton.

— Donc lui, il est assez bien pour t'accompagner, et pas moi ?

— Ça n'a rien à voir avec ça. Tu sais que ça n'a rien à voir.

La tension familière commençait à regagner les muscles de mes épaules. Gabe haussa ses élégants sourcils.

— Je sais que tu vas te faire tuer si tu chasses Santino seule. Tu auras besoin d'aide. Tu as consulté les cartes, récemment ?

— Ma dernière séance de divination a été interrompue un peu brutalement.

— Allez, Danny... (Elle m'adressa un battement de cils.) J'ai des vacances à prendre, et je veux buter ce salopard.

— Gabe...

— Elle a dit qu'elle venait, gronda Eddie. Ça veut dire qu'elle vient. Je n'ai pas pu l'en dissuader.

Depuis quand Eddie utilise le verbe « dissuader » ? C'est complètement absurde.

— Depuis quand tu utilises le verbe « dissuader », Eddie ? Tu as acheté un holovid « Apprenez un mot par jour » ? Bon sang, Gabe... Je ne veux pas avoir à surveiller Eddie dans une mission comme celle-là.

— Eddie a récupéré une licence. Et il est parfaitement compétent. Tu te raccroches aux branches, Danny. On vient avec toi.

Je baissai les bras.

— Oh, *Sekhmet sa'es.* Puisque vous y tenez tant que ça... Que les dieux prennent pitié de nous, et qu'Anubis nous protège tous. Bon sang, qu'est-ce que j'ai fait pour mériter ça ?

— Tu étais la meilleure amie de Doreen. Tu l'as sortie de ce...

Je frissonnai, tandis que toute légèreté m'abandonnait.

— Ne fais pas ça..., dis-je d'une voix atone. Ne parle pas de ça. J'ai échoué au seul moment où ça comptait, Gabe. C'est ça qui s'est passé. Si j'avais été plus forte, plus intelligente ou plus rapide, Doreen serait encore avec nous.

Le silence s'abattit autour de la table. Les baguettes chargées de nouilles d'Eddie s'immobilisèrent entre son bol et ses lèvres. Les odeurs de friture, de sauce soja, de graisse et de poussière se mêlaient à celle du démon, me donnant la nausée.

Le démon tourna les yeux vers moi. Il avança la main, et effleura le dos de mon poignet avec deux de ses doigts.

Une vague de chaleur envahit mon corps, un picotement traversa mon épaule gauche, et une brève douleur traversa les ecchymoses de mon autre bras, puis disparut. Le démon ne dit rien.

Je m'humectai les lèvres et finis par retirer brusquement mon poignet, manquant de renverser le reste de mon bol de soupe. Je le rattrapai de justesse, rassemblai mes baguettes, et les déposai précautionneusement dans le récipient.

— Je prends une navette demain dans la matinée.

— On a déjà pris les billets. Les tiens aussi. Et on amène des munitions. Être flic a aussi quelques avantages.

— Heureusement, grommela sombrement Eddie en mâchant ses nouilles.

Je portai le bol à mes lèvres et aspirai une longue gorgée de bouillon au bœuf. Le démon me fixait toujours.

Quand j'eus terminé de laper mon bol, Gabe contemplait le fond de sa tasse vide.

— On ferait mieux de rentrer chez nous et de dormir un peu. On a réservé pour le vol de dix heures.

— Super, marmonnai-je. Rendez-vous chez moi vers huit heures et demie. Ça vous va ?

Je m'emparai du volumineux paquet, et le démon m'offrit son bras pour m'aider à me relever. Je l'ignorai.

— Ne t'imagine pas que tu vas pouvoir nous fausser compagnie, ma choute, me lança Gabe par-dessus l'épaule d'Eddie, totalement indifférent, le visage plongé dans son bol. C'est pas facile de trouver des amis de nos jours. Je ne te laisserai pas déconner avec ça.

Bizarrement, cette dernière phrase me fit monter une boule dans la gorge.

— Tu as gagné, Gabe… Tu as gagné, soufflai-je en franchissant le seuil.

— C'est sympa de bosser avec toi, gargouilla Eddie à travers sa soupe.

À l'extérieur, la rue était silencieuse. Les néons du fast-food projetaient une lueur rougeâtre sur le trottoir humide. Le démon ne disait toujours rien.

Mon bras ne me faisait plus mal.

Je pouvais sentir son regard peser sur moi. De fait, il ne regardait pas où il mettait les pieds ; il était occupé à me fixer, marchant droit dans les flaques sans même sembler s'en apercevoir.

— Qu'est-ce qu'il y a, encore ? demandai-je finalement sans relever les yeux du trottoir. (Je donnai un coup de pied dans une canette de Sodaflo.) Vous avez manifestement quelque chose à dire, alors crachez-le.

Il attendit un demi-bloc avant de me répondre.

— Vous êtes contrariée. Je vous ai fait mal au bras. Je suis désolé.

— Nous aurions pu obtenir beaucoup plus d'Abra si vous ne l'aviez pas menacée.

— Je ne voulais pas qu'elle vous fasse de mal.

— Parce que ça aurait dérangé vos petits plans. Très bien.

Il se tut de nouveau pendant une trentaine de secondes, le temps de traverser Pole Street. Cette fois, je regardai des deux côtés avant de m'engager sur le passage. La vieille sensation de la chasse – adrénaline, sourde frustration et détermination féroce – commençait à me gagner.

— Vous êtes l'être humain le plus horripilant que j'aie jamais vu.

— Je croyais que vous ne sortiez pas souvent des Enfers.

J'étais tellement lessivée que ma nuque commençait à me lancer.

— Pourquoi vous est-il à ce point difficile d'accepter des excuses ?

— Je croyais que les démons ne s'excusaient pas.

— Vous testez les limites de ma patience, Dante.

— Retournez au Diable, alors.

— Si j'étais humain, vous seriez aussi cruelle avec moi ?

— Si vous étiez humain, vous n'auriez pas débarqué chez moi pour me traîner aux Enfers sous la menace d'un flingue. Vous ne m'auriez pas entraînée dans tout ça.

Mes bottes martelaient le trottoir. *Reprends-toi, Danny. Tu perds ta concentration. Pourquoi est-ce que tu prends tout ça tellement à cœur ?*

Pour aucune raison particulière. Ce n'était pas entièrement vrai. Je croyais que j'étais en paix avec la mort de Doreen, mais les fantômes du passé se dressaient de nouveau devant moi dans leurs manteaux poussiéreux. Je ne voulais pas les affronter encore une fois – leur souvenir était largement suffisant.

Et si les souvenirs de Doreen resurgissaient, qu'adviendrait-il des autres, ceux que je croyais également avoir enterrés dans un recoin obscur de ma mémoire ? *Si on jouait un bon tour à Danny Valentine ? On va réveiller toutes ses plus vieilles terreurs en même temps, et voir ce qui va se passer. Ce serait drôle, non ?*

— Vous auriez voulu que je m'y prenne comment, alors ?

— J'aurais voulu que vous me laissiez tranquille. Je croyais que vous aviez l'intention de vous excuser.

— Je l'ai déjà fait. Si vous n'étiez pas tellement occupée à me haïr, vous l'auriez peut-être remarqué.

— Vous et votre arrog...

Comme je ne prêtais plus la moindre attention à mon environnement depuis un moment, je me figeai brusquement en prenant conscience de l'échauffourée qui était en train de se dérouler dans l'allée en face de nous. Mon sang ne fit qu'un tour, et ma lame sortit en chantant du fourreau. J'esquissai un rictus carnassier. Une bonne bagarre. Exactement ce qu'il me fallait. *Allons voir ça*, songeai-je en me mettant en garde, tandis qu'une flamme bleue illuminait ma lame. Même la perspective des tracas administratifs que ce genre d'initiative ne manquerait pas de me causer ne suffisait pas à me dissuader d'avancer. Je m'interposai inconsciemment au-devant du démon, comme pour le protéger.

Le démon fit volte-face lui aussi, dans un mouvement étrangement gracieux, et balaya l'allée du regard. Il leva une main : une lueur soudaine repoussa les ténèbres et m'éblouit par la même occasion.

Bordel de merde, il bousille ma vision de nuit, nom de... Je corrigeai ma position à l'aveugle, me préparant à recevoir un coup en provenance de n'importe où. Ici, à côté de Pole Street, il y avait peu de chance qu'il s'agisse d'un minigang comme celui que nous avions croisé dans le métro. Plus probablement une bande de loups des rues armés jusqu'aux dents... même avec mon épée et mon tatouage de nécromante, ça pouvait tourner très mal, très rapidement.

Ça me convenait parfaitement. Les mâchoires serrées, je sentais un flot d'adrénaline inonder mes membres, et ma respiration s'accélérer. C'était presque aussi bon que de monter un slicboard.

Malheureusement, la petite sphère lumineuse du démon fit apparaître les contours de six silhouettes sombres en train de décamper à toutes jambes. J'aperçus un éclat métallique entre les mains de l'une d'entre elles. Arme à feu ou arme blanche, peu importe. Je demeurai bêtement immobile tandis que le démon esquissait un geste négligent du poignet, rappelant la sphère à lui. Elle disparut lentement au creux de sa paume. Le pouvoir crépitait dans l'air saturé d'humidité ; l'odeur de l'ozone se mêlait à celle des ordures ménagères et de la peur. Celle du démon les écrasait toutes.

— Comme je vous le faisais remarquer, dit-il d'un ton calme, il semble que vous ayez besoin de quelqu'un pour prendre soin de vous. Vous ne vous étiez pas aperçue que nous étions suivis ? Et vous avez essayé de *me* protéger ?

Son visage se précisa tandis que mes yeux se réaccommodaient à l'obscurité. Ses paupières en abat-jour sur ses yeux de jade, ses lèvres légèrement tordues aux extrémités. En train de se moquer de la stupide petite humaine.

— Je n'ai besoin de personne pour prendre soin de moi, et surtout pas pour m'aider à régler son compte à une bande de crevards des rues. Je veux en finir avec tout ça pour pouvoir retrouver ma vie, rembourser mon crédit et prendre ma retraite. (Je rengainai mon épée. Le pouvoir bleuté qui refluait de la lame comme un flot d'adrénaline inutilisé me mit encore plus les nerfs à vif.) Je rentre chez moi et je vais dormir.

Il hocha la tête

Je repris la marche, regrettant vaguement que la bagarre n'ait pas eu lieu. L'arrogance du démon m'était insupportable, et pourtant je savais qu'elle n'aurait pas dû me toucher à ce point. Un bloc plus tard, je pris conscience que je m'étais montrée impolie.

— Hé...

Je relevai les yeux vers le démon qui marchait à côté de moi, aussi silencieux qu'un requin en eau profonde.

— Oui ?

Méfiant. Mais intrigué, aussi, comme si je venais de faire quelque chose d'extraordinaire.

— Merci pour les excuses, lâchai-je avec réticence. Et j'ai tendance à vouloir protéger quiconque se trouve à mes côtés. Ce n'était pas une critique de vos capacités. Je suis sûre que vous êtes parfaitement capable de vous défendre tout seul.

Est-ce qu'il tressaillit légèrement, ou est-ce que ce n'était qu'un effet de mon imagination ? Il ne répondit rien.

19

Baisse la tête, Doreen ! Baisse la tête !

Le grondement du tonnerre. Avancer désespérément, ramper à terre... mes doigts qui s'écorchent contre le bitume, esquiver le sifflement des balles... Je bute contre un obstacle et une ombre surgit des ténèbres juste devant moi... Il tient le petit sac noir dans une main.

— La partie est finie, ricane-t-il, en déchirant l'air de ses griffes.

La douleur atroce à mon côté se transforme en brûlure inconcevable. Je me jette en arrière, pas assez vite, pas assez vite... Une explosion de sang, une odeur de cuivre.

— Danny !

Le cri désespéré de Doreen.

— Va-t'en !

J'ai hurlé, mais elle revient déjà vers moi ; une lueur bleutée brille entre ses doigts.

Elle essaye de me soigner, de me guérir. Le lien tendu entre nous résonne à l'unisson de ma douleur et de ses mains brûlantes...

Je me relève, je lui hurle encore une fois de foutre le camp, et les griffes de Santino sifflent à nouveau, l'une d'elles vient se planter entre mes côtes. Mon épée fend désespérément l'air, pas assez vite, il possède quelque chose d'inhumain, quelque chose d'inhumain...

Une voix douce et grave.

— Dante. Réveillez-vous. Réveillez-vous !

Je me redressai en hurlant, les poings crispés, les ongles enfoncés dans mes paumes, jusqu'à ce que mes épaules heurtent le mur. Je repris ma respiration en haletant, la gorge inondée de sanglots. J'avais l'impression que les trois balafres dans mon dos et la brûlure ancienne en haut de mes reins se tordaient au point de déchirer ma chair ; les cicatrices sur mon ventre et le long de mon flanc droit pulsaient d'une douleur atroce.

Japhrimel laissa retomber sa main.

— Vous avez fait un cauchemar. (Ses cheveux étaient légèrement en désordre, comme s'il s'était assoupi lui aussi. Ses yeux luisaient, projetant de légères ombres sous ses pommettes, son nez et sa lèvre inférieure.) Je vous ai entendue crier...

La douleur dans mon épaule gauche était pire que tout. Je hoquetai en relevant les yeux vers lui, tentai de reprendre ma respiration, et agrippai les draps pour les ramener contre ma poitrine, devant ma nuisette grise froissée. Mes bagues crachèrent un faisceau d'étincelles mordorées. Sans lâcher les draps, je portai une main à mon épaule pour la frictionner. La douleur fantôme battit peu à peu en retraite, non sans me gratifier d'un dernier élancement vicieux à chaque étape. D'abord les cicatrices du fouet, puis les marques de griffes à mon côté gauche. C'est seulement après un dernier hoquet de sanglots que je réalisai que je ne saignais pas – que je ne saignais plus.

J'attrapai un mouchoir en papier dans la boîte posée sur la table de nuit et me mouchai bruyamment. Après cette unique concession aux larmes, je roulai le mouchoir en boule et le jetai dans la direction approximative de la salle de bains. Mon rythme cardiaque redescendit à une cadence presque raisonnable, et je retrouvai ma voix.

— Vous m'avez entendue ?

Ma voix était tellement rauque que je la reconnus à peine.

— Bien sûr que je vous ai entendue. Vous portez ma marque, répondit-il en désignant du doigt mon épaule gauche.

Il n'abandonnait jamais son long manteau noir. *Ça doit lui faire de sacrés frais de nettoyage à sec*, songeai-je en réprimant un fou rire.

— Vous portez toujours ce manteau.

— C'est normal. À quoi rêviez-vous ?

— S-s-Santino. Quand il a t-tué D-Doreen... (Je me massai l'épaule.) Pourquoi est-ce que ça fait si mal ?

On aurait dit la voix d'une petite fille.

— Comment l'a-t-il tuée ?

— Il tuait les psions. Des meurtres en série, il éviscérait...

Japhrimel se raidit soudain.

— Uniquement les psions ? Pas les humains ordinaires ?

Je hochai la tête en repoussant quelques mèches derrière mes épaules.

— Il emportait des trophées. Des organes internes. Il prenait toujours le fémur, ou une partie de l'os. C'était sa marque de fabrique... Nous n'arrivions pas à comprendre ce que les victimes avaient en commun. Et après, nous avons découvert que... oh, *dieux* ! (Je pris une lente inspiration.) Il leur envoyait à chaque fois des fleurs. Des fleurs !

Japhrimel hocha la tête. Ses yeux brillaient tellement qu'ils projetaient de petits éclats de lumière émeraude sur ses pommettes. Il s'assit sur le bord de mon lit.

— Je vois.

— J'ai identifié Santino comme le Tueur de Saint-City grâce à une vidéo de sécurité retrouvée dans l'immeuble d'une des victimes. C'est à ce moment-là que Gabe est arrivée sur l'affaire. Je crois... je crois que c'est à cause de moi que Santino a fait une fixation sur Doreen. Il lui a en-envoyé ces f-f-fleurs... Avec Gabe, on a mis Doreen sous surveillance, et on l'a devancé... dieux, ça n'a sans doute fait qu'exciter encore plus sa haine.

J'essayai de détendre mes muscles, un par un. *Respirer par le nez, expirer par la bouche...*

Déplacer Doreen d'hôtel en hôtel, toujours un mouvement d'avance sur le tueur, vivre sur les routes... Je restais éveillée toutes les nuits, le poing refermé sur la garde de mon épée, aux aguets ; mon existence entière vouée à garder Reena en vie un jour de plus...

Japhrimel effleura mon épaule droite avec deux de ses doigts, et une douce chaleur se répandit dans mes os glacés.

— Il est chouette, votre petit tour de passe-passe, dis-je en m'efforçant de faire refluer la boule dans ma gorge.

Il haussa les épaules.

— Nous sommes des créatures du feu.

Vu la façon dont son regard brûlait, je le croyais volontiers.

Je fermai les yeux. Ce qui se révéla une erreur, car le visage de Santino apparut instantanément derrière mes paupières. Je fixai ce visage, les larmes noires sous ses yeux, les oreilles aux hautes pointes effilées, le long nez, les dents acérées...

Je croyais qu'il avait eu recours à la chirurgie esthétique pour ressembler à un Nichtvren. Je croyais qu'il était psion et qu'il avait effacé mes souvenirs quand j'avais perdu conscience, même si les flics n'avaient pas trouvé la moindre trace d'un lavage de cerveau. Je croyais que c'était juste un psion humain tordu et malade...

— Dante. Revenez.

Ses doigts étaient toujours posés sur mon épaule, et je sentais leur contact rêche sur ma peau nue. Je rouvris les yeux. Il était penché au-dessus de mon lit en désordre. Mon autre épaule – celle qui portait sa marque – m'élançait douloureusement.

— Pourquoi ça fait si mal ? demandai-je en désignant la marque d'un mouvement du menton.

— Je suis votre familier. Je soupçonne le Prince d'avoir voulu nous faire une petite plaisanterie.

Qu'est-ce que c'est censé vouloir dire, bordel ?

— De quoi vous parlez ?

— Que savez-vous des liens qui unissent un magi et son familier ?

Les battements de mon cœur ralentirent. La sueur sur ma peau commençait à sécher. J'avais un goût de sang et d'adrénaline dans la bouche – je m'étais mordu la lèvre.

— Je vous l'ai déjà dit, pas grand-chose. Juste que certains magi ont des familiers, et que tous désirent en avoir un... Des diablotins, la plupart du temps, du menu fretin. À peine assez puissants pour allumer une mèche de bougie.

— Mon devoir est de vous obéir. Le vôtre est de me nourrir. Si ce n'était que ça...

— Vous savez où est la cuisine. (Je pris une grande inspiration.) Merci de... de m'avoir réveillée. Je n'avais pas fait de cauchemar aussi terrible depuis... depuis au moins deux ans.

Le mensonge était sorti naturellement. Les cauchemars revenaient presque chaque nuit, immanquablement, sauf quand j'étais vraiment épuisée. Il y en avait de toutes sortes, du Hall des Manipulations, de certains des jobs les plus pénibles dont je m'étais occupée, de n'importe laquelle des choses horribles auxquelles j'avais assisté ou qu'on m'avait fait subir. Mais le souvenir du dernier crime de Santino occupait la tête du hit-parade depuis quelques années.

De tous mes regrets, c'était le plus lourd à porter : ne pas avoir été assez forte et assez rapide au moment où il le fallait.

Le démon se tenait calme et immobile.

— Je n'ai pas besoin de nourriture humaine.

Je portai mes doigts à ma lèvre ensanglantée. Mon épée reposait de l'autre côté du lit, dans son fourreau.

— De quoi vous parlez, alors ? De pouvoir ?

— Sang. Sexe. Feu. (Il écarta la main de mon épaule.) Les diablotins peuvent se contenter d'alcool ou de drogues, mais je ne recommanderais pas ça. Vous devez rester en pleine possession de vos moyens.

— *Anubis et'her ka*, murmurai-je. Vous n'êtes pas sérieux. Pourquoi vous me dites ça maintenant ?

— Je n'ai pas trouvé de meilleur moment, répondit-il en se redressant, faisant craquer le sommier sous son poids. J'ai pensé que vous seriez plus à l'aise avec le sang qu'avec le sexe.

— Sur ce point, vous avez eu raison, marmonnai-je.

L'écho du cauchemar résonnait toujours dans ma tête. Ce petit ricanement froid, quand il s'était emparé de ce qu'il était venu chercher, ses grognements de satisfaction alors qu'il...

Une idée glaçante s'imposa à mon esprit. Nous avions toujours pensé que Santino considérait les organes comme des trophées. Et si... et s'il *mangeait* les morceaux qu'il prélevait ? Je frissonnai en rouvrant des yeux écarquillés d'horreur.

— Vos blessures... celles qu'il vous a faites. Santino. Vardimal. À quel point étaient-elles graves ?

Je refermai les paupières.

— Il m'a éventrée, murmurai-je. Si Doreen n'avait pas... ses mains étaient posées sur moi quand il lui a tranché la gorge. Il n'a pas eu le temps d'accomplir son rituel en entier avec elle... Il l'a juste saignée à mort avant de découper une partie de son fémur... ses mains étaient posées sur moi... elle a utilisé son dernier souffle pour me soigner.

— Du sang. Pourquoi du sang ? Et un os humain..., murmura-t-il d'une voix à peine audible, comme pour lui-même.

— À vous de me le dire. Pourquoi avait-il besoin de tuer des psions pour ça ? Est-ce que ça a un rapport avec l'Œuf ?

— Il n'a pas le pouvoir d'utiliser l'Œuf.

— Et qu'est-ce qui se passera s'il le brise ? L'apocalypse, si j'ai bien compris ?

— D'une certaine façon. (Il croisa les mains. Un nouvel élancement douloureux traversa mon épaule gauche.) L'Œuf renferme une partie du... du pouvoir du Prince. S'il est libéré dans le monde humain, il peut... bouleverser l'ordre des choses. Les transformer en ce qu'elles ne doivent pas être.

— OK.

Je respirai profondément. La conversation était presque assez intéressante pour me faire oublier mon cœur qui battait toujours à un rythme infernal. L'Œuf était-il un talisman ? C'est ce que je déduisais de la façon dont le démon en parlait.

— Je crois que je saisis la théorie dans les grandes lignes, puisque le gratin de l'Enfer a l'air de se sentir concerné. Mais pourquoi Santino cherche-t-il à s'en emparer ? Si la rumeur se répand qu'il a été volé, qu'est-ce qui se...

Les lèvres de Japhrimel dessinèrent un de ses sourires carnassiers dont il avait le secret.

— Ça voudra dire que le Prince n'est plus assez puissant pour régner sur les Enfers. Les démons défieront son autorité comme ils ne l'ont jamais fait depuis des millénaires. Une rébellion pourrait réussir... et Vardimal pourrait devenir le nouveau Prince des Enfers.

Je ruminai là-dessus quelques instants. Il n'avait pas précisément répondu à ma question, mais sa réponse en soulevait tant d'autres que je décidai de laisser tomber pour le moment.

— Donc, c'est pour ça que Lucifer ne veut pas laisser ébruiter la rumeur que quelqu'un a volé l'Œuf. Ça ne manque pas d'ironie, quand on y pense – je croyais que vous autres aviez créé l'Enfer après une rébellion.

Ma tentative de détendre la conversation échoua lamentablement. Il n'eut même pas l'air de saisir la plaisanterie. À sa décharge, il est vrai que peu de psions connaissaient la littérature classique et les textes chrétiens d'avant l'Éveil, qui avaient été discrédités depuis la révolte contre les Évangélistes de Galaad.

— Je connais cette histoire, répondit-il lentement. (Il baissa les yeux et referma à demi les paupières.) Les dieux humains ne nous dérangent pas plus que ça. En réalité, ce sont les humains, effrayés, qui nous ont pris pour des dieux. Il existe bien une forme de rébellion : les Déchus qui défient l'autorité de Lucifer et sont condamnés à mourir sur Terre à cause de l'amour qu'ils portent à une humaine… mais ça n'a rien à voir avec le sujet dont nous parlons.

Je méditai sa réponse. Si j'avais été magi, je l'aurais harcelé de questions, j'aurais essayé de lui en faire dire plus, mais j'étais trop fatiguée.

Le silence reprit possession de la chambre obscure. La douleur dans mon épaule ne cessait pas, et le cauchemar commençait tout juste à s'éloigner. Les cicatrices ne se rappelleraient plus à mon souvenir avant le prochain cauchemar. Peut-être que je serais capable de me rendormir. Peut-être.

— Si Santino parvient à détruire l'Œuf, interrogeai-je soudain, ça veut dire que vous serez libre ?

— Bien sûr que non.

Il gardait les yeux baissés sur le lit. Des petits reflets verts dansaient sur ma couverture, et je pouvais suivre le trajet erratique de son regard entre mes genoux, ma main, et le pied du lit.

— Si Vardimal échoue dans sa tentative de rébellion mais parvient néanmoins à briser l'Œuf, je resterai peut-être votre familier. Et après votre mort – qui arrivera sans doute assez vite, le Prince n'étant pas réputé pour appliquer ses châtiments avec lenteur –, je serai condamné à attendre une deuxième éternité avant d'avoir de nouveau l'occasion de gagner ma liberté. À supposer qu'une nouvelle opportunité me soit un jour accordée... Si Vardimal réussit sur un coup de chance, il me fera exécuter, après votre mort également.

— Aucun ticket gagnant de ce côté-ci, hein ?

Je n'ai pas voulu paraître si sarcastique, me dis-je en déglutissant. Apparemment, je ne pouvais pas m'en tirer non plus puisque les scénarios impliquaient tous les deux mon décès brutal.

— Non, répondit-il. Aucun.

— Donc, vous jouez vraiment beaucoup dans cette affaire.

— On dirait bien.

Un autre long silence inconfortable s'installa entre nous. Le monde extérieur était silencieux au cœur de la nuit qui précédait les premières lueurs de l'aube. Je n'avais pas sommeil, et je savais pourtant que je ferais mieux de fermer l'œil avant le départ. Une fois que j'aurais franchi mon seuil, demain, je serais en chasse. Et je ne dormais pas beaucoup quand j'étais en chasse.

— Vous devez avoir très faim, repris-je finalement. Cette foutue marque me fait un mal de chien.

— Je suis désolé.

Il me fallut plus de courage que je ne le pensais pour lui tendre la main, paume ouverte. Mon poignet nu formait une tache claire dans la pénombre. La lumière de la veilleuse allumée au rez-de-chaussée projetait un rayon bleuté par la porte entrouverte.

— Voilà, dis-je. Du sang, c'est ça ? Il faut que j'incise moi-même, ou...

Il me répondit par un haussement d'épaules.

— Merci infiniment pour cette offre, Dante, mais... non.

— Vous avez faim. Je ne veux pas d'un démon affaibli. Je veux un putain de démon capable de m'aider à botter le cul de Santino.

— Je me bats mieux quand j'ai légèrement faim.

— Très bien. (Je laissai retomber ma main, me sentant complètement stupide.) Ça va aller, maintenant. Vous pouvez retourner en bas. Servez-vous quelque chose à la cuisine. Si vous en avez envie.

— Comme vous voulez.

Il ne bougeait pas.

— Allez-y. Je vais bien. Vraiment. Merci pour tout.

— Vous n'allez pas refaire de cauchemar ? demanda-t-il sans lever les yeux du couvre-lit.

La flamme dans ses yeux semblait avoir diminué un peu d'intensité. Il passa distraitement une main dans ses cheveux – c'était la première fois que je constatais chez lui un signe de nervosité. Était-il nerveux ? Est-ce que c'était seulement un effet de mon imagination, ou est-ce qu'il devenait réellement un peu plus... *humain*... à chaque heure qui passait ?

Je fis mon possible pour feindre un éclat de rire.

— Je fais toujours des cauchemars. Il n'y a pas de quoi s'inquiéter. Redescendez et essayez de fermer un œil vous aussi. Demain, la journée sera longue.

Il se releva et s'écarta du lit, croisant de nouveau les mains derrière son dos. *Pourquoi est-ce qu'il se tient toujours comme ça ? Et pourquoi est-ce qu'il n'enlève jamais son manteau ?*

— Merci, répétai-je. (Je me radossai contre l'oreiller, ramenai la couverture à moi, et serrai le poing sur mon épée, toujours fidèle à mes côtés.) D'avoir veillé sur moi, je veux dire.

Il hocha la tête avant de tourner les talons. Pendant un instant, je vis sa silhouette se dessiner sur le seuil de la porte, les pans de son manteau semblables à des ailes noires. Je l'entendis traverser le couloir, puis descendre les escaliers. Il retourna dans le salon, et le silence envahit de nouveau la maison, perturbé uniquement par la rumeur lointaine de la circulation et le bourdonnement subliminal du frigo.

Je me renfonçai entre les draps et fermai les yeux. Je m'attendais à rester éveillée pendant un long moment, hantée par l'écho du cauchemar. Mais étrangement, je sombrai rapidement dans un sommeil sans rêves.

20

Eddie enfonçait nerveusement ses doigts dans les accoudoirs. Ses joues étaient d'une pâleur de craie sous ses favoris blonds.

Gabe, qui feuilletait un magazine, ne semblait pas avoir remarqué que Japhrimel fixait son compagnon d'un regard étincelant. Le démon était assis dans le siège à côté du mien, et ajustait de temps en temps son équilibre quand la navette virait de bord. Je tapotais nerveusement la garde de mon épée en regardant par la fenêtre. Ça n'avait rien à voir avec les sensations du vol en slicboard, mais c'était quand même agréable d'être confortablement installée dans un fauteuil et de voir la terre défiler au-dessous de soi. La ville et l'océan s'éloignaient peu à peu, laissant place à de vastes étendues de terre et aux premières crêtes de la chaîne montagneuse.

Je laissai aller ma nuque contre l'appuie-tête. Gabe avait pris des billets première classe, et nous disposions d'un compartiment entier pour nous tout seuls – parfois, ces tatouages avaient du bon.

— Je n'arrive pas à croire que j'ai pris le vol de dix heures. Je n'ai même pas eu le temps d'avaler un café, nom de dieu.

— On est de mauvais poil, à ce qu'il semblerait ? (Gabe remonta ses jambes au-dessus de l'accoudoir et posa ses chevilles sur les genoux d'Eddie.) Je te signale que c'est *moi* qui ai dû extraire ce grand machin ébouriffé du lit pour le traîner jusqu'à l'embarquement. Je serais davantage en droit de me plaindre.

— Il faut toujours que tu aies le dernier mot, marmonnai-je.

Le démon me jeta un coup d'œil, puis se pencha au-dessus de moi pour regarder par le hublot. Son parfum envahit un instant mes narines et je laissai échapper un soupir, mes paupières à demi closes. Une fois que vous commenciez à vous y habituer, la présence d'un démon à vos côtés avait quelque chose d'absurdement rassurant. Au moins, vous étiez sûr que la chose la plus dangereuse dans les parages était sous vos yeux en permanence.

— Fichues navettes, grommela Eddie en refermant les paupières. Gabe ?

— Je suis là, mon cœur, répondit Gabe en frottant ses chevilles sur ses genoux. Respire.

Je détournai le regard. Finalement, Eddie avait bien peur de *quelque chose.*

— Qu'est-ce que Santino trafique à Rio ? m'interrogeai-je tout haut. Ce n'est pas l'endroit idéal pour se cacher...

— Ça, c'est sûr, et certainement pas avec tous les *santeros* qui traînent là-bas, répondit Gabe sans lever les yeux de son magazine.

Sous son aisselle gauche, une crosse de métal lisse dépassait d'un holster. *Plasgun*, notai-je en jetant un regard en biais au démon. Il s'était éclipsé quand nous avions passé les portails de sécurité et nous avait rejoints juste avant l'embarquement, impassible.

— Hé, tu savais que les nécromants locaux sacrifient des poulets pour leurs rituels, comme les vaudous ? Et après, tout le monde se retrouve autour d'un repas, reprit Gabe.

J'avais étudié le vaudou à l'Académie, et le sujet ne m'était pas totalement inconnu.

— C'est bizarre, acquiesçai-je distraitement en surveillant du coin de l'œil le démon qui me dévisageait de nouveau. Qu'est-ce qu'il y a, vous, encore ?

— Pourquoi est-ce qu'il empeste la peur ? me demanda-t-il avec un hochement du menton en direction d'Eddie.

— Il n'aime pas l'altitude, répondit Gabe. Ni les endroits confinés. C'est pareil pour la plupart des skinlins. (Elle releva ses yeux sombres et détailla Japhrimel des pieds à la tête.) Qu'est-ce qui te fait peur, à toi, démon ?

Ce dernier haussa les épaules.

— L'échec. La dissolution. Le néant.

Un rictus déforma un instant ses lèvres, comme s'il venait d'avaler quelque chose d'amer.

Un silence pesant s'installa pendant une trentaine de secondes, heureusement interrompu par l'arrivée du premier service de bord – une hôtesse de l'air blonde dans un uniforme magenta très ajusté, blême comme la mort, les yeux écarquillés comme d'anciens disques de crédit. Elle nous servit le café d'une main tremblante, probablement persuadée que nous étions tous en train de fouiller dans son esprit pour mettre à jour ses secrets les plus intimes ou prendre le contrôle de son corps. À moins qu'elle redoute que Gabe et moi invoquions des spectres au débotté juste pour la tourmenter. Au lieu de quoi, je commandai une pâtisserie danoise au fromage, Gabe un sandwich à la dinde, et Eddie une soupe au poulet. Curieusement, c'était Eddie qui semblait l'effrayer le plus, avec son manteau de cuir brun, ses longs cheveux hirsutes, et son bâton de skinlin posé contre l'épée de Gabe. On aurait dit qu'elle s'attendait à le voir entrer à tout moment dans une rage folle. Japhrimel accepta une tasse de café avec un hochement de tête poli, et je retins un fou rire en voyant l'hôtesse lui répondre d'un sourire presque soulagé. Évidemment, elle ne pouvait pas percevoir l'aura de flammes noires qui l'entourait.

Parfois, je regrettais de ne pas être comme elle.

Après qu'elle eut quitté la cabine, je versai un sachet de crème dans mon café.

— Tu as des contacts à Rio, autrement que via le Réseau ? Abra n'a pu m'en fournir aucun, demandai-je à Gabe en humant avec un froncement de nez le café réchauffé.

— Quelques-uns, répondit-elle en mordant dans son sandwich. Devine qui d'autre est à Rio ? Jace Monroe.

Je grimaçai.

— Ouais. Abra me l'a dit, j'ai pigé. Et à part ça ?

— Il peut nous être utile.

— Ça tombe mal, vu qu'on ne va pas le contacter.

— Oh, Danny, fais pas chier, intervint soudainement Eddie. Vous êtes si mignons, tous les deux.

— Je ne travaille pas avec les mafias. Je croyais que vous étiez au courant.

— Il n'y est plus, gargouilla Eddie en aspirant sa soupe.

Il semblait avoir oublié que nous nous trouvions à des milliers de pieds au-dessus du vide.

— Je me suis déjà fait avoir une fois. On ne quitte jamais la mafia. (J'inspectai ma pâtisserie et décidai que c'était mangeable.) Souviens-t'en quand tu l'auras en face de toi, Eddie, parce qu'il est hors de question que je l'approche. Une fois m'a suffi.

— Je prends les paris, marmonna perfidement Gabe.

Je lui lançai un regard plus tranchant que le fil d'un rasoir.

De longues heures de vol nous attendaient encore. Gabe reprit la lecture de son magazine en sirotant son café, et Eddie termina bruyamment sa soupe avant d'entamer les crackers. J'attrapai un livre dans ma sacoche – une version poche des Neuf Canons, qui détaillait les glyphes et les runes fondamentaux. C'était ma spécialité secondaire à l'Académie, et je faisais une runesorcière passable. J'étais convaincue que la mémorisation des Canons entraînait l'esprit et renforçait les méridiens de pouvoir – pourquoi gaspiller du temps à élaborer un sort quand on pouvait utiliser un Glyphe canonique pour aboutir au même résultat ?

Le démon se rencogna au fond de son siège, alternant des coups d'œil dans ma direction et l'examen du fond de sa tasse, comme si les secrets de l'Univers se trouvaient à la surface du breuvage ignoble qu'on nous faisait passer pour du café. Enfin… au moins, c'était chaud, et ils n'avaient pas lésiné sur la caféine.

Ce vol s'annonçait très, très long.

21

La navette atterrit enfin à Nuevo Rio, au soulagement général.

— Eddie, si tu n'arrêtes pas ça tout de suite, je te tue, grognai-je en ramassant mon épée. C'est insupportable d'entendre taper du pied en permanence.

— Ne te défoule pas sur lui, lança Gabe.

— Spocarelli, ne te mêle pas de ça.

— Vous feriez peut-être mieux de poursuivre cette discussion à l'extérieur, intervint le démon. Vous avez l'air un peu tendus.

— Vous, quand j'aurai besoin de votre opinion, je vous le ferai savoir, répliquai-je d'un ton acide.

— Oh, par les foudres d'Hadès, laisse ce démon tranquille deux minutes ! s'emporta Gabe. Bon sang, je veux descendre. Laissez-moi *descendre* de ce truc...

— On dirait deux chattes en furie qui se crachent dessus, commenta Eddie. Pire qu'un combat de coqs.

— Je me rappelle maintenant pourquoi je n'aime pas les longs trajets, marmonnai-je en bouclant mon sac tandis qu'ils déverrouillaient le sas d'entrée.

La file d'attente pour le débarquement des passagers nous attendait. *Qu'ils aillent se faire f...* J'ouvris brusquement la porte de notre compartiment. Être nécromant avait *aussi* quelques avantages. Parmi lesquels, le fait que les gens dégagent de votre chemin en quatrième vitesse quand ils vous voient avancer dans l'allée d'une navette en brandissant une épée. Je ne m'étais jamais autant félicitée que mon accréditation m'autorise à porter des armes blanches dans les transports publics.

Japhrimel m'emboîta le pas. Dès que j'eus retrouvé le plancher des vaches, après avoir franchi les deux sas de sécurité, je commençai à mieux respirer. Eddie arrivait pas loin derrière, Gabe sur ses talons.

— Nom de dieu..., jura-t-elle en se retournant pour jeter un dernier coup d'œil à la navette à travers les vitres du quai. (Les moteurs antigrav s'éteignaient doucement en émettant un bourdonnement subliminal.) On est à Nuevo Rio. Que les dieux aient pitié de nous.

— Amen, répondis-je. Eh, on loge à quel hôtel ?

— On ne loge pas à l'hôtel. J'ai trouvé bien mieux, dit-elle en essayant de rabattre sa chevelure ébouriffée par le vent. On va chez un ami : confortable, pratique et économique.

— Qui ça ?

Je commençai à soupçonner une surprise désagréable en voyant Eddie sourire de toutes ses dents.

— À ton avis ?

Une voix familière de l'autre côté du quai. Les passagers qui débarquaient en désordre jetaient des regards nerveux dans notre direction – deux nécromantes et un skinlin, armés jusqu'aux dents, accompagnés d'un homme en manteau noir. Je fermai les yeux une fraction de seconde. Quand je les rouvris, j'avais retrouvé le contrôle de moi-même.

Jason Monroe était adossé contre un pilier, ses yeux bleus étincelant sous sa tignasse blonde comme les blés. Rio n'avait pas modifié ses habitudes vestimentaires : il était vêtu d'un jean noir et d'un tee-shirt uni de même teinte, assortis d'une panoplie de parfait petit assassin des mafias : deux flingues, une collection complète de poignards et une épée à la ceinture. Alors que j'avais toujours préféré ranger mon épée derrière mon dos, il la portait à l'ancienne, comme un samouraï.

Il était plus grand que moi, large d'épaules, et était chaussé du même genre de bottes que Gabe et moi. Le tatouage en forme d'épines sur sa joue l'identifiait comme chaman accrédité, et le petit sac d'âmes retenu à son cou par des lanières de cuir comme un vaudou. Les petits ossements attachés à son bâton par des brins d'osier s'entrechoquèrent tandis qu'il s'avançait vers nous d'un pas nonchalant. Je discernai une pointe de rouge dans son aura – il venait sans doute de faire une offrande à son patron *loa.*

— Salut, Danny. Tu ne fais pas la bise à ton ex-petit ami ?

22

— Je ne peux pas croire que tu aies fait ça, murmurai-je à Gabe, qui me répondit par une expression suprêmement indifférente.

— Nous n'avons rien à craindre, me répéta-t-elle pour la dixième fois. Et aucun de nous ne dispose de fonds illimités. Qui viendrait chercher des noises à un ex-mafieux chaman vaudou à Nuevo Rio ? Il est bien établi ici, Danny. On sera nourris et logés, et en plus, il pourra nous servir d'intermédiaire avec les gens du coin. Qu'est-ce que tu veux de plus, nom de dieu ?

— Que tu me préviennes avant, au lieu de me jouer ce genre de tour pendable, dis-je en contemplant les rues qui défilaient à travers la fenêtre.

Jace avait hélé un taxi avant de sauter sur un slicboard et de mettre les gaz alors que nous nous entassions avec nos bagages dans l'habitacle du véhicule.

Il y avait au moins une chose qui n'avait pas changé chez lui : ses manières m'irritaient toujours autant.

Eddie affichait un large sourire.

— Il en pince toujours pour toi, tu sais, dit-il en cognant son genou contre le mien.

Je lui rendis son coup. Pour un skinlin censément claustrophobe, les contacts physiques rapprochés n'avaient pas l'air de le gêner le moins du monde. Peut-être que c'était juste la promiscuité des transports publics qui le mettait mal à l'aise.

Nuevo Rio s'étendait sous nos pieds dans un nuage de bruit et de fumée. Ici, le pouvoir était plus âpre, contrastant avec le froid rayonnement luminescent de Saint-City. C'était un réservoir d'énergie très différent, et il me faudrait quelque temps pour m'y acclimater. Pour le moment, je me sentais un peu barbouillée. Chaque fois que le taxi négociait un virage, je me raccrochais au point fixe le plus proche, qui se trouvait être l'épaule de Japhrimel. J'enfonçai mes doigts dans sa chair.

Il ne broncha pas.

— Je me contrefous de savoir pour *qui* il en pince. Je vous avais dit que je ne voulais plus jamais le revoir. Et toi, toi..., bredouillai-je en direction de Gabe.

Elle me renvoya un regard dénué d'émotion.

— Qu'est-ce qui te dérange tant, Danny ? Puisque tu as totalement tourné la page, ça ne devrait pas être un problème, non ?

— Un de ces jours, grinçai-je entre mes dents serrées, je te ferai payer tout ça.

— Je ne suis pas sûre que le solde de nos comptes soit à ton avantage, dit-elle avec un haussement d'épaules. (Elle jeta un regard à travers la fenêtre sur la marmite étouffante qu'était

Nuevo Rio.) Bon sang… je déteste la chaleur encore plus que les longs trajets.

Je devrais la tuer. Aucun jury ne me condamnerait. Je pris conscience que mes doigts étaient toujours enfoncés dans l'épaule de Japhrimel, et je détendis péniblement mes articulations.

— Désolée.

— C'est un ancien amant ? s'enquit-il poliment. Il avait l'air très heureux de vous voir.

— On a rompu. Ça fait un bail.

— Elle n'a eu personne depuis, l'informa obligeamment Eddie. Ils formaient une sacrée équipe tous les deux – quand ils arrivaient à terminer un job sans s'arracher mutuellement leurs vêtements.

Je lui jetai un regard qui aurait pu drainer une batterie d'énergie.

— Tu vas *arrêter* avec ça ?

Il haussa les épaules et se rencogna sur le siège, en me donnant un nouveau coup de genou. Une odeur de fauve emplit l'habitacle, mêlée à celle du démon à laquelle je m'étais à présent habituée.

— Ça me regarde pas, lâcha-t-il finalement. Eh, c'est quand, l'heure du dîner ?

— Bientôt, répondit Gabe. Il m'a dit qu'il s'occupait de nous faire à manger, vu que nous sommes en mission.

Je pris une longue inspiration.

— Et tu lui as dit quoi d'autre ?

— Pas grand-chose. Que tu le brieferais sur l'affaire. Il veut savoir un minimum de quoi il retourne, c'était sa seule condition pour…

— Oh, *Sekhmet sa'es* ! Tu n'as pas fait *ça* ?

— Bordel de merde, Danny, c'est quoi ton problème, à la fin ?

— Ça recommence, soupira Eddie en écartant prudemment ses genoux.

— D'un point de vue strictement rationnel, intervint le démon, plus on disposera de chair à canon, meilleures seront nos chances.

Je me retournai vers lui, la mâchoire décrochée.

Un silence pesant s'abattit dans l'habitacle pendant vingt bonnes secondes, durant lesquelles le chauffeur – un petit Hispano à lunettes qui avait accroché en haut du pare-brise un diffuseur de parfum Nuestra Dama Erzulie de Guadalupe – fit de son mieux pour nous éviter un suicide collectif. Je regardai les façades défiler à travers la fenêtre jusqu'à ce que mon estomac se soulève de protestation, puis je fermai les yeux et respirai profondément en essayant de calmer ma colère. Si je perdais le contrôle maintenant, tout le monde le remarquerait, et je ne voulais pas que ça arrive.

Pas pour le moment.

— Tu t'invites toute seule à ma chasse, énonçai-je lentement et distinctement. Je dois te supplier pour obtenir le matériel dont j'ai besoin, et pour finir, tu impliques une autre personne dans mes affaires – et une personne à la fiabilité douteuse. Ça ne présage rien de bon pour de futures collaborations, Gabe.

— Je te rappelle que c'est toi qui te balades en compagnie d'un démon. Et qu'en plus, il a raison : plus on disposera de chair à canon, et plus tu auras de chances de sauver tes fesses et d'en sortir vivante. Tu perds ton instinct, Valentine. Ne m'oblige pas à te rentrer dans le lard pour enfoncer un peu de bon sens dans ta fichue caboche. Par ailleurs, retravailler avec Monroe ne devrait te faire que du bien. Ça fait des années que tu n'as pas eu un partenaire valable, et tu ne le boufferas pas tout cru comme tu le ferais avec n'importe qui d'autre. Si mes souvenirs sont bons, il t'en a toujours donné pour ton argent, au plumard et ailleurs. Tu n'as jamais été aussi agréable à vivre qu'à l'époque.

— Tu veux vraiment qu'on parle de ma vie sexuelle ? Je te préviens, j'ai de quoi riposter sur ce terrain-là.

Silence pesant. Le taxi amorça une descente peu assurée. Mes oreilles sifflèrent.

— Vous auriez besoin d'un combat pour soulager vos nerfs ? s'enquit le démon.

— Par Hadès, souffla Gabe. Il vit ici ?

Je rouvris les yeux pour voir de quoi il retournait. Je le regrettai aussitôt.

Soit Jace avait plutôt bien réussi dans les affaires, soit il vivait aux frais d'un baron de la drogue. La maison était immense, avec une large esplanade de dalles blanches, un jardin dont la végétation venait lécher les murs, et un bouclier énergétique qui scintillait au-dessus du toit de tuiles rouges.

Le bouclier émit un léger flash en laissant passer le taxi. Le démon demeura imperturbable, mais un élancement douloureux traversa mon épaule gauche.

— Ça me fait mal.

— Je suis désolé, répondit-il, les yeux fixés sur moi.

— Qu'est-ce qu'il y a ? demanda Gabe.

— Ne m'adresse plus jamais la parole, rétorquai-je, tout en sentant que la colère m'abandonnait déjà. Au moins pas avant que nous ayons fini de dîner.

Elle détourna son regard vers la fenêtre avec un haussement d'épaules.

— Dieux merci, marmonna Eddie.

Je commençais à envisager sérieusement un combat à l'arme blanche quand le taxi toucha enfin le sol. Tout le monde s'extirpa avec un certain soulagement de l'habitacle, pour se retrouver au beau milieu de l'esplanade de marbre blanc – au-dessus des remugles enfumés de la ville, mais toujours sous le cagnard cuisant de Nuevo Rio.

23

À proprement parler, Jace Monroe n'avait pas *bien* réussi.

Il était devenu scandaleusement riche.

Je pris un long bain dans la somptueuse salle de bains mosaïquée de bleu, pendant que le démon installait ses protections à l'intérieur de la suite aux tons bleu-beige dans laquelle un majordome musclé nous avait introduits. Juste de l'autre côté du couloir, Gabe et Eddie disposaient également de la leur, où dominait le jaune. Je me demandai si Jace s'était occupé de la décoration lui-même ou s'il disposait d'un assistant pour le faire.

Je me demandai aussi à qui il avait acheté la maison, et comment il s'était débrouillé pour réunir les fonds nécessaires. Les mafias ne payaient pas *à ce point*, et ceux qui travaillaient pour eux avaient tendance à mourir jeunes – même les psions.

Je fermai les yeux en posant ma nuque contre le rebord de la baignoire. L'eau était chaude, le savon sentait le bois de santal – Jace s'était manifestement souvenu de ma prédilection pour le savon au bois de santal – et je me sentais en sécurité... du moins, autant qu'il était possible de l'être dans le manoir d'un chaman avec un démon en train de monter la garde dans la pièce d'à côté.

Je m'interrogeai aussi sur la façon dont Jace allait se comporter avec Japhrimel. Il n'avait pas semblé prêter la moindre attention au démon. Qu'est-ce que Gabe avait bien pu lui dire exactement ?

Je déployai mes orteils en éventail à la surface de l'eau, et contemplai mes ongles vernis de rouge sang. La chaleur délicieuse apaisait les tensions de mes muscles et soulageait mes nerfs.

Gabe avait raison, en fin de compte. C'était bien mieux qu'un hôtel. Et puisque Jace semblait disposé à nous fournir le gîte et le couvert, nous ne serions pas forcés de dépenser une fortune pour traquer Santino. Nous pourrions utiliser notre argent pour trouver le démon au lieu de le gaspiller en hébergement et en nourriture... et pourquoi pas, engager quelques mercenaires compétents pour lui compliquer la vie.

Et à propos de nourriture, qu'est-ce que je vais faire du démon ? Du sang, du sexe, du feu. Je ne peux pas lui donner les deux derniers... et il a refusé le premier.

On toqua poliment à la porte de la salle de bains, interrompant le fil de mes pensées.

— Dante, j'ai fini de poser mes boucliers.

— Entrez, répondis-je en m'immergeant dans l'eau laiteuse. Il faut qu'on ait une petite conversation.

Quand il ouvrit la porte, une bouffée d'air frais s'engouffra dans la pièce saturée de vapeur.

— Vous êtes sûre ?

— Pffffff… Je suis certaine que vous avez déjà vu une femme nue. Et de toute façon, je suis sous l'eau. Ne soyez pas timide.

Il pénétra dans la salle de bains, toujours vêtu de son long manteau. Il n'avait pas l'air de suer, même dans la chaleur implacable de Nuevo Rio. Il étudia le miroir accroché au-dessus du lavabo qui jouxtait la baignoire comme s'il en voyait un pour la première fois. Je faillis lui proposer de s'asseoir, mais je me ravisai en prenant conscience que les deux seuls endroits disponibles pour cela étaient le rebord de la baignoire ou la cuvette des toilettes – et l'idée de discuter avec un démon assis sur la cuvette des toilettes était au-delà de ce que je pouvais concevoir. Pendant qu'il scrutait le miroir, j'examinai son large dos recouvert par le manteau.

— Vous vouliez me parler ?

— Vous avez besoin de sang, dis-je en étalant mes orteils sur la mosaïque de cobalt. (Mon épée était posée contre la baignoire, rassurante silhouette d'acier.) La marque me fait mal, et je ne peux pas faire mon boulot correctement dans ces conditions. OK ?

Il hocha la tête. Sous l'effet de la vapeur, ses mèches de jais commençaient à coller à son front – il ne suait toujours pas.

— Ça risque de vous mettre mal à l'aise.

— Eh bien, vous ne voulez pas prendre le mien, donc… Euh, quelle quantité vous faudrait-il ?

J'aurais dû lui proposer de l'emmener dans un bouge à Nichtvren, réalisai-je, en me maudissant de n'y avoir pas songé plus tôt. Depuis l'invention du sang synthétique, les Nichtvren avaient ouvert leurs propres bars.

— Je peux me fournir dans un abattoir. Vous avez toujours des abattoirs ?

— Oh… Vous ne… oh. D'accord.

Quelle andouille. J'étais persuadée qu'il parlait de sang humain. Je replongeai mes orteils dans l'eau et réprimai un bâillement. La journée m'avait légèrement épuisée.

— Qu'est-ce que vous diriez d'y aller ce soir ? repris-je. Je dois faire un tour de reconnaissance, de toute façon, pour me faire une idée de la ville.

Il hocha de nouveau la tête. Ses yeux semblaient plus sombres à présent, moins luminescents.

— Très bien.

— Est-ce que vous êtes capable de faire ça, euh, discrètement ? Nous ne pouvons pas nous permettre qu'*il* repère notre présence ici.

— Je pense qu'il vaut mieux que j'y aille seul, Dante.

Je haussai mes épaules dégoulinantes d'eau chaude.

— Comme vous voulez. (J'étouffai un autre bâillement.) Je termine mon bain, et vous pourrez prendre la salle de bains après.

— Ce n'est pas nécessaire. Mais merci.

Sa voix n'était plus robotique – on y lisait essentiellement de la politesse, teintée d'une émotion humaine. Mais laquelle ? J'étais incapable de le dire.

— C'est vous qui voyez. À plus tard, alors.

Il se dirigea vers la sortie, et s'arrêta un instant.

— Je ne vous aurais pas laissée voir ça, Dante.

Qu'est-ce que j'en ai à fiche ?

— Merci, répondis-je finalement, faute de trouver autre chose à dire.

Il sortit, suivi d'un nuage de vapeur. *Il n'a même pas essayé de se rincer l'œil,* ris-je intérieurement, avant de replonger sous l'eau parfumée au bois de santal.

Quand je réapparus dans la chambre à coucher, drapée dans une serviette de bain et l'épée à la main, le démon se tenait devant une des fenêtres et contemplait une cour plantée d'orangers. Nous nous trouvions sur les hauteurs de la cité, au-dessus de la couche de pollution, et, grâce aux épais murs de pierre, la température était supportable. Jace disposait d'un superclimatiseur. Mais il fallait que je m'habitue à la chaleur si nous devions chasser là-dessous.

— C'est joli, vous ne trouvez pas ? dis-je en me laissant tomber sur le lit, les cheveux encore mouillés. (Je sentais l'odeur de santal se mélanger au parfum musqué du démon.) Je me demande comment Jace peut se payer tout ça.

— Demandez-le-lui. Vous êtes fatiguée, Dante. Dormez.

Je bâillai de nouveau.

— Si je le lui demande, il pensera probablement que je suis intéressée.

— Vous l'êtes ?

— Nous avons rompu il y a longtemps, Japhrimel. Pourquoi vous me demandez ça ?

— Il a l'air de provoquer un sentiment chez vous.

Y avait-il une hésitation dans sa voix ?

— Je suppose qu'on peut considérer le dégoût comme un sentiment, admis-je. Il m'insupporte.

— Vous l'avez quitté ?

— Non. (Je me surpris à fermer les paupières. D'habitude, je ne dormais pas beaucoup pendant la chasse. Et qui aurait cru que je trouverais réconfortante la présence d'un démon à mes côtés ?) C'est lui qui m'a quittée. Il y a trois ans. Pour venir vivre ici, je suppose...

— Un choix stupide, commenta Japhrimel, juste avant que je sombre dans le sommeil.

24

Gabe était assise en tailleur sur un tapis en face de moi. Je soupesais le traceur dans ma paume, fascinée par le chatoiement du cristal. La flèche tournait paresseusement, pas encore focalisée. Je ne l'utiliserais pas à moins d'une nécessité absolue – mais c'était rassurant d'en avoir la possibilité. Si nous n'arrivions pas à retrouver la piste de Santino par nos propres moyens, nous pourrions activer l'artefact et voir où il nous mènerait.

— Où est passé le démon ? demanda Eddie.

— Sorti faire un tour, répondis-je distraitement sans quitter des yeux le traceur. Chercher à manger.

— Hadès en soit remercié, grogna Gabe. Chercher à manger ?

— Il a dit qu'il allait à l'abattoir. Logique, non ? (Mal à l'aise, je repositionnai mes jambes sur le tapis persan bleu et vert.) Où est Jace ?

Gabe sortit un petit étui brodé de satin d'une des poches de son sac en toile. D'une main experte, elle en tira son jeu de tarots, battit les cartes dans un bruissement soyeux, et en retourna une.

— Il a dit qu'il serait de retour à la tombée de la nuit. La nuit est tombée, donc je suppose qu'il a menti, ou que...

— Vous n'avez pas confiance en moi, l'interrompit la voix de Jace depuis l'embrasure de la porte.

Il s'avança vers nous, accompagné par le cliquètement des osselets qui s'entrechoquaient autour de son bâton. Ses cheveux étaient humides, moins clairs que leur blond habituel, et ses yeux semblaient eux aussi plus sombres. *Il est contrarié.* Il ne me fallut qu'une fraction de seconde pour noter l'inclination de ses épaules, la légère raideur de son genou gauche, la façon dont son aura hésitait entre le violet et le bleu. Nous avions été amants, et je ressentis une sorte de soulagement en constatant que je pouvais toujours décrypter ses humeurs en un seul coup d'œil.

Mon regard revint se fixer sur le traceur posé au creux de ma paume.

Nous nous trouvions au rez-de-chaussée, dans un vaste salon meublé de deux longs divans de velours bleu et d'un assortiment de poufs en soie et en satin. Les ventilateurs fixés au plafond tournoyaient paresseusement. Le personnel de maison était composé de minces jeunes femmes brunes vêtues d'un uniforme cintré, et d'un majordome baraqué habillé de noir. Pas un ne parlait notre langue.

— Salut, Monroe, dit Gabe. Les chambres sont classes.

Son ton était neutre, ce qui pouvait passer pour un avertissement.

— Rien n'est trop beau pour la célèbre Spocarelli. Ni pour la jolie Danny Valentine, ajouta-t-il en se dirigeant vers le bar. Un verre ?

— Un scotch avec des glaçons pour Eddie, une vodka Mim pour moi, et Danny m'a l'air d'humeur à prendre un brandy. Et toi, ça va ?

— Donne-moi une minute, Gabe. OK ?

Je gardai les yeux fixés sur le traceur, et me mordillai la lèvre inférieure. Si je pouvais toujours décrypter les humeurs de Jace...

Non. Il n'avait jamais été capable d'en faire autant avec moi.

Mon épaule gauche m'élançait. Japhrimel était sorti à la tombée du soir, et je ne voulais pas savoir ce qu'il était en train de faire. Je me retins de porter la main à mon épaule – je n'avais aucune envie de voir à travers ses yeux.

Ceux de Gabe étaient fixés sur moi. J'entendis les verres s'entrechoquer pendant que Jace nous versait à boire.

— Tu comptes rouvrir la bouche un jour ? me susurra-t-elle.

Je lui lançai un regard meurtrier. Elle sourit, son tatouage étincela, et une envie de rire totalement inappropriée aux circonstances s'empara de moi. Elle se comportait exactement comme une lycéenne – enfin, comme les lycéennes des feuilletons holovid, toujours en train de battre des paupières et de glousser à la vue d'un garçon.

Je haussai les épaules. N'étant pas réputée pour ma propension aux conversations légères, je me contentai de ranger précautionneusement le traceur dans mon sac. *Si je suis obligée d'utiliser ce truc, il a intérêt à mieux marcher*, songeai-je. *Sinon, je retourne à Saint-City, je remets la main sur Dake quel que soit le mitard où ils l'ont fourré, et je lui fais regretter d'être né.*

À supposer qu'il n'ait pas succombé à une overdose d'ici là.

Combien de temps nous faudrait-il pour retrouver la trace de Santino, à Rio ? *Pas longtemps. Dès qu'il saura que je suis à sa poursuite.*

Une vague de frissons déferla sur ma peau. Durant un bref instant, tous mes souvenirs ressurgirent, et je les renvoyai aussitôt.

Jace se retourna vers nous ; ses yeux bleus croisèrent les miens. Je ne m'étais même pas aperçue que je fixais son dos.

— Il paraît que tu chasses Santino, Danny, dit-il d'une voix neutre. C'est pour ça que tu as fait entrer un démon chez moi ?

Je me relevai d'un bond, mon épée à la main.

— OK, dis-je calmement. On va causer.

Gabe soupira.

— Ce n'est pas exactement ce que je voulais d…

— Laisse-moi m'occuper de ça, l'interrompis-je d'un ton sec en caressant du pouce la garde de mon katana. Je ne voulais pas venir ici au départ, Monroe. J'aurais préféré loger dans le bouge le plus sordide de Nuevo Rio plutôt que dans *ta* maison. (Je pris une longue inspiration.) Quant à ce démon, il m'a sauvé la vie plus d'une fois depuis que cette maudite affaire a commencé. C'est plus que je ne peux en dire de n'importe qui d'autre dans cette pièce.

Silence. Jace abandonna son bâton et se dirigea vers nous, un verre dans chaque main. Il en tendit un à Eddie, qui me fixait avec des yeux étrécis. Gabe accepta l'autre tout en retournant une carte.

Je commençai à me sentir légèrement stupide, campée toute seule au milieu de la pièce. Gabe chantonnait à travers ses dents un passage de musique classique. *Berlioz*. Je reculai d'un pas.

— Si je comprends bien, tu es dans la merde, répondit Jace d'un ton calme. Tu as toujours eu un certain talent pour attirer les problèmes.

Je faillis lui sauter à la gorge.

— Ça ne te regarde pas. Je ne voulais pas qu'on te contacte.

— Je sais, dit-il en se raidissant légèrement et en effleurant brièvement le fourreau à sa ceinture. Gabe me l'a dit. C'est moi qui ai insisté pour que vous logiez ici. C'est plus sûr que n'importe quel autre endroit à Nuevo Rio, en particulier si vous traquez Santino. (Sa voix baissa soudain.) Je t'ai entendue cauchemarder suffisamment de fois pour connaître son nom.

Mes doigts se décrispèrent légèrement autour de mon épée.

Il y eut un léger bruit derrière moi, et le majordome pénétra dans la pièce. Je respirai profondément et rangeai le katana au fourreau. L'homme posa une question à Jace dans un flot de portugais inintelligible, et ce dernier lui répondit brièvement d'un ton sec. Les yeux sombres du majordome s'attardèrent quelques instants sur moi, puis il s'inclina et prit congé.

Jace haussa les épaules.

— Le dîner sera prêt dans trois quarts d'heure, mon cœur. J'étais simplement curieux. Il a l'air d'un dur à cuire, ton démon.

Je déglutis péniblement. Un dernier élancement douloureux traversa mon épaule gauche, puis une vague de chaleur envahit mon corps, et les muscles de mon cou se détendirent.

— Oui, je suppose. Écoute... je n'ai pas voulu tout ça.

Il hocha la tête en soutenant mon regard.

— Je sais. Il n'y a pas de problème. Venez, il est temps de se mettre à table, la journée a été longue. J'ai dégagé mon emploi du temps pour le mois à venir, et il y a quelques personnes qu'on pourra commencer à contacter demain...

Ma mâchoire se décrocha.

— Tu t'invites à ma chasse *toi aussi* ?

Les lèvres de Jace se tordirent en un demi-sourire. Je connaissais par cœur cette expression qui signifiait chez lui « je m'y connais plus que toi », et mes poings se crispèrent à nouveau.

— Pourquoi pas ? C'est toujours un plaisir de bosser avec toi, Danny.

Je me tournai vers Gabe. Les mèches qui tombaient sur son visage ne suffisaient pas à dissimuler son sourire narquois. Eddie continuait à me fixer de ses yeux étrécis – il était tendu, beaucoup trop tendu. Il attendait que j'aille dans le sens de Gabe.

C'en était trop pour moi.

Je reculai encore d'un pas, sentant la caresse du tapis persan sous mes pieds nus. Si j'avais eu mes bottes aux pieds, je me serais ruée hors de la maison.

— Si tout le monde a fini de s'amuser à mes dépens, je crois que je vais prendre congé.

— Le dîner nous attend, insista Jace d'une voix douce.

— J'ai pas faim.

— Quand tu ne manges pas, tu commences à voir des apparitions sans les avoir provoquées. Allez, Danny. Ne laisse pas ton stupide orgueil gâcher une réunion de vieux amis.

Je pris sur moi pour ne pas exploser de colère. Gabe se releva soudainement et passa son bras sous celui d'Eddie.

— Viens, Eddie. On va les laisser entre eux.

— C'est inutile, rétorquai-je sèchement. Je pars.
— Ne fais pas ça, intervint Jace. Détends-toi un peu.
— Je n'ai jamais été douée pour me détendre, tu te souviens, Jace ? C'est pour ça que tu m'as quittée.

Gabe traîna Eddie hors de la pièce en lui murmurant quelque chose à l'oreille. Le grand skinlin hirsute nous jeta un regard dubitatif par-dessus son épaule, avant que Gabe ne claque la porte du salon derrière eux. Pour la première fois depuis trois ans, je me retrouvais seule avec Jace. Il me contemplait d'un air ouvert et curieux. Ses yeux avaient retrouvé leur bleu clair habituel, et les lignes épineuses de son tatouage ondulaient légèrement.

— Dante..., commença-t-il.

Je tirai à demi mon épée du fourreau.

— Ne fais pas ça.

Il porta lui aussi la main à sa garde.

— C'est ça que tu veux ?
— Je ne ferai pas marche arrière, l'avertis-je. Ne me pousse pas à bout, Jace. Je suis en chasse, et Gabe semble vouloir débaucher le moindre mercenaire de seconde zone qu'elle croise sur son chemin. J'ai dû traverser les Enfers, et on m'a même imposé *ça*...

Je remis ma lame au fourreau et fis glisser d'une main le col de mon tee-shirt pour découvrir la marque brûlante sur mon épaule.

— Bordel de merde, souffla Jace. Dante...

Je relevai le tissu sur mon cou.

— Donc, ne viens pas me chercher des noises, Jace. C'est compris ?

Les ventilateurs au plafond tournoyaient paresseusement, envoyant des vagues d'air frais caresser ma peau.

— Je ne l'ai jamais fait, rétorqua-t-il. C'était toujours toi qui cherchais la bagarre.
— C'est de l'histoire ancienne, Jace. Tourne la page. (Je me détournai de lui pour me diriger vers le seuil, mais je ne pus m'empêcher de porter un dernier coup d'estoc.) Au moins, ce fichu démon ne peut pas me trahir, lui.

Il m'empoigna le bras et enfonça profondément ses doigts dans ma chair, équilibrant tous les muscles de son corps. Je reconnaissais cette position – il était prêt à réagir si je l'attaquais. Je me demandai froidement si je devais le faire.

— Je ne t'ai pas trahie. Je ne te trahirai *jamais*.

Je haussai les épaules. Mes anneaux crépitaient.

— ENLÈVE TES PUTAINS DE MAINS.

— Non.

— Enlève...

Il n'y eut pas d'avertissement. L'instant précédent, je tordais mon bras pour échapper à la prise de Jace, et à présent, il trébuchait en arrière en dégainant son épée. Japhrimel se tenait entre nous deux et pointait son révolver en direction de mon ex-petit copain. Son long manteau noir fulminait de pouvoir, et l'air autour de nous grésillait comme si la foudre venait de s'abattre dans la pièce. Les défenses de Jace se dressèrent, vibrantes de pouvoir, comme un cobra prêt à frapper.

— Stop ! hurlai-je.

Le démon s'immobilisa, mais ne baissa pas son arme.

— Êtes-vous blessée ?

Il ne quittait pas le chaman du regard. Pendant une seconde surréaliste, je crus qu'il demandait si *Jace* était blessé.

— Calme ton chien, Danny, lâcha froidement ce dernier.

Son épée était plus grande que la mienne, une donatuki au lieu d'un katana. L'acier étincelait sous la lumière blanche. Position de deuxième garde, corps équilibré, mâchoires serrées. Ses yeux étaient semblables à deux flammes bleues – mais toujours humains.

J'entourai l'épaule de Japhrimel de mon bras gauche. La concentration de pouvoir était si forte dans la pièce qu'elle me montait à la tête comme un vin lourd, ou comme l'adrénaline qui déferlait sur moi quand je chevauchais un slicboard lancé à pleine vitesse.

— Ça va, dis-je. Vraiment. Baissez votre arme, Jaf, tout va bien.

M'empêcher de prononcer son nom complet me demandait un effort de volonté. À quel moment avais-je commencé à le considérer comme un *être humain* ?

Le démon fixa Jace pendant un moment, puis baissa son arme. La crosse d'argent étincela sous la lumière.

— Vous allez bien ?

— Je crois, répondis-je en inspirant lentement. Où étiez-vous ?

— J'avais terminé ce que j'avais à faire et j'étais sur le chemin du retour. (Ses yeux étaient toujours fixés sur Jace.) J'ai perçu votre détresse.

— Je ne suis pas en détresse. Juste énervée, affamée, et puis j'en ai marre de tout ça. (Je laissai ma main posée sur son épaule. S'il se ruait sur Jace, qu'est-ce que je ferais ? Le poignarder dans le dos ?) D'accord ? Merci, Jaf. Vraiment. On se calme, OK ?

Le flingue disparut. Japhrimel se tourna à demi vers moi et me détailla d'un œil de laser émeraude. Une légère grimace déforma ses lèvres.

— Vous n'avez plus besoin de moi ?

Ma cage thoracique se contracta.

— Je ne crois pas. Merci. (C'était sincère.) Je vais aller faire un tour de reconnaissance dehors.

Les épaules de Japhrimel se contractèrent légèrement. Je ne m'en serais pas aperçue si je n'avais pas eu les yeux fixés sur sa nuque. *Qu'est-ce qu'il a ? Il a l'air à deux doigts d'exploser.*

— Je vous accompagne, alors. C'est mon devoir.

Je décidai que ce n'était pas le moment d'argumenter, et serrai les dents. Ma tête bourdonnait sous l'effet de la tension et du pouvoir accumulés dans l'air. Si Jace faisait un pas en direction de Japhrimel, ou si Japhrimel décrétait que Jace avait eu l'intention de me blesser...

— Danny... (Jace rangea son épée au fourreau en soupirant.) Mange un morceau. On pourra s'étriper demain, et je te laisserai même me botter le cul si ça peut t'aider à te sentir mieux.

Ma main glissa le long du bras de Japhrimel.

— Parfait. On va faire ça. Je serai de retour dans quelques heures.

— Eh, le démon ! lança Jace en adressant un mouvement de menton à Japhrimel. Prends soin d'elle.

Japhrimel le fixa pendant quelques secondes, avant de hocher sèchement la tête.

Je n'ai besoin de personne pour prendre soin de moi, Jace. Tu ferais mieux de fermer ta putain de gueule. Je m'appuyai sur l'épaule du démon.

— Boucle-la, Jace. Boucle-la, s'il te plaît. Profite bien de ton fichu dîner, et on reparle de tout ça demain, OK ?

Il ne répondit pas. Japhrimel me suivit docilement dans le hall principal, et m'indiqua la porte sur la droite.

— La sortie est par là.

— J'ai besoin de mes bottes, répliquai-je d'une voix rêche.

Ma gorge me faisait mal, comme si j'avais avalé une arête.

— Les escaliers sont par là.

Je lui fus reconnaissante de ses efforts, même si j'avais déjà parfaitement intégré la configuration de la villa de Jace. J'étais capable de m'orienter dans le dédale de ruelles les plus tordues de n'importe quelle ville, je n'allais pas me perdre dans un foutu manoir de richard à Nuevo Rio.

Je hochai la tête, et il m'entraîna vers les marches. Juste au cas où, je gardai ma main posée sur son épaule. Il n'émit pas d'objection.

25

Par une opération mystérieuse du démon, un hovercab nous attendait juste devant la villa. Une fois qu'il nous eut déposés en ville, je m'enfonçai au hasard des rues. Tandis que je marchais, mes boucliers s'épaississaient en s'adaptant à l'atmosphère ambiante. C'est une chose étrange, de s'accoutumer à une ville totalement nouvelle. Les Normaux ont besoin de plusieurs mois pour cela, mais le processus est beaucoup plus rapide pour les psions – en général, quelques jours tout au plus, ou même quelques heures si nous décidons de nous immerger délibérément dans la source de pouvoir de la cité.

Le démon marchait à mes côtés, et je sentais parfois son manteau me frôler. Ma peau ruisselait de sueur sous la chaleur torride, ma veste renforcée de Kevlar me collait au dos, et la lanière de ma sacoche me sciait les épaules. Je gardais mon épée à la main, tapotant la garde de mes ongles.

Je vais peut-être devoir m'en servir, cette fois, songeai-je tandis que nous arpentions le Redlight District.

Au beau milieu des entrailles de Nuevo Rio, je dégottai une *taqueria* et commandai une spécialité locale relevée qui s'avéra mangeable. Le démon se tenait si près de moi que c'en était gênant ; je sentais sa propre chaleur se mêler à celle que renvoyait le trottoir surchauffé par le soleil. Il demeura silencieux tandis que je m'arrêtais pour avaler mon en-cas entre une bodega et une boutique de cigares fermée. La foule se pressait autour de nous, des cariocas vêtus de couleurs vives, qui portaient pour la plupart des gris-gris au cou. Le vaudou et la santería prospéraient ici depuis l'effondrement de l'Église catholique romaine et le scandale de la banque du Vatican qui avaient eu lieu durant la période troublée entre l'Acte Parapsychique et le Grand Éveil. Quand le scandale du financement de groupes terroristes et des Missionnaires de Galaad par l'Église catholique avait éclaté au grand jour, même les communautés protestantes, traditionnellement opposées à Rome, avaient été ébranlées. La guerre des Soixante-Dix Jours avait achevé d'enterrer un christianisme à l'agonie.

Les cariocas appréhendaient un peu mieux le pouvoir que les autres citadins. Ici, sortir à l'extérieur sans une protection contre le mauvais œil était aussi impensable que de se promener nu. Chaleur écrasante, odeur de *tamales* et de sang, Normaux à la peau de cuivre et aux yeux d'encre liquide, conversations en portugais, anciens palaces décatis collés à des gratte-ciel de plastacier flambant neufs, pousse-pousse et mobylettes klaxonnant à chaque coin de rue, c'était tout cela, Nuevo Rio. De la sueur, de la chaleur, et encore de la chaleur. Je comprenais mieux pourquoi la cité semblait à la fois si lente et si frénétique : lente, parce que la chaleur donnait l'impression que le moindre geste demandait une éternité ; frénétique, parce que les citoyens locaux avaient l'air totalement indifférents à cet état de fait.

J'avalai mon sandwich en quelques bouchées, en espérant que je n'allais pas tomber malade. Je prenais toujours quelques doses de Tazapram sur moi pour ce genre de cas, mais je m'en servais rarement. La plupart des nécromants avaient un système digestif en béton. On aurait pu penser le contraire d'une telle bande de déviants névrotiques, mais je n'avais jamais croisé de nécromant à l'estomac délicat.

Après avoir englouti l'intégralité de mon repas, j'étais en train de lécher la sauce brûlante sur mes doigts quand le démon me jeta un regard en biais.

— Est-ce qu'il vous a fait mal ?

Sa voix n'exprimait pas de curiosité excessive, mais je vis qu'il était tendu, et je me demandai pourquoi. Bien sûr, s'il m'arrivait quoi que ce soit, Jaf en subirait les conséquences... Est-ce qu'il considérait Jace comme à ce point dangereux ?

Je haussai les épaules.

— Pas vraiment.

Pas physiquement, en tout cas, ajoutai-je intérieurement en évitant le regard vert du démon.

Il me tendit une bouteille de *limonada* fraîche et me regarda l'ouvrir d'un geste du poignet exercé. Tandis que nous reprenions notre progression parmi le flot des piétons, il persista à se tenir inconfortablement près de moi, tout en se mouvant avec une étrange grâce qui l'empêchait de me heurter les membres ou de me faire trébucher.

— Pourquoi est-ce qu'il vous agrippait le bras ? me souffla-t-il, en se rapprochant suffisamment de mon oreille pour ne pas avoir à crier.

— Je n'en ai aucune idée. Je suppose qu'il était fâché.

— Vraiment ?

Malgré la compacité de la foule, nous disposions d'un minimum d'espace pour respirer. Mon tatouage émeraude scintillait sous l'éclairage urbain, et mes boucliers repoussaient insensiblement les humains autour de nous.

— Pourquoi vous a-t-il quittée ?

— Je ne sais pas. Je suis rentrée de mission, et il était parti. J'ai attendu son retour pendant quelques semaines, et puis... (Je levai les yeux vers les slicboards qui vrombissaient au-dessus de nous. En dehors de quelques axes majeurs, le trafic aérien était totalement chaotique. Les taxis fonçaient comme des kamikazes et les gangs de slicboarders zigzaguaient à travers le nuage de pollution.)... je l'ai oublié.

— Je vois.

L'épaule du démon cogna légèrement la mienne. Je regrettais de n'avoir pas songé à m'attacher les cheveux – une brise tiède faisait voler mes mèches au-dessus de mes yeux.

— Il a l'air de tenir beaucoup à vous, Dante.

— S'il avait tenu à moi, il ne m'aurait pas quittée. Et ne commencez pas à me casser les pieds avec ça, vous aussi.

— C'est compris.

Il avait l'air sincère. Nous reprîmes notre marche, étrangement assortis.

Je m'arrêtai quelques instants pour observer une partie de bonneteau, souriant à demi en voyant les mains brunes du meneur de jeu s'agiter au milieu d'un flot de conversations en portugais. Le démon était littéralement collé à mon épaule et je sentais sa chaleur m'entourer. Bizarrement, cela rendait la moiteur ambiante plus supportable.

Plus bas dans la rue, après le bonneteau, une *babalawao* dessinait un *wéwé* à la craie sur le trottoir. Un cercle d'individus respectueux s'était rassemblé autour de la vieille femme aux longs cheveux couleur de cendre, tandis que d'autres passaient leur chemin en pressant le pas. Un sourire ivoirin vint éclairer son visage d'ébène aux joues creuses quand elle leva les yeux sur le démon et moi.

Je lui adressai un hochement de tête, salut silencieux d'un psion à un autre psion. Elle était trop occupée à invoquer son propre esprit gardien pour accorder plus qu'un bref coup d'œil au démon – et de toute façon, les chamans n'étaient pas effrayés le moins du monde par les seigneurs des Enfers. Pour eux, les démons représentaient juste une forme particulière de *loa*. Je ne partageais pas cet avis : si les démons étaient des *loas*, les techniques magi auraient dû fonctionner sur des esprits vaudous comme Erzulie ou le Baron Samedi. Et elles ne fonctionnaient pas. Seuls des chamans initiés, expérimentés, et ayant développé une affinité avec un certain type d'esprit y parvenaient.

J'observai le *wéwé* prendre forme sous ses doigts minces. Un bâton d'encens brûlait d'un côté, et de l'autre, une bouteille de rhum côtoyait un panier d'osier qui contenait probablement un poulet.

— Que fait-elle ? me chuchota le démon à l'oreille.

— Elle est probablement en train de négocier un pacte avec un *loa*, répondis-je en inclinant la tête de manière à pouvoir entendre le démon tout en regardant la *babalawao*.

Je commençais à avoir mal aux articulations à force de serrer la garde de mon épée.

— Taisez-vous et observez. Ça devrait être intéressant.

Ma peau était parcourue de picotements. C'était légèrement déplaisant, mais je savais que me tenir aussi près d'une source de pouvoir locale m'aiderait à m'adapter à la cité. J'avais étudié le vaudou à l'Académie, bien sûr. Les techniques d'entraînement magi empruntaient beaucoup au chamanisme, au vaudou, et parfois à la santería. Le vaudou et la santería s'étaient déjà entremêlés bien avant l'Acte Parapsychique. Les chamans éclectiques comme Jace empruntaient un peu à droite et à gauche, et jonglaient la plupart du temps entre deux ou trois patrons *loas*. La femme que j'avais en face de moi avait probablement juré allégeance à deux *loas*, au maximum, et aurait sans doute détesté être comparée à Jace – qui n'était, après tout, qu'un chaman gringo entraîné par l'Hégémonie, pas l'héritier d'une tradition ancestrale transmise de maître à élève depuis des centaines de générations. Même si les techniques de base étaient les mêmes, cette femme dégageait quelque chose de très différent : elle était ici chez elle, à Nuevo Rio, et elle puisait dans le pouvoir de sa terre natale.

Dommage que je n'aie jamais songé à apprendre le portugais.

Une fois le *wéwé* terminé, la femme s'empara de la bouteille en faisant tinter ses bracelets et ses colliers. Elle prit une gorgée de rhum, la fit tourner dans sa bouche, puis la recracha en nuage sur le motif de craie. Les gouttelettes d'alcool se répandirent sur le *wéwé*.

Le pouvoir crépita, faisant réagir mes boucliers, remontant dans mes veines.

Un cigare qui gisait entre les lignes de craie commença à fumer tandis que la femme soulevait le couvercle du panier d'osier et en extirpait le poulet. La volaille émit un glapissement affolé juste avant qu'elle lui tranche la gorge d'un geste sûr, projetant un geyser de sang sur le *wéwé*.

— Elle va probablement le préparer ce soir et le manger au déjeuner demain, soufflai-je au démon.

Un courant d'air apparut soudainement, tandis que le poulet sans tête continuait à s'agiter absurdement. Le débit de sang diminua peu à peu jusqu'à se réduire à un mince filet, et la voix de la *babalawao* s'éleva, dans un chant lancinant très proche de la psalmodie d'un nécromant. Ce chant était le couronnement de l'offrande au *loa*. Les petites taches de sang disparurent, consumées par le pouvoir. Je sentis des doigts immatériels effleurer ma joue et entrevis une forme floue à la périphérie de mon champ de vision – un homme de grande taille coiffé d'un chapeau haut de forme au-dessus de son crâne dépourvu de chair, à l'entrejambe protubérant, gambadant au milieu de la foule. Une goutte de sueur dévala ma colonne vertébrale. On ne plaisantait pas avec un *loa*.

Une onde brûlante balaya mon épiderme, et mon estomac se contracta brutalement comme si je tombais en chute libre. Le flot irrésistible de pouvoir finirait par forcer mes propres canaux d'énergie à s'acclimater si je lui laissais suffisamment de temps. Je contrôlai ma respiration. *Juste quelques minutes. Ça va passer. Il faut que je me laisse aller le temps nécessaire pour que ça fonctionne. Rester calme, juste rester calme.*

Ce fut à ce moment, alors que je fixais le *wéwé* en attendant que mon corps s'acclimate, mes pensées réduites à un bruit de fond bourdonnant, que la prémonition me frappa.

La voix de la *babalawao* dominait la rumeur urbaine. Le démon me saisit par les épaules et me tira en arrière.

— Dante ?

Seigneur, il a l'air vraiment inquiet.

— Qu'est-ce qui se passe ? Dante ?

— Rien.

Ma propre voix résonna à mes oreilles, faible et cotonneuse. La prémonition n'était pas mon talent principal. Si ça avait été le cas, j'aurais été voyante. Mais j'en possédais suffisamment pour qu'il me soit utile à certaines occasions.

— Rien, répétai-je.

Les ténèbres m'enveloppèrent, reposantes, comme des ailes noires. La vision se tenait juste à la frontière de mon champ mental. Si je me détendais un peu, elle m'apparaîtrait clairement, et elle m'avertirait... mais de quoi ?

De quoi était-il nécessaire de me mettre en garde ? Je savais déjà que j'étais dans la merde, et pas qu'un peu.

— Rien..., murmurai-je encore.

Des doigts brûlants vinrent se poser sur mon front, et je resserrai la prise sur mon épée. Je me laissai entraîner dans le ruissellement de l'avenir, ballottée par le courant...

— Ne me mentez pas.

Qu'est-ce que ça peut bien lui faire, que je lui mente ?

Je me renfermai en moi-même, brûlante de fièvre, l'estomac retourné, les paupières battantes.

— Dante. *Dante !*

— Je vais bien, rétorquai-je d'un ton acerbe. Donnez-moi juste une minute, d'accord ?

— Comme vous voulez.

Des ondes de chaleur dévalaient ma peau. Qu'est-ce qu'il était en train de faire ? Ses mains drainèrent un flot de pouvoir brûlant depuis ma colonne vertébrale. J'eus la sensation de recevoir un coup de bâton de plein fouet dans le plexus solaire, et cela rejeta la vision loin de moi, annihilant du même coup tout espoir d'apercevoir le futur.

— *Merde*, fut tout ce que je réussis à articuler, recroquevillée en deux, en essayant de ne pas m'écrouler au sol.

Le pouvoir reflua pour regagner le gouffre affamé de Nuevo Rio.

— *Nom de nom...*

— Il y a un problème ?

Il faisait trop noir. Qu'est-ce qui s'était...

Je rouvris lentement les yeux. Le démon se tenait au-dessus de moi, campé sur ses jambes, ses yeux verts luisant comme des gemmes radioactives.

— Je l'ai perdue. Une prémonition. Je l'ai perdue. Demandez-moi, avant de faire ça la prochaine fois, d'accord ?

Le démon haussa les épaules, et je relevai les yeux pour regarder autour de moi. Des briques, des revêtements de plastacier, des déchets de cartons et d'aluminium sur le sol. Nous n'étions plus dans la rue, mais dans une allée d'immeubles miteux. Pourquoi est-ce que ça ne me surprenait pas ? Est-ce qu'il m'avait traînée jusqu'ici pensant que j'étais sur le point de faire un malaise ?

— J'ai voulu vous protéger, répondit-il d'une voix calme mais dénuée de culpabilité. Je pensais que quelque chose vous attaquait.

— Qui serait assez stupide pour m'attaquer alors que j'ai un démon à côté de moi ? rétorquai-je sèchement en me dégageant de son étreinte.

Il me laissa faire et recroisa ses bras derrière son dos, ses paupières étrécies masquant à demi son regard.

— Super, repris-je d'un ton acerbe. Une prémonition sert en général à m'avertir de quelque chose de dangereux, et maintenant, je n'ai pas la moindre idée de ce que ça peut être. Merci beaucoup.

Il ne répondit rien.

Je soupirai et pris une grande bouffée de l'air pollué de Nuevo Rio. L'odeur mêlée des détritus et de la misère humaine flottait autour de nous. Mes boucliers étaient aussi minces qu'une feuille de papier ; l'accès de prémonition avait drainé mon énergie. Je me forçai à respirer correctement malgré la puanteur.

— *Anubis et'her ka*, murmurai-je en secouant la tête. Je ferais mieux de rentrer. Je crois que je vais m'effondrer.

— Parfait, répondit Jaf en me guidant par l'épaule vers la sortie de l'allée. Vous devriez prendre davantage soin de vous, Dante.

— On ne fait pas d'omelettes sans casser des œufs, marmonnai-je. Et puis, qu'est-ce que ça peut bien vous faire ? Dès que nous aurons mis la main sur cet Œuf, vous retournerez en Enfer et je me retrouverai toute seule pour nettoyer le bazar. J'aurai de la chance si je m'en sors vivante, et vous me demandez de prendre soin de moi ? grognai-je en me concentrant pour placer un pied devant l'autre.

— Je ne vous laisserai pas avant d'être sûr que vous êtes en sécurité. Je serais peiné d'apprendre votre mort, humaine.

— Comme c'est délicat.
— C'est vrai, insista-t-il. Je vous le jure.
— Et merde, dis-je en sentant une méchante migraine poindre à l'arrière de mon crâne. Ramenez-moi juste chez Jace, OK ? Je commence à avoir mal à la tête.
— Le contrecoup, commenta-t-il. Dante, il y a quelque chose qu'il faut que je vous d...
S'il continuait à parler, j'allais me mettre à hurler.
— Ramenez-moi juste chez Jace, d'accord ?
Sa main se resserra autour de mon épaule. Je fermai les yeux.
— C'est compris.

26

Je pénétrai d'un pas pesant dans la salle d'entraînement au moment où l'air de l'après-midi commençait à devenir étouffant, et que d'épais nuages noirs s'accumulaient au-dessus de la ville. Il allait bientôt se mettre à pleuvoir à torrents. Dans la nuit naissante, sous les éclairs et le tonnerre, la cité moite allait connaître un court répit.

J'avais laissé ma sacoche et mon manteau dans la chambre pour enfiler un tee-shirt propre en microfibres au-dessus de mon jean. Je portais toujours mes bottes et mes bagues, j'avais attaché mes cheveux en queue-de-cheval, et repassé sur mes ongles une couche du vernis sanglant qui les rendait aussi redoutables que des griffes.

La salle d'entraînement était une grande pièce tapissée de tatamis. Des râteliers d'armes pleins à craquer étaient alignés le long des murs, et une grande glace équipée d'une barre de ballet horizontale recouvrait l'une des parois. *(Ça, il a dû le faire rajouter après l'achat de la villa,* notai-je perfidement.) Eddie et Jace se faisaient face au centre de la pièce.

Ils étaient tous les deux armés de bâtons *jô*, et vêtus de pantalons de soie *gi*. Eddie portait une tunique de coton blanc qui ne dissimulait pas grand-chose de son abondante pilosité. Je m'immobilisai sur le seuil et m'adossai à l'embrasure pour assister au spectacle.

Jace, torse nu, tenait son bâton des deux mains. Les muscles roulaient sous sa peau, et le scorpion tatoué sur son omoplate gauche bougeait légèrement ; ses cheveux blonds inondés de sueur lui collaient à la nuque.

Gabe faisait des étirements, à une distance raisonnable des deux combattants. Elle accomplit un grand écart complet, puis se pencha en avant jusqu'à toucher un de ses genoux avec son front. *C'est le grand show*, songeai-je alors qu'un élancement de migraine derrière mes yeux se rappelait à moi.

Japhrimel, les bras croisés, était adossé à côté des deux gros sacs qui flanquaient la porte. D'épais rideaux recouvraient les fenêtres, mais la chaleur du soleil parvenait quand même à s'infiltrer dans la pièce. Personne n'avait pensé à mettre en marche la climatisation.

Je regardais Eddie avancer, Jace parer les coups, j'entendais les grognements d'effort des deux hommes. Alors que je ne faisais qu'assister au combat, j'avais presque l'impression de tenir le bâton en équilibre entre mes mains, et je retins ma respiration quand Eddie se lança en avant, espérant atteindre Jace au visage. C'était un coup en traître, mais tous deux savaient à quoi s'en tenir – et avec deux nécromantes dans la salle, si quelqu'un se blessait, on pourrait s'en occuper tout de suite.

Japhrimel s'approcha lentement de moi.

— Vous allez mieux ?

Derrière lui, la lumière qui filtrait à travers les rideaux diminua soudain. Les nuages étaient arrivés. La chaleur, elle, était toujours la même : la pénombre ne faisait que renforcer cette impression d'humidité à couper au couteau.

Inexplicablement, le rouge me monta aux joues.

— Oui, répondis-je en jetant un bref coup d'œil à son visage lisse et inexpressif. Merci.

— J'ai déjà vu ce genre de contrecoup. La seule chose à faire est de se détendre en attendant que la douleur s'en aille.

— Merci, répétai-je. Ça aide, d'avoir quelqu'un avec soi quand...

Crac !

Eddie venait d'envoyer valser à terre le bâton de Jace. Je claquai la langue d'un air appréciateur. *C'est la première fois que je vois Eddie avoir le dessus sur Jace aux bâtons.*

Eddie grogna.

— Arrête de faire ta lopette et bats-toi pour de vrai, vieux. Bon sang de bois ! Tu n'es même pas assez en forme pour me distraire !

— Ne la ramène pas, grosse brute, gronda Jace. Tu veux qu'on remette ça aux épées ?

— J'ai pas envie de te massacrer.

Eddie ramassa le bâton de Jace et le lui lança. Jace l'attrapa à la volée et le brandit à la verticale.

— Merci quand même, reprit Eddie. Tu t'es relâché depuis la dernière fois qu'on s'est vus. Hé, Danny ! (Il m'interpella par-dessus l'épaule de Jace.) Amène tes fesses et dérouille-le un peu, tu veux ? Il est même plus capable de tenir correctement son bâton.

Je soupirai. Je m'étais préparée à un coup de ce genre.

— Comme vous voulez, répondis-je avec un haussement d'épaules. On y serait arrivés d'une manière ou d'une autre, de toute façon. (Je lançai un bref regard au démon.) Je vais m'entraîner avec Jace. Je veux que vous restiez en dehors de ça, OK ?

Japhrimel hocha gravement la tête.

— Cool, s'écria Gabe en sautant sur ses pieds. Ça me manquait de vous voir vous battre tous les deux. C'est encore mieux que l'holovid.

Je l'ignorai. *Qu'est-ce qui pourrait mettre Jace hors de lui ?* me demandai-je, en jetant un nouveau regard en biais au démon. Une légère brise balaya la pièce, annonciatrice d'orage. *Je sais.*

Je m'approchai de Japhrimel, me haussai sur la pointe des pieds et enroulai mon bras autour de son épaule. Son odeur musquée me submergea.

— Hey...

Je l'attirai vers moi et il se pencha légèrement, docile. Je lui embrassai la joue – rien de plus qu'un baiser, mais j'entendis la respiration de Jace s'accélérer et je sus que la partie était déjà à moitié gagnée.

Il se battait mieux quand il était en colère, de toute façon.

— Merci, dis-je à Japhrimel, qui me contemplait sous ses paupières mi-closes – il semblait surpris. Ça aide d'avoir quelqu'un à ses côtés quand les choses vont mal. (Le ton de ma voix était plus intime que je ne l'avais souhaité.) J'apprécie.

Il hocha la tête, une seule fois, puis se redressa en détournant les yeux. Je balayai du regard le reste de la salle.

Gabe me fixait, bouche bée. Elle s'écarta de moi comme si j'étais pestiférée et entraîna Eddie dans son sillage. Celui-ci contemplait Jace avec un sourire sauvage aux lèvres.

Ce dernier se dirigea d'un pas posé vers un des râteliers d'armes à côté de la fenêtre et rangea son bâton, pour se saisir ensuite de son épée.

— Si Danny est partante, je le suis aussi.

Je dus lutter contre le sourire qui mourait d'envie de déformer mes lèvres. *Sois prudente, Danny. Tu ne t'es pas battue contre lui depuis une éternité, vas-y doucement.*

Je gagnai le centre de la pièce et fis jouer les muscles de mes membres. Je n'avais même pas effectué mes étirements matinaux de routine. Jace s'approcha lentement de moi, son épée à la main, le bruit régulier de ses bottes martelant le tatami.

— Salut, mon cœur, lança-t-il, son regard bleu vrillé au mien.

C'était les premiers mots qu'il m'adressait auparavant au réveil, suivis en général par un baiser. Mon corps se souvenait du timbre de cette voix. Je laissai le sourire étirer mes lèvres. Mes bagues bourdonnaient légèrement.

— Ouvrez grands vos yeux, souffla Gabe au démon. Jace et Danny sont les meilleurs à ce jeu-là. Dans le temps, ils avaient l'habitude de faire des duels à l'épée montés sur des slicboards. Et...

— Chut, grogna Eddie. Je veux voir ça.

— Salut, trésor, répondis-je d'une voix douce en tirant négligemment mon épée du fourreau. Je t'ai manqué ?

— Chaque jour. (Son visage n'exprimait pas d'animosité particulière et ses épaules semblaient détendues. *On dirait que je n'ai pas réussi à l'énerver autant que je le croyais.*) Chaque putain de jour qui passe.

— Oh ! souris-je. Tu n'aurais pas dû partir.

— J'ai pas eu le choix.

Nous nous tournions autour avec méfiance. Je tentai un mouvement en avant, en imaginant le moment où sa tête se séparerait de son corps. Il para presque instantanément, et notre petit manège recommença.

Il m'avait obligée à bouger la première. Un point pour lui.

— Ouais. Et c'était tellement urgent que tu n'as même pas eu le temps de me laisser un mot. Elle devait être sacrément chaude, Jace, pour que tu sois si pressé. Elle s'appelait comment ?

— Je vis comme un putain de moine depuis ce jour, mon cœur.

Le sourire mourut sur ses lèvres. Le second point était pour moi.

— J'espère que ça t'a rendu meilleur au combat... que tu ne l'étais au lit.

Une petite attaque gratuite, juste pour parachever le coup.

— Tu ne t'es jamais plainte.

— J'ai préféré ne pas te le dire en face.

Il souriait de nouveau. Il esquissa une attaque pour tester ma garde et je parai immédiatement.

— Quand est-ce qu'ils vont commencer à..., grogna Eddie.

— Patience, répondit Gabe.

Je croisai durant une fraction de seconde le regard de Japhrimel qui nous observait, les mains derrière le dos, les prunelles flamboyantes.

— Redonne-moi une chance, mon cœur. J'en meurs d'envie.

— C'est bien triste... (Je reculai légèrement. La tension montait en flèche.) Il va falloir t'y habituer.

— Tu ne veux pas connaître mes raisons ?

— Il aurait fallu me les donner il y a trois ans, Jace. Tout ce dont j'ai envie, maintenant, c'est d'oublier ton existence.

Ma propre voix n'était plus qu'un murmure. Ses yeux s'étrécirent.

— Ça tombe mal. Je viens de me dégager de toute obligation avec la famille Corvin, et mon emploi du temps est libre. Tu ne voudrais pas m'aider à le remplir ?

— Je préférerais encore aller faire le trottoir.

Nos deux lames jaillirent du fourreau simultanément.

— Ça y est ? demanda Eddie.

— Presque, lui murmura Gabe.

— Hmmm…, reprit Jace. Tu disais que le plus agréable…

Il se lança en avant, sans avertissement. Le métal se fracassa contre le métal, puis les lames se séparèrent. Nous étions déjà haletants.

— Tu es plus rapide qu'avant, me lança-t-il.

— Et tu parles toujours trop.

J'aurais voulu pouvoir lui cracher dessus. Ça aurait ajouté une petite touche aux festivités.

— Je peux utiliser ma langue d'une autre façon, si tu préfères, susurra-t-il en m'accordant un éclair de son célèbre sourire « à la Monroe », celui qui faisait craquer les jeunes dindes des mafias.

— Utilise-la sur quelqu'un que ça intéresse, connard.

Nous nous lançâmes dans un nouvel assaut. Nos jambes dessinaient un ballet complexe, et le métal de nos lames crachait des étincelles. Il ne se donnait pas à fond, et je réussis presque à le toucher deux fois avant qu'il se rende compte que j'étais on ne peut plus sérieuse et que son attitude se raidisse subitement. Une passe haute, un coup en travers, il essaya de me bloquer en corps à corps pour profiter de sa masse et de sa force physique, mais je connaissais ce vieux truc, *dégage-toi, dégage-toi, dégage-toi*, je lui enfonçai la garde de mon épée dans les côtes, un coup peu élégant mais le moindre avantage comptait, j'avais la vitesse et l'endurance, il avait la puissance physique et une endurance d'un autre genre…

Parade, contre, un assaut trop court qui le rejette en arrière, nos lames qui s'entrechoquent, le mur qui se rapproche, est-ce que j'allais tricher ou est-ce que…

Je trichai.

Je lançai ma main gauche en avant, maintenant ma lame à l'horizontale, et un éclair de pouvoir jaillit de mes bagues, enfonçant ses défenses.

Nous nous séparâmes, toujours haletants. J'en profitai pour reprendre un peu mon souffle.

— Tricheuse.

Des gouttes de sueur dévalaient son front, et ses cheveux étaient à présent complètement trempés. À l'extérieur, le tonnerre grondait.

— Je ferais n'importe quoi pour toi, répondis-je en dévoilant mes canines. (La sueur coulait le long de ma colonne vertébrale ; mes côtes se soulevaient à chaque inspiration.) Tu vas venir me donner la raclée que je mérite, trésor ?

— Ça te plairait, hein ? Tu veux qu'on y aille à fond, ma douce ? Tu es sûre ? La dernière fois que c'est arrivé, tu as pris une dérouillée.

— Je me retenais. Tu as toujours été mauvais perdant ; je n'avais pas envie de t'entendre chouiner.

Il sourit.

— Tu es sûre, Valentine ?

— Viens vérifier par toi-même, Monroe.

Je le défiais, mon katana en position de garde. Il s'approchait lentement, et ses boucliers tourbillonnaient avec les spirales caractéristiques des chamans, totalement imprévisibles. Ma propre aura flamboyait, crépitante.

Nos lames s'entrechoquèrent de nouveau, et cette fois il était sérieux. Le métal gémit et un afflux de pouvoir fit vibrer l'air autour de nous, odeur d'ozone, de musc, la marque sur mon épaule se réveillait soudain. Un jaillissement d'étincelles ; il utilisait une technique que je ne reconnus pas, mais ma mémoire musculaire prenait le relais ; c'était comme de chevaucher un slicboard, en équilibre sur un fil d'adrénaline, totalement vivante, totalement éveillée, le baiser de la brise le long de mon dos trempé de sueur, le grondement du tonnerre semblable à un chœur d'anges, aucun de nous deux ne cède, je trébuche, je tombe presque, *rétablis-toi, rétablis-toi*, un coup dans son genou faible, je sens son bouclier vibrer sous la douleur, l'adrénaline l'empêche de ralentir, nous nous rapprochons de nouveau mais je suis plus rapide, *vas-y*, le pouvoir crépite à travers la pièce, incontrôlable, son visage à quelques pouces du mien, nos regards vrillés l'un à l'autre, mes lèvres qui se crispent sous l'effort, quelque chose de familier, le souvenir de tous nos vieux combats qui bouillonne sous ma peau, la mémoire, l'intuition, l'action...

Un bruit de verre brisé. J'entraîne Jace à l'extérieur, en prenant suffisamment d'avance pour atteindre le sentier dallé de la cour d'entrée. Les effluves entêtants de la végétation saturée d'humidité s'élèvent du jardin tout proche, de l'autre côté du muret de pierre. Le bruit de nos bottes sur le pavé, un pas latéral, une attaque en revers, il me contre sur un coup de chance. Des bouffées d'air âpre à travers ma gorge. Son bouclier flamboie, tente de me repousser en arrière, je réagis instinctivement en concentrant un flot de pouvoir et en le renvoyant sur lui.

La pluie martèle ma peau, elle ruisselle sur le visage de Jace. Nous piétinons les morceaux de verre tombés à l'extérieur, trempés jusqu'aux os, et nous commençons à grelotter, l'haleine fumante, des étincelles dansent autour de nous comme pour enjoliver notre ballet.

Danser. Je ne retenais plus mes coups. Le rythme du combat se modifia, frénétique à présent, *ne pense pas, ne pense pas, bouge !* Les mots du Sensei Jado résonnent dans ma mémoire tandis que mon corps bascule, déséquilibré, mes paumes s'écorchent contre les dalles mouillées, je roule sur moi-même, encore, encore, je me jette sur le côté pour éviter ses coups, je me relève, de nouveau sur mes pieds, je fais volte-face et je vois la garde de son épée arriver droit vers mes côtes, j'aurai une éraflure demain mais ça n'a pas d'importance, *vivante, vivante, je veux rester vivante...*

Le roulement du tonnerre.

Il s'effondre, le visage inondé de sang, étendu sur le sol, à ma merci. Ma lame effleure sa gorge. Je suis tentée pendant un moment – *il suffit d'enfoncer la lame, pas de résistance, tu peux le regarder saigner, tu peux regarder son âme quitter son corps, contempler les étincelles qui s'envolent, et puis...*

— Tu te rends ? demandai-je, ma voix semblable à un croassement.

J'avais épouvantablement mal aux côtes.

— Bien sûr, répondit-il, les paupières à demi closes, la tête penchée en arrière, la gorge offerte. (L'acier caressait le point vulnérable où battait son pouls. Mes mains ne tremblaient pas, mais il s'en fallait de peu.) Tout ce que tu voudras, Valentine.

— Reste hors de mes affaires, Monroe.

Je renonçai à la tentation. Pas aujourd'hui. Je ne le tuerai pas aujourd'hui.

Dieux merci. Pense aux tracasseries administratives.

Je rengainai mon épée, brusquement consciente que nous étions tous les deux sous la pluie et trempés jusqu'aux os. Mon tee-shirt et mon jean me collaient à la peau, mes bottes pataugeaient dans l'eau boueuse. Je lui tendis une main, en surveillant son épée du coin de l'œil, juste au cas où.

— OK. (Il accepta ma main ; je l'aidai à s'extraire du sentier transformé en torrent de boue.) Tu es toujours aussi jolie quand tu te bats, mon cœur.

Je retirai brusquement ma main de la sienne, et il rengaina son épée. Nous étions tous les deux maculés de sang – les doigts écorchés, une entaille dans son cuir chevelu, son genou, une balafre profonde sur mon bras gauche, mon dos en feu.

— Joli match, rétorquai-je d'un ton hargneux. Tu as fait des progrès depuis la dernière fois.

— Toi aussi. Ce mouvement en double huit m'a scotché.

— Où est-ce que tu as appris ce petit tour de passe-passe avec ta lame ? C'était pas mal.

Je repoussai une mèche rebelle en arrière – j'avais beau m'attacher les cheveux aussi étroitement que possible, ils se débrouillaient toujours pour revenir me chatouiller le visage.

— En traînant à droite à gauche. Tu t'entraînes toujours au couteau ?

Ses cheveux dégoulinaient de pluie.

— De temps en temps. (J'enjambai l'embrasure de la porte-fenêtre brisée.) Je suis désolée pour ta vitre.

— Pas de problème. C'est juste une fenêtre. (Je pouvais entendre son sourire dans sa voix.) Bon sang, qu'est-ce que tu es bonne.

— Je m'entraîne avec Jado presque tous les jours quand je ne suis pas en mission.

— Ce vieux dragon ? Pas étonnant que tu sois si forte.

Il me suivit à l'intérieur et s'ébroua pour se débarrasser d'une partie de l'eau. *Ça va ruiner les tatamis*, songeai-je, en me demandant si projeter des éclats de verre sur lesdits tatamis était une bonne idée, finalement. *Il peut probablement se le permettre.*

— Je n'ai même pas réussi à obtenir une séance d'entraînement avec lui, reprit Jace. Certains disent qu'il n'accepte que les femmes.

— Non, j'ai vu des hommes. Mais il dit que les femmes sont meilleures. Plus rapides. Plus fourbes.

Je réalisai que j'avais prononcé ces mots en souriant. L'adrénaline laissait un arrière-goût de cuivre dans ma bouche. Maintenant, j'avais envie d'un bain chaud, et de sexe.

Pas de bol. Aucun homme ici n'est disponible. Et je n'ai pas envie de me fier aux professionnels locaux.

La main de Jace se referma autour de mon poignet. Sa peau était chaude, presque trop chaude, ses boucliers vibraient contre les miens. Son pouce glissa légèrement sur ma paume.

— Danny.

Je dégageai une nouvelle fois ma main. Il résista. Encore.

— Danny...

— Non, Jace. N'y pense même pas. Tu n'obtiendras rien d'autre de moi.

Il haussa les épaules.

— C'est du gâchis. Je me souviens comme c'était bon après nos séances d'entraînement.

Ses paupières papillonnaient légèrement. Même avec son visage inondé de sang – les blessures à la tête ne sont pas belles à voir –, il était toujours aussi beau. J'avais toujours eu un faible pour les blonds. Peut-être parce que le code des nécromants m'obligeait à me teindre les cheveux.

— Si tu ne m'avais pas larguée il y a trois ans, je suppose que tu aurais eu tes chances, lui lançai-je en lui tournant le dos.

Gabe et Eddie nous regardaient sans mot dire. Les yeux de Gabe étaient écarquillés, ceux d'Eddie étrécis, et il semblait à deux doigts de pousser un rugissement. Son bras enlaçait les épaules de Gabe, et elle s'y reposait comme si elle savait que cet endroit lui appartenait.

Japhrimel se tenait raide devant moi, les mains croisées derrière le dos. Ses paupières étaient à peine entrouvertes et son odeur de démon imprégnait l'atmosphère de la pièce, mélangée avec celle de l'air saturé de pluie qui s'engouffrait à travers la vitre brisée. Son manteau irradiait de ténèbres, comme une teinture psychique émanant de lui.

Je ne sais même pas si c'est un vrai manteau, songeai-je, en m'immobilisant subitement pour le détailler plus précisément. *Qu'est-ce que ça pourrait être d'autre ? Des ailes ? Un exosquelette ?*

Jace vint se poster insolemment près de moi.

— Alors, c'est ça ? Tu sors avec un démon ?

— Tu es complètement ridicule, rétorquai-je d'un ton sec en m'écartant de lui. Tu as toujours réfléchi avec ta queue, Jace. Peut-être que tu devrais essayer avec ton cerveau, de temps en temps. Merci pour la séance, j'en avais besoin. La prochaine fois, je m'entraînerai avec Japhrimel – avec lui, au moins, c'est un vrai challenge.

J'étais tellement satisfaite de moi-même que j'avais prononcé le nom de Jaf en entier, et ça sonnait comme si je parlais de quelqu'un d'autre. Ce nom coulait doucement sur ma langue. *Japhrimel.* Je me demandai ce que cela voulait dire, et si j'utilisais un jour son nom complet, qu'est-ce qui se passerait ?

— Bordel de m...

La voix de Jace venait de monter légèrement dans les aigus, une intonation que je connaissais. Il était en train de perdre son calme.

— Ça suffit ! aboya Gabe, sans quitter pour autant le giron des épaules d'Eddie. (L'émeraude sur sa joue étincelait, projctant un faisceau de lumière verte dans l'air pesant.) Au nom d'Hadès, vous n'avez pas fini de flirter tous les deux ? Vous feriez mieux de vous calmer, et en vitesse. Comme ça, on pourra trouver ce foutu démon, et se débarrasser de ton mignon petit animal de compagnie par la même occasion.

— Japhrimel, dis-je sans attendre la suite de la tirade de Gabe. Venez avec moi. Les autres, je vous informe qu'on part en reconnaissance dans deux heures, dès que la pluie se sera calmée. Vous avez intérêt à être prêts.

— Oh, nom de dieu de..., commença Gabe, mais Eddie lui fit signe de se taire.

— Danny ?

La voix de Jace.

Je m'immobilisai, mais sans me retourner. Japhrimel se rapprocha derrière mes épaules. Je ne l'avais pas vu bouger pour combler l'espace qui nous séparait, et ça me rendit vaguement nerveuse.

— Merci pour la séance, reprit Jace. J'aime beaucoup travailler avec toi.

— Désolée, Jace. C'est trop tard. Je travaille seule.

Sur ces mots, je sortis de la salle d'entraînement, en laissant derrière moi ma rage qui vibrait dans l'air, et le silence atroce de Jace. J'avais gagné les deux batailles.

J'aurais dû me réjouir.

27

Japhrimel demeura silencieux jusqu'à ce que nous ayons regagné la suite bleue. Il referma soigneusement la porte derrière nous et fit tourner la clé dans la serrure. Les défenses qu'il avait installées autour des murs vibrèrent à l'instant où je pénétrai dans la pièce.

— C'était inconséquent, dit-il calmement. Un homme jaloux n'est plus en pleine possession de ses moyens.

— Jace travaille mieux sous la pression, répondis-je en libérant mes cheveux humides de leur queue-de-cheval. Et il l'avait mérité.

Mes bagues étaient inertes et silencieuses, à présent. Je me sentais mieux ; la migraine ne me harcelait plus depuis que mon corps s'était habitué à la source de pouvoir locale, et mon dos avait cessé de me faire souffrir. Je mourais d'envie de prendre un bain brûlant, avant de me préparer pour l'expédition de reconnaissance.

Mes mains tremblaient encore. Je venais de combattre Jace à l'épée pour la première fois depuis trois ans. *Trois ans* – et il ne m'avait pas donné un commencement d'explication sur son geste. Il se comportait exactement comme si…

Je pris une profonde inspiration. Je pouvais sentir le poids du regard de Japhrimel sur mon dos. Je me fichais de Jace. J'avais dit que je m'en fichais, qu'il ne représentait plus rien pour moi. J'avais juré d'innombrables fois, à voix haute et intérieurement, que Jace Monroe était de l'histoire ancienne. Fin de l'histoire, fin du charme, ainsi soit-il, amen, *finito*.

— Quoi qu'il en soit, insista Japhrimel, vous n'auriez pas dû m'utiliser pour exciter sa jalousie.

Je haussai les épaules.

— C'est son problème. Pas le mien. Mon problème est de trouver Santino et de renvoyer cet Œuf à Lucifer. Et en plus, il est seulement humain. Ce n'est pas comme s'il risquait de vous blesser s'il lui prenait l'envie de faire quelque chose de stupide.

— C'est possible. Mais même les démons connaissent la jalousie, Dante.

Je commençai à déboutonner mon tee-shirt, après avoir déposé mon épée sur le lit. *C'est raisonnablement sûr,* me dis-je. *Au moins pour le moment.*

— La prochaine fois, je m'entraînerai avec vous. Au moins, vous me donnerez du fil à retordre.

Ma voix aurait difficilement pu être plus cassante. Puisque j'en avais fini avec Jace, c'était *vraiment* terminé, n'est-ce pas ?

— Ce n'était pas un entraînement. (Le démon était adossé contre la porte, les bras croisés, les yeux mi-clos. Une légère teinte cramoisie colorait ses joues lisses comme le bronze. Dieux miséricordieux, est-ce qu'il *rougissait* ?) Vous étiez en train d'essayer de le tuer.

— Je ne connais pas d'autre façon de m'entraîner, dis-je en frictionnant mon épaule tout en me dirigeant vers la salle de bains. Je vais me laver.

— Comme vous voulez.

Il n'avait pas l'air ravi.

Je m'immobilisai et me retournai vers lui. Mes doigts tremblants s'arrêtèrent au quatrième bouton de ma tunique. *Je n'ai rien fait de mal. J'ai juste accepté une séance d'entraînement avec Jace, et je lui ai fait comprendre qu'il ne représentait plus rien pour moi. Comme ça, tout le monde l'a vu, c'est officiel, enregistré et consigné. Je n'ai rien fait de mal.*

— Qu'est-ce qui vous tracasse ? Crachez-le, votre morceau !

Japhrimel demeura immobile. On aurait dit une statue adossée contre la porte. La chaude lumière des lustres caressait son visage lisse et faisait étinceler ses prunelles. La légère rougeur sur ses joues avait disparu.

— Vous... traitez ses sentiments à la légère, et vous vous servez de moi. C'est un jeu excessivement dangereux.

Je lui lançai un regard curieux.

— Qu'est-ce que vous essayez réellement de me dire, Tierce Japhrimel ? Que Jace a encore des sentiments pour moi ? Pourquoi il m'a quittée, dans ce cas, hein ? Qu'est-ce que vous pouvez répondre à ça ?

— Si ça vous intéresse, vous pouvez le découvrir par vous-même.

Je refermai les pans de ma tunique sur ma poitrine.

— Ça ne m'intéresse pas. Si c'était quelque chose d'important, il m'aurait fait parvenir un message, ou quelque chose. Je me fiche qu'il s'excuse maintenant.

— Alors, arrêtez de le pousser à bout. Traitez-le en égal.

— Hé, le démon, je ne sais pas si vous avez remarqué, mais tout le monde m'a tendu la perche.

— Ne m'utilisez pas pour rendre un humain jaloux, Dante. C'est vraiment stupide de votre part.

— *Sekhmet sa'es*, sifflai-je. Vous compliquez tout.

— C'est *vous* qui compliquez les choses, Dante. Je vous conseille juste de ne pas jouer avec lui, et de ne pas jouer davantage avec moi.

Il n'avait pas bougé, mais l'air vibrait d'une tension palpable. Le tonnerre grondait dehors, assourdi par les boucliers qui entouraient la villa mais suffisant pour faire se dresser mes cheveux sur ma nuque. La sphère protectrice que le démon maintenait autour de moi bruissa légèrement contre la mienne, se rapprochant de ma peau, à la limite de mon champ de conscience.

— Comme si vous en aviez quelque chose à faire, répondis-je en lui tournant le dos pour me diriger vers la salle de bains. Ne vous occupez pas de ça, créature des Enfers. Ce sont des affaires d'*humains.*

Il ne répondit rien. Je pénétrai dans la salle de bains et claquai la porte derrière moi, avant de me débarrasser de mes vêtements trempés.

— Bon sang de dieu, marmonnai-je en jetant mon jean en boule dans un coin de la pièce.

Je devrais vraiment les haïr tous les deux, non ? Je devrais. En particulier ce maudit démon. Parce que…

Je me retrouvai debout devant le miroir, en train de contempler mes cheveux aux allures d'algues charbonneuses, mes yeux sombres à la couleur hésitante, mon visage pâle, les cernes profonds sous mes paupières, ma bouche déformée par un rictus, mes ongles qui griffaient le carrelage tellement j'étais tendue. Mon tatouage s'agitait fiévreusement, les serpents se tordaient autour du caducée, et une lueur inhabituellement sombre sourdait de l'émeraude.

Évidemment qu'il a raison. Je veux que Jace souffre. Je veux le voir perdre son calme. Je veux gagner, nom de dieu. Même si c'est une victoire en trompe-l'œil. Je veux le blesser.

— Et merde, murmurai-je, en contemplant le reflet de mon propre regard.

Des cernes profonds, mes lèvres déformées par la colère, le pouvoir qui vibrait à la limite de mon contrôle. *Respire, Danny. Respire profondément et prends les choses avec philosophie, OK ? Calme-toi. Calme-toi.*

Je vais mourir.

— Ça suffit, murmurai-je. Si je dois mourir, j'emmènerai Santino avec moi. Je dois ça à Doreen. Et j'ai suffisamment vécu.

Ça sonnait très bien, mais la fille dans le miroir n'avait pas l'air franchement convaincue. J'avais un crédit à rembourser. J'avais une vie qui commençait juste à ressembler à quelque chose. Je ne voulais pas mourir.

— Combien de temps voudrais-tu vivre dans le même monde que Santino, de toute façon, Danny ? demandai-je à mon propre reflet. Hein ?

Pas très longtemps, me répondit une voix intérieure. *Juste assez pour lui faire regretter d'être lui-même vivant.*

— Parfait, repris-je à voix haute. Alors, arrête de déconner.

Je ne veux pas mourir.

— Je n'ai pas le choix. Si les dieux veulent me reprendre, ils me reprendront.

Je ne veux pas mourir.

— Dommage, murmurai-je en me détournant du reflet.

Je ne voulais pas rester face à moi-même une minute de plus.

28

— *El diablo* Santino, dit Jace, en pressant la lame de son poignard contre la gorge du maigre Hispano. Tu as compris ?

Gabe et Eddie surveillaient l'entrée de l'allée et le démon se tenait derrière moi. Je regardais les yeux écarquillés de l'homme rouler dans leurs orbites. Il suait abondamment, et de grosses gouttes dévalaient son visage. L'odeur de la peur se mélangeait aux effluves du démon. L'allée était encombrée de détritus humides et puants après le déluge de l'après-midi. Il faisait à peine plus frais. Mes cheveux tressés étaient enroulés sur ma nuque en chignon. Je jetai un coup d'œil à mon poignet – je venais de scanner l'homme.

Le plug-in, une bande de plastil collée au-dessus de mon datband, afficha une ligne de code.

— Il a un mandat contre lui, Jace. Est-ce qu'on l'embarque ?

Le premier H-DOC et la licence omni – de minces rectangles de plastil recouverts par les flexcircuits électroniques de l'Hégémonie –, je les avais déjà branchés sur mon datband. Le second H-DOC, je l'avais fixé au poignet de Japhrimel. Nous étions à présent officiellement en chasse, connectés au réseau policier de l'Hégémonie, et autorisés à ignorer quelques lois relatives au meurtre et au chaos – aussi longtemps que le meurtre et le chaos pouvaient servir l'objectif de notre mission. Le ciel nocturne était recouvert de nuages depuis que l'averse avait cessé, et nous nagions dans un air saturé de vapeur. Maintenant, je savais ce qu'on pouvait ressentir à l'intérieur d'une marmite de riz bouillante.

L'homme bafouillait en portugais, suant à grosses gouttes, les yeux écarquillés. Il portait un tee-shirt de coton blanc léger, un pantalon de camouflage élimé, et des sandales *huarache*. Ses pieds martelaient le sol tandis qu'il essayait désespérément de traverser le mur de brique rouge auquel il était collé. Une de ses mains heurta la benne à ordure que Jace avait coincée contre lui, produisant un « bong » sonore.

Jace faisait le tour de ses contacts, et aucun d'entre eux n'avait l'air ravi de le voir. Considérant le fait qu'il était accompagné de deux nécromantes, je ne pouvais pas les en blâmer. Mais tout de même, Jace n'y allait pas de main morte. Il semblait vraiment dans son élément ici. Le premier de ses contacts avait essayé de nous échapper en traversant une verrière pour sauter du premier étage.

Je commençais à croire qu'il avait effectivement une réputation à Nuevo Rio.

Jace prononça quelques mots à voix basse. L'homme jeta un coup d'œil par-dessus son épaule, me fixa un bref instant, et baragouina quelque chose en réponse.

Jace demeurait parfaitement calme. Il posa deux autres questions, auxquelles l'homme répondit à chaque fois par un gémissement aigu.

Sans relâcher la pression de sa lame sur la joue de l'Hispano, mon ex-petit ami prononça une phrase d'une voix basse et rapide, où je saisis mon nom – *Dante Valentino* –, et le sien, bizarrement accentués. Enfin, il libéra l'homme, le rejetant sur le sol de l'allée, tout en faisant disparaître son poignard dans un tour de passe-passe.

Dès qu'il se retourna vers moi, le regard soucieux, je sus qu'il y avait un problème.

— Qu'est-ce qu'il y a ? demandai-je d'un ton neutre, en surveillant du coin de l'œil l'homme qui gémissait sur le macadam – il semblait saisi d'une terreur absolue. On ne l'embarque pas ?

— Non, laisse-le partir, il fait déjà dans son froc, de toute façon. Viens, Danny. Il faut qu'on cause.

Gabe et Eddie nous rejoignirent depuis l'entrée de l'allée, tandis que nous laissions le contact de Jace s'éloigner en rampant à moitié sur le pavé.

— Super nouvelle, murmura Gabe. Une bande de gros bras arrive dans notre direction. Je ne sais pas si c'est toi qu'ils cherchent, Jace, ou...

— Ce n'est pas moi. La rumeur court que la famille Corvin veut capturer Danny. Vivante et en bonne santé. Quelqu'un a mis la pression sur les mafias du coin. (Jace évitait de me regarder. Il portait un tee-shirt bleu marine sur une paire de jeans, et se fondait presque dans la nuit. Il porta sa main à la garde de son épée et ses doigts caressèrent le métal en dessinant un motif qui m'était familier.) Je me demande qui.

— Santino ? proposai-je.

Pourquoi les mafias s'intéresseraient-elles à moi, en particulier une famille avec laquelle je n'avais jamais eu maille à partir ? *C'est la deuxième fois que les mafias tentent de nous empêcher de retrouver Santino. La première fois, c'était parce qu'elles partageaient les mêmes filières de blanchiment d'argent sale.* Ce souvenir m'arracha un rictus. Dieux du ciel et des enfers, qu'est-ce que je haïssais les mafias !

Derrière moi, le contact de Jace escalada une clôture de bois pourrie et retomba de l'autre côté.

— Je ne crois pas. J'ai aussi des ennemis ici, et tu as débarqué par un vol régulier, accompagnée par deux membres de la police de l'Hégémonie. Très drôle. À peu près aussi discret qu'un skinlin en rut.

Il grimaça en retroussant ses lèvres. Je connaissais cette expression. Il était furieux.

Pourquoi ? Pourquoi spécifiquement à propos de *ça* ?

— Qu'est-ce qu'on fait, alors ? demanda Eddie. Ils se rapprochent sérieusement, Monroe.

— Qu'est-ce qu'on fait ? (Jace haussa les épaules.) Je viens d'ordonner à José de répandre le bruit que Danny Valentine est sous ma protection personnelle. Et en ce qui concerne la bande de bâtards qui s'approche, soit on court, soit on leur fait comprendre qu'on n'est pas du gibier facile. J'ai une préférence pour la deuxième option. Plus les gens auront peur de nous, plus on obtiendra des informations aisément. Qu'est-ce que vous en dites ?

Eddie haussa les épaules.

— Je préfère la bagarre.

— Moi aussi, renchérit Gabe. Danny, espèce de veinarde, tu as déjà quelques admirateurs ici. Pas loin d'une petite centaine, si ça se trouve.

— Je me demande ce que j'ai fait pour mériter ça, grommelai-je. Je viens à peine de débarquer dans ce bled et il y a déjà des gens qui veulent me tuer.

— Pas te *tuer*, corrigea Jace. Te capturer. Vivante et en bonne santé.

— Pour combien ? interrogea soudainement le démon.

— Cinq millions de crédits standards, répondit calmement Jace.

Un ange passa. Je jetai un regard à Gabe, dont la mâchoire venait de se décrocher. Elle avait séparé sa chevelure en deux couettes qui la faisaient ressembler à une collégienne perverse – l'une arrangée sur son épaule, l'autre rejetée dans son dos. L'émeraude sur sa joue étincelait dans les ténèbres. Même dans cette marmite étouffante, elle portait toujours son uniforme de flic sous un pardessus de laine synthétique, et dégageait une impression de calme, de froideur et d'efficacité.

Eddie laissa échapper un grondement sourd.

— Ramenez-la à la maison, dit Jace au démon. Et ne la quittez pas des yeux. Ne la laissez même pas seule à la salle de bains.

— Eh, attendez une minute, rétorquai-je, soulagée que Japhrimel n'ait pas esquissé le moindre début de mouvement en réaction à l'ordre de Jace. C'est *ma* chasse, il est hors de question qu'on me trimballe comme un paquet encombrant.

— Laisse-nous un peu de temps pour nettoyer la rue et effectuer une première reconnaissance, Danny, répondit Jace. (Le ton de sa voix était raisonnable mais un tic nerveux agitait sa joue gauche. Ça voulait dire qu'on était dans la merde. *Vraiment* dans la merde. Il y avait quelque chose qu'il ne me disait pas.) C'est mieux. Tu sais que c'est mieux.

— C'est *ma* chasse, répétai-je dans un souffle rauque. Ne t'avise pas de me voler la vedette.

— Tout ceci ne sert à rien, intervint le démon. Dante ?

— Allons leur botter le cul, répondis-je. Et mêle-toi de tes affaires, Jace.

— Danny, tu devrais rester à couvert jusqu'à ce que nous ayons trouvé qui en veut à ta tête.

Les intonations de Jace semblaient calmes et raisonnables, mais je voyais ses doigts se crisper autour de sa garde. Il était à deux doigts d'exploser de rage, et j'avais seulement vu Jace Monroe deux fois dans cet état auparavant.

— Je ne vais pas me cacher, Jace. C'est hors de question.

— Très bien. Mais dès que nous en aurons terminé ici, on rentre et on essaie de démêler tout ça.

— Ça me va. (Je lâchai l'affaire. De toute façon, j'étais affamée, et j'avais besoin d'un endroit calme pour réfléchir.) On passe à la bagarre, maintenant.

— La technique habituelle ? demanda Gabe.

— Ouais. Gardez un œil sur Danny, tous autant que vous êtes, ils vont essayer de la capturer.

Jace ne me quitta pas des yeux, même quand je découvris mes dents en un sourire carnassier.

— Je peux me débrouiller toute seule, dis-je en tirant ma lame du fourreau. Japhrimel, on va faire simple : vous tuez tout ce qui bouge, pourvu qu'il ne s'agisse pas de spectateurs innocents. C'est compris ?

— Comme vous voulez, répondit calmement le démon. Je veillerai sur vous, Dante. Ils se rapprochent rapidement, nous ferions mieux d'y aller.

— Oh, *Sekhmet sa'es*, sifflai-je. Tous en formation. Jace, ici. Gabe, tu empêches Eddie de se transformer et…

— Danny ? (Gabe fit volte-face.) Ils arrivent.

Comme pour souligner ses paroles, un tir de plasgun retentit. Je levai les yeux – ils étaient montés sur les toits. *Tu n'y as pas pensé, stupide que tu es. Jace va m'entendre.*

— On dégage ! hurlai-je en poussant Jace hors de portée des tirs. Tous vers la rue ! Vite !

Nous détalâmes.

— Il y en a douze, annonça Japhrimel d'une voix posée et clairement audible malgré le vacarme de notre course sur le trottoir.

Eddie fredonnait quelque chose qui pouvait passer pour le début d'une chanson. Je saisis deux mots du Quatrième Canon, et je levai ma main droite. Ma seconde bague – sertie d'un cabochon d'ambre – crépita en projetant un faisceau d'étincelles, tandis qu'un halo laiteux se répandait dans l'air autour de nous. Lancer un sort en courant à toutes jambes n'était pas un exercice évident, mais l'effort valait le coup car un tir de plasgun déchira l'air pour s'écraser contre le bouclier psychique qui entourait Gabe. Cette dernière laissa échapper un bref cri aigu, s'attendant probablement à se retrouver écrabouillée sur le macadam.

Mon propre cri s'éleva simultanément et se brisa faute de souffle. Je puisai au cœur du pouvoir de la cité pour renforcer les boucliers, en me félicitant d'avoir déjà enduré la migraine du contrecoup – les pouvoirs d'Eddie et Gabe seraient limités tant qu'ils n'auraient pas pris le temps de s'y acclimater eux-mêmes.

Gabe me soulagea d'une partie de l'énergie nécessaire pour maintenir les boucliers. Je sentis son toucher mental, léger et subtil.

— *Fais quelque chose !* hurla-t-elle, tandis que nous nous fondions dans la foule nocturne.

Je crus qu'elle s'adressait à moi alors qu'elle avait lancé ces mots à l'attention de Japhrimel, et j'abaissai les boucliers pour dégager mon champ de conscience mentale, stoppant tout net ma course (s'arrêter en plein sprint demande une certaine maîtrise, et je dois admettre que je trébuchai). Je me tournai vers elle, brandissant ma lame au clair.

— Danny ! cria Jace.

La foule des citadins s'écarta brusquement de moi, certains dessinant le signe contre le mauvais œil. J'accueillis le premier mercenaire dans un fracas de métal – il n'avait pas d'épée, mais il brandissait une machette dans une main et un plasgun dans l'autre. Je lui arrachai le plasgun en utilisant ma garde. L'acier grinça contre l'acier ; il tenta de percer ma garde par le haut, me croyant assez stupide pour ne pas m'y attendre. C'était un Hispano vêtu en mercenaire, harnaché de lanières de cuir qui retenaient un certain nombre de couteaux et autres engins de mort. Je le rejetai en arrière en lui passant ma lame à travers le corps et je reculai pour me préparer à recevoir les six hommes qui convergeaient vers moi – six mercenaires aux yeux et à la chevelure sombre. Il y avait un vaudou parmi eux qui agitait son bâton, faisant tinter les bouts de métal et de circuits électriques qui y étaient attachés. La lumière des néons se reflétait sur le pavé humide, et le hululement des sirènes mêlé au bruissement de la foule formait un bruit de fond à la frontière de ma conscience. *Six contre une*, songeai-je en dégageant mon épée du corps étalé au sol. *Je sens que ça va me plaire. Garde un œil sur le chaman, c'est le plus dangereux.*

Je campai fermement mes jambes au sol et les laissai avancer vers moi. Je sentais le sol vibrer sous mes semelles, en liaison directe avec le sombre battement de cœur de la cité, relié à moi par un canal d'énergie grand ouvert. Les boucliers crépitèrent tandis que plusieurs tirs de plasbolt venaient raser le sol. Le H-DOC sur mon poignet émit un flash, alerté par le sifflement des balles à plasma. Les flics n'interviendraient pas ; il s'agissait d'une affaire privée.

Une silhouette noire jaillit près de moi et je vis étinceler le métal argenté d'un revolver. Japhrimel accueillit tout le monde d'une salve de tirs retentissante. L'un de nos agresseurs, atteint au visage, retomba en arrière. Seul le chaman me faisait encore face. Il ajusta ses boucliers en résonance avec les miens et tenta de court-circuiter certains de mes canaux d'énergie en utilisant une attaque particulièrement vicieuse.

Il était bon. Je levai plus haut mon épée, faisant étinceler l'acier. Mes bagues crépitèrent tandis que je préparais ma riposte, assemblant tout le pouvoir résiduel autour de moi. Un élancement de douleur traversa soudain mon épaule, et le démon poussa un rugissement. Jace vint brusquement s'interposer entre moi et le vaudou. *Bon sang, Jace, il était POUR MOI !* Mon ex-petit ami esquissa un geste rapide, et une silhouette lumineuse en forme de tigre surgit tout d'un coup des ténèbres pour bondir sur le chaman – je reconnus le totem de Jace.

Où sont passés les autres ? J'entendis Gabe pousser un autre cri strident. *En pleine bagarre aussi*, songeai-je en faisant volte-face vers la direction du cri, toujours reliée par un canal vibrant d'énergie au cœur pulsant de la cité. Je rajustai mes boucliers tout en courant vers Gabe et Eddie. Jace pouvait bien se débrouiller tout seul.

Le skinlin rugissait en luttant avec un autre chaman – un vieil homme décharné couturé de cicatrices et au visage peinturluré de rouge. Gabe avait engagé le duel avec un grand mercenaire ; elle jurait et crachait, le visage déformé par un rictus de rage. Son adversaire revêtu du harnachement des assassins était un blond aux cheveux filasse, trop pâle pour être natif du coin, armé d'une épée courte. Les tirs de plasma fusaient dans tous les sens. L'un d'eux s'écrasa contre mon bouclier, projetant une explosion d'énergie qui me fit presque vaciller. Je me redressai et utilisai ma vitesse résiduelle pour repartir en avant, exactement comme sur un slicboard. Je me jetai sur les deux cariocas qui s'approchaient du dos de Gabe.

L'un d'eux me transperça l'épaule avec un couteau de lancer juste avant que je le découpe en deux. La douleur explosa le long de mes nerfs comme un torrent d'huile bouillante, tandis que le deuxième engageait le duel contre moi – une énorme masse de muscles bardée d'implants illégaux. Je sentis autour de lui l'odeur douceâtre du chill, et je me jetai en avant pour lui sectionner l'artère jugulaire. Un flot de sang jaillit de son cou. Il essayait toujours de m'atteindre quand je lui tranchai la main droite, emportant le plasgun qui allait avec. J'achevai mon mouvement dans une frappe en diagonale qui lui ouvrit l'abdomen, en poussant mon cri de bataille qui emplit l'air d'une vibration sanglante. *Je hais les chillomanes. Je croyais que les cariocas étaient davantage portés sur l'herbe.*

Puis, ce fut fini. Je me tenais debout, pantelante, fixant le sang qui gargouillait, tandis que les ultimes cris du chillomane agonisant résonnaient à mes oreilles. Ses pupilles s'éteignaient lentement, les dernières impulsions chimiques du chill se répercutaient dans son corps dégradé par la drogue.

— *Anubis et'her ka*, articulai-je dans un souffle.

Sale ordure défoncée, tu as payé pour la mort de Lewis. Cette pensée traversa mon esprit et s'évanouit aussi vite qu'elle était apparue.

Les tirs de plasguns avaient cessé. Le grondement d'Eddie résonnait toujours non loin de moi, et j'entendais Gabe haleter péniblement. Un cliquetis de métal. Un bruit de cavalcade. Une longue et profonde expiration épuisée, grondante, une vibration de pouvoir familière. Jace.

Je fixai d'un regard vide le cadavre à mes pieds. La rue était déserte, à présent, mais des prunelles luisaient dans les ténèbres. Si nous abandonnions les corps, ils seraient fouillés et dépouillés en quelques minutes.

Je hais les chillomanes. Cette pensée continuait de tourner en boucle dans mon esprit. *Putains de salopards.*

Il y avait trois choses que je haïssais : les mafias, les chillomanes et Santino. Chacune d'elles m'avait volé quelque chose – Santino m'avait pris Doreen, les mafias l'y avaient aidé, et le chill avait emporté Lewis.

La main de Japhrimel se referma autour de mon épaule ensanglantée. Je tressaillis – je ne l'avais même pas entendu approcher. Ce truc commençait à me rendre dingue.

— Vous êtes blessée, dit-il calmement, tout en resserrant ses doigts sur ma chair. (Une vague de pouvoir brûlant s'engouffra à travers ma blessure. Je serrai les dents tandis que les fibres de mes muscles se recollaient les unes aux autres – j'étais tellement ivre d'adrénaline que j'avais à peine senti le coup.) Je suis désolé.

— Pourquoi ? Vous étiez suffisamment occupé de votre côté.

Je baissai les yeux sur le corps qui gisait sur le pavé. Il était aussi mort qu'on peut l'être, mais ses nerfs étaient encore animés d'une vie factice – ce que les nécromants appellent le feu-fantôme. L'âme s'en était allée.

— Je hais les chillomanes, murmurai-je d'une voix éteinte.

Le visage osseux inondé de sang de Lewis ressurgit dans ma mémoire. J'étais avec lui, lors d'une de nos rares excursions, quand un chillomane l'avait assassiné. Je n'étais qu'une gamine. Incapable de le protéger – il m'avait crié de m'enfuir, et c'est ce que j'avais fait. Les flics étaient arrivés trop tard.

Lewis m'avait appris à lire, il m'avait légué sa bibliothèque et son amour de la littérature classique. J'avais eu de la chance qu'on m'ait attribué un protecteur aussi doux et attentionné à mon égard – même si je n'avais jamais pu lui dire la vérité au sujet du Hall des Manipulations, à cause du collier. Après sa mort, on m'avait attribué une autre marraine, qui se souciait de moi autant que de son premier diablotin ; elle était trop occupée à dilapider son salaire en hash de synthèse pour prêter la moindre attention à la gamine dont elle était censée s'occuper. Quand le Hall des Manipulations avait été fermé et que la façon dont Mirovitch traitait les enfants avait été rendue publique, cette conne stupide ne m'avait pas accordé l'ébauche d'une excuse. Après cet épisode, j'avais refusé tout net de rencontrer un nouveau parrain.

Je revins à la réalité dans un sursaut en entendant Japhrimel soupirer.

— Je suis là pour vous protéger, articula-t-il lentement comme s'il s'adressait à une collégienne arriérée.

— Seulement jusqu'à ce que j'aie retrouvé Santino. Et je suis capable de me défendre toute seule.

Je relevai les yeux. Eddie étreignait Gabe et lui embrassait le front.

— Tout va bien ? lui demanda-t-il, son visage constellé de sang déformé par l'inquiétude.

Elle hocha la tête d'un air absent.

Je détournai instinctivement le regard. Je ne voulais pas me demander pourquoi ça me faisait tellement mal, parfois, de les voir tous les deux.

— Danny ? (Jace peinait à retrouver son souffle.) *Danny !*

— Je vais bien, répondis-je en donnant des coups d'épée dans l'air.

Un halo de pouvoir fumant entourait la lame. C'était comme ça que j'avais l'habitude de la nettoyer. Quand l'acier étincela de nouveau, je rangeai l'arme au fourreau.

— Bon sang, Jace. Tu as pris le chaman. Il était pour moi.

— Je suis désolé, dit-il d'un ton qui suggérait qu'il ne l'était pas du tout. Faut qu'on y aille, les enfants. Mon instinct me dit que c'était seulement la première vague. On laisse les corps sur place.

— C'est comme ça que tu me laisses diriger ma chasse ? intervins-je d'un ton hargneux en tournant mon regard vers le démon. (Il affichait de nouveau son expression impassible, mais ses prunelles de jade étincelaient.) Merci, Japhrimel.

Il hocha la tête.

— Et maintenant ?

— On retourne chez Jace. La situation a quelque peu évolué.

— Ils étaient sérieux, dit Gabe, qui s'était enfin décollée d'Eddie. Cinq millions de crédits. Nom de dieu, Danny, qu'est-ce que tu leur as fait ?

— Je n'ai *rien* fait. On m'a obligée à rentrer dans cette histoire, rétorquai-je sèchement, en me relevant après avoir scanné les corps étendus au sol.

On aurait dû prendre un moment pour les fouiller, mais j'étais trop secouée pour rester sur place. J'avais besoin d'un verre.

— Venez.

29

Je servis un grand verre de brandy et le tendis au démon avant de boire une longue rasade au goulot. C'était du bon, à la saveur soyeuse, qui se répandit dans mon estomac comme une langue de feu brûlante.

Jace avala un trait de vodka. Eddie étouffa un juron pendant que Gabe lui frictionnait le bras à l'eau oxygénée. J'attendis quelques instants avant de relâcher les vapeurs d'alcool, et je m'accordai une autre rasade, ma main gauche toujours crispée sur mon épée. La manche déchiquetée de mon tee-shirt n'arrêtait pas de glisser sur mon épaule.

— N'abuse pas de ce truc, Danny, dit Jace. J'ai besoin de toi sobre.

— Va te faire foutre. Pourquoi la famille Corvin en a après moi, Jace ? Qu'est-ce que tu ne veux pas me dire ?

Tu m'avais juré que tu en avais fini avec les mafias quand on s'est rencontrés, et je t'ai cru. Imbécile de moi.

Il haussa les épaules.

— Ne t'inquiète pas pour les Corvin, ma belle. Je les démolirai s'ils touchent à un seul de tes cheveux.

— Tu travailles *toujours* pour eux, hein, Jace ? C'est pour ça que tu ne veux pas qu'on en parle. Mafieux un jour, mafieux toujours. Tu ne peux pas les démolir.

Sous la couche de sang coagulé et mêlé de sueur qui recouvrait son visage, Jace était pâle comme la mort.

— J'ai racheté ma liberté aux Corvin, Danny. Je ne leur appartiens plus.

Il avala un autre trait de vodka avant de reposer le verre sur le comptoir du bar avec un bruit sec.

Je repris une gorgée au goulot, et me tournai vers le démon.

— Jaf ?

Il haussa les épaules lui aussi. Ah, ces hommes !

Jaf n'est pas un homme. C'est un démon. Cette pensée me frappa presque physiquement. Je le fixai un moment sans rien dire. Quand avais-je commencé à songer à lui comme à un être humain ? Ça ne présageait rien de bon. Je levai une nouvelle fois le goulot à mes lèvres, mais Japhrimel reposa sur le bar son verre auquel il n'avait pas touché et me prit la bouteille des mains. Je sentis ses doigts brûlants contre les miens.

— Non, Dante, dit-il doucement. S'il vous plaît. Je ne permettrai pas qu'il vous arrive du mal.

Au moins, c'est réconfortant. Aussi bizarre que cela paraisse.

— D'accord, répondis-je en le laissant prendre la bouteille – la chaleur du brandy irradiait toujours les parois de mon estomac. Donc, les Corvin me veulent vivante. Pour quelle foutue raison ? Et...

Une idée atroce traversa mon esprit au moment où je me retournais vers Japhrimel.

Il posa la bouteille à côté de son verre et me rendit mon regard.

— Dante ?

Je demeurai figée, tétanisée. Un froid glacial venait d'envahir mon corps. Abra m'avait dit que Jace travaillait toujours pour les Corvin... *Ils me veulent vivante, et ils offrent une prime colossale... quelqu'un d'autre les utilise, quelqu'un de puissant... Jace et les Corvin. Il est des leurs. Mafieux un jour, mafieux toujours.*

— Danny ?

Gabe avait dû s'apercevoir de mon état de stupeur, car elle me fixait avec des yeux écarquillés.

— Danny ?

Je déglutis.

— Je vais monter dans ma chambre, répondis-je d'une voix heurtée – on aurait dit une adolescente embarrassée à l'idée de participer à sa première surprise-partie. Excusez-moi.

J'avais presque atteint le seuil quand Japhrimel surgit à deux pas de moi. Il ne dit rien.

— Danny, qu'est-ce qui ne va pas ? demanda Gabe. *Danny !*

Je gagnai le grand escalier et commençai à gravir les marches, ma peau électrifiée par une prémonition. Une prémonition, et un choc. Ce n'était pas possible. Pas possible.

Mais il m'a déjà trahie une fois, n'est-ce pas ? Il est parti sans laisser le moindre mot – tu veux parier qu'il a reçu un appel des Corvin et que c'est la raison pour laquelle il t'a quittée ? Abra t'avait prévenue... elle savait. Et à présent, il semble tellement désireux de t'aider... tellement hospitalier, « restez chez moi, c'est l'endroit le plus sûr », il a dit qu'il avait racheté sa liberté à la famille mais tu connais les mafias, elles ne te rendent jamais ta liberté. Même s'il leur a payé ses dettes, ils peuvent faire pression sur lui jusqu'à ce qu'il leur livre son ancienne petite amie, n'est-ce pas ?

Mon cerveau fonctionnait froidement, vers la conclusion logique. Je ne voulais pas le croire.

Le démon me suivait à quelques pas, silencieux ; son aura musquée recouvrait la mienne, une protection que j'ignorais parce que je n'avais ni le temps ni la concentration nécessaire pour m'en débarrasser. Il me toucha seulement une fois, une légère pression sur mon épaule blessée, alors que j'errais quasiment dans les couloirs. Quand nous atteignîmes la chambre bleue, j'ouvris la porte d'un geste brusque et je me ruai à l'intérieur, tremblant de tous mes membres. Puis je me figeai.

La chambre n'était plus bleue, mais blanche. De lourdes fragrances embaumaient l'air.

Des fleurs. Des fleurs blanches. Lotus, roses, lilas étaient éparpillés à travers la pièce comme si une tempête l'avait recouverte d'un tapis de pétales. Les fleurs recouvraient toutes les surfaces planes, même le sol. L'odeur était lourde, entêtante. Elles s'entassaient sur le lit, voletaient près de la fenêtre, et je pouvais voir à travers la porte que la salle de bains en était elle aussi remplie.

Santino avait envoyé des fleurs bleues à Doreen. Des cascades de fleurs dans toutes les teintes de bleu. J'étais toujours incapable de supporter la vue d'iris, de roses bleues ou de myosotis sans qu'un frisson me saisisse.

— Dante ?

Le ton de Japhrimel était réellement alarmé, cette fois. Il referma la porte et parcourut rapidement la pièce ; le frottement de son manteau contre ses jambes produisait un doux bruissement.

— Mes boucliers sont intacts. Il n'y a que le personnel de maison qui a pu...

— Elles ont probablement été livrées ici avant d'être déposées par les domestiques. (Ma voix sonnait comme si je venais de recevoir un crochet dans l'estomac.) Écoutez, il faut que je me change. Et que je fasse mon sac. Est-ce que vous pouvez me faire sortir d'ici sans que les boucliers de Jace ne le détectent ?

Je m'appuyai un instant contre le mur pour reprendre mes esprits.

— Bien sûr, dit-il en haussant une de ses épaules, comme pour dire « c'est d'une facilité enfantine ». Qu'est-ce que ça veut dire ? Peut-être que votre ancien amant a...

— Santino envoyait des fleurs à toutes ses victimes, répondis-je d'une voix atone.

Le démon se figea, et ses prunelles s'embrasèrent.

— Il sait, continuai-je. Il sait que je suis ici, et que je le cherche. Et je suis une nécromantc. C'cst moi qu'il a choisi comme prochaine victimc.

— Dante...

— Ça veut dire que je n'ai pas trop de souci à me faire pour le retrouver. C'est lui qui me retrouvera.

J'achevai ces mots par un éclat de rire, mais le son qui jaillit de ma bouche était pitoyable. Le monde tournoyait sous mes pieds, presque comme à slicboard, mais je me sentais chuter, chuter...

— Dante. (Le démon me soutint par les épaules.) Calmez-vous. Respirez.

Ses doigts s'enfoncèrent plus profondément dans ma chair, et il me secoua légèrement. Mes dents s'entrechoquaient. J'avais un goût acide dans la bouche, et je respirais le relent âcre de ma propre peur.

Un long soupir s'échappa de mes lèvres crispées. Un élancement de douleur aiguë traversa mon épaule gauche et se répercuta à travers toutes les fibres de mon être. Mes mains tremblaient, tout mon corps tremblait, le menton du démon reposait sur mes cheveux, son odeur m'enveloppait. Ses bras se refermèrent autour de moi, et la chaleur fiévreuse de l'Enfer me submergea. Je lui en étais honteusement reconnaissante – j'avais froid, si froid que mes dents claquaient et que des vagues de frissons parcouraient ma peau. Il tenait mon épée – est-ce que je l'avais déposée, ou est-ce qu'il l'avait prise entre mes doigts engourdis ? C'était la troisième fois que je lui abandonnais ma lame. Est-ce que j'étais en train de me relâcher ? À une autre époque, je n'aurais jamais laissé qui que ce soit y toucher.

— Respirez, me répéta-t-il en me caressant les cheveux. Respirez. Je suis avec vous, Dante.

Je laissai reposer mon front contre la matière étrangement douce de son manteau, et emplis mes poumons de son odeur musquée, étrangère. Tout d'un coup, je me sentis mieux. L'envie d'éclater en sanglots reflua.

— Doucement... Calmez-vous, Dante.

— Ça va aller, articulai-je. On doit sortir d'ici.

— Très bien.

Mais il n'esquissa pas le moindre mouvement – et moi non plus.

— Il faut qu'on trouve un endroit où dormir, dis-je. Et je dois... je dois...

— Laissez-moi faire, répondit-il calmement.

— Je vais préparer mon sac.

Ma voix était plus calme. *Anubis et'her ka. Se ta'huk fhet sa te vapu kuraph.* La litanie familière me rendit quelques forces.

Il ne bougea pas avant que je me décide. Je raffermis mes jambes et il me libéra de son étreinte. Son visage était lisse, impassible, ses yeux semblables à deux puits de flammes vertes. La marque sur mon épaule pulsait avec insistance. Il me tendit mon épée, sans mot dire, et je la saisis.

— Merci.

Je tremblais toujours, mais j'étais redevenue moi-même.

Japhrimel hocha la tête, sans me quitter du regard. Je n'étais pas sûre de savoir ce qu'il y cherchait, mais il contemplait mon visage comme si les Neuf Canons y étaient inscrits. Une chaleur, une chaleur purement humaine, monta à mes joues.

— C'est un honneur, répondit-il calmement. Je vous fais le serment sur les Eaux de Léthé, Dante Valentine, que je ne laisserai aucun mal vous arriver.

— Santino..., commençai-je.

Une grimace déforma brièvement son visage.

— Nous trouverons un moyen de le tuer, vous et moi. Faites votre sac, Dante. Si vous êtes déterminée à quitter cet endroit, faisons-le vite.

Sa voix était d'un calme effrayant. Le genre de calme qui aurait pu découper la chair comme un rasoir.

— Ça me semble une bonne idée.

Le tonnerre grondait de nouveau au-dessus de la ville, et une légère brise s'engouffrait à travers la fenêtre ouverte, faisant s'envoler les pétales et soulevant leur parfum entêtant. Je n'arrivais pas à bouger. Japhrimel leva la main et posa un instant ses doigts sur ma joue. À ce contact, une vague de chaleur envahit mon corps.

— Japhrimel...

— Dante, répondit-il en soutenant mon regard. Dépêchez-vous.

Je m'exécutai.

30

La bodega se trouvait dans les bas-fonds puants de Nuevo Rio. L'enseigne discrète affichait les symboles universels du pouvoir : des runes issues des Neuf Canons peintes sur la devanture, de petits crocodiles momifiés accrochés devant les carreaux de la fenêtre au milieu de divers gris-gris et fioles d'eau bénite, des chapelets suspendus sur le pas de la porte, chacun d'eux dédié à un esprit particulier. L'air était lourd de l'orage approchant, et le parfum entêtant de l'encens menaçait de me donner la migraine. Je rajustai ma sacoche en bandoulière avant de frotter mes yeux secs d'un geste las. Japhrimel était accoudé au comptoir et discutait avec la *babalawao* dans un portugais fluide. La femme avait des yeux de ténèbres liquides et un motif cruciforme entouré d'épines tatoué sur la joue ; d'après le tatouage, je devinai qu'elle faisait partie des chamans éclectiques – c'était rare chez les natifs locaux. Elle me fixait avec grand intérêt, tout en caressant son bâton d'un geste machinal. Une vibration de pouvoir entourait la crosse et imprégnait la minuscule bodega ; j'estimai que j'avais de la chance de ne pas avoir à me mesurer à elle. Elle était de grande taille et se déplaçait avec une grâce animale qui me confirmait sa dangerosité.

J'étais légèrement surprise de constater que Japhrimel parlait le portugais, mais je suppose que ça n'aurait pas dû m'étonner. Les démons avaient une passion pour les langues, autant que pour la technologie, et maîtrisaient les deux depuis un temps immémorial.

Il me jeta finalement un regard par-dessus son épaule.

— Carmen dit que vous êtes la bienvenue ici. Venez. Vous avez besoin de repos.

Je fronçai les sourcils.

— Quelles sont les chances qu'on me retrouve ici ?

— Infimes.

Je n'insistai pas pour avoir des détails. Il refuserait probablement de m'en donner, de toute façon.

— Elle fait partie des Infernaux – nos agents, continua-t-il, me prouvant du même coup que j'avais tort.

— Vous avez des agents ? L'Enfer a des agents humains ?

— Bien sûr. Humains et autres.

Alors, nom de dieu, pourquoi ils n'ont pas pisté Santino ?

La question me brûlait les lèvres, mais je décidai de m'abstenir. La bodega me rappelait la boutique d'Abra – poussiéreuse, ancienne, imprégnée par la même odeur de ragoût aux piments. Mais la comparaison s'arrêtait là. La *babalawao* était puissante, certes, mais humaine. Incontestablement humaine. Elle rejeta quelques mèches derrière ses épaules et posa sur moi un regard calme, passant en revue mes cheveux ébouriffés, mes vêtements sales et trempés de sueur, et ma main crispée sur mon katana. Elle posa une question, et Japhrimel secoua la tête. Ses cheveux d'encre étaient toujours impeccables. Il n'avait pas l'air de suer, même dans ce chaudron étouffant.

L'Enfer était plus chaud, de toute façon.

La femme nous conduisit à l'arrière de sa boutique, et écarta un rideau décoré de motifs géométriques qui vibraient de pouvoir. Un escalier étroit s'élevait dans l'obscurité.

Japhrimel effleura d'une main le front de la femme. Elle hocha la tête et m'adressa un sourire, découvrant ses dents blanches et acérées.

— *Gracias, filho*, énonça-t-il d'une voix calme.

— *De nada*, répondit-elle, avant de retourner s'asseoir sur son tabouret, derrière le comptoir. Des bocaux de verre remplis d'herbes étaient alignés derrière elle, et une rangée de cierges illuminait son dos.

Je gravis les marches grinçantes, le démon marchant silencieusement sur mes talons. En haut de l'escalier se trouvait un corridor étroit chichement éclairé, qui donnait sur une porte unique. Je l'ouvris, et me retrouvai face à une petite chambre aux murs clairs. Elle était meublée d'un lit métallique spartiate pourvu de draps blancs et d'un édredon brun, d'une chaise posée en face d'une cheminée éteinte, et d'un grand miroir sur pied qui jouxtait une petite porte donnant sur la version locale d'une salle de bains. Je laissai échapper un soupir.

— Je préfère largement ça, dis-je en tremblant.

— Ça ne fait pas de doute.

Japhrimel passa devant moi et pénétra dans la pièce – je me sentais soudain toute petite à côté de lui. La fenêtre donnait sur la rue. Je refermai la porte derrière moi tandis qu'il installait ses boucliers autour des murs, jusqu'à ce que son pouvoir nous dissimule entièrement.

Je laissai tomber mon sac sur le lit, en regrettant de n'avoir pas pu emporter plus qu'une tenue de rechange. *Ce ne sera pas la première chasse que je finirai couverte de crasse*, me dis-je en ouvrant le compartiment supérieur. Je dus fouiller un moment pour remettre la main sur mon datpilot.

— Qu'est-ce que c'est que ça ?

— J'ai besoin de nouveaux contacts, répondis-je, en attendant que le module omni et le H-DOC se connectent à l'écran portable. Comme on ne peut pas se fier à Jace, je vais demander à la base de données de m'indiquer tous les noms qui sont à la fois recherchés à Saint-City et à Nuevo Rio. Ça devrait me fournir quelques indications pour commencer. Si je ne retrouve aucun de mes contacts en ville, il faudra acheter les informations, et ça pourrait nous coûter cher.

— Quel genre d'informations cherchons-nous, alors ? me demanda-t-il en achevant son inspection de la chambre par un geste bref en direction de la porte.

Une vibration subliminale parcourut le bâtiment entier, et je sentis l'onde se répercuter dans mon estomac avant de refluer. La pièce était à présent sécurisée – et invisible aux regards indiscrets.

Je pris une profonde inspiration. Le bref réconfort chimique apporté par le brandy que j'avais bu quelques heures plus tôt commençait à disparaître. Mes genoux me semblaient dangereusement faibles.

— J'ai besoin de savoir deux choses : pour commencer, si Santino se trouve derrière les manœuvres des Corvin. Et ensuite... (Je tapotai sur le datpilot pour rentrer les paramètres de ma recherche.) ... j'ai besoin de savoir ce que Jace a fait pendant les trois dernières années.

31

Le lendemain, le temps était toujours chaud et étouffant. Le tonnerre grondait régulièrement au loin, et la lumière avait pris une étrange teinte entre le gris et le verdâtre. Je passai presque toute la journée à dormir, étendue sur le lit étroit. Japhrimel me veillait, assis sur la chaise qu'il avait rapprochée à côté du lit. Je ne parlais pas beaucoup, me tournant et me retournant dans un demi-sommeil, me réveillant de temps en temps en sursaut, la main crispée sur mon katana, assommée par la chaleur étouffante qui régnait sur la ville.

Les yeux de Japhrimel ne me quittaient pas, étrangement sombres, comme recouverts par un voile lointain.

Mon esprit tournait en boucle comme un chien condamné à ronger indéfiniment le même os, encore et encore.

Jace. La famille Corvin. Jace. Santino.

Jace.

L'après-midi touchait à sa fin quand je me redressai finalement sur le lit, fatiguée de ressasser les mêmes pensées.

— Vous pensez qu'il m'a trahie ? demandai-je subitement au démon, sans même avoir réalisé que j'allais ouvrir la bouche.

— Je l'ignore, me répondit-il, après un long silence.

Il se dressa sur ses jambes comme un spectre obscur. Son odeur me submergea de nouveau. Il avait laissé la fenêtre ouverte, mais l'air était si collant que son parfum stagnait dans la pièce.

— Vous avez besoin de manger.

— Ça va aller. Il faut qu'on reparte en chasse.

Je m'étirai en faisant craquer mes os, reposai mes pieds au sol, et me relevai en attrapant mon sac au passage, que je vidai consciencieusement. Je n'en aurais pas besoin ce soir – je récupérai juste ma tenue de rechange, mon plasgun et deux ou trois autres trucs avant de me rasseoir au bas du lit. Japhrimel me suivit des yeux avec une expression impassible tandis que je gagnais la salle de bains, et je le retrouvai avec la même expression quand j'en ressortis. Je bouclai mon holster et vérifiai le plasgun avant de le glisser à l'intérieur. Dès que j'eus enfilé ma veste, je recommençai à suer par tous les pores. Je terminai mes préparatifs en passant dans mes cheveux un coup de peigne hâtif, avant de les attacher en arrière.

— Vous pensez qu'il vous a trahie ? s'enquit finalement le démon, alors que je recomptais mes couteaux.

— Ça m'a l'air foutument possible. Si je me fie à ce qu'Abra m'a dit, il travaillait pour les Corvin avant même d'arriver à Saint-City. On ne quitte pas les familles. Et si Santino commandite les Corvin en sous-main, ils peuvent faire de même avec Jace – à moins que ce soit lui qui m'utilise pour faire pression sur eux. Peut-être qu'on lui a juste demandé de me garder en son pouvoir en attendant que les Corvin et Santino arrivent à un accord… (Je laissai traîner ma voix.) C'est tout à fait plausible.

Je passai mon pendentif de turquoise au-dessus de ma nuque, et ajustai la pierre entre mes seins. Japhrimel ne répondait pas. Je passai finalement la sacoche sur mon épaule.

— Qu'est-ce que vous en pensez ? l'interrogeai-je.

Je vis ses muscles jouer sous sa mâchoire.

— Vous voulez vraiment le savoir ?

— Oui.

Il haussa les épaules et croisa ses mains derrière son dos.

— J'en pense qu'il vous désire beaucoup trop pour vous abandonner à cette famille, lâcha-t-il. Mais cela ne change rien. Il serait stupide de lui faire confiance.

— S'il me désire tant que ça, pourquoi m'a-t-il quittée ? m'emportai-je, avant de fermer les yeux en inspirant profondément.

— Je crois qu'il est important de le découvrir. Vous avez toujours des sentiments pour lui ?

— J'en avais, répondis-je en rouvrant les yeux pour contempler mon poing serré. Maintenant, je ne sais plus.

— Vous n'avez pas à décider aujourd'hui.

Il avait répondu d'un ton neutre, mais quelque chose de sombre émanait de son visage. Je ne voulais pas savoir.

C'était mon tour de hausser les épaules.

— Vous m'avez dit que vous aviez des agents en ville.

Il hocha la tête.

— Ils sont déjà en train de chercher des informations. Discrètement, pour ne pas alerter notre gibier.

— C'est bien.

J'avais un sentiment bizarre, une sorte de mauvaise conscience. Mais c'était ridicule. C'était un *démon*. Il n'était pas humain. Il ne se rapprochait même pas d'un être humain.

— Hey... vous savez, je...

Étais-je en train de rougir ? Oui. Pourquoi ?

Je n'ai pas le temps pour ça.

Je m'approchai prudemment de lui et posai ma main sur son épaule. Son odeur se referma sur moi, vaguement réconfortante.

— Merci, dis-je en rejetant la tête en arrière pour le regarder dans les yeux. Vraiment. J'ai vraiment... enfin, merci.

Un demi-sourire déforma légèrement sa bouche. C'était l'expression la plus humaine que j'avais jamais vue chez lui.

— Vous n'avez pas à me remercier. Je ne fais que mon devoir.

— Vous croyez vraiment que je peux tuer Santino ?

Le sourire disparut.

— Nous n'avons pas le choix, de toute façon. Je ferai tout ce qui est en mon pouvoir pour vous protéger, Dante.

— Ça me va. (Je laissai retomber ma main.) Allons chercher notre premier contact.

32

Le module de connexion au réseau de la police me fournit un plan actualisé de la ville avec des marqueurs indiquant les dernières localisations connues de mes contacts potentiels. Retrouver un visage familier ne me fut pas trop difficile. Quelle que soit la ville où le capitaine Jack venait traîner ses guêtres, on le retrouvait toujours dans le quartier des prostituées.

Il nous fallut quand même visiter cinq bordels avant de lui mettre la main dessus. Je balayai du regard le bâtiment à deux étages et perçus la vibration d'un bouclier familier. J'étais tombée sur le capitaine Jack à quatre reprises quand j'étais en mission, dont l'une avait failli me coûter la vie quand il m'avait trahie pour me livrer aux criminels que je traquais. Maintenant, je pouvais reconnaître son aura même à l'intérieur d'une maison suant le sexe et le désespoir. Ce n'était pas une sensation très agréable.

— Suivez-moi, dis-je au démon en jouant des coudes à travers la foule. Prenez votre air effrayant. Mais ne tuez personne à moins que je vous le demande, OK ?

— Comme vous voulez.

Il me suivit comme une ombre tandis que je traversais la rue. Devant le seuil, deux prostituées cariocas nous dévisageaient sans mot dire. Les deux gorilles qui flanquaient la porte – deux montagnes de muscles équipés des implants habituels – me détaillèrent, jetèrent un regard au démon, et s'écartèrent pour nous laisser passer.

C'était assez pratique, finalement, d'avoir un démon comme garde du corps.

La pièce d'entrée était tapissée de velours rouge. Au milieu des effluves de parfum et de haschich mêlés, des femmes très légèrement vêtues de dentelles offraient leurs appas aux regards. Un Hispano à la peau cuivrée était étendu sur un divan de satin noir élimé avec une guitare dans les mains, dont il tirait une mélodie langoureuse – un accompagnement aux minauderies des filles. Deux clients, dont aucun n'était Jack, me fixaient avec des yeux écarquillés. Une femme entièrement habillée avec une épée entre les mains n'était visiblement pas chose courante dans un bordel de Nuevo Rio.

Je balayai la pièce du regard – non, le capitaine devait se trouver au premier étage.

La maquerelle fit irruption dans la pièce, en robe de soie synthétique rose froufroutante. C'était une grande femme aux lèvres épaisses et aux cheveux raides retenus en queue-de-cheval. Elle avait bien vingt kilos de trop, et je sentis mes cheveux se dresser un instant sur ma nuque. Un bref tiraillement parcourut les cicatrices sur mon dos. Je pris une longue inspiration.

Au moins, en devenant nécromante, j'avais échappé à ce destin-là.

Elle déversa un chapelet de phrases en portugais dans notre direction et Japhrimel lui répondit en trois mots brefs. Elle blêmit, et il lui tendit deux billets – l'argent liquide était encore utilisé par ceux qui ne possédaient pas de datbands.

Elle s'en saisit d'un geste vif et me lança un regard mauvais. Je me tournai vers elle de façon à ce qu'elle voie mon tatouage, et elle eut un réflexe de recul si brutal qu'elle faillit tomber en arrière. Si les cariocas étaient plus tolérants envers les chamans, les démons et les *loas*, ils nourrissaient en revanche une terreur instinctive pour les nécromants. Ici, on se racontait de vieilles légendes au sujet des esprits qui arpentaient le royaume des Morts et des humains qui étaient capables de leur parler – et si les chamans étaient considérés comme fréquentables, ce n'était définitivement pas le cas des nécromants.

Je gravis les marches quatre à quatre, en suivant la piste que me dictaient mon instinct, mon intuition et mon pouvoir, et débouchai sur un long hall. De chaque côté s'ouvrait une rangée de portes. Certaines étaient ouvertes ; les filles qui se tenaient dans l'embrasure abandonnaient leurs poses aguicheuses dès qu'elles me voyaient. Les effluves de sexe et de drogue derrière les portes closes étaient tellement épais qu'ils parvenaient jusqu'à mes narines. Guidée par mon pouvoir, je m'arrêtai devant l'une d'elles et frappai discrètement avant d'ouvrir le battant à toute volée et de faire irruption dans la pièce, pour me retrouver nez à nez avec un capitaine Jack grognant et à demi nu. Quand il me reconnut, il savait qu'il était déjà trop tard pour prendre la fuite.

— *Hesu Christos...*, eut-il à peine le temps de commencer, avant que je le plaque au sol en l'immobilisant avec une clé de bras.

Japhrimel fit taire instantanément la fille nue qui hurlait sur le lit en lui plaquant la main sur la bouche, avant de la pousser sans ménagement vers la sortie en lui fourrant quelques billets entre les doigts. *Combien d'argent est-ce qu'il a en réserve ?* me demandai-je tout en affermissant ma prise.

Le corps malingre du capitaine Jack avait beau être usé par l'abus de substances illicites, il possédait encore une vivacité musculaire surprenante. Quand il cessa enfin de se débattre en poussant des jurons, j'étais en sueur.

Je constatai qu'il avait vieilli. Ses dreadlocks brunes étaient à présent striées de gris ; les bouts de fil électrique tordus en forme de rune accrochés à leurs extrémités faisaient piteux effet. Il me lança une insulte grossière. J'appliquai une pression supplémentaire de mon genou calé sur son dos, et il se calma un peu.

— Qu'est-ce que tu me veux, bordel de merde ?

Le démon, impassible, était adossé contre la porte, les bras croisés sur la poitrine.

— Ce que je veux, Jack ? Ta jolie gueule me manquait, voyons ! (Je me penchai en avant pour lui susurrer à l'oreille.) Tu as pris quelques vacances loin de Saint-City, pirate ? Je suis en chasse officielle et tu as des mandats contre toi. Si tu veux pas que je t'envoie visiter les cachots de Nuevo Rio à coups de pied au cul, tu ferais mieux de te montrer un peu plus poli.

— Salope, grinça-t-il.

Son long nez fin était aplati contre le plancher poussiéreux. De la salive suintait aux jointures de ses lèvres. Il ne portait pas ses éternelles boucles d'oreilles ; il avait dû les déposer quelque part en gage. Les dragons jumeaux tatoués sur ses omoplates – des tatouages ordinaires, dénués de pouvoir – se tordaient sur sa peau. C'était un charognard de faible envergure, avec juste assez de pouvoir psi pour éviter d'être vendu comme esclave, mais pas suffisamment pour valoir quelque chose.

— Qu'est-ce qui te prend, nom de dieu ? Je me mêlais pas de tes affaires, ça fait des années qu'on ne s'est pas vus...

— Ça n'a rien à voir avec moi, répondis-je froidement. Je veux savoir pourquoi Jace Monroe a disparu de la circulation il y a trois ans. Réponds-moi, Jack, ou je te brise les membres un par un jusqu'à ce que tu parles, et ce ne sont pas des menaces en l'air.

Il me crut.

— *Christos...*, gémit-il. Tout ce que je sais, c'est que Jace était chez les Corvin... il leur a racheté sa liberté il y a six mois, et il a lancé une guérilla contre eux. Il... travaille à son compte, maintenant, il a un sacré paquet de thunes et un réseau efficace. Quand ils lui ont proposé de devenir associés, il a... *argh*... il a décliné leur offre.

— *Sekhmet sa'es.* Et ? Pourquoi s'est-il installé ici ? Tu dois bien avoir entendu des rumeurs.

— Les Corvin lui ont proposé un marché. Soit il les rejoignait ici, soit ils butaient une pouffiasse avec qui il sortait. Lâche-moi, t'es en train de me casser le bras !

— Je te casserai autre chose si tu continues à chouiner. Pour qui il travaille maintenant ?

— Pour toi ! Maudite bonne femme, il travaille pour toi ! C'est ce que tout le monde dit ! Laisse-moi respirer un peu, Valentine, *nom de dieu* !

— Arrête de faire ta lopette. Qui se sert des Corvin pour me mettre la main dessus ? Hein ? Qui ?

— Un gros cador ! gémit Jack, les yeux écarquillés. Je n'en sais rien ! Cinq millions de crédits sur un compte protégé pour celui qui te capturera. Toute la ville est à ta recherche...

— Et c'est toi qui as tiré le gros lot, petit veinard... (Je relâchai un peu ma prise.) Tu as forcément entendu des rumeurs, Jack. Qui se cache derrière les Corvin ?

— C'est toujours le grand parrain Corvin qui les dirige. Jace était leur représentant à Saint-City. Bordel de merde, *lâche-moi* !

— Jace était leur représentant il y a trois ans ?

— Bon sang, il a travaillé pour eux toute sa vie ! Il a essayé de prendre le large il y a six ans, en bossant comme mercenaire ; ils l'ont laissé tranquille pendant un moment avant de revenir le chercher quand il a commencé à fréquenter sa pétasse à Saint-City. Ça fait cinq ans que je n'y suis pas retourné, Valentine, je ne sais pas ce qu'il foutait là-bas ! Lucas doit savoir, va l'emmerder lui !

Ça, c'était une information intéressante.

— Lucas Villalobos ? Il est en ville ? Où ?

— Nom de dieu, femme, je suis pas employé à la vidéosurveillance !

Je resserrai ma prise. Il poussa un cri de lapin pris au collet.

— Le *Las Vigrasas* ! Il traîne au *Las Vigrasas* sur la Puerta Viadrid, nom de dieu de saloperie de...

Je jetai un coup d'œil au démon, qui hocha légèrement la tête. Apparemment, Jack disait la vérité.

Je me relevai en ramassant mon épée, et je regardai le capitaine Jack gigoter au sol pour se redresser en position assise.

— *Hesu Christos*, gémit-il. Regarde ce que tu m'as fait. Tu étais une fille sympa, dans le temps, Valentine.

— Ouais, et j'ai grandi. Quelle pitié, hein ? (J'esquissai un sourire.) Désolée pour le dérangement, capitaine.

— Va te faire foutre, cracha-t-il. (Ses yeux bruns liquides, agrandis comme des soucoupes, s'arrêtèrent sur le démon. Il se signa tandis que je le contemplais, fascinée. Je ne l'avais jamais vu montrer aucun signe de religiosité.) *Nominae Patri, et Filii, et Spiritu Sancti...*

Est-ce qu'il pense que Japhrimel va disparaître dans une explosion de fumée ? songeai-je en réprimant un sourire sardonique.

— Je ne savais pas que tu étais un Nouveau Chrétien, Jack. J'aurais cru que baiser avec autant de putes était incompatible avec la religion.

Il continua à marmonner sa prière. Je soupirai et reculai lentement vers la porte. Ne jamais tourner le dos au capitaine Jack.

Quand j'eus atteint la porte, il interrompit sa litanie et releva les yeux vers moi.

— Je te hais, Valentine, siffla-t-il. Un de ces jours, je...

Japhrimel se tendit, et une lueur incandescente apparut dans ses yeux.

— Des promesses, toujours des promesses, dis-je en poussant la poignée de la porte. Si tu rencontres Monroe, dis-lui qu'il ferait mieux d'éviter de croiser mon chemin.

— Ils t'auront ! cria Jack. La ville entière te cherche !

— Je leur souhaite bonne chance, répondis-je en quittant la pièce, Japhrimel sur mes talons.

— Dois-je le tuer ? me demanda-t-il d'un ton calme alors que nous rebroussions chemin dans le couloir. (Le bordel entier était silencieux, suspendu à nos gestes.) Il vous a menacée.

— Laissez-le tranquille. Il a une bonne raison de me haïr.

— Une bonne raison ?

— J'ai tué sa femme, dis-je en redescendant les escaliers. Venez. Allons trouver Lucas.

J'avais la mâchoire serrée, et heureusement, Japhrimel ne me posa pas d'autre question.

33

Le *Las Vigrasas* était un bar situé dans une rue encombrée de détritus. Des silhouettes furtives glissaient à travers les ombres, et un sentiment d'insécurité dominait. Je frissonnai en contemplant la devanture du bar depuis l'autre côté de la rue. Japhrimel avait suggéré de prendre le temps de repérer les lieux, et je m'étais rangée à son avis.

Je détaillai attentivement la façade. L'endroit ne dégageait pas de pouvoir particulier, et aucune fenêtre ne donnait sur l'extérieur. Pénétrer à l'intérieur, c'était chercher les ennuis. Certains lieux n'étaient pas très hospitaliers envers les psions.

Une enseigne miteuse portant l'inscription à demi effacée « L s Vig asa » se balançait doucement sous une légère brise, qui rendait à peine la moiteur de l'air plus supportable. Les façades des bâtiments alentour étaient constellées d'impacts de balles et de tirs plasma.

Je respirai profondément.

— Qu'est-ce que vous en pensez ? demandai-je au démon.

Je n'arrive pas à croire que je demande son opinion à un démon. Qu'est-ce qui cloche chez moi, bon sang ? Mais après tout, c'est le seul sur lequel je peux vraiment compter en ce moment, au moins jusqu'à ce qu'on ait localisé ce foutu Œuf.

— Je crois que c'est un endroit dangereux, dit-il doucement. Je voudrais vous recommander d'être prudente, mais...

— Je serai prudente, répondis-je. Et... n'hésitez pas à passer à l'action quand nous serons à l'intérieur. Si vous voyez n'importe qui s'attaquer à moi, neutralisez-le.

— Je le tue ?

— Si nécessaire. (Je réfléchis un instant.) Je fais confiance à votre jugement.

Ses yeux étincelèrent brièvement d'une lueur de laser émeraude, avant de s'assombrir de nouveau.

— Vraiment ?

— Je crois bien. Vous ne m'avez jamais laissée tomber jusqu'ici.

Il ne répondit pas, mais soutint mon regard pendant un long moment.

Je finis par m'extraire des ombres et traversai la rue en zigzaguant entre les piles de détritus. Je n'avais pas besoin de jeter un regard en arrière pour savoir que Japhrimel me suivait comme mon ombre. Trois marches menaient à la porte branlante du *Las Vigrasas* ; j'entendais des exclamations bruyantes à l'intérieur et une mélodie jouée au piano. Je poussai la porte en grimaçant intérieurement au contact du bois graisseux contre ma paume. Une bouffée de puanteur assaillit immédiatement mes narines – un mélange d'alcool, de vomissures, de tabac, de sanitaires malpropres et d'hommes mal lavés.

Subtiles fragrances de Nuevo Rio... Dommage que Gabe ne soit pas là.

Je réalisai qu'elle me manquait vraiment. Je n'avais pas l'habitude de m'encombrer de qui que ce soit quand je chassais, mais j'aurais aimé que Gabe soit à mes côtés. Au moins, elle était honnête – enfin, je l'espérais. Et pourtant, c'était elle qui avait contacté Jace et avait suggéré que nous logions chez lui.

Ça craint vraiment de douter de ses amis quand on en a à peine un ou deux, réalisai-je.

Je fis mon entrée dans le bar, Japhrimel sur mes talons. L'air était saturé de fumée de cigarette. Le silence qui s'abattit brutalement à l'intérieur de ce bouge à ivrognes m'alerta. *Oh, et puis merde. Maintenant que j'y suis, autant faire les choses jusqu'au bout.* Mon tatouage crépita et cracha un faisceau d'étincelles vertes.

Un long bar occupait le côté gauche de la pièce, des tables et des chaises étaient éparpillées sur ma droite. Je m'avançai lentement sur les quelques marches qui descendaient vers la salle. Mes bottes firent grincer le bois, avant de produire un son plus étouffé quand je mis pied sur le sol gras et poussiéreux.

Des yeux sombres me fixaient. Il y avait une majorité de cariocas, des hommes à la peau tannée habillés un peu comme moi, portant ouvertement des plasguns et des armes à feu plus démodées, mais aussi quelques Anglo-Saxons – je balayai l'assemblée du regard et détectai une paire d'épaules qui m'était familière. Lucas était accoudé au bar, dos tourné à la porte.

Je le connaissais assez pour ne pas croire qu'il ignorait qui venait juste de débarquer du Nord lointain.

J'eus le temps de faire deux pas en direction du bar avant que le barman ne crache une phrase en portugais. Un fusil de chasse impressionnant venait d'apparaître entre ses mains brunes. Il portait un tablier taché de graisse et un tee-shirt blanc maculé de sueur, étrangement luminescent au milieu de la pénombre.

Japhrimel répondit quelque chose, et la température de la pièce chuta d'au moins dix degrés. Personne ne bougea, mais je sentis que tous les hommes étaient aux aguets. J'attendis en fixant le barman, tout en repérant du coin de l'œil la position de chacun dans la pièce. Lucas portait un tee-shirt en microfibres Trade Bargains, au-dessus d'une paire de jeans usés et des bottes de baroudeur semblables aux miennes. Il portait aussi une cartouchière de cuir enroulée autour de sa poitrine. Ses longs cheveux gras lui retombaient sur les épaules.

Le barman parla de nouveau ; sa voix tremblait légèrement. Mes yeux étaient fixés sur le fusil de chasse.

Japhrimel ne répondit rien, mais quelque chose dans l'atmosphère se modifia. Je me sentais comme une femme en train de brandir un plasgun en face d'un réservoir d'explosifs, je sentais mon pouls battre à toute allure à mon poignet et à mes tempes ; la sueur perlait le long de ma nuque, et le pouvoir déferlait en vagues sur ma peau.

Cinq secondes s'écoulèrent. Enfin, le tenancier déposa son fusil sur le bar. Le bois et le métal s'entrechoquèrent. Je me crispai, et un flot de bile remonta vers ma gorge. *Pourquoi faut-il que tous ces endroits sentent aussi mauvais ?* songeai-je. Puis : *Si je n'avais pas Japhrimel avec moi, quelqu'un aurait déjà essayé de me tuer.*

Bon, je devais admettre que c'était terriblement utile, d'avoir un démon avec soi.

Le barman leva les mains, s'éloignant du fusil. Ses pupilles étaient dilatées, et toute couleur avait quitté son visage. Tremblant, le teint terreux, il s'effondra en arrière contre l'étagère de verre constellé de crottes de mouche qui supportait plusieurs rangées de bouteilles poussiéreuses. Le verre vola en éclats.

Je simulai un bâillement en portant une main devant mes lèvres. Mes bagues crépitèrent. Puis, je m'avançai dans la pièce, passant à côté d'une table où trois hommes avaient interrompu leur jeu de cartes. Je jetai un coup d'œil sur les cartes – un poker. Évidemment. Un tas de jetons métalliques s'élevait au milieu de la table. L'un des hommes croisa mon regard avant de baisser précipitamment les yeux vers son jeu.

Je rejoignis Lucas, toujours accoudé au bar, devant un verre empli d'un liquide ambré.

Il ne se retourna pas.

— Valentine, dit-il. (Sa voix n'était qu'un murmure, identique au ton que beaucoup de nécromants adoptaient après quelques années de pratique. Ça me fit frissonner.) J'étais certain que tu finirais par venir.

— J'ai horreur d'être prévisible, répondis-je prudemment. J'ai besoin d'informations.

— Bien sûr. Et tu sais que je suis le seul connard honnête dans cette ville qui ne te vendra pas. (Il haussa une épaule.) Combien tu payes ?

— Qu'est-ce que tu veux ?

Je gardai mon katana entre nous deux.

— La même chose que d'habitude, *chica*. Tu as ce qu'il faut ?

Ses épaules se tendirent.

— Évidemment, Lucas. Sinon, je ne serais pas venue te trouver.

Le simple fait de penser à toi est déjà un prix trop élevé, mais je n'ai pas le choix.

Il se retourna enfin vers moi, lentement, et je reculai d'un pas. Les doigts de Japhrimel se refermèrent sur mes épaules, et je me retrouvai avec un démon collé dans mon dos et un katana dressé entre moi et Lucas Villalobos.

Il avait dix centimètres de plus que moi, une masse musculaire compacte, et des cheveux filasse encadrant un visage pâle et décharné. Ses yeux luisaient d'un éclat presque jaune sous la lumière incertaine.

Une cicatrice barrait sa joue gauche, comme une rivière de peau martyrisée. Est-ce que c'était la marque de son tatouage brûlé ? Je l'ignorais, il ne me l'avait jamais dit. Je déglutis. Lucas était bien plus âgé qu'il ne le paraissait, mais quelque chose dans le scintillement de ses yeux et dans le pli désabusé de ses lèvres le laissait deviner. Il ne mourrait pas, cependant. Vous pouviez l'éventrer, lui ouvrir la gorge, le brûler vif, et pourtant il ne mourrait pas.

La Mort avait détourné son visage de Lucas Villalobos. Personne ne savait pourquoi, et poser la question pouvait vous coûter la vie.

— Tu veux savoir pour Jace Monroe, murmura-t-il.

Son odeur, sèche comme celle d'un animal empaillé, me heurtait les narines.

Je préférais la puanteur du bar, finalement. Si vous essayiez d'utiliser le pouvoir contre Lucas, il serait simplement détourné. Ce dernier ne lançait pas de sort, non, il se contentait de tuer ; il gagnait sa vie comme garde du corps ou tueur à gages. S'offrir les services du Sans-Mort coûtait très cher – mais d'après ce qu'on m'avait dit, ça en valait le prix.

Je n'avais jamais aimé croiser son chemin. Même venir le trouver pour lui demander des informations m'effrayait. C'était la troisième fois qu'on se rencontrait, et comme à chaque fois, j'espérais sincèrement que ce serait la dernière.

Personne d'autre ne parlait dans le bar. Derrière moi, je sentais que Japhrimel était tendu. La chaleur de son aura irradiait à travers mes vêtements. Son odeur cendrée commençait à noyer tous les autres effluves du bar, et je lui en fus reconnaissante. J'avais un goût de coton dans la bouche – et de bile.

— Dis-moi ce que tu sais, lançai-je simplement à Lucas.

Il haussa les épaules.

— Il n'y a pas grand-chose à dire. Il est né dans la famille Corvin, je crois. Pour autant que je sache, c'est le plus jeune fils de Deke Corvin. D'après la rumeur, il avait planifié son évasion pendant un bout de temps avant de fuir à Saint-City et de bosser comme mercenaire. Et puis il est arrivé quelque chose qu'il n'avait pas prévu. (Lucas haussa les épaules et porta son verre à ses lèvres. Je vis sa pomme d'Adam se soulever tandis qu'il le buvait cul sec.) Cet idiot est tombé amoureux d'une fille. Le vieux Sargon est venu voir de quoi il retournait, a fichu en l'air une ou deux des missions de la fille, et a fait savoir à Jace que s'il ne rentrait pas, il mettrait un contrat sur elle. Jace s'est dégonflé, et il est rentré chez lui comme un gentil petit garçon. (Lucas me regarda avec une lueur moqueuse dans ses yeux jaunes.) Cette petite conne n'a même pas essayé de le retrouver à Nuevo Rio pour savoir ce qui s'était passé.

— Je suis sûre qu'elle avait ses raisons, répondis-je d'une voix neutre.

Nos paroles retombèrent dans le profond silence du bar comme des pierres au fond d'un lac.

— Qui manipule les Corvin, Lucas ?

— Personne à ma connaissance, murmura-t-il, en reposant son verre vide d'un geste sec et précis. Sargon règne sur les Corvin d'une main de fer. Jace leur a racheté sa liberté officiellement – mais, moins officiellement, les bas-fonds de Nuevo Rio se souviennent encore de sa guérilla contre les Corvin. Il a racheté une licence de mafia pour son propre compte. Surprise ?

— Pas vraiment. Mafieux un jour, mafieux toujours. Qui est à ma poursuite, Lucas ?

— Toute cette foutue cité. Tu vaux un sacré poids en devises sonnantes et trébuchantes, et ça permettrait à beaucoup de gens d'effacer des ardoises gênantes. Jace est en train de remuer ciel et terre pour te retrouver, toi et ton démon apprivoisé. Ce garçon a décidément un vrai béguin pour toi.

— Je suis sûre que ça va lui passer. Donne-moi quelque chose de concret, Lucas.

— Je n'ai rien d'autre. Quelqu'un veut s'emparer de toi vivante et en bon état. Le moindre des chasseurs de primes amateurs de cette ville est à ta recherche. Tu ne pourras pas te cacher éternellement.

— Je ne veux pas me cacher. Je veux retrouver Santino.

Je trouvais déjà cet endroit excessivement calme quand j'y avais pénétré, mais là, on atteignait des sommets dans l'immobilité. Personne dans la pièce n'osa plus respirer après que j'eus prononcé le nom de Santino.

La pâleur de Lucas s'accentua.

— Alors c'est la mort que tu cherches, murmura-t-il. Suis le conseil que je vais te donner, Valentine. Fuis. Fuis aussi vite que tu le peux, aussi longtemps que tu le peux. Profite de chaque seconde de vie qu'il te reste encore. Tu es *déjà* morte.

— Non, pas encore. Tu peux faire passer le mot à qui tu veux. Je chasse Santino, et je vais le descendre.

Lucas émit un étrange sifflement. Il me fallut quelques instants pour réaliser que c'était un éclat de rire. La sueur dévalait ma colonne vertébrale.

Il essuya finalement les larmes qui avaient subitement inondé ses yeux jaunes et me fixa de nouveau :

— Tu ne peux pas tuer ce salopard, Valentine. Pas d'après ce que je sais. (Il se tut quelques instants.) Et maintenant, dégage d'ici. Je ne veux plus te voir traîner dans mes parages.

— Et pour le paiement ?

Mes doigts se crispèrent sur la garde de mon katana.

— Je n'en veux pas. Dégage de ce foutu plancher avant que je décide de t'y forcer *manu militari*.

— Bonne chance à toi, répondis-je sèchement. Je ne veux pas avoir de dette envers toi, Lucas.

— Je t'ai vue en Enfer, Valentine. Fous le camp d'ici, *tout de suite.* (Ses yeux s'étrécirent tandis qu'il jetait un regard au démon.) Va-t'en, je te souhaite une belle mort.

Je n'attendis pas qu'il me le dise deux fois. Je reculai prudemment, Japhrimel toujours collé à moi, d'une manière étrangement intime. Il se glissa à mes côtés, et je tournai les talons pour me diriger vers la sortie. Quand j'atteignis les marches, j'aperçus Lucas en train de se verser un autre verre de tequila. Il le remplit à ras bord, puis porta la bouteille à ses lèvres et but deux longues gorgées, sans respirer. Il avait l'air secoué.

À présent, j'avais officiellement vu tout ce qu'il me fallait voir.

34

L'air pollué de la rue me parut presque frais après la puanteur du bar. Je remplis mes poumons en marchant à pas vifs, Japhrimel toujours collé à moi comme un siamois. Il ne parla pas, et moi non plus. Après que nous eûmes rejoint un quartier légèrement plus respirable, il effleura mon épaule en désignant du doigt un petit restaurant. Je ne rechignai pas.

C'était une minuscule cantina, et je commandai deux verres de tequila pour commencer. La serveuse me dévisagea en tripotant nerveusement le gri-gri qu'elle portait en pendentif. Ça ne me dérangeait même plus. Enfin, elle prit l'argent que lui tendait Japhrimel et s'empressa de disparaître de ma vue.

Je m'affalai un moment sur le siège de cuir rouge craquelé, avant de me redresser pour venir finalement reposer mon front contre la table. Je tremblais, et j'entendis le tonnerre gronder au loin.

— Dante.

La voix du démon était calme. Je pouvais sentir son regard posé sur moi.

— Donnez-moi une minute, dis-je d'une voix étouffée.

Il se tut.

Je prenais de longues inspirations haletantes, en essayant de calmer les battements frénétiques de mon cœur. Jace était un Corvin. Il ne me l'avait jamais dit – et je ne m'en étais jamais doutée. Même quand Abra m'avait prévenue qu'il appartenait aux mafias, je ne m'étais pas doutée qu'il était un foutu Corvin.

L'avant-dernier job dont je m'étais occupée avant qu'il me quitte, c'était le fiasco Morrix. J'en étais tout juste sortie vivante. J'avais raconté à Jace ce qui s'était passé et il s'était montré inquiet, bien sûr – quand votre petite amie se fait tirer dessus pendant une mission de routine, vous avez de bonnes raisons d'être inquiet –, mais apparemment, il était meilleur en bluff que je ne le croyais. Il m'avait menti sur ses origines et j'avais tout avalé, fille stupide que j'étais.

Par ailleurs, je n'avais jamais entendu dire que Lucas eût un jour refusé un paiement. Quelles que soient les informations qu'il possédait sur Santino, il n'était pas disposé à me les donner. Il me considérait comme déjà morte.

Je commençais à me demander sérieusement s'il n'avait pas raison. J'étais la prochaine victime de Santino.

Et Jace travaillait peut-être pour le démon qui hantait mes cauchemars.

La serveuse apporta les tequilas. Japhrimel lui murmura quelque chose, et j'entendis le froissement de nouveaux billets qui changeaient de mains. *Je regrette de ne pas avoir appris le portugais*, songeai-je une nouvelle fois en me redressant lentement sur mon siège. Je levai mon verre à mes lèvres et avalai deux gorgées de tequila, en priant pour que l'alcool ait déjà tué tous les germes sur les verres crasseux. Une flamme ardente recouvrit les parois de mon estomac et je toussai légèrement tandis que mes yeux se voilaient.

Japhrimel était assis, raide, en face de moi. Je contemplai la vitrine du restaurant pendant un petit moment – bien sûr, nous avions choisi un coin au fond de la salle pour ne pas tourner le dos à la porte. La tequila m'arracha des larmes de feu, et j'essuyai mes joues d'un geste négligent. Je gardai mon katana sous la table, à portée de main.

Le démon me détaillait attentivement. Je fixai le deuxième verre de tequila.

Enfin, il tendit la main et saisit le verre minuscule entre ses doigts dorés. Il le porta à ses lèvres et l'avala d'un trait, puis il cligna des yeux.

— Ça, énonça-t-il gravement, c'est de la folie pure.

Je toussai légèrement et éclatai de rire – un rire trop aigu et heurté à mon goût.

— Je croyais que les démons aimaient les alcools forts, dis-je.

La toile cirée collante brillait sous les néons montés dans des lampes de plastacier retenues par des chaînes, qui les faisaient ressembler à d'anciens lustres.

— Je crois que ceci dépasse largement le concept d'alcool fort, répondit-il.

Je respirais mieux. Un peu de conversation légère me faisait toujours du bien dans ce genre de moments.

— Vous avez une nouvelle idée ? demandai-je. Parce que je dois vous dire que je suis à court.

Il opina. La lumière joua sur ses cheveux de jais et son visage.

— Il y a peut-être quelque chose… (Il laissa traîner sa voix et ferma un instant les paupières avant de relever les yeux vers moi.) J'ai commandé de la nourriture. Vous devriez prendre davantage soin de vous, Dante.

— Pourquoi ? (Un nouvel éclat de rire aigu m'échappa.) Il paraît que je ne vivrai pas assez longtemps pour que ça ait de l'importance. Tout le monde n'arrête pas de me dire que je vais mourir.

Y compris la petite voix intérieure qui me tient lieu de bon sens, ajoutai-je intérieurement.

— Je suis la prochaine victime de Santino. Les Corvin me veulent saine et sauve, probablement pour pouvoir me livrer à une tierce partie. Jace est un Corvin. Un de ces *maudits* Corvin. Qu'est-ce que ça vient faire dans tout ça ? M'enfoncer encore plus dans la merde, voilà ce que ça vient faire. Santino est un *démon*. Si vous ne pouvez pas le tuer, quelles chances j'ai, moi ?

Japhrimel avait les yeux baissés sur la table. Il ne répondit rien.

— Lucifer m'a envoyée à la mort, n'est-ce pas ? (J'avais prononcé ces mots calmement.) Je n'ai aucun moyen de tuer Santino. Je suis juste censée le distraire pendant que vous récupérez l'Œuf. Et quand je serai morte, « oh, c'est bien triste, mais ce n'était qu'une humaine, après tout ».

Mes doigts me faisaient mal à force de serrer la garde du katana.

— Dites-moi que j'ai tort, Tierce Japhrimel.

Il posa ses paumes à plat sur la table.

— Vous avez tort, répondit-il calmement. Le Prince pense que vous pouvez tuer Vardimal. Vous avez survécu à votre précédente confrontation avec lui. Aujourd'hui, vous m'avez moi, pas une *sedayeen* humaine, pour veiller sur vous. Je ne suis sans doute pas capable de le tuer moi-même, mais je peux vous aider – et vous maintenir en vie assez longtemps pour que vous puissiez le tuer. Et une fois que nous aurons retrouvé l'Œuf, je serai libre. (Son regard plongea dans le mien.) *Libre*, Dante. Vous comprenez ce que cela signifie ? Ça signifie que je pourrai agir comme je l'entends, sans obéir aux ordres du Prince, sans être enchaîné à mon devoir. *Libre.*

Ses yeux étincelèrent et sa bouche se tordit en une sorte de grimace. Je le regardais, fascinée, oubliant presque mon épée. C'était la première fois que je le voyais montrer autant d'émotion.

Je déglutis, la bouche sèche. Je n'avais jamais entendu parler d'un démon qui fût libre. Lucifer devait être vraiment désespéré pour me traîner hors de chez moi et offrir la liberté totale à un démon comme Japhrimel.

— Qu'est-ce que vous feriez, si vous étiez libre ?

Il serra la mâchoire et baissa de nouveau les yeux. Un long silence s'écoula, puis il haussa les épaules.

— Je ne sais pas. J'ai bien une idée, mais... tant de choses peuvent changer, entre aujourd'hui et ce moment. J'ai appris à ne pas trop espérer, Dante. Cela a été ma seule vraie leçon.

J'encaissai la pique. Je commençais à me sentir de nouveau moi-même.

— Très bien. Vous ne vous êtes pas trompé jusqu'à présent. C'est quoi, votre idée ?

— Mangez d'abord, répondit-il. Et je vous le dirai.

Je tapotai la toile cirée de mes ongles vernis.

— D'accord. (Je jetai un regard nerveux en direction de la vitrine extérieure.) Vous avez commandé quoi ?

— *Arroz con pollo*. Il paraît que c'est bon.

Il ne bougeait pas, les mains à plat sur la table, les yeux baissés, les épaules aussi raides qu'une équerre. Son manteau noir et ses cheveux de jais absorbaient la lumière et luisaient étrangement sous les néons fluorescents.

— Ça vous a surprise, reprit-il, qu'il ne vous ait rien dit sur ses origines ?

Je haussai les épaules.

— Je ne serais jamais sortie avec lui si je l'avais su, admis-je. Mais je lui en veux quand même.

— C'est compréhensible. Cela dit... (Il se tut quelques instants.) Il est retourné vers son clan pour vous protéger, il semblerait.

— Il aurait pu me le dire. Laisser un mot. Quelque chose. Écoutez, je ne veux plus parler de ça... Est-ce qu'on pourrait trouver un autre sujet ?

Il opina, et sa main gauche s'anima subitement pour tracer un glyphe sur la surface de la table. Je le contemplai pendant un court moment, avant de relever les yeux vers son visage pour étudier la courbe de ses arcades sourcilières, les cernes qui creusaient ses paupières, le pli de sa lèvre inférieure.

— J'ai pensé à quelque chose, dit-il.

— Dites-moi.

Je tapotai distraitement la toile cirée de mes ongles. Mes bagues étaient tranquilles, opaques.

— Sargon Corvin... Dans le langage des démons, *sargon* signifie « le saigneur » ou « le pilleur ». (Il plongea son regard dans le mien. Cette fois, ses yeux étaient sombres, et je sentis mon pouls s'accélérer. Il semblait pensif.) C'est aussi le cas de *Vardimal*.

L'aube approchait déjà quand nous reprîmes le chemin de la bodega de Carmen. Japhrimel avait raison, le monde me semblait un peu moins sombre depuis que j'avais rempli mon estomac pour me calmer les nerfs – la tequila y était sans doute aussi pour quelque chose.

Nuevo Rio était silencieuse ; les noctambules regagnaient doucement leurs foyers et les gens ordinaires n'étaient pas encore réveillés. Ça signifiait que les rues étaient presque vides, et qu'il était encore plus difficile pour une *gringa* nécromante accompagnée d'un démon de passer inaperçue. Pourtant, je me sentais un peu plus rassurée. Après tout, j'avais un démon pour me protéger.

Et je commençais à croire qu'on pouvait lui faire confiance.

Nous marchions dans une longue rue vide bordée de façades aux volets fermés. Japhrimel se tenait à mes côtés, les mains croisées dans son dos. Je tenais mon katana de manière un peu plus décontractée que durant les dernières heures, puisqu'il semblait que je n'aurais pas besoin de m'en servir dans les prochaines minutes.

— Alors, c'est quoi votre grande idée ? demandai-je en levant les yeux vers le ciel.

L'aube pâle commençait à filtrer à travers les nuages bas, et l'air semblait s'être encore épaissi à l'approche d'un nouvel orage. Je priais pour que l'averse éclate, pour que la foudre tombe, pour que n'importe quoi vienne briser cette tension. J'avais horreur du temps lourd.

— Je ne suis pas sûr que ça vous plaise, dit-il, les yeux baissés et les mains toujours croisées derrière son dos.

— Est-ce que ça augmente mes chances de tuer Santino ? demandai-je en posant de nouveau mon regard sur la rue.

Une sensation de picotement avait envahi ma nuque. Les nerfs, probablement. La nuit avait été particulièrement éprouvante.

— Oui. Cependant… (Il laissa traîner sa voix.) Vous ne me faites pas confiance, Dante.

Je haussai les épaules.

— Je ne fais confiance à personne, tant qu'on ne m'a pas donné de gages solides. (Je réalisai la brutalité de mes dernières paroles, et je soupirai.) Il me semble que je peux me fier à vous. Mais je réserve encore mon jugement jusqu'à ce que vous m'ayez expliqué votre idée.

— Très bien, répondit-il.

Il se tut, et leva lui aussi les yeux vers le ciel, avant de baisser de nouveau les yeux sur mon visage.

— J'attends.

— Je voudrais vous offrir quelque chose, reprit-il lentement, comme s'il choisissait chaque mot avec précaution. Une partie de mon pouvoir. Ça vous rendrait plus forte, plus rapide... et plus difficile à blesser.

Je considérai ses paroles en traversant une flaque d'eau huileuse. Le trottoir était à moitié défoncé, et des petites crevasses s'ouvraient régulièrement sous nos pas. Ma nuque me picota de nouveau. Trop de tension nerveuse. J'avais besoin de dormir, de me battre... ou de quelque chose de complètement différent.

— Et qu'est-ce qui coince ? demandai-je finalement.

— Je ne suis pas certain que vous ayez envie d'être liée à moi si étroitement. Et le processus est... difficile, pour les humains. Douloureux.

Je méditai là-dessus quelques instants.

— Vous feriez... vous feriez de moi un démon ?

— Pas un démon. Mon *hedaira.*

— Jamais entendu parler de ça.

— Ce n'est pas très connu. Ça... Ça requiert un... un lien physique.

Qu'est-ce que c'était que cet embarras dans sa voix ? Je n'avais *jamais* entendu un démon bredouiller et chercher ses mots.

— Vous voulez dire, un truc genre Tantra, du sexe magique ?

Je détournai brusquement le regard en sentant la chaleur envahir mes joues. *Je suis en train de rougir. Qu'Anubis me pardonne, je suis en train de rougir.*

— Quelque chose de très similaire, répondit-il avec une pointe de soulagement dans la voix.

— Oh.

Je repassai ces mots en boucle dans ma tête en fonçant tout droit dans une autre flaque. Une vague de frissons déferla sur mon dos, comme un souffle glacé sur ma peau en sueur.

Qu'est-ce qui me rend nerveuse à ce point ?

J'ouvris la bouche pour dire quelque chose, quand Japhrimel s'immobilisa soudain. Je m'arrêtai aussi, fermai les yeux et envoyai mon pouvoir sonder les alentours, au milieu du silence de l'aurore naissante.

Rien. Rien d'autre que le démon à côté de moi, et le flux de pouvoir résiduel de la ville...

... et une odeur de ténèbres glaciales.

Une onde de froideur submergea toutes les fibres de mon corps et la pointe de mes seins se durcit subitement. Je me figeai, le souffle coupé.

— Dante, dit calmement Japhrimel. Courez.

— Pas question, soufflai-je. Si c'est lui...

— Ne soyez pas stupide, murmura-t-il sauvagement en refermant sa main sur mon bras. *Courez !*

Il eut un geste indiscernable à l'œil nu et les deux pistolets d'argent apparurent dans ses mains.

Mon katana jaillit hors du fourreau. Les runes se tordaient sur la lame entourée par une flamme de pouvoir bleutée.

Et puis l'enfer se déchaîna.

J'aurais aimé pouvoir dire que j'avais été de quelque utilité dans le combat, mais la seule chose dont je me souviens, c'est d'un énorme impact qui me projette au sol, et du rugissement de douleur poussé par Japhrimel.

Des plasguns, songeai-je, *je ne pensais pas que les démons utilisaient des plasguns.* Puis les ténèbres m'engloutirent tout entière.

35

Froid.

Après la chaleur étouffante de Nuevo Rio, le froid tordait chaque fibre de mes os. Je gémis en essayant de relever la tête. Mon épaule gauche me brûlait épouvantablement, et quelque chose de dur et de glacé enserrait mon poignet droit. Du bout des doigts, j'effleurai une surface de pierre.

Il me fallut un long moment avant de pouvoir ouvrir les yeux. Quand j'y parvins, ça ne changea pas grand-chose aux ténèbres qui m'entouraient. Soit j'étais aveugle, soit j'étais enfermée dans une pièce totalement obscure.

Les deux hypothèses étaient également plausibles.

Pendant plusieurs minutes vertigineuses, je ne parvins même pas à me souvenir de mon propre nom. Puis tout me revint d'un seul coup.

Un plasgun. J'avais été atteinte par un tir de plasgun, réglé sur *étourdir.* Ça expliquait ma cécité temporaire – s'il s'agissait bien de cécité – et l'impression que mon corps avait été démembré avant d'être remonté dans le désordre. Les charges plasma étaient d'une efficacité redoutable contre les psions : elles drainaient tous les méridiens de pouvoir et provoquaient par-dessus le marché une migraine atroce.

Je bougeai légèrement, et j'entendis le son du métal qui raclait la pierre.

Enchaînée. J'étais enchaînée au mur. Un bracelet de métal entourait mon poignet droit.

Je pris une profonde inspiration heurtée qui m'arracha un autre gémissement. Je me trouvais dans une cave, ou dans un sous-sol quelconque. Je tirai sur la chaîne, provoquant un nouveau cliquetis de métal, et mes bagues griffèrent la paroi.

Arrête ça. Une voix intérieure, calme et froide, au milieu de ma panique. *Ressaisis-toi. Tu n'es pas encore morte, alors cherche un moyen de t'en sortir. Affûte ton intelligence légendaire, Danny, et demande-toi d'abord pourquoi ils ne t'ont pas tuée.*

Santino. J'avais senti sa présence. Est-ce qu'il m'avait fait enlever ? Si c'était le cas, je devais essayer de comprendre pourquoi.

Je fermai de nouveau les yeux. Des tentacules d'angoisse commençaient à enserrer ma cage thoracique. Ma vessie était pleine à exploser, les ténèbres étaient d'encre, et le froid qui léchait mes os me faisait frissonner, similaire à celui qui s'emparait toujours de moi quand je ramenais les esprits des morts.

Anubis et'her ka... Se ta'uk'fhet sa te vapu kuraph. Anubis et'her ka. Anubis, seigneur des Morts, Fidèle Compagnon, protège-moi car je suis Ton enfant. Protège-moi, Anubis, pèse mon âme avec bienveillance, veille sur moi, seigneur, car je suis Ton enfant. Ne laisse pas le mal me détruire, et tourne Ta colère contre mes ennemis...

Une légère lueur bleutée apparut à travers mes paupières. Je relâchai un long soupir heurté avant de rouvrir les yeux.

Mes bagues étaient toujours inertes. La lueur provenait de mon katana, posé au-dessus de ma sacoche et de ma veste contre la paroi opposée du cube de pierre, à quelques centimètres de moi. Mon plasgun avait disparu, ainsi que le fourreau de l'épée. *Merci, mon dieu*, songeai-je. *Oh, mon seigneur, merci.*

Une chaleur étrange apparut dans ma poitrine. Mon épaule me faisait toujours aussi mal, comme si on remuait un tisonnier chauffé au rouge dans ma chair. Qu'est-ce qui était arrivé à Japhrimel ?

Et pourquoi m'avait-on laissé l'épée ? C'était mon arme la plus redoutable...

... mais il est vrai que Santino m'avait déjà affrontée à l'épée, et qu'il avait gagné. Il avait pris soin de me confisquer le plasgun, la seule arme qui pouvait prendre un démon de vitesse. Ce salopard pensait sans doute n'avoir rien à craindre de moi, même en me laissant mes autres armes.

Espérons que cela se révèle être sa première erreur.

J'étais enchaînée dans une cellule cubique aux parois de pierre brute. Une canalisation d'évacuation perçait l'un des angles, dont émanait une odeur acide. Je commençai à ramper en direction du mur opposé, sans même essayer de me mettre debout.

La chaîne m'arrêta rapidement. J'eus beau me contorsionner et étirer mes articulations au maximum, le katana se trouvait toujours à une bonne vingtaine de centimètres de ma main – et je ne pouvais même pas essayer de l'atteindre avec mes jambes à cause de l'étroitesse de la cellule qui m'empêchait de me retourner. Je m'immobilisai finalement sur le ventre, en fixant la garde de l'épée.

J'étais épuisée. Il ne me restait même pas un dé à coudre de pouvoir – le tir plasma avait drainé intégralement mes méridiens d'énergie. Soit j'attendais qu'ils se rechargent, soit...

Je tendis ma main gauche en avant. Un élancement brûlant traversa mon épaule. La légère lueur bleue qui émanait toujours de la lame représentait un immense réconfort, même si je ne distinguais toujours pas la moindre issue à mon cachot.

Ne t'inquiète pas, asséna ma voix intérieure. *S'il y a un moyen pour entrer, il y a un moyen pour sortir.*

Je me retournai sur le dos, le bras gauche toujours étiré au maximum, et je me concentrai de nouveau. *Anubis, tu m'as toujours accordé Tes faveurs. Donne-moi mon épée, je t'en supplie. Ne me laisse pas mourir enchaînée comme un animal. Je t'en prie, seigneur, aide-moi, car j'ai toujours été ta servante loyale...*

Je fis une nouvelle tentative, chacun de mes muscles tendu à se rompre, le cœur battant. La lueur bleue palpita. Je calmai ma respiration, en attendant que s'ouvre l'endroit où nichait le dieu à l'intérieur de moi.

... des colonnes de cristal bleu, un flash de lumière, le visage du dieu qui se détourne de moi. Mon émeraude qui scintille, un chant de douleur insoutenable...

La garde de mon katana fusa vers ma paume ouverte. Je tentai de retrouver mon souffle tandis que mon cœur luttait pour continuer à fonctionner – le corps avait besoin de pouvoir pour survivre, et un tel drain de pouvoir était extrêmement dangereux ; mes fonctions vitales menaçaient de s'arrêter à tout moment pour me plonger dans l'étreinte de la mort.

Quand je retrouvai mes esprits, ma main enserrait mon katana et le pouvoir qui vibrait dans la lame se communiquait à mon bras. C'était mieux que rien.

Sous la lueur bleutée de l'arme, j'examinai le bracelet de métal refermé autour de mon poignet. Il me fallut un moment pour parvenir à accrocher la lanière de ma sacoche du bout de ma lame et pour la ramener vers moi. Après quoi, je fouillai le sac à la recherche de mes outils de crochetage. Ils étaient bien là – je remerciai intérieurement les dieux tout en m'activant sur le vieux cadenas. Au bout de plusieurs minutes entrecoupées d'une série de jurons à l'encontre de mes doigts engourdis, la serrure cliqueta enfin.

Après avoir enfilé ma veste, je me sentis un peu mieux. J'ajustai la lanière de ma sacoche sur mon épaule et brandis mon katana.

Bon. Il y a incontestablement du progrès.

Je m'adossai contre le mur et ralentis ma respiration. Le cube de pierre était dénué de fenêtre et de porte. La seule ouverture était la bouche d'évacuation à l'un des angles. Je ne ressentais pas de pouvoir particulier à travers les parois, mais quand je fermai les yeux pour sonder les alentours je découvris deux choses : je me trouvais toujours à Nuevo Rio, car je reconnaissais le flux de pouvoir au goût de cendre et de sang caractéristique de la cité ; et il y avait une cavité derrière l'une des parois, à l'endroit où la pierre ne résonnait pas comme elle l'aurait dû.

Chaque chose en son temps.

Je commençai par soulager ma vessie dans le canal d'évacuation, en regrettant de ne pas avoir emporté de papier toilette dans mon sac. *Franchement, tu aurais dû prévoir que tu finirais dans des oubliettes sinistres dépourvues de sanitaires décents. C'est comme ça que ce genre de chose se termine toujours, non ? Qui m'a kidnappée ? Si c'est Santino, pourquoi est-ce que je ne suis pas morte ? Et pourquoi, dieux du ciel, m'a-t-il laissé mon épée ?*

Je remontai la fermeture Éclair de mon jean et m'approchai de l'endroit où la pierre sonnait creux. À peine cinq centimètres séparaient le plafond de mon crâne ; si j'avais été un peu plus grande j'aurais dû me courber pour rester debout.

J'avais regagné suffisamment de forces pour être capable de puiser de nouveau dans la réserve de pouvoir de la cité. Heureusement que j'avais pris le temps de m'y acclimater – je n'aurais *vraiment pas aimé* rester enchaînée dans un cube de pierre.

Une fois que j'eus stabilisé le canal d'énergie, le pouvoir afflua en moi, faisant refluer ma migraine. J'effleurai alors le mur devant moi et sentis le grain de la pierre sous mes doigts.

Je fixai un moment la pierre, et un nouvel élancement fusa dans mon omoplate gauche. Je transférai mon katana dans ma main gauche, lame baissée, et je portai la main droite à mon épaule en la glissant sous mon tee-shirt. Les courbes torturées de la cicatrice pulsèrent sous ma paume, et une vague de chaleur m'envahit.

Soudain, comme à travers un dôme de verre fumé, je discernai la ville au-dessous de moi. Des foyers d'incendie brillaient à plusieurs endroits. Ma main droite était levée, crispée autour d'un objet à la surface rugueuse. La pluie crépitait, incapable d'éteindre les feux, et il y avait un vacarme épouvantable. Puis, le monde se rapprocha comme si je venais d'effectuer une contre-plongée ; je sentis le sol sous mes bottes et une gorge fragile enserrée entre mes mains d'acier.

« *Si on lui a fait du mal,* prononça la voix de Japhrimel, *je tuerai tout sur mon passage, tu peux être sûr de ça.* »

Je revins à moi, recroquevillée sur la pierre, la garde de mon katana pressée contre mon front. Je sentais une superbe bosse en train de se former du côté de mon crâne qui avait heurté le sol. Le canal de pouvoir qui me reliait à la cité résonnait comme une corde de guitare trop tendue.

— Faut que j'arrête de tomber dans les pommes, marmonnai-je avec un goût de sang dans la bouche – je m'étais mordu la joue. Ou je ne sortirai jamais d'ici.

La résonance du pouvoir m'indiqua que j'étais restée évanouie pendant environ une demi-heure. *Ce qui me fait une belle jambe, vu que je n'ai aucune idée du temps que j'ai réellement passé ici.* La faim tordait mon estomac.

Je m'installai les jambes en tailleur face au mur, et fixai le point où la pierre sonnait creux. L'irrégularité du pouvoir à cet endroit me disait qu'il se trouvait *quelque chose* derrière, et il y avait des chances pour que ce soit une issue.

Je régulai de nouveau ma respiration, inspirant et expirant de plus en plus profondément, de plus en plus lentement. J'ouvris le canal de pouvoir aussi grand que mon crâne douloureux me le permettait, et absorbai telle une éponge le pouvoir de la cité. Je dirigeai les trois quarts de l'influx vers mes bagues, qui répondirent en crépitant. Le dernier quart, je l'utilisai pour dessiner un glyphe des Neuf Canons – *Gehraisz,* l'un des Glyphes d'Ouverture Majeurs.

Si ça ne faisait pas exploser la porte, ça devrait au minimum dissiper le sortilège d'illusion qui la dissimulait et me donner un point de départ pour travailler. J'achevai patiemment de tracer le glyphe, tandis que la lueur de mon katana se réduisait à un infime halo bleuté.

Il fallut un certain temps pour que mes bagues reviennent à la vie. Ça voulait dire que mes méridiens de pouvoir étaient en train de se remettre à fonctionner normalement. Tout le pouvoir qui me restait, je le dirigeai vers le glyphe. Il commença à pulser et s'éleva dans l'air en irradiant une lumière argentée aveuglante. J'achevai le tracé en trois dimensions, et je retins le glyphe un moment, comme un cobra reculant avant de frapper.

Je patientai en jonglant avec le glyphe entre mes mains jusqu'à ce que sa vibration sourde s'accorde parfaitement à mes propres harmoniques, et je le libérai enfin, en direction du sol – si le pouvoir rebondissait ou si la porte était piégée, je préférais que ce soit le plafond qui encaisse le contrecoup.

Il y eut un moment interminable, durant lequel le temps sembla suspendu. Tout se figea, le monde s'arrêta comme si quelqu'un avait appuyé sur le bouton « pause » d'un holovid… et le glyphe se libéra enfin, plongeant de lui-même vers la pierre creuse au milieu du mur.

Un éclair éblouissant envahit ma vision, et une douleur brûlante fusa dans mon épaule gauche. Quand j'eus terminé de secouer la tête pour la faire refluer, je vis que ça avait marché.

Une porte barrée de fer dotée d'une poignée et d'une serrure se dressait devant moi. Je lâchai un soupir de soulagement.

— D'accord, murmurai-je en me dressant sur mes talons. (Ma jambe gauche était complètement engourdie, et je serrai les dents un moment le temps que les milliers de piqûres d'aiguille cessent de malmener ma chair.) On dirait bien que je suis revenue dans la partie.

36

Après un laps de temps qui me sembla durer une heure, mais où ne s'écoulèrent plus probablement qu'une vingtaine de minutes, je poussai précautionneusement la porte, mon katana brandi. Des escaliers grossièrement creusés dans la pierre s'élevaient devant moi, et je poussai un soupir. *Évidemment. Ça n'aurait pas pu être si facile, n'est-ce pas ?* Je gravis les marches avec prudence, ignorant les protestations de mes jambes meurtries, mon dos en feu, mes épaules aussi tendues que les câbles d'un pont, et mon estomac qui criait famine.

Arrivée en haut des cent soixante-quatorze marches, je me retrouvai devant une autre porte. Celle-ci se révéla plus résistante à mes outils de crochetage, et je commençais juste à paniquer en m'imaginant piégée sous terre pour l'éternité quand la serrure céda enfin sous mes doigts. La porte s'ouvrit lentement en grinçant, et je découvris la dernière chose que je m'attendais à trouver.

Une large pièce blanche au plafond haut. Un sol pavé de marbre clair, un grand lit blanc recouvert d'une moustiquaire, une cheminée taillée dans le même marbre clair. Une chaise tapissée de cuir blanc devant la cheminée vide, et un petit tapis blanc au pied du lit. Je dus y regarder à deux fois avant d'identifier une fourrure d'ours polaire. Je réprimai un haut-le-cœur.

La grande porte vitrée de l'autre côté de la pièce était ouverte, et une légère brise soulevait les voilages laiteux. J'entendis le bruit de la pluie qui tombait, et je sentis un parfum d'orange.

Sors d'ici. Sors d'ici tout de suite.

J'avais traversé la moitié de la pièce quand sa voix s'éleva.

— Impressionnant, mademoiselle Valentine. Lucifer ne s'est pas trompé en vous accordant sa confiance ; je m'attendais à ce que vous mettiez six bonnes heures de plus avant d'atteindre cet endroit. J'espère que vous avez eu le temps de vous calmer.

Sa voix était glaciale, haut perchée et vibrante de pouvoir meurtrier. C'est à cet instant que je sentis son odeur – cette odeur de glace et de sang, d'asticots rongeant la charogne, cette odeur qui hantait mes cauchemars depuis cinq longues années.

Je fis volte-face, prête à frapper. Une flamme bleue illumina ma lame, tandis qu'une vague de frissons submergeait mon dos.

À terre, Doreen. À terre...

La partie est finie.

Il se tenait devant la cheminée, une de ses longues mains posée sur le dossier de la chaise ; les larmes noires sous ses yeux buvaient la lumière de la pièce. Il portait un costume de lin blanc décontracté à la mode tropicale sur sa mince carrure de démon. Les pointes effilées de ses oreilles dépassaient de sa chevelure sombre.

Ma main tremblait, mais je ne relâchai pas ma garde. D'un mouvement infime, je fis glisser mon poignard de lancer dissimulé sous ma veste jusqu'à l'extrémité de mon avant-bras.

— Santino, murmurai-je.

— Lui-même, me répondit-il en s'inclinant légèrement. Et vous, ma beauté, vous êtes Danny Valentine. Je savais que nos chemins se croiseraient *de nouveau.*

— Je vais vous tuer.

— Je ne doute pas que vous en ayez l'intention. Mais je voudrais vous parler d'abord.

C'était tellement inattendu que je clignai des paupières. *C'est un démon, il va essayer de te piéger, fais attention.*

— Qui êtes-vous ? balbutiai-je. Êtes-vous Sargon Corvin ou Santino Vardimal ?

Il hocha la tête.

— Les deux. Et davantage. Suivez-moi, Dante. Je vais vous montrer ce que Lucifer ne veut pas que vous voyiez.

— Je ne vous fais pas confiance.

Mes bagues crépitèrent. *Pourquoi est-ce qu'il m'a laissé mon épée et mon équipement au fond de cette cellule, s'il a l'intention de me tuer ?* Ça n'avait aucun sens.

Mais je savais qu'il aimait jouer avec ses proies.

— Je ne m'attendais pas à ce que vous me fassiez confiance. Cependant, je ne vous ai pas tuée. Si je l'avais voulu, je l'aurais fait alors que vous étiez inconsciente au milieu de la rue et je me serais épargné cette petite mise en scène. Vous pouvez sûrement patienter encore un petit moment avant de tenter de me tuer ?

Il haussa les épaules, de manière typiquement démoniaque. *J'aimerais que Japhrimel soit là*, songeai-je un instant, avant de repousser immédiatement cette pensée loin de moi.

— On se sert de vous, humaine, reprit le démon d'une voix douce. Venez avec moi. Je vais vous montrer.

Sans attendre de réponse, il me tourna le dos et traversa la pièce.

Ne le suis pas, Danny. Fuis vers la fenêtre, aussi faibles que soient tes chances, sors de là, sors de là, SORS DE LÀ...

Je me retrouvai à avancer derrière lui, lame dressée devant moi. S'il tentait quoi que ce soit, je le tuerais ou c'est moi qui mourrais. *Pourquoi m'a-t-il laissé mon épée ?*

La maison était imposante, presque entièrement pavée de marbre blanc dans le style des vieilles *haciendas*. J'aurais trouvé ça magnifique si je n'avais pas été aussi terrifiée. Le démon me fit traverser une suite de couloirs et de pièces remplies de meubles qui coûtaient plus que ce que je gagnais en un an – apparemment, Vardimal s'était bien débrouillé dans la vie.

Tout comme Jace.

Il n'avait même pas l'air de remarquer que je le suivais, mais alors que nous traversions un long hall bordé par une rangée de colonnes d'un côté et décoré de tableaux que je ne regardai pas de l'autre, il recommença à parler.

— Lucifer veut me détruire parce que je me suis montré plus malin que lui. Il n'a jamais pu supporter cela, et pourtant il se nomme lui-même le Prince des Mensonges. Il doit savoir que j'ai réussi là où tant d'autres ont échoué.

— Je ne comprends rien à ce que vous dites, rétorquai-je d'une voix atone.

Il m'introduisit dans un autre hall, qui descendait en pente légère.

— Vous avez raison. Il faut que je commence par le début. (Il ouvrit à la volée les deux battants d'une porte devant lui.) Il y a bien longtemps, quand Lucifer eut achevé de modifier les gènes des humains en fonction de ses plans, les enfants de son royaume posèrent leurs regards sur les filles des humains, et les trouvèrent belles. Ils descendirent dans votre monde pour les rejoindre, et des géants apparurent sur la Terre.

J'avais déjà entendu cette histoire. Un nouveau hall vide apparut devant moi. *Où sont les gardes, et les domestiques ? Et Lucas m'a dit que Jace était le plus jeune fils des Corvin...*

— Vous êtes en train de me dire que vous vous êtes reproduit avec des femmes humaines ?

Je commençais à me sentir physiquement mal à cause du contrecoup de pouvoir – et de la terreur qui m'avait envahie. J'étais en train de suivre Santino dans son propre repaire. J'étais assez près de lui pour le tuer. Assez près pour tuer la chose qui avait tué Doreen.

Pourquoi est-ce que je ne l'avais pas encore attaqué ?

Quelque chose d'autre est en train de se passer ici.

Une prémonition bourdonna à mes tempes, la vision que Japhrimel avait interrompue. Est-ce que c'est ça que j'aurais vu s'il ne m'avait pas court-circuitée ?

— Bien sûr que non, répliqua Santino. Mais vous êtes plus intelligentes que ce que vous laissez paraître. Les femmes humaines représentent effectivement l'une des façons le plus plaisantes de passer le temps. Pourquoi croyez-vous que Lucifer s'intéresse à votre espèce ? Mais, non, je n'ai pas engendré d'enfant. Pas de la manière à laquelle vous pensez.

Il m'entraîna à travers un nouveau couloir, éclairé celui-ci par des néons fluorescents, à peine suffisants pour me permettre de distinguer le sol de marbre et les portes aux serrures électroniques protégées par des scans à empreintes digitales.

— Vous ne vous êtes pas demandé pourquoi Lucifer m'avait accordé l'immunité, Dante ? Parce que je suis un scientifique avant d'être un démon. Durant les temps anciens, c'est mon travail qui a permis à Lucifer de remodeler vos gènes. Avant de pouvoir *jouer* avec les humains, il nous a fallu, disons… aider un peu la nature.

Un nouveau haut-le-cœur me monta à la gorge. Il parlait de « jouer avec les humains » comme si c'était quelque chose de vaguement honteux ou méprisable, de la façon dont un libertin parlerait de se rendre dans un bordel d'ensorceleuses.

Santino s'arrêta devant une porte dépourvue d'inscription et posa sa main sur le scan optique. Une lumière verte clignota, et la porte s'ouvrit d'elle-même.

— Entrez, je vous en prie.

Je le suivis. La fraîcheur du système de climatisation me donna la chair de poule tandis que je pénétrais dans la pièce. C'était un laboratoire ; sous une batterie de néons fluorescents, plusieurs écrans d'ordinateur clignotaient. Il faisait moins de dix-huit degrés, une différence énorme avec la chaleur étouffante de l'extérieur. Contre l'un des murs, il y avait quelque chose que j'avais déjà vu dans les cliniques pour psions de l'Hégémonie : une représentation ADN affichée en grand sur un écran plasma. Une série de codes et de chiffres défilaient dans le coin inférieur gauche. Un autre mur était occupé par une rangée de containers réfrigérés dans une cuve d'azote liquide, chacun d'entre eux soigneusement étiqueté. J'avais le pressentiment atroce que je reconnaîtrais les noms sur ces étiquettes. Chaque récipient représentait une vie et renfermait probablement un organe interne ou une fiole de sang – ainsi qu'un morceau de fémur avec son riche noyau de moelle. L'idéal pour des recherches génétiques.

Si nombreuses..., songeai-je en contemplant l'alignement sordide des containers qui luisaient doucement sous la lumière froide des néons. *Tant de vies volées.*

Santino se retourna vers moi, et je levai mon épée. La lumière bleutée faisait scintiller la lame. Le démon semblait pensif, et les larmes noires sous ses yeux étaient pareilles à deux puits de ténèbres.

— Je suis stérile, Dante. Je ne pourrais pas me reproduire avec une femme humaine, même si j'en avais envie. Pour engendrer, un démon doit appartenir au Cercle Supérieur – et il doit également devenir un Déchu. Cela m'est impossible. C'est pour cela que je me suis évadé de l'Enfer pour venir ici, à la recherche de quelque chose de très spécial.

Ma gorge était sèche.

— Ce n'était pas des trophées, que vous emportiez, murmurai-je. Vous préleviez des... échantillons.

Il me répondit par un large sourire, et je vis ses dents de rasoir étinceler. Un léger frétillement animait ses oreilles pointues.

— Vous avez compris ! s'exclama-t-il comme un professeur en train de s'adresser à un étudiant doué mais-parfois-un-peu-lent. Des échantillons. J'étais convaincu que la pièce maîtresse du puzzle résidait chez les psions. Les humains ont développé quelques dons plutôt bizarres après avoir fricoté avec les démons. Je savais que si je découvrais une certaine séquence de code génétique, je pourrais atteindre mon objectif. J'ai commencé par adopter plusieurs psions tout en finançant les recherches de l'Hégémonie, mais ces maudits chercheurs avançaient *horriblement* lentement, même pour des humains. Alors, j'ai décidé de prendre les choses en main et de travailler moi-même sur des échantillons. Le temps m'était compté – chaque jour qui passait augmentait les chances que Lucifer décide de créer lui-même un nouveau démon, et retrouve l'Œuf.

Il effleura du bout des doigts le couvercle de la cuve d'azote liquide, et j'entendis ses griffes crisser sur la surface de verre lisse.

— Dans quel objectif ? Il y a *quoi*, dans votre putain d'Œuf ?

Tue-le, me hurlait ma conscience. *Venge Doreen, ne l'écoute pas*, *TUE-LE !*

Mais si quelqu'un était en train de m'utiliser, je voulais découvrir pourquoi. Lucifer ne m'avait rien dit de tout ça. Japhrimel ne m'avait rien dit de tout ça. Ce qui m'amenait à me questionner sur ce qu'ils voulaient réellement – de quelle partie plus importante étais-je le pion ? Je me demandai aussi une nouvelle fois pourquoi ils n'avaient rien fait pour arrêter Santino pendant cinquante ans.

— Venez.

Il me conduisit à travers la pièce jusqu'à une autre porte protégée par scan optique qui donnait sur une allée bordée de colonnes. Nous nous trouvions dans un jardin intérieur ruisselant sous l'averse, d'une chaleur étouffante après le laboratoire climatisé. Le démon bifurqua sur la gauche et je le suivis, hébétée, laissant la porte se refermer sur mes talons.

Le jardin baignait dans une lueur orangée – la lumière polluée de Nuevo Rio. Santino s'arrêta devant une porte blanche d'apparence ordinaire, à l'exception de l'étrange motif qui en ornait le centre : un oiseau fantastique incrusté de feuilles d'or. Le démon se retourna vers moi et je reculai instinctivement, levant mon épée. Il éclata de rire, un rire haut perché qui fit écho à mes cauchemars et transforma mon cœur en bloc de glace.

— Nous sommes une race ancienne et fatiguée, Dante, et nos enfants sont rares. Presque aucun d'eux n'est né sans intervention de Lucifer, et il est *extrêmement* avare de son aide. Pour engendrer, un démon doit se présenter devant le Prince en tant que suppliant. (Les larmes noires sous ses yeux s'inclinèrent de telle façon qu'il donnait l'impression de sourire.) Vous voulez me tuer, Dante, parce que j'ai pris de précieuses vies humaines. Mais ces vies sont destinées à servir une cause plus grande – briser l'emprise du Prince des Ténèbres sur votre monde et le mien. J'ai enfin réussi, Dante. J'ai donné naissance à un enfant capable d'affronter le Prince. (Sans me quitter du regard, il poussa la porte d'une main et pénétra à reculons à l'intérieur de la pièce.) Entrez, et contemplez mon œuvre.

Je le suivis, sur mes gardes. *Ne lui fais pas confiance, Dante ! Tue-le maintenant ! Tue-le ou fuis !*

C'était une chambre d'enfant. Une pâle lumière tombait à travers les carreaux de la fenêtre. Des jouets et des animaux en peluche étaient éparpillés sur le plancher. Il y avait aussi un cheval à bascule, une petite table entourée de chaises, et une pile de bois à côté d'une cheminée. De l'autre côté de la pièce, Santino se tenait devant un grand lit recouvert d'une moustiquaire.

Je m'approchai de lui, trébuchant au passage sur quelques peluches. *Seigneurs dieux... Il garde un enfant ici ? Quel genre d'enfant peut élever un démon ?*

— Lucifer règne parce qu'il est puissant. (Sa voix n'était plus qu'un murmure, comme s'il me confiait un secret.) Mais pas seulement pour ça. Il règne parce qu'il est *androgyne*, à la fois mâle et femelle, capable de se reproduire. Ça m'a pris quarante-cinq ans, mais j'ai finalement réussi à donner naissance à un autre démon androgyne. Tout ce dont j'avais besoin, c'était du bon matériel génétique, Dante. (Il se tut un moment, peut-être pour renforcer son effet.) Lucifer avait déjà créé l'humanité de cette façon. Il me fallait des gènes empruntés à un *sedayeen*, un être capable de guérir, un descendant quasi direct d'*A'nankimel* – le démon qui aimait les femmes humaines, et dont la descendance se perpétua durant des milliers d'années... Jusqu'à ce que Lucifer décide de les détruire, par crainte qu'un nouvel androgyne naisse dans votre monde.

Son argumentation se tenait. C'était complètement tordu, mais ça se tenait. Je m'approchai lentement du lit. Il fallait que je voie.

— Les gènes des démons ne s'affaiblissent pas comme ceux des humains, reprit Santino. J'ai assisté à la montée en puissance des pouvoirs psions chez les humains, à la fantastique éclosion de ces pouvoirs durant l'Éveil...

— Taisez-vous, dis-je d'une voix tremblante.

Dans le lit, sous les draps luxueux, une petite fille d'environ cinq ans dormait à poings fermés. Ses longs cheveux clairs étaient éparpillés sur l'oreiller, et j'entendis le léger bruissement de sa respiration. Un goût de cendre et de sel envahit ma bouche. Je connaissais ce visage – je l'avais déjà vu.

Elle était étendue sur le dos, un de ses bras potelés relevé contre sa tête. Sur son front, une marque verte luisait doucement. Ma joue me brûla. *Une émeraude. Je me demande pourquoi Lucifer en avait une aussi.* J'étais sûre que cette émeraude n'avait pas été implantée ; elle était trop lisse et faisait clairement partie de la peau. Presque comme une gemme vivante. Un trouble profond s'empara de moi à la pensée que ma propre émeraude ressemblait à un ersatz.

— Il existe deux branches parmi les psions humains qui descendent presque en droite ligne d'*A'nankimel* et qui possèdent les gènes dont j'ai besoin. L'une d'entre elles est celle des *sedayeen*, qui détiennent les mystères de la vie. L'autre...

Il s'interrompit de nouveau tandis que je contemplais l'enfant étendue sur le lit.

Elle avait le visage de Doreen.

— L'autre, reprit Santino, est celle des nécromants.

— C'est pour ça que... (Ma voix était rauque.) C'est pour ça que vous...

— C'est pour ça que je prélève des échantillons, répondit-il doucement. Qui, à votre avis, règne sur les deux mondes, Dante ? Qui commande à nos destinées à tous ? C'est *lui*. Nous sommes tous ses esclaves. Mais à présent, j'ai l'Œuf, et l'enfant qui pourra lui ravir son trône.

Je déglutis péniblement.

— Vous l'avez tuée pour *ça* ? feulai-je, tandis que mes yeux faisaient des allers-retours entre son visage triomphant et celui de l'enfant.

— Oui. J'ai fait une erreur, cependant. Je n'aurais pas dû la tuer. J'avais besoin d'une matrice humaine, et j'ai découvert en analysant sa moelle qu'elle possédait toutes les caractéristiques requises. J'ai dû exploiter toutes les ressources et les techniques génétiques illégales dont je disposais avec les Corvin pour que cette petite vienne au monde. Les gouvernements humains sont trop lents... Mais je l'ai fait. J'ai retrouvé la séquence ADN idéale que même Lucifer n'a pas réussi à découvrir avec ses bricolages d'amateur. Et à présent que je sais comment faire, je n'ai plus besoin de tuer. Tout ce qu'il me faut, c'est une *sedayeen* femelle suffisamment puissante – et des nécromants – pour fondre leurs gamètes avec le code contenu dans l'Œuf. Je peux produire autant d'androgynes que je veux, et tous seront capables de se reproduire à leur tour.

— Vous l'avez tuée pour *ça* ?

Ma voix était montée d'un cran dans les aigus, mais cela ne semblait pas perturber la fillette dans son sommeil. J'entendais même sa respiration régulière – elle avait le nez légèrement bouché. Elle dormait comme un enfant humain, totalement confiante envers le monde qui l'entourait.

— Réfléchissez à ça, Dante, reprit Santino avec une voix aussi douce et persuasive que celle de Lucifer lui-même. Vous pourriez être la mère d'une nouvelle race qui jetterait Lucifer à bas de son trône. Vous pourriez être la nouvelle Madone. Le moindre de vos désirs serait...

Je reculai, donnant un coup de pied involontaire dans un petit jouet sur le sol.

— Vous l'avez tuée pour *ça*.

J'étais incapable de dire quoi que ce soit d'autre.

— Que représente une misérable vie humaine face à la liberté, Dante ?

Il recula lui aussi, et je brandis mon katana devant moi. La lueur bleue autour de la lame s'intensifia, et je vis Santino tressaillir – à peine un frémissement, mais j'en étais certaine.

Peut-être qu'une lame bénie peut le blesser, après tout. Je me souvins des mots de Japhrimel – *elle a la foi.* De fait, je n'ai pas le choix : je *vois* les dieux, et je côtoie régulièrement le seigneur de la Mort. J'ai la foi parce que j'y suis obligée. Et parfois, elle peut se révéler une arme.

Peut-être même qu'une lame bénie peut le tuer.

— Vous n'avez pas fait que tuer Doreen. Vous l'avez éventrée en riant. Vous n'êtes pas un scientifique, vous êtes juste cinglé. Un psychopathe de plus, rien d'autre.

Une fenêtre derrière moi. Oh, dieux.

Il esquissa un geste négligent de ses longs doigts fins, comme si je le dérangeais avec des broutilles.

— Elles ont permis d'engendrer le futur, elles sont mortes pour une raison. Vous ne comprenez pas ? La liberté, Dante. La liberté pour les démons et pour l'humanité. Plus de Prince des Mensonges pour tirer les ficelles en coulisse et nous forcer à nous agenouiller devant lui.

J'étais sur le point de me précipiter vers la fenêtre quand la pression de l'air se modifia brusquement. Un coup de tonnerre gronda dans le lointain, et un éclair de douleur fusa dans mon épaule gauche.

Japhrimel. Mon cœur fit un bond dans ma poitrine.

Le visage de Santino se transforma en un masque haineux. Il se rua sur moi si rapidement que je le vis à peine bouger. Je m'écartai d'un bond et ma lame fendit l'air tandis que je me jetais sur le côté en direction de la fenêtre ouverte. Ses griffes se refermèrent sur ma lame. Il y eut un autre impact fracassant, et j'entendis le bruit reconnaissable entre mille du rugissement de Japhrimel. La vibration laissa dans l'air une couleur sanglante. Santino grogna et fit volte-face avec une grâce de danseur. Il se précipita vers le lit et je me lançai derrière lui, en songeant à ses griffes et à la petite fille. Mais j'étais trop lente. Les chocs successifs et la débauche de pouvoir auquel j'avais dû faire appel m'avaient laissée exsangue.

Santino ramassa en vitesse l'enfant enveloppée dans ses couvertures, et releva un bras dans ma direction. Un éclair de lumière m'aveugla, un projectile siffla dans l'air et m'atteignit en pleine poitrine. Je vis mes jambes en train de se déplacer au ralenti et j'entendis mon katana se fracasser sur le plancher avant de m'effondrer à mon tour. Mon crâne heurta un objet contondant – peut-être un des coins du lit.

C'est bizarre, songeai-je. *Il m'a tiré dessus. Pourquoi m'a-t-il tiré dessus ? J'aurais cru qu'un démon serait plus créatif.*

Je demeurai étendue sur le sol, sonnée, pendant ce qui me sembla être une éternité. Finalement, j'essayai de rouler sur le côté. Un filet de liquide chaud s'échappa de mes lèvres. J'entendis des bruits de pas, des tirs plasma, et puis Japhrimel qui rugissait de douleur. La douleur se répandait à l'intérieur de ma poitrine, comme une fleur hideuse en train d'éclore.

D'autres bruits de pas. Je tentai de nouveau de rouler sur le côté. Impossible. Trop mal. Des bulles de liquide chaud au coin de mes lèvres...

... du sang, oh, c'est du sang. Je suis en train de mourir, je suis en train de mourir...

— Oh, mon dieu. Oh mon dieu. Il lui a tiré dessus, il lui a *tiré* dessus... (La voix de Jace, haute et essoufflée.) Bon sang, faites quelque chose !

Un juron sourd dans une langue qui m'était inconnue. Mais une voix que je connaissais. Un énorme choc soulève ma poitrine.

— ... laisserez pas, grondait la voix de Japhrimel. Vous *ne me laisserez pas* errer seul sur la Terre. *Respirez*, bon sang, *respirez* !

Un nouveau choc se répercute jusqu'à travers mes os. Mon épaule gauche n'est plus qu'un concentré de douleur, mes veines charrient du feu liquide. Les ténèbres dansent à la périphérie de mon champ de vision ; je sens un parfum de fleurs, de sang, et l'odeur musquée du démon, plus forte que tout.

— Vous ne me laisserez pas, répétait Japhrimel. Vous ne me laisserez pas...

Je voulus lui dire de pourchasser Santino, de le tuer, de sauver la petite fille. Mais les crocs de la Mort se refermèrent sur moi, sans même me laisser le temps de reprendre une dernière fois mon souffle pour hurler.

37

Une voix qui s'élève au cœur des ténèbres.

Je me tiens sur le pont, indécise, pieds nus. Je sens le froid si familier se répandre à travers mes doigts et remonter le long de mon bras.

Mon émeraude scintille au passage des âmes qui traversent le pont. Un cocon de lumière protectrice m'entoure.

Qu'est-ce que je fais là ? Je n'étais pas en train de ramener une âme. À moins que… ? Je ne me souviens de rien.

Je regarde de l'autre côté du pont, de l'autre côté du Grand Hall. Les murs de cristal bleu vibrent doucement, murmurant une chanson que je comprends presque. Je peux la sentir grandir en moi, cette compréhension ultime des secrets de la Mort, cette langue maternelle dont sont issus tous les chants des nécromants. Le flot des âmes cherche à m'entraîner, le scintillement de mon tatouage s'affaiblit, mon cocon de lumière vacille.

De nouveau cette voix enjôleuse, empressée, avide. Je vois le dieu, je vois Sa forme hésiter entre un mince chien égyptien et une autre silhouette, une enveloppe de ténèbres qui semble s'estomper comme de l'encre sur un buvard à chaque fois que j'essaie de la fixer.

Mes lèvres dessinent le nom du dieu, mais toutes les syllabes me semblent étrangères. Les murs de cristal frémissent, et pendant un moment je discerne une autre salle, une grande salle sinistre balayée par les vents, avec un roi au visage austère assis sur un trône à l'autre extrémité. Le trône est incrusté de gemmes animées d'un éclat vif, et aux côtés du roi se tient une reine au visage de printemps. Je sens ma bouche former des mots qui me sont étrangers, je sens le désespoir battre dans mes veines. J'ai tellement envie de comprendre ce langage secret, de sentir les bras du dieu se refermer autour de moi, de laisser reposer ma tête contre Sa poitrine et de laisser le poids de la vie se détacher de moi…

BOUM.

Le bruit me fait sursauter. J'ai l'impression qu'il me faut une éternité pour me retourner. Avant que j'y parvienne, le son recommence, comme si quelqu'un frappait sur un gong, un son métallique qui me tire en arrière.

BOUM.

Je me débats comme si j'étais engluée dans un bain de sirop. Je veux rester.

Je veux rester morte.

BOUM.

Une des âmes qui passent à côté de moi s'arrête et me tend une main pâle. Elle n'a pas vraiment de forme, pas plus que ses semblables en ces lieux, c'est une trame cristalline de pure énergie ; et pourtant il me semble que je la reconnais, que je pourrais retrouver son visage.

BOUM.

« Repars », me dit-elle. « Repars. »

BOUM.

J'ouvre la bouche pour protester. Chatoyante, l'âme me caresse la joue.

BOUM. BOUM.

« Repars », dit Doreen. « Sauve ma fille. Repars. »

BOUM-BOUM. BOUM-BOUM.

Je comprends alors que ce n'est pas un gong ou un tambour, je comprends que c'est le battement de mon cœur, et qu'on me rappelle au monde.

Hébétement. Le froid dans mes veines. Des voix.

— Ramenez-la !

Eddie, en train de crier. Les vibrations de sa voix qui se répercutent à travers mes os.

Je sentais mon cœur battre à mes tempes. C'est un véritable calvaire d'être forcé de réintégrer son corps, encore plus que d'être touché par un tir plasma.

— *Dante !*

Le vibrato de Japhrimel.

— Danny, Danny !

Jace qui criait en même temps. Une cacophonie.

— Laissez-moi partir…

Quelque chose de brûlant sur mon visage. Une main.

Gabe interrompit sa litanie, et les dernières syllabes explosèrent à l'intérieur de mon crâne. J'aspirai une goulée d'air qui ressemblait à un coup de poignard. Ma poitrine me faisait mal.

Une vague de pouvoir torride me submergea. Je laissai échapper un faible cri, prise de convulsions.

— Ne me laissez pas, gronda Japhrimel d'une voix rauque. Ne me laissez pas, Dante.

— Va te faire foutre, Eddie, siffla Jace. Laisse-moi passer, ou je te tue.

J'ouvris les yeux comme un nouveau-né. Et je réagis de la même façon, en hurlant, les nerfs portés à vif par le pouvoir de Japhrimel et le chant de Gabe. Japhrimel referma ses bras autour de moi et laissa reposer son menton contre mon front. Mon hurlement se mua en sanglot. Je pleurais parce que j'avais eu tort et raison à la fois. Je pleurais parce que le réconfort de la mort m'était refusé, parce qu'on m'avait ramené de force dans mon corps épuisé et parce que j'y étais piégée de nouveau.

Je pleurais de soulagement, en me raccrochant de toutes mes forces à Japhrimel le démon. Il était solide, et chaud, et *réel*, et je ne voulais pas qu'il m'abandonne.

38

Sur le chemin du retour vers le manoir de Jace, j'étais encore faible mais à peu près lucide.

Eddie gardait son plasgun braqué sur Jace. Gabe conduisait l'autoplane, pâle comme la mort à cause des efforts qu'elle avait fournis pour me ramener à la vie ; elle était recouverte de sang, essentiellement le mien. Je ne demandai pas d'où venait l'autoplane – si elle appartenait à Jace, tant mieux, et sinon, je ne voulais pas le savoir. Tous les trois – Gabe, Eddie et Jace – semblaient aussi épuisés que s'ils venaient de passer à la machine. Le bras d'Eddie pendait mollement à son côté ; Jace avait une vilaine balafre au cuir chevelu et plusieurs sur le torse. Les vêtements de Gabe étaient en loques et dégageaient une odeur nauséabonde, mélange de sang, de fumée et de tripes.

Japhrimel me soutenait. Son visage était fermé, impénétrable, ses yeux étaient sombres et une traînée de mon sang maculait sa joue – Santino m'avait atteinte en pleine poitrine. À part ça, son manteau avait conservé une propreté virginale. Il me caressait régulièrement la joue, jetant parfois de brefs coups d'œil à Jace.

Je ne voulais pas savoir. J'avais la désagréable impression que je saurais bien assez tôt.

Et de toute façon, j'étais trop fatiguée pour penser. Mon cerveau passait d'une pensée à la suivante comme celui d'un ivrogne, sans logique, en état de choc.

Un voile de fumée recouvrait la ville, comme si elle était en proie à une émeute généralisée. Je vis plusieurs cratères dans le bitume, mais la pluie qui s'était intensifiée était en train de noyer les foyers d'incendie. Une odeur de brûlé emplissait l'air et s'infiltrait même dans l'habitacle de l'autoplane. Quand le véhicule se posa finalement devant le manoir de Jace, ce fut un soulagement pour tout le monde. Une fois à l'intérieur, Eddie ordonna à Jace de s'asseoir sur un divan luxueux. *J'espère qu'ils ont fouillé la pièce*, songeai-je, *Jace a très bien pu planquer une arme quelque part.*

Je frissonnai. J'attendrais un bon moment avant d'accepter de nouveau un job de nécromant. Si je m'aventurais aux frontières du royaume des Morts trop tôt, je ne serais peut-être plus capable d'en revenir, quel que soit mon degré d'entraînement.

— OK, lança Gabe. (Elle se dirigea vers une commode en noyer et en sortit plusieurs bouteilles d'alcool.) J'ai besoin d'un verre, tout de suite.

Je m'éclaircis la gorge.

— Moi aussi. (C'était les premiers mots qui sortaient de ma bouche depuis que nous avions quitté le repaire de Santino.) Il ne faut pas qu'on perde de temps.

Le démon me porta vers le divan qui faisait face à celui de Jace. Mais au lieu de m'y déposer, il s'y installa sans me lâcher, et je me retrouvai allongée sur ses genoux, pelotonnée contre lui comme une enfant.

Une enfant. Je frissonnai à cette pensée. Mais sa chaleur et son odeur me réconfortaient.

Gabe émit un grognement.

— Laisse-moi une minute, Danny. Je viens juste de découvrir qu'un de mes amis est un putain de traître et de t'arracher aux bras de la Mort. J'ai bien le droit de boire un whisky tranquillement.

— Sers-m'en un aussi, répondis-je d'une voix rauque. On a des gros soucis.

— Ça alors, je n'aurais jamais deviné tout seul, grogna Eddie. Tu t'es mise dans un sacré pétrin, Valentine. Cette chose a quasiment mis la ville à feu et à sang pour te retrouver.

J'eus à peine le courage de relever les yeux vers le visage de Japhrimel.

— Vous avez fait ça ?

Il haussa les épaules.

— Il fallait que je vous retrouve.

Je décidai de ne pas insister. Au lieu de ça, je commençai à raconter mon histoire, accompagnée par le battement de la pluie sur les vitres. Gabe me connaissait assez pour ne pas m'interrompre, et Eddie surveillait Jace. À mi-récit, cependant, Gabe me tendit un verre de bourbon avant de se rencogner avec raideur sur sa chaise. Ses lèvres plissées et ses yeux sombres lui donnaient une expression plus triste qu'à l'accoutumée. J'avalai le liquide d'un trait, toussai quand il atteignit le fond de ma gorge, et poursuivis mon récit. Au moment où je décrivis l'enfant qui dormait dans la chambre, les yeux de Japhrimel devinrent incandescents. Il semblait s'être pétrifié au-dessous de moi.

Quand je refermai la bouche, Gabe avala d'un trait le reste de son whisky. Le silence s'installa dans la pièce, interrompu régulièrement par le grondement du tonnerre.

Soudain, elle se releva et projeta son verre contre le mur, avec un cri aussi aigu que celui d'un faucon, qui parvint presque à me faire sursauter.

Elle se retourna vers Jace et le transperça d'un regard accusateur.

— *Traître !* siffla-t-elle. *Tu savais !*

— Je n'avais aucune idée de..., commença Jace avant d'être interrompu par un rugissement d'Eddie.

— Laisse-le parler, intervins-je d'un ton calme, où perçait cependant une détermination qui coupa net les élans du skinlin. Pendant qu'il s'explique, Gabe, tu peux jeter un œil au bras d'Eddie ?

Ils me dévisagèrent tous un moment. Enfin, Gabe se tourna avec raideur vers son compagnon et lui effleura l'épaule. Une sorte d'accord tacite passa dans leurs regards, et Eddie se détendit très légèrement. Un nouveau roulement de tonnerre emplit le ciel. J'étais tellement épuisée que pour une fois, je ne ressentis aucun pincement au cœur en voyant Gabe embrasser le front d'Eddie – je détournai pourtant les yeux, pour poser mon regard sur Jace. Son visage était d'une pâleur de craie, et un tic nerveux faisait tressauter sa joue.

— Dépêche-toi de dire ce que tu as à dire. Avant que je décide que c'était une mauvaise idée.

— Je ne savais rien de tout ça, articula-t-il péniblement.

Gabe commença à palper le bras d'Eddie, et je perçus les vibrations de son pouvoir. Elle était en train de le soigner. Je ne pus m'empêcher de frémir – chaque fois qu'elle utilisait le pouvoir, c'était comme si on appliquait une lotion abrasive sur ma psyché à vif. Elle m'avait arrachée au royaume des Morts.

— Pourquoi tu ne nous as pas dit que tu étais un foutu Corvin ?

Est-ce que tu es en partie démon, Jace ? La question refusait de franchir mes lèvres. J'avais la chair de poule.

— Je *ne* suis *pas* un Corvin, répliqua-t-il en se rencognant dans le canapé. (Ses cheveux étaient poisseux de sang et de pluie. Nous avions tous piteuse allure – tous sauf Japhrimel, impeccable, à l'exception de la traînée de sang qui maculait sa joue.) J'ai été *adopté* par l'un des Quatre Oncles – les fils adoptifs de Sargon Corvin – à cause de mon potentiel psi. C'est ça qu'ils cherchent, Danny. Des psions. J'ai détesté chaque minute passée parmi eux. Après la mort de Deke Corvin, je me suis échappé et j'ai fui aussi loin que je le pouvais… et puis je t'ai rencontrée.

— Tu savais que Sargon Corvin, le patron de ta foutue famille de mafieux, était Santino ? demandai-je d'une voix très claire.

— Non… Dieux, non. Je jure sur mon bâton de chaman que je n'en avais pas la moindre idée. Personne n'avait vu Sargon depuis des années à l'exception des Quatre Oncles aînés. C'était eux qui donnaient tous les ordres en affirmant qu'ils venaient de lui. Pour moi, le grand Sargon n'était qu'un putain de mythe, Danny. Personne n'était autorisé à pénétrer dans le Complexe Intérieur – là où on t'a trouvée. Je croyais qu'il servait au développement d'implants illégaux et de modifications ADN, un business très rentable. Je ne connaissais pas sa fonction réelle. Je pensais que Sargon te traquait pour se venger de moi, parce qu'il avait perdu les trois derniers Oncles survivants dans sa guérilla contre moi. J'étais en plein là-dedans quand tu as débarqué à Nuevo Rio pour chasser Santino. (Il déglutit péniblement, et je vis sa pomme d'Adam se soulever.) Il savait que le seul moyen de me faire du mal était de te tuer, Danny. C'est pour ça que je t'ai quittée, et que j'ai insisté pour t'accompagner pendant ta chasse.

— Pourquoi tu ne m'as pas dit que tu étais un Corvin ? Tu aurais dû me le dire.

J'essayai de ne laisser paraître aucune émotion dans ma voix et échouai lamentablement. J'étais vraiment trop fatiguée.

Il rit et releva la tête pour me fixer.

— Tout le monde sait ce que tu penses des mafias, mon cœur. Tu ne m'aurais jamais laissé franchir le pas de ta porte.

— Donc, tu m'as menti.

— Je t'aime, Danny.

Il ferma les yeux et laissa reposer sa nuque contre le divan. Des cernes profonds creusaient son visage. Il était mal rasé, émacié.

— Je n'avais pas le choix, reprit-il. Pas si je voulais rester propre. Si je t'avais dit d'où je venais, tu m'aurais largué. Je voulais rester propre pour toi… et j'ai réussi, jusqu'à ce qu'ils me retrouvent. Ils ont menacé de te tuer pendant ta mission pour Morrix. La seule chose que je pouvais faire, c'était de disparaître en espérant qu'ils te laisseraient tranquille. (Il soupira.) Je pensais que Sargon était trop occupé par son foutu projet pour se préoccuper de toi, et j'ai rompu mes chaînes pour lui donner du fil à retordre. Jusqu'à ce que tu reviennes pour *le* pourchasser. Je *ne* savais *pas*, Danny. Si j'avais su, je l'aurais tué de mes propres mains. J'aurais essayé, du moins. Pourquoi tu ne demandes pas à ton démon apprivoisé ce qu'il sait sur tout ça ?

— Surveille tes paroles, humain, répliqua Japhrimel d'un ton d'une froideur absolue. Si le Prince avait su que Santino était parvenu à créer un Androgyne, il aurait levé les légions de l'Enfer pour annihiler la famille Corvin tout entière. L'enjeu est bien plus important pour lui que pour toi.

Jace émit un grognement et ouvrit la bouche.

— Tais-toi, dis-je sèchement. Tais-toi juste.

Japhrimel leva sa main libre et lissa les cheveux autour de mon front.

— Vous devriez vous reposer, Dante.

— Et au sujet de la petite fille ? demandai-je en soulevant douloureusement la nuque pour le regarder dans les yeux. Vous saviez que Santino cherchait à créer une nouvelle race de démon ?

— Pas une nouvelle race de démon. Une race de démon extrêmement rare. Lucifer est le Premier, l'Androgyne originel dont tous les démons descendent – les Androgynes plus jeunes sont soit ses vassaux soit ses amants. Ce n'est pas une chose connue des humains.

Je laissai échapper un long soupir. J'étais tellement épuisée que mes paupières se fermaient toutes seules.

— Donc, vous saviez. Qu'est-ce que ça signifie, Japhrimel ? Je suis fatiguée, et je suis presque morte là-bas. J'ai l'impression d'être stupide, alors vous feriez mieux de m'expliquer davantage.

— L'Œuf est un des attributs de Lucifer. Il contient le code génétique du Prince et une partie de son pouvoir – une partie si importante qu'il ne peut pas quitter les Enfers sans l'avoir en sa possession. Santino peut accéder au code génétique grâce à ses connaissances scientifiques, mais il ne peut pas utiliser le pouvoir de l'Œuf. Seul un autre Androgyne en est capable. Et si cela advient, l'équilibre des forces sera bouleversé. L'Androgyne en possession de l'Œuf contrôlera les Enfers… et qui contrôlera l'Androgyne ?

— Santino, soufflai-je.

J'y croyais. Je n'avais pas besoin de me remémorer la vision des éprouvettes ou de la petite fille avec le visage de Doreen pour me convaincre davantage. Les démons jouaient avec la génétique de la même manière qu'ils jouaient avec la technologie – certains disaient même que nos propres gènes en étaient la preuve. C'était l'un des plus grands mystères scientifiques, âprement débattu entre les magi et les hommes de science : les démons étaient-ils capables de se reproduire avec des humains ? Ce qui était certain, c'est qu'aucun démon ne l'avait fait depuis des milliers d'années, à supposer que cela soit arrivé un jour – si vous accordiez foi aux vieilles légendes qui racontaient que des démons s'étaient accouplés à des humaines et qu'une race de géants était apparue sur la Terre.

Je repensai aux rangées d'éprouvettes en frémissant. Santino avait-il réussi à créer un nouveau Lucifer, un Lucifer qu'il pourrait manipuler à ses fins ? Une adorable petite copie contrôlable à merci, et porteuse d'une partie du matériel génétique de Doreen.

Comme si ça ne suffisait pas, il voulait à présent utiliser le mien. À moins que ce soit juste mon corps, en tant qu'« incubateur ». *Vous pourriez être la nouvelle Madone*, susurra sa voix atrocement inhumaine dans ma mémoire.

Je frissonnai. J'avais déjà échappé à un destin de reproductrice au Hall des Manipulations ; je ne voulais pas en devenir une pour un démon cinglé. Et qui disait qu'il ne tenterait pas de capturer d'autres *sedayeen* ou nécromants pour les forcer à porter d'autres de ses écœurantes petites créations ?

J'aurais dû être furieuse. Japhrimel avait omis de me dire autant de choses que Jace, mais je lui étais seulement reconnaissante d'être là – une gratitude que je n'avais pas envie d'analyser plus avant. Le silence s'abattit de nouveau dans la pièce. Eddie marmonna un juron entre ses dents, et Gabe murmura des excuses en pansant son bras.

— Il veut prendre possession des Enfers, dit Japhrimel calmement. Et s'il y parvient, il prendra possession de votre monde également.

— Il dit qu'il veut la liberté, répondis-je.

L'épuisement avait gagné l'intégralité de mes muscles et enveloppait mon cerveau dans un voile de coton.

— La liberté pour Vardimal, peut-être, précisa Japhrimel avec un haussement d'épaules.

Le mouvement fit basculer ma tête contre sa poitrine. Je fermai les yeux. C'était trop dur de réfléchir.

— Et alors, qu'est-ce qu'on fait maintenant ? intervint Gabe.

— Maintenant, je vais dormir deux ou trois heures. Et après, je ferai ce que j'aurais dû faire dès le début.

— Quoi ? demanda Japhrimel.

Il ne bougea pas, mais je sentis ses bras se crisper autour de moi. Si je n'avais pas été si fatiguée, j'aurais pu me poser des questions sur tout ça.

Le sommeil s'emparait de moi avec un peu plus de douceur que la Mort ne l'avait fait. Rien que de très normal, en somme ; la plupart des gens sombraient dans les bras de Morphée après avoir été rappelés du royaume des Morts. C'était comme ça que la psyché se défendait, en essayant de faire cesser ce vertige infini.

— Je me lèverai, je prendrai mon épée, et j'irai buter ce salopard. Seule.

— Pas seule, dit Gabe. On te ligotera si tu nous y obliges, Danny. Ne recommence jamais ça.

J'étais sur le point de lui dire d'aller se faire foutre quand je perdis conscience. La dernière chose que j'entendis, ce fut la voix de Japhrimel.

— Je ne l'ai pas abandonnée aux portes de la Mort, et je ne l'abandonnerai pas maintenant. Je la ramène au lit.

39

Je dormis pendant vingt-huit heures.

Tout le temps dont Santino avait besoin pour prendre la poudre d'escampette.

Quand je refis enfin surface, j'étais nue, bordée dans un grand lit aux draps verts. On avait mis la climatisation et la chambre était fraîche, malgré les rayons du soleil matinal qui tombaient à travers les vitres. Je clignai des yeux en me redressant sur les coudes.

Tout mon corps me faisait mal, le contrecoup du tir plasma et de la débauche de pouvoir. J'étais allée bien au-delà de la limite d'énergie que je pouvais utiliser sans risque. J'aurais de la chance si je ne traînais pas une migraine dans les prochaines vingt-quatre heures.

Mon épaule ne me faisait pas mal, pourtant. J'effleurai la marque de Japhrimel en réprimant une vague de nausée.

— Je suis là, dit-il, en détournant les yeux de la fenêtre. (Je ne l'avais pas vu, peut-être éblouie par le soleil. À moins qu'il ne l'ait fait exprès.) Reposez-vous, Dante.

— Je ne peux pas, répondis-je d'une voix pâteuse. Santino…

— Nous suivons sa piste. Vous ne servirez à rien si vous ne vous reposez pas. (Il s'approcha silencieusement du lit, son manteau noir découpant une silhouette sombre devant le soleil.) Les choses ont évolué, Dante. Maintenant qu'il sait ce que Santino prépare, le Prince a placé tous les agents dont il dispose sur Terre sous mon contrôle. Chacun d'eux est en train de traquer Santino. Il ne pourra pas nous échapper très longtemps.

Je me redressai complètement sur le lit et me frottai les yeux.

— À moins qu'il fuie vers un endroit où il n'y a personne. Vos agents humains ne nous seront d'aucune aide s'il reste hors de vue comme il l'a fait durant les cinquante dernières années.

Et qui plus est, il était à *moi*. J'avais commencé cette chasse, je devais la finir.

Il haussa les épaules.

— Tous nos agents ne sont pas humains. Vardimal est un charognard, en dépit de son mépris pour l'humanité. Il a besoin des gens pour se nourrir. Les agents des Enfers le trouveront.

— À quoi ça sert, de rameuter toute la police infernale ? Ils ne peuvent pas le tuer. Je le sais, j'ai essayé. Où sont les autres ? demandai-je en passant du coq à l'âne.

— L'autre nécromante et le sorcier des éléments dorment. Votre ancien amant est enfermé dans une réserve, mais en dehors de ça, il va bien.

Sa voix s'était légèrement modifiée. Il semblait... dédaigneux. Ses prunelles brillaient d'une lueur propre. En contre-jour, il ressemblait à une ombre chinoise avec des yeux brillants.

— Je voudrais vous parler d'autre chose, Dante.

— Si Vardimal est un charognard, vous êtes quoi, vous ?

— J'appartiens au Cercle Supérieur, il vient du Cercle Inférieur. Je ne suis pas soumis aux mêmes appétits que lui.

Il haussa les épaules, mais son mouvement me parut légèrement moins fluide qu'à l'accoutumée.

— C'est pour ça que vous êtes l'Assassin du Diable ?

Il découvrit les dents en une sorte de rictus douloureux.

— Je suis l'Assassin du Prince parce que je suis capable de tuer mes frères et mes sœurs sans scrupule, Dante. Et aussi parce qu'il me fait confiance pour me plier à toutes ses volontés. Je voudrais vous parler de...

Je ne voulais pas savoir.

— Est-ce que c'est vrai ? Les *sedayeen* et les nécromants, ils... Est-ce que c'est vrai ?

Il ne répondit pas avant un long moment.

— C'est vrai. Les *sedayeen* et les nécromants portent des gènes récessifs étroitement liés aux démons. Je voudrais vous parler de...

Oh, dieux. Je suis humaine. Je ne suis pas un démon. Je sais que je suis humaine.

— Plus tard, dis-je en extrayant mes pieds du lit. (La fraîcheur agréable de la climatisation succéda à la tiédeur des couvertures.) Allez chercher les autres. On a du pain sur la planche.

— Vous devriez manger quelque chose, répondit-il en reculant légèrement dans la lumière du soleil. Je vous en prie.

— On va passer un accord. (Je me levai d'un bond, trop heureuse de sentir le sol sous mes pieds pour me soucier de ma nudité. En plus, c'était un démon, il avait probablement déjà vu des tas de filles nues.) Vous allez chercher les autres pendant que je prends ma douche, et on discutera autour du petit déjeuner.

Alors que je me dirigeais vers la salle de bains, il eut un très léger sursaut.

— Qu'est-ce qu'il y a ?

Je m'immobilisai et jetai un coup d'œil à mon épaule. Mes genoux tremblaient un peu, mais je me sentais étonnamment bien si l'on considérait que j'étais morte l'avant-veille.

— Vos... cicatrices.

Sa voix était atone.

— Elles ne me font plus mal, mentis-je. C'était il y a longtemps. Écoutez, Japh...

— Qui ? Qui vous a fait ça ?

À présent, il y avait quelque chose d'autre dans sa voix. De la colère ?

C'était mon tour de hausser les épaules.

— C'était il y a longtemps, Japhrimel. La... personne qui a fait ça est morte. Allez chercher les autres. Je vous promets que je vais manger.

Je me forçai à faire un pas de plus vers la salle de bains. Et puis un autre. *Voilà ce qu'on gagne à se balader nue devant un démon.* Je passai le seuil de la salle de bains, allumai la lumière et refermai la porte derrière moi avant de baisser les yeux vers les autres cicatrices de griffes sur mon flanc. Mes côtes ressortaient, bien dessinées, et les os de mes hanches pointaient sous ma peau. J'avais perdu du poids.

Je laissai échapper un long soupir heurté entre mes dents. Mes jambes tremblaient. Je relevai la tête et croisai mon propre regard dans le miroir. J'avais de nouveau fait face à Santino, et j'avais survécu.

Les miracles arrivaient.

— Peut-être que j'en sortirai vivante, après tout, murmurai-je en détournant les yeux du miroir pour enjamber le rebord de la baignoire.

Gabe avait l'air un peu mieux, surtout avec ses longs cheveux noirs lavés et peignés en arrière. Eddie n'utilisait toujours qu'un seul de ses bras, mais le soin magique de Gabe avait apparemment accéléré sa guérison – tout autant que la sienne. Ses yeux sombres avaient retrouvé leur éclat jaune-vert de raton laveur, et le pli de ses lèvres semblait moins colérique.

Jace était mal rasé et se déplaçait avec raideur, mais ses yeux étaient clairs. Il s'assit lentement sur la chaise que Japhrimel lui avait désignée. Gabe ne lui fit même pas l'aumône d'un regard. Eddie, aussi hirsute que d'habitude, le fixa pendant vingt secondes avec un rictus mauvais.

Je m'assis en tailleur sur le lit. C'était bon de sentir le contact de vêtements frais, et encore plus d'être propre moi-même, les cheveux humides et la peau parfumée au bois de santal. Japhrimel, le visage lisse, me tendit mon katana. Le fourreau étant perdu, je posai donc la lame nue sur mes genoux.

— OK, dis-je une fois que tout le monde se fut installé. Le petit déjeuner sera prêt dans un quart d'heure. Japhrimel a contrôlé le personnel du manoir et a dit qu'on pouvait lui faire confiance. Je vais repartir traquer Santino dès que...

— Attends une minute. (Gabe leva la main.) Comment vas-tu te débrouiller pour retrouver sa piste sans lui donner l'alerte, par Hadès ? Il a une journée d'avance sur nous, et c'est un démon – on peut le localiser avec le traceur du magi, mais s'il est sur ses gardes, ça risque de le mettre sur ta piste. Et tu ne peux pas te permettre de vivre une seconde fois ce qui s'est passé, Danny. Il y a une limite au montant de pouvoir que tu peux dépenser – malgré ce que tu sembles en penser.

Je levai la main à mon tour.

— Gabe, dis-je d'une voix lasse. On ne pourra peut-être pas le localiser, même avec le jouet de Dake. Mais il a la petite fille.

Et la petite fille est au moins une moitié de Doreen ; j'ai partagé mon lit et mon âme avec elle. Je peux trouver l'enfant, nous sommes liées par le sang de Doreen. Et là où elle est, Santino est aussi.

Gabe fronça les sourcils. Elle jeta un coup d'œil à Jace, sembla sur le point de dire quelque chose, et se ravisa.

— Et l'enfant ? demanda brusquement Eddie. Qu'est-ce que les démons veulent en faire ?

Je regardai Japhrimel, qui haussa les épaules. Son regard s'assombrit, et d'étranges motifs runiques tournoyèrent au fond de ses prunelles – mais il baissa rapidement les yeux, comme s'il voulait éviter mon regard.

— Le Prince voudra peut-être faire d'elle sa maîtresse. Ou sa vassale. Les Androgynes sont précieux, et elle est trop jeune pour menacer son autorité.

— Qu'il aille se faire foutre, sifflai-je. Je m'occuperai de la petite. Je le dois à Doreen. Lucifer ne m'a pas embauchée pour la lui ramener, il m'a embauchée pour tuer Santino et récupérer son Œuf. Il n'a même pas besoin de connaître l'existence de l'enfant... Vous ne lui avez pas dit, n'est-ce pas, Japhrimel ?

Oh, dieux, dites-moi que j'ai deviné juste et qu'il n'a rien dit au sujet de l'enfant.

Le silence s'abattit dans la pièce.

— Vous me demandez de mentir au Prince, répondit-il finalement.

Il se tenait debout à côté du lit, la tête baissée, les mains croisées derrière le dos. Son manteau bruissait légèrement, je me demandai une nouvelle fois pourquoi il ne s'en séparait jamais.

— Tu ne peux pas faire confiance à la parole d'un démon, lança Jace.

Je l'ignorai, et continuai à fixer Japhrimel. Sa réaction me disait qu'il tiendrait sa langue. S'il n'avait encore rien dit à Lucifer au sujet de la petite fille, c'était sans doute parce qu'il se doutait que je le lui demanderais.

Il releva enfin la tête, et ses yeux verts croisèrent les miens pendant un long moment. C'était moins dur qu'avant de soutenir son regard.

— Je n'ai pas... parlé à Lucifer de l'enfant, je lui ai juste dit que Vardimal tentait de créer un Androgyne. J'ai agi ainsi parce qu'il risquerait sinon de chercher un autre moyen pour capturer Santino. Quelque chose qui vous mettrait en danger, Dante. (Il se tut un moment, et vrilla son regard dans le mien. *Bien vu*, songeai-je, étonnée d'avoir réussi pour une fois à le percer à jour.) Cependant, mentir au Prince *après* la mort de Santino... Je ferai ce que vous me demandez. Mais je vous demanderai un prix en retour.

Je haussai les épaules.

— Je m'y attendais. (Ma gorge était sèche.) Quel est le prix ?

— Rien que vous ne soyez en mesure de payer. Je vous le dirai en temps voulu.

— Danny...

Jace avait bondi sur sa chaise.

— Ferme-la Jace, ordonnai-je d'un ton sec en continuant à fixer le démon. C'est d'accord, Japhrimel. Nous avons un contrat. Fassent les dieux que je ne le regrette pas.

— Je voudrais vous parler en privé, maîtresse, annonça-t-il d'un ton solennel.

Les mots qu'il avait employés me blessèrent. Alors comme ça, on en était revenu au « maîtresse » ?

Vous ne me laisserez pas errer seul sur la Terre. Est-ce qu'il avait vraiment dit ça, ou est-ce que ce n'était que l'hallucination d'une mourante ?

Je rejetai cette pensée en secouant la tête.

— Dès que possible. Gabe, j'ai besoin de toi et d'Eddie au meilleur de votre forme. Faites ce que vous avez à faire pour y arriver. Il faut qu'on retrouve la piste de Santino au plus vite. D'ici douze heures, j'ai besoin de toutes les munitions qu'on pourra rassembler, emprunter ou voler. *Tout.* Des plasguns, des fusils d'assaut, des arbalètes, des explosifs. Eddie, j'ai aussi besoin d'autant de *golem'ai* que tu es capable d'en fabriquer dans ce délai – et de boutefeux, aussi. Tu es le meilleur skinlin que je connaisse, et tes trucs de boue peuvent faire basculer les choses à notre avantage. Jace... (Ma voix s'infléchit quand je prononçai son nom, et il resserra ses épaules dans un réflexe de défense.) Prépare-toi, et fournis-nous tout l'équipement possible. Il nous faut des véhicules, des vivres, et des passeports du Cercle des mafias.

— Le Cercle ? cracha Eddie. Tu es *folle* ?

— On ne peut pas voyager partout avec nos licences de chasseurs. Si Santino s'est réfugié dans une Ville Libre, les passeports du Cercle nous octroieront une forme de protection et nous permettront de trouver un endroit où dormir. Tu peux faire ça, Jace ?

Je ne l'avais jamais vu aussi pâle.

— Tu me ferais confiance ? demanda-t-il en plongeant ses yeux bleus dans les miens avant de détourner le regard, comme s'il ne pouvait pas supporter de me regarder en face. Tu me ferais confiance pour ça ?

— Je ne vais pas te pardonner. J'essaie juste d'oublier que tu as volé une année et demie de ma vie avec un mensonge. Tu l'as fait pour moi, nous sommes quittes, ta dette est payée. Une fois que j'en aurai terminé avec ce job, je ne veux plus jamais revoir ton visage. Si je croise une nouvelle fois ta route, je te tuerai – mais si tu m'aides à descendre Santino, je te laisserai partir de ton côté. Vivant.

— Danny..., commença-t-il.

— Tu m'as menti, crachai-je. À chaque fois que tu me touchais, c'était un mensonge. Et au lieu de mettre les choses au clair quand je suis arrivée ici, tu as continué à mentir. Qu'est-ce que tu croyais, que je ne découvrirais jamais la vérité ?

— Tu n'aurais pas...

— Ça, on ne le saura jamais, n'est-ce pas ? Tu ne m'en as pas laissé l'occasion.

Je secouai la tête en détournant les yeux vers les rayons de soleil qui s'étalaient paresseusement sur le sol, pur éblouissement de lumière au milieu de la chambre verte. Ce n'était pas la lumière virginale des portes de la Mort, mais ça s'en rapprochait assez pour que je ressente un pincement au cœur. Cette pièce était magnifique, et ça me faisait d'autant plus mal. Je voulais retourner chez moi, je voulais que Santino soit mort et que le Diable cesse de jouer ses petits jeux avec ma vie.

— Soit tu fais ça pour moi, soit je te tue, Jace. C'est simple.

Je ne sais pas si ce fut à cause du ton de ma voix, de mon regard glacial, ou simplement de la façon dont mes doigts effleuraient la garde du katana. Toujours est-il que Jace me crut. Il fixa le sol, la mâchoire serrée.

— Comme tu voudras, répondit-il enfin. Si c'est comme ça que tu vois les choses, c'est comme ça qu'on va jouer.

— Parfait. (Je relevai les yeux vers le démon, qui arborait un air légèrement perplexe.) Japhrimel ?

Il haussa les épaules en un mouvement parfaitement expressif. Il n'y avait rien à ajouter, il refuserait de me parler devant les autres. Très bien.

— Bon, conclus-je. Assez parlé. On passe à l'action.

Jace se releva lentement en jetant un coup d'œil à Eddie. Le skinlin demeurait absolument immobile, les paupières étrécies.

— Je vais m'occuper des passeports et des vivres, dit Jace. Mes employés vous apporteront le petit déjeuner, et tout ce que vous demanderez.

Je hochai la tête.

Il quitta la pièce sans me regarder.

Gabe émit un sifflement en secouant la tête.

— Tu es folle ? Et s'il travaille pour Santino ?

— Il ne travaille pas pour Santino. Si c'était le cas, nous serions tous déjà morts.

— Tu le laisses s'en tirer facilement, grogna Eddie.

Je le savais. Dix ans auparavant, j'aurais pu traquer Jace juste pour le principe. Mais j'étais fatiguée. Et la vision de ces éprouvettes derrière cette vitre, les griffes de Santino posées sur le verre, ça, je ne l'oublierais pas. Il y avait déjà eu tant de morts, qui étais-je pour en rajouter ? J'étais nécromante, mon travail, c'était de rappeler les gens. Je n'en pouvais plus de tuer.

— Danny ? (Eddie claqua des doigts pour attirer mon attention.) Tu le laisses s'en tirer facilement. Tu devrais le réduire en poussière. Ou au moins lui briser quelques os. Il...

— Relax, Eddie, intervint Gabe en tendant les orteils pour lui masser les genoux. Elle sait ce qu'elle fait. Les munitions ne vont pas nous servir à attaquer Santino de front, n'est-ce pas ?

— Bien sûr que non, répondis-je. Elles vont servir à éradiquer tout ce qu'il reste des Corvin de la surface de la Terre. Et c'est Jace qui va s'en occuper. S'il échoue, ils ne s'attaqueront pas à nous, parce que Jace sera mort et que sa famille aura réglé ses comptes. S'il réussit, Santino n'aura plus de mafia pour faire son sale boulot, on se débarrasse des Corvin pour de bon, et Jace me devra une putain de faveur car il sera libre lui aussi. *Vraiment* libre, pas libre de leur mener une guérilla urbaine.

— Et pour les *golem'ai* et les boutefeux ? demanda Eddie, tandis que la compréhension se dessinait sur son visage hirsute.

Je réprimai un frisson. Les *golem'ai* étaient des créatures de boue semi-conscientes que les skinlins pouvaient créer à partir de matière organique et de pure magie, et elles me faisaient flipper.

— Ça, c'est pour Santino, répondis-je.

40

Le petit déjeuner fut agréable, quoique court ; l'onctueux café-chicorée de Nuevo Rio fit des merveilles pour me remettre les idées en place et atténuer ma migraine. Japhrimel demeurait étrangement silencieux ; il me regardait manger assise en tailleur sur le lit, en faisant de temps à autre des allers-retours vers la fenêtre pour regarder à l'extérieur, les mains croisées derrière le dos. Je ne voulais pas savoir. Son silence sembla se communiquer à tous les membres de notre assemblée – peut-être n'y avait-il tout simplement plus rien d'autre à dire. Les domestiques qui vinrent débarrasser les plateaux étaient toutes les deux pâles, les mains tremblantes, et me jetaient des regards furtifs.

Je n'avais même plus l'énergie de m'en offusquer. Pourtant, elles auraient dû être habituées aux psions ; elles travaillaient au service d'un chaman.

Gabe et Eddie me laissèrent finalement pour aller faire ce que je leur avais demandé, et je m'étirai comme un chat, en jetant un coup d'œil à mon katana. Bizarrement, la lame ne réagissait plus à la présence de Japhrimel – elle aurait dû cracher des flammes bleues comme à chaque fois qu'il s'en était approché auparavant.

En y réfléchissant, c'était sans doute dû au fait qu'il restait bien peu de pouvoir dans l'acier depuis que j'avais affronté Santino et que j'étais presque morte. Il fallait que je recharge mes batteries pour que ma lame brûle de nouveau. C'était presque de la torture – plus on attendrait, plus on serait préparés à affronter Santino, mais plus il aurait le temps de nous tendre une embuscade dans un trou à rats.

La porte de la chambre se referma finalement derrière Eddie, et Japhrimel se tourna vers moi, dos au soleil.

— OK, dis-je en reposant mes pieds sur le sol, sans lâcher mon katana. Vous vous comportez bizarrement, même pour un démon. Qu'est-ce qui se passe ?

Il secoua la tête, et la lumière fit bouger les ombres sur son visage. Je le scrutai plus attentivement.

J'avais toujours trouvé son visage inexpressif et presque laid. Je n'avais jamais remarqué la courbure de ses sourcils, le perpétuel demi-sourire sur ses lèvres étroites, ou l'arc élégant de ses pommettes. Ce n'était rien en comparaison de la beauté de Lucifer, bien sûr… mais il n'était pas désagréable à regarder.

— Crachez le morceau, insistai-je. Vous disiez que vous vouliez discuter de quelque chose avec moi ?

Mes pieds nus se recroquevillèrent sur le plancher de bois dur, et je frissonnai. Je m'étais tellement habituée à la chaleur étouffante de Nuevo Rio que la climatisation me donnait la chair de poule.

Japhrimel fit un pas vers moi. Puis un autre. Ses yeux brillaient d'une lueur verte incandescente, qui semblait presque déteindre sur la lumière du soleil autour de son visage.

Il s'approcha lentement, les mains toujours croisées derrière le dos, et s'immobilisa finalement à moins d'un pas devant moi, sans mot dire. Son odeur musquée envahit mes narines, et son aura recouvrit la mienne. Je reculai légèrement la tête pour le regarder dans les yeux.

— Eh bien ?

Il secoua de nouveau la tête. Enfin, il décroisa les bras, et porta une main à mon épaule droite. Je sentis la chaleur de sa peau à travers mon tee-shirt. Il plongea ses yeux dans les miens.

Mon cœur bondit dans ma poitrine.

— Japhrimel ?

Il fit glisser sa main le long de mon bras, et ses doigts se refermèrent autour des miens. Il dégagea doucement le katana, et l'épée tomba au sol. J'aurais dû réagir, mais ses yeux emprisonnaient les miens dans une cage de lumière émeraude.

— Dante, répondit-il.

Sa voix n'avait plus rien de sa tonalité monocorde et robotique. Elle était plutôt... rauque, comme s'il ne parvenait pas à faire sortir quelque chose de sa gorge. Je clignai des yeux.

— Vous êtes...

Je voulais lui demander si tout allait bien, mais ses yeux étincelèrent et les mots moururent sur mes lèvres. Il n'avait pas l'air d'aller bien.

Et puis, tout devint de plus en plus absurde – il s'agenouilla lentement, très lentement, sans lâcher ma main, m'entoura la taille de son autre bras, et enfouit son visage contre mon ventre.

Rien, dans ma vie, ne m'avait préparée à ça.

Je me tenais raide, indécise. Enfin, je levai ma main libre, et lissai l'encre soyeux de ses cheveux.

— Japhrimel, répétai-je. Qu'est-ce qui...

— J'ai trahi mon devoir, dit-il. (Je sentais son souffle brûlant à travers mon tee-shirt et je comprenais à peine ce qu'il disait, tellement sa voix était étouffée. Il se serra contre moi, comme un chat ou un petit enfant.) Je vous ai trahie.

— De quoi parlez-vous, bon sang ?

Ma propre voix n'était pas très assurée. On aurait dit qu'un corps étranger était logé dans mon gosier, étranglant mes mots et me coupant le souffle.

Il releva la tête, son bras toujours serré autour de ma taille.

— Je savais que vous n'étiez pas morte, répondit-il, avec des yeux tellement brillants que je m'attendais presque à voir de la fumée s'élever dans les airs. C'est pour ça que je ne suis pas retourné aux Enfers. Je ne savais pas ce que Vardimal voudrait faire de vous, vous garder en vie pour vous torturer, ou attendre que je vienne vous chercher avant de vous tuer. Je ne savais pas, Dante. J'ai échoué à vous protéger, et il vous a enlevée.

— Ça ne fait rien, murmurai-je. Écoutez, vous ne pouviez pas savoir qu'ils m'étourdiraient avec un plasgun. Et même si vous l'aviez su, vous n'auriez pas pu arrêter le tir. Ce n'est pas votre faute, Japhrimel.

— J'ai entrevu mon existence sans vous, Dante. C'était... déplaisant.

Ses lèvres se retroussèrent en un rictus douloureux qui tentait de passer pour un sourire. *Vous ne me laisserez pas errer seul sur la Terre.* Sa voix résonnait encore dans ma mémoire.

Je caressai ses cheveux. C'était à la fois soyeux et légèrement rugueux au-dessous de mes doigts.

— Eh ! dis-je. Vous n'avez plus à vous inquiéter. C'est fini.

Ma propre voix me semblait étrange. *C'est un démon, Danny. Qu'est-ce qui lui prend ?*

— Vous allez me haïr, Dante. Cela ne peut pas être évité.

Un rire rauque s'échappa de mes lèvres.

— Je ne vous hais pas.

Super, Danny. Il est trop vieux pour toi, de toute façon. Il n'est même pas humain.

Mais il est venu me sauver.

Seulement parce qu'il y était obligé. Il joue avec toi, Danny. Il joue. Plus personne ne pourra jamais...

Je m'en fiche. Il n'a pas l'air d'être en train de jouer. Je m'en fiche.

— Mais vous êtes un...

— Il faut que vous sachiez, m'interrompit-il. Je ne suis plus un démon.

Quoi ? Je le dévisageai, mes doigts soudainement crispés dans ses cheveux.

— Qu'est-ce que vous racontez, bon sang ?

— Je ne suis plus un démon, répéta-t-il lentement en relevant les yeux vers moi – sa peau dorée était d'une étrange pâleur. Je suis un Déchu. Un *A'nankimel.* Votre nom est scellé sur mon cœur ; je ne retournerai plus aux Enfers.

Son bras se crispa autour de ma taille, ainsi que ses doigts autour de ma main droite.

Ma bouche était sèche.

— Hum, répondis-je d'une façon extraordinairement inspirée.

Il attendit, patient et attentif, sans cesser de me dévisager.

Il me fallut de longs instants pour retrouver une vague capacité d'articuler.

— Vous voulez dire que... vous avez... Enfin, euh... c'est pour ça que... Ah. *Quoi ? !*

— Je vous appartiens, dit-il en détachant chaque syllabe, comme s'il s'adressait à un faible d'esprit.

— Pourquoi ?

J'avais envie de me gifler. *Comment je fais pour me retrouver toujours dans ce genre de situation ? Je suis en train de chasser un démon et je me retrouve avec un autre agenouillé à mes pieds, et oh, par tous les dieux, qu'est-ce que je vais faire ?*

— Parce que vous êtes la seule créature depuis l'aube de l'éternité qui m'a traité en égal, dit-il, en resserrant encore davantage son étreinte. (Mes genoux tressautèrent légèrement.) Vous m'avez fait confiance, vous m'avez même défendu devant vos amis les plus chers. J'ai vu ce que vous étiez, Dante, dans les ombres et dans la lumière, et j'ai aimé ce que j'ai vu.

— Hum, répétai-je. Japhrimel...

— Voilà ce que je vous demande pour prix de mon silence devant Lucifer : ne me renvoyez pas. Quand vous aurez tué Santino, permettez-moi de demeurer à vos côtés.

— Hum. (Mes neurones semblaient se mouvoir dans un bain de sirop.) Eh bien... vous savez, je ne peux pas me balader tout le temps avec un démon.

— Pourquoi pas ? demanda-t-il avec une certaine logique. Vous courtisez la Mort tous les jours, Dante. Vous n'avez trouvé aucune raison de vivre ; vous avancez seule. J'ai vu votre solitude, et cela m'a fait souffrir. Et par ailleurs, vous êtes suffisamment inconsciente pour avoir besoin de moi.

Il me sembla vaguement que j'aurais dû protester, mais c'était difficile d'argumenter avec un cerveau réduit à l'état de soupe. Le bon sens me dictait la prudence – après tout, c'était un démon, et les démons *mentaient.* C'était la première chose qu'apprenaient les magi et les adjurateurs – les êtres non humains n'avaient pas la même notion de la vérité que nous. Pourquoi Japhrimel ferait-il exception à la règle ?

Et pourtant... Il était resté derrière moi quand j'avais interrogé Lucas Villalobos. Il avait essayé de me suivre jusqu'à la Mort. Et il avait mis presque la moitié de Nuevo Rio à feu et à sang pour me retrouver.

Mais Lucifer le tient par les couilles.

— Et votre liberté, alors ? demandai-je finalement.

— Quand j'aurai gagné ma liberté, j'en ferai ce qui me plaira. Je resterai avec vous, Dante. Aussi longtemps que vous l'autoriserez, et peut-être davantage.

Je me mordillai nerveusement la lèvre inférieure. Je n'avais aucun moyen de savoir s'il disait la vérité.

— Pourquoi maintenant ? Pourquoi vous me dites ça *maintenant* ?

— Je vous avais dit qu'il existait un moyen... J'aimerais vous transmettre une partie de mon pouvoir, Dante, et je dois le faire vite, avant que je devienne encore plus *A'nankimel.* Cela scellera éternellement notre lien et votre monde deviendra le mien. Il me reste très peu de temps pour y parvenir, avant de devenir moi-même mortel.

Son bras se détendit un peu, mais je n'aurais pas pu me dégager même si je l'avais voulu car il se releva sans relâcher son étreinte, ma main toujours serrée dans la sienne. Je dus rejeter la tête en arrière pour le regarder dans les yeux. Mon cœur battait à tout rompre, la sueur inondait mes paumes, et j'avais la folle impression que je risquais de crier si j'arrivais un jour à reprendre mon souffle.

— Oh..., murmurai-je.

Je le regrettai, car il me sourit en retour. C'était un sourire empli de douceur, et mon corps entier semblait le reconnaître.

Il leva sa main libre pour me caresser la joue.

— Courage, *hedaira*, murmura-t-il.

Je sentais son souffle brûlant sur mon front. Puis il se pencha, et sa bouche rencontra la mienne.

Les magi affirment que ce sont les démons qui ont inventé les arts de l'amour, et je serais tentée de les croire. Son baiser me déchira en deux, sa chaleur s'infiltra dans mes veines, son odeur m'enivra comme un alcool capiteux. Ses ténèbres chaudes m'entourèrent et je tressaillis en refermant mes mains derrière sa nuque. Mon corps entier s'arquait contre le sien. Plus rien n'avait d'importance.

Il se mordit la lèvre, et le parfum lourd et épicé du sang de démon emplit ma bouche. Je tentai désespérément de reprendre mon souffle, suffoquant tandis que le liquide brûlant descendait dans ma gorge, enveloppée par son pouvoir. Je ne pensais plus, je n'étais plus qu'un tourbillon de sensations, ma gorge incandescente, mes yeux obstinément fermés, ses mains qui arrachaient mes vêtements, découvrant la peau nue et me brûlant jusqu'aux os. Je criai deux fois, saisie de tremblements, inondée de sueur, mon cœur proche d'exploser dans ma poitrine. Quand il me pénétra enfin, je perdis presque conscience, hurlant, me débattant dans l'étreinte d'un plaisir si intense qu'elle ressemblait à celle de la Mort. C'était comme de mourir, d'être enserrée par ses bras tandis que son pouvoir jaillissait en moi et me faisait renaître, avant de me plonger dans les ténèbres. Encore une fois.

41

L'état d'hébétement cotonneux se dissipa après un long moment. Je refis surface pendant assez longtemps pour me rappeler où je me trouvais – complètement nue, dans les bras d'un démon, étendue dans un des lits du manoir de Jace Monroe – avant que mon esprit ne replonge dans un demi-sommeil. Mon corps entier, en train de se transformer, me brûlait. Le démon me serrait tandis que mes os craquaient, évoluant vers une autre forme ; des choses bougeaient sous ma peau, mes organes internes mutaient et se déplaçaient, mon cœur pulsait d'un rythme léthargique. Il murmurait dans mes cheveux ; sa voix éloignait la douleur et me maintenait dans un état de somnolence presque narcotique.

Cela se termina par un embrasement final de pouvoir qui déferla sur ma peau. Je revins à moi en sursaut.

Japhrimel était étendu à mes côtés, son visage plongé dans mes cheveux ; j'avais la tête sur son oreiller. Ses doigts chauds, qui n'avaient plus rien de rugueux, couraient le long de mon dos. Je frissonnai.

— C'est fait, murmura-t-il.

Pour la première fois, il avait l'air fatigué. Épuisé.

— Ça fait mal, dis-je d'une voix d'enfant.

Ce fut le premier choc – ma voix n'était plus ma voix. Elle était plus grave, empreinte d'un pouvoir involontaire qui me donna la chair de poule. Du moins, qui m'aurait donné la chair de poule si ma peau n'avait pas été si...

Je regardai ma main. Au lieu de sa pâleur habituelle – un nécromant ne sortait quasiment jamais à la lumière du jour à moins d'y être obligé –, elle était recouverte d'une peau dorée et lisse. Mes ongles vernis de rouge écarlate et mes bagues scintillantes étaient toujours là, mais ça ne faisait que renforcer l'aspect étrange et gracieux de mes doigts.

— Par Anubis..., soufflai-je. Qu'est-ce que vous...

— J'ai partagé mon pouvoir avec vous. C'est un processus douloureux, mais c'est fini, maintenant. Vous possédez dorénavant les dons d'un démon, Dante, bien que vous n'en soyez pas un. Vous n'en serez jamais un.

Une vague de panique monta dans ma poitrine. Mais j'étais trop fatiguée... Enfin, pas exactement fatiguée. Hébétée. Trop de choses étaient arrivées, les chocs s'étaient succédé les uns après les autres. J'étais trop épuisée émotionnellement pour réagir à quoi que ce soit – et c'était dangereux. Ça signifiait que je n'étais pas en pleine possession de mes moyens, et être en pleine possession de mes moyens, c'est ce qui m'avait gardée en vie jusque-là.

— Vous avez fait quoi ?

— Vous êtes toujours tout ce que vous étiez. Et davantage. Vardimal ne sera plus capable de vous tuer si facilement.

— *Sekhmet sa'es...*

Je me redressai sur mes coudes et tentai de dégager mon corps de celui du démon. Après quelques instants de confusion totale, je me retrouvai assise, agrippant les draps contre ma poitrine, en train de le fixer d'un air ahuri. Ses clavicules saillaient au-dessus de son torse doré et imberbe. À leurs extrémités, deux formes noires s'élevaient. *Son manteau, c'est pour ça qu'il ne l'enlève jamais*, songeai-je en enfouissant ma tête contre mes genoux. *Ce sont ses ailes. Oh, par tous les dieux, ce sont ses ailes.* Ma respiration s'emballa pendant un moment qui me sembla durer une éternité. La main de Japhrimel caressait ma colonne vertébrale, et la réconfortante chaleur de ses doigts empêchait le voile gris du choc d'envahir totalement ma vision.

Enfin, la panique reflua. Mais il me fallut un long moment avant de pouvoir relever les yeux et de constater que la lumière était en train de diminuer.

— Combien de temps ça a duré ?

— Environ dix heures, répondit-il. Il faut un peu de temps pour que les changements soient…

— Vous n'auriez pas dû faire ça. Vous auriez dû me prévenir.

— Vous ne m'auriez pas laissé faire si je vous avais prévenue. Et à présent, vous êtes plus en sécurité, Dante.

— En sécurité à quel point ?

Je ne pouvais pas croire que j'étais en train d'avoir cette conversation avec un démon à poil. Puis, une idée encore plus terrible me frappa.

— Est-ce que je suis toujours une nécromante ?

— Bien sûr, répondit-il. Du moins, je suppose.

— Vous *supposez* ?

Bon, peut-être que je n'étais pas hébétée, juste sonnée. Je le fixai, le souffle irrégulier. Mon cœur battait à tout rompre.

Hébétée *et* sonnée *et* terrifiée.

— Je suppose. (Des cernes sombres creusaient son regard.) C'est la première fois que je fais ça.

— Oh, super, marmonnai-je en jetant un coup d'œil au bas du lit, où gisaient mes vêtements éparpillés. Japhrimel...

— Vous pourriez me remercier, dit-il avec un froncement de sourcils. Si vous étiez magi...

— Je ne suis pas magi. Je suis nécromante. Et je suis *humaine.*

— Plus maintenant, répondit-il abruptement en se redressant sur le lit. Je vous l'ai dit, je ne permettrai pas qu'on vous fasse du mal. Je l'ai juré sur les Eaux de Léthé.

— Taisez-vous !

Je me relevai d'un bond, en tirant le drap d'un coup sec. Il se déchira pile au milieu. Je demeurai stupide, en train de contempler le long lambeau de tissu vert entre mes mains crispées.

— Dieux..., soufflai-je en balayant la pièce d'un regard de bête traquée.

Je me retrouvai en un instant à l'autre bout de la chambre, sans bien comprendre comment. De fait, j'entrai en collision avec le mur, et le plâtre amortit le choc avec un son étouffé. *Plus rapide qu'un humain*, nota une partie de mon esprit avec un calme glaçant. *Je suis plus rapide qu'un être humain, maintenant. Ça sera utile quand je chasserai Santino.*

Je m'écartai du mur, et je contemplai une nouvelle fois mes mains. Mes mains dorées et parfaites.

— Pourquoi ? murmurai-je. Dieux du ciel, pourquoi ?

— J'ai juré de vous protéger, et je tiendrai ma promesse, Dante. Personne, humain ou démon, ne m'a jamais traité avec gentillesse. Sauf vous. Même si votre gentillesse a des épines. De toute f...

Je plaquai mes mains sur mes oreilles et me ruai vers la salle de bains. Japhrimel me suivit des yeux, inexpressif.

La vision que me révéla le miroir de la salle de bains me souleva l'estomac. *Est-ce que j'ai encore un estomac ?* J'étais... différente. Mon tatouage était toujours là, luisant doucement sur ma joue. Mais à part ça... mon visage n'était plus mon visage. La peau dorée recouvrait une figure que je ne reconnaissais pas – un miroitement liquide était apparu au fond de mes yeux sombres. Je ressemblais à un top-modèle holovid, avec des pommettes sculptées, des lèvres pulpeuses, des sourcils arqués. Je levai une main dorée à mon visage, suivant avec perplexité les courbes de mes joues, de mes lèvres, de mon menton.

Je ressemblais à un démon. Il ne restait qu'un fantôme de la personne que j'avais été dans l'image du miroir. La marque de Japhrimel était toujours là sur mon épaule gauche, mais son apparence était à présent plus proche d'un ornement que d'une cicatrice, incrustée dans ma nouvelle peau dorée et parfaite. Mes cheveux étaient du même noir d'encre que ceux de Japhrimel et retombaient sur mes épaules en mèches voluptueuses.

Sur mon ventre plat, aux muscles bien dessinés, plus aucune trace des griffes de Santino. Je me tournai vers le mur opposé, écartai mes cheveux, et jetai un regard par-dessus mon épaule pour examiner mon dos. Plus de balafres. Je ne pouvais pas voir mes fesses dans le miroir, mais je passai une main sur mes reins et n'y trouvai aucun relief de cicatrice.

Disparues. Elles avaient toutes disparu. Il ne restait que la marque de Japhrimel sur mon épaule. Je laissai retomber mes cheveux en frémissant.

Chancelante, je me raccrochai au lavabo. J'essayai de ne pas serrer trop fort, mais mes ongles s'enfoncèrent dans l'émail. Mes cheveux retombèrent devant mon visage. Je tenais toujours la moitié de drap vert dans mon autre main.

— Anubis..., soufflai-je.

Je fermai les yeux et tombai à genoux, nauséeuse et tremblante. La tête entre les mains, je me cognais le front contre le carrelage du mur, incapable de contrôler ma respiration.

— *Anubis et'her ka...*

Mes lèvres murmuraient une prière tremblante, et une peur plus terrible encore monta dans mon cerveau embrumé. Et si le dieu ne me répondait plus ? Si l'émeraude sur ma joue était éteinte, si mon protecteur n'acceptait plus mes offrandes ?

Un long soupir tremblant s'échappa de mes lèvres. Je sentis pulser légèrement les lignes de mon tatouage, et j'essayai de reprendre le contrôle de mon souffle. Si j'arrivais à respirer, juste à *respirer*, je pourrais retrouver le lieu paisible à l'intérieur de moi-même et voir si le dieu m'autorisait à y pénétrer de nouveau.

Japhrimel dégagea doucement mes doigts crispés sur le rebord du lavabo.

— Calmez-vous..., murmura-t-il en s'agenouillant et en me prenant dans ses bras. Calmez-vous, Dante. Respirez. Il faut respirer. Shhhh... Shhhh... Ce n'est pas si terrible, vous *devez* respirer.

Il me caressa les cheveux et continua à murmurer, d'un ton apaisant, jusqu'à ce que les hoquets de terreur m'abandonnent et que je puisse rouvrir les yeux. Je me raccrochai à lui, les doigts enfoncés dans la matière étrangement douce de son manteau.

Maintenant que je savais ce que c'était, ça me gênait un peu de le toucher. Mais il appuya ses lèvres contre mon front et la chaleur de ce baiser s'infiltra en moi, embrasant ma poitrine comme un alcool fort.

— Il faut que vous fassiez attention, reprit-il. Vous risquez de vous blesser. Ce serait déplaisant pour nous deux.

— Je vous hais, murmurai-je.

— C'est normal, répondit-il sur le même ton. Je vous appartiens, à présent, Dante. Je suis un *A'nankimel*. Un Déchu.

— Je vous hais. Retransformez-moi. Je n'ai pas voulu ça. *Retransformez-moi.*

— Je ne peux pas. (Il me caressa les cheveux.) Vous avez un démon à chasser, Dante.

C'était plus fort que moi. Je partis dans un fou rire nerveux.

Vous avez un démon à chasser, Dante.

Je riais encore comme une idiote quand Gabe poussa brusquement la porte de la chambre, Eddie sur ses talons.

42

Je me recroquevillai sur le carrelage, enveloppée dans une serviette de bain. J'avais mal à la gorge d'avoir ri jusqu'à en hurler, et d'avoir hurlé jusqu'à ce que ma voix se brise.

À proximité, des voix. Japhrimel les avait ramenés dans la chambre et montait la garde devant la porte de la salle de bains.

Gabe :

— *Je me fiche de ce que tu penses, c'est Danny. Tu ne peux pas...*

Eddie :

— *Ce n'est plus Danny. Cette maudite chose l'a transformée !*

Gabe :

— *Qu'est-ce que vous lui avez fait ? Répondez-moi ou...*

Japhrimel :

— *Si vous me blessez, à supposer que vous y parveniez, vous la blesserez aussi. Ce n'est pas ce que vous voulez. Je peux la calmer, si vous vous en allez. Tout de suite...*

Eddie :

— *Bute ce salopard, Gabe, bute-le !*

Japhrimel :

— *Si vous me tirez dessus, vous risquez aussi de la blesser. Et si vous la blessez, je vous tuerai tous les deux. C'est le prix que je lui ai réclamé, et elle l'a payé. Ce ne sont pas vos affaires.*

Eddie :

— *Bute-le !*

Gabe :

— *Fermez-la, tous les deux. Ou je vous descends* tous les deux. *Qu'est-ce qui est arrivé à Danny ? Qu'est-ce que vous lui avez fait ? Vous feriez mieux de me répondre, et vite.*

Un long silence tendu. Le bourdonnement d'un plasgun qu'on active. D'autres bruits de pas qui se rapprochent. Des bottes familières.

Japhrimel :

— *Ne t'approche pas d'elle, humain. C'est dangereux.*

Jace :

— *Va te faire foutre.*

La porte de la salle de bains se rouvrit en grinçant, et un rai de lumière apparut dans les ténèbres. Je me recroquevillai encore davantage.

Il n'alluma pas la lumière. Je sentis son odeur, viciée par les cellules mourantes. *Humaine.* Une odeur que je ne connaissais pas auparavant. Est-ce que je sentirais partout ce relent de déliquescence ? Comment Japhrimel pouvait-il le supporter ? Comment pourrais-*je* le supporter ?

Il demeura immobile dans l'embrasure pendant un long moment. Enfin, il s'agenouilla lentement, et se rapprocha de moi.

L'obscurité n'arrangeait pas les choses. Pas plus que la lumière électrique qui filtrait depuis la chambre. Rien n'arrangeait les choses. Rien n'arrangerait jamais plus les choses.

Il s'arrêta juste devant moi. Je me blottis contre les pieds de la vieille baignoire en fer-blanc, en émettant un petit gémissement animal. Le gémissement ne s'arrêta pas, malgré mes efforts pour serrer mes nouvelles dents acérées derrière mes nouvelles lèvres parfaites. Mon datband clignotait. Il faudrait que je le réinitialise – je n'avais plus l'empreinte génétique d'un humain. J'étais une mutante, une aberration… Quelque chose d'*autre*. Il m'avait dit que je n'étais pas un démon, que j'étais *hedaira* – mais qu'est-ce que ça pouvait bien vouloir signifier ?

Jace s'assit à côté de moi et s'adossa contre le mur. Il demeura ainsi pendant quelques instants, puis, posément, il plongea une main dans la poche de sa veste et en sortit un paquet de cigarettes.

Il ne fumait jamais, je me demande si elles viennent de Gabe, songeai-je en reprenant mon souffle. Le petit bruit d'animal blessé s'arrêta lui aussi.

— Ça ne t'ennuie pas ? demanda-t-il calmement.

Je répondis par un hoquet.

Il alluma son briquet, et la vue de la flamme me fit mal aux yeux. Je me tassai en arrière, et le gémissement dans ma gorge reprit. Mais il ne fit rien d'autre, se contentant d'inhaler le tabac de synthèse et de le relâcher en volutes paresseuses.

— Une sale habitude, dit-il sur le ton de la confidence. J'en ai toujours un paquet sur moi, au cas où ça pourrait faciliter la conversation avec un de mes indics. Tu vois ?

Je ne répondis rien, et refermai les yeux. Des runes de pouvoir tournoyaient derrière mes paupières, des runes qui m'étaient inconnues. Un des pouvoirs des démons. Elles se mouvaient à la limite de mon champ de contrôle, comme si elles voulaient s'échapper.

Il laissa retomber les cendres de sa cigarette sur le sol carrelé. Les carreaux étaient d'un vert sombre, avec un vert plus clair tous les cinq ou six intervalles. C'était joli, et d'une certaine façon apaisant.

Il aspira une autre bouffée.

— J'ai dû en voir passer des milliers, reprit-il. Et j'en ai fumé pas mal moi-même. Il faut que je me désintoxique tous les six mois, mais ça vaut la peine quand tu vois les gens se détendre dès que tu leur offres une cigarette. Tu sais qu'ils appellent toujours ça des clopes ? Ils les fabriquaient avec du vrai tabac au lieu du mélange de synthèse. *Nicotiania*. Eddie cultive encore cette saloperie chez lui.

Ma respiration se calma un peu. Sa voix était si normale, si familière... Je rouvris les yeux, et posai une joue sur mes genoux nus. Je le regardai.

Il termina sa cigarette et l'écrasa sur le carrelage. J'entendais des sons étouffés en provenance de la chambre. La voix sifflante de Gabe, auquel répondait le silence tendu du démon. Japhrimel tremblait lui aussi, une vibration sourde qui courait à travers ses os. Je pouvais ressentir dans mon propre corps le besoin qu'il avait de moi.

Comme une addiction.

— Je me souviens de la fois où je parlais à ce gars, continua Jace en entourant ses genoux de ses doigts tout en se radossant contre le mur. Je devais découvrir ce qu'il savait, et il n'était vraiment pas coopératif... ils l'avaient déjà passé à la moulinette avant que j'arrive. Je l'ai regardé tranquillement, et je me suis assis sur une chaise en face de lui. Et puis je lui ai offert une cigarette. J'avais obtenu l'information qu'il me fallait cinq minutes plus tard. Ce sont des petits trucs utiles.

Un nouveau silence. Jace rejeta sa tête en arrière contre la cloison. Je croisai ses yeux bleus étincelants.

— Tu te souviens de cette petite boutique de location de slics où on allait toujours pour faire réviser les nôtres ? Tu montes toujours une Walkyrie ?

Il attendit.

Je fus surprise d'entendre ma propre voix.

— Après le boulot, ça m'arrive.

Mon ton me sembla plat et monocorde. Mon souffle s'était un peu apaisé, et ma nouvelle voix était déjà rauque et abîmée – mais toujours magnifique. Elle faisait légèrement vibrer les surfaces de verre dans la salle de bains. Je sentais que Japhrimel écoutait attentivement.

— Tu as toujours aimé les Walkyries. Je crois que ce que tu appréciais le plus avec les slics, c'était de voler. L'adrénaline. Ça te donne l'impression d'être vivante, non ?

Une larme coula le long de ma joue et tomba sur mes genoux.

Les démons peuvent donc pleurer, me dis-je. C'était la première pensée saine que je ressentais, et je m'y raccrochai comme un naufragé à une bouée.

— Saint-City me manque, dis-je. Le fast-food chinois sur Pole Street avec l'aquarium au fond. Et le petit bar enfumé où on avait l'habitude d'aller boire – celui qui passait de la chouette musique. (Ma gorge était sèche.) Il a fermé, tu sais ? Ils ont fait une descente, il y avait des putes sans licence et du trafic de chill.

— Merde ! C'est vraiment dommage. Ils passaient Retro-Phunk tout le temps. Et Therm Condor.

— Ann Siobhan, ajoutai-je d'une voix tremblante.

— Les Drew Street Tech Boys, dit-il après une courte pause. Audiovrax.

J'avais l'impression de me débattre dans la boue pour arriver à penser.

— Les Blake's Infernals.

— Krewe's Control et les Hover Squad.

— Je les détestais, murmurai-je.

— Vraiment ? (Il avait l'air réellement surpris.) Tu ne m'as jamais dit.

— Tu les aimais.

Ma voix se brisa dans un sanglot.

— Tu m'as offert tous leurs disques, dit-il en se grattant la joue. Bon sang…

— Je les ai brûlés, avouai-je. Après ton départ.

— Oh. (Il se tut quelques instants.) Je suis vraiment désolé, mon cœur.

Il semblait sincère.

— Pourquoi tu ne m'as rien dit ? chuchotai-je d'une voix enrouée.

— Je voulais te protéger, Danny. Si tu avais su, tu aurais débarqué à Nuevo Rio avec ton épée pour me « sauver ». Tu serais morte à cause de ton maudit sens de l'honneur tordu... Comme tu essaies à présent de te faire tuer en vengeant Doreen.

— Je dois le faire. Je *dois* le faire.

Je butais sur ces mots. Le Hall des Manipulations m'avait appris à être dure – mais être dure n'avait aucun sens sans honneur. L'honneur était tout ce que je possédais. Et l'honneur exigeait que je venge Doreen, même si ça devait me coûter la vie.

Même si ça me transforme en aberration mutante ? me demandai-je en étouffant un nouveau sanglot.

— Je sais, répondit-il doucement. Tu es incapable d'être autre chose, Danny. J'ai toujours aimé ça chez toi. Jusqu'au moindre de tes ongles, tu ne peux pas être autre chose que ce que tu as toujours été.

— Regarde ce qu'il m'a fait, murmurai-je.

— Et alors ? Tu es toujours *toi*. Tu es toujours ma jolie Danny Valentine. Et pendant que tu restes ici à te lamenter, ta proie prend de l'avance ou s'enterre dans un trou de souris. (Il haussa les épaules, et son tee-shirt produisit un bruissement froissé en glissant contre le carrelage du mur.) On a besoin de toi pour finir cette chasse, Danny. Gabe a aussi besoin de prendre sa revanche sur le Tueur de Saint-City. Eddie a besoin que Gabe soit heureuse. J'ai besoin de voir Sargon Corvin mort pour pouvoir recommencer à vivre et arriver peut-être à te prouver que je ne suis pas un si mauvais gars. Ne nous laisse pas tomber, Danny. Viens.

Je frissonnai. Son petit stratagème avait beau être clair comme de l'eau de roche, il me toucha. J'étais *vraiment* en train de laisser tomber Gabe. Elle avait tout abandonné derrière elle pour me suivre. Et Eddie l'aimait. Ça devait être une torture pour lui de la voir malheureuse.

Une quinte de toux rauque s'empara de moi. Je m'essuyai le visage de mes mains gracieuses. Des mains qui n'étaient même plus les miennes... mais elles feraient ce que je leur demanderais de faire. Je relevai enfin la tête pour croiser le regard de Jace qui me contemplait calmement. Il n'avait pas l'air nerveux, mais les muscles tendus de ses épaules me disaient le contraire.

— J'ai besoin de vêtements.

— Tout ce que tu veux, mon cœur.

43

Gabe examina mon visage.

— Par Hadès, souffla-t-elle avant de me tendre mon épée.

Je la pris, d'un geste précautionneux. Mais aucune flamme bleue ne jaillit de la lame, et je ne ressentis aucune douleur.

Je jetai un coup d'œil à Japhrimel, qui se tenait devant la fenêtre, inexpressif. La nuit était tombée, et la pluie martelait de nouveau les vitres. Je me demandais si la ville était toujours en train de brûler.

— Les armes consacrées ne vous blesseront pas, dit-il d'un ton calme. Détendez-vous, Dante. Votre lame vous appartient toujours.

Je contemplai la lame d'acier courbée, fermai les yeux, et pensai à Santino. Puis je rouvris les paupières.

Une faible lueur bleue courait le long de la lame. *Anubis*, implorai-je. *Je vous en supplie, répondez-moi.* Je laissai échapper un soupir tremblant. Je sentais mon tatouage vibrer sur ma joue, l'émeraude étinceler. Une vague de soulagement m'envahit. Ça fonctionnait toujours. Et si ma lame était toujours consacrée, ça signifiait que les dieux ne m'avaient pas abandonnée.

— Eh bien..., lâcha Gabe en posant les poings sur ses hanches. (Elle portait de nouveau son long manteau noir de flic, avec un holster sous son aisselle gauche. Je ne voyais pas son épée.) C'est encore mieux qu'un implant, je suppose.

Sa tentative d'humour échoua misérablement, mais je lui en fus quand même reconnaissante.

— Et beaucoup moins cher, répondis-je, sans plus de succès dans la légèreté.

Un silence épais s'abattit sur la pièce. Le lit n'était plus qu'un tas de lambeaux, et les chaises ne valaient pas mieux. Tous les rideaux étaient déchirés, et on distinguait plusieurs impacts de coups sur les murs. J'accusai le coup. Visiblement, Eddie n'y était pas allé de main morte.

— Désolée pour la chambre, Jace, lâchai-je finalement en évitant son regard.

Les accents rauques de ma voix la faisaient ressembler à celle d'une starlette porno.

— Ne t'en fais pas, répondit-il en s'adossant contre la porte. (Son bâton était posé à côté de lui, et les osselets s'entrechoquaient dans l'air pesant.) Je voulais refaire la déco, de toute façon.

Eddie, les bras croisés, se tenait derrière Gabe, et me jetait régulièrement de brefs coups d'œil, ainsi qu'à Japhrimel qui ressemblait quant à lui à ce qu'il avait toujours été – à l'exception des cernes qui creusaient son regard. Il semblait fatigué et, d'une certaine façon, plus humain que jamais. Il faisait face à la fenêtre et nous tournait le dos, mais son corps entier était focalisé sur moi.

— On en est où ? demandai-je, sans oser croiser les yeux de Gabe – je ne pensais pas être capable de supporter son regard sombre et angoissé.

Elle s'éclaircit la gorge.

— J'ai réussi à rassembler pas mal de munitions. Eddie a préparé trois *golem'ai* qu'il pourra invoquer dans les deux prochains jours. Et une vingtaine de boutefeux. Dans quarante-huit heures, nous serons aussi prêts que possible. (Elle jeta un regard à Jace.)

— J'ai récupéré des passeports du Cercle pour tout le monde, dit-il tranquillement. Mon bras droit est déjà en train de préparer les armes. On déclare la guerre aux Corvin, même s'ils ne le savent pas encore. Information intéressante, il ne reste plus aucun membre du Cercle Intérieur dans la ville. Ils ont tous disparu, probablement partis avec Sarg... euh,

Santino. J'ai ordonné qu'on s'empare de leurs bases. De notre côté, on a tous les vivres qu'il nous faut, et une navette de transport longues distances. Je suis prêt à partir dès que vous le voudrez.

— Tu restes ici, dis-je. Tu dois coordonner...

— Je viens avec vous, rétorqua-t-il d'un ton âcre. Que ça vous plaise ou non. J'ai mes propres comptes à régler avec Sargon Corvin. Qui ou quoi qu'il soit.

Je le regardai, les mains crispées sur la garde de mon épée. Gabe recula d'un pas. Eddie l'entoura de ses bras et ils me fixèrent tous les deux, immobiles.

Je sentis une sorte de fureur noire monter dans ma poitrine. Je déglutis et jetai un coup d'œil à mon épée. La flamme bleue était revenue.

— Donnez-moi un plan, lâchai-je finalement. Voyons si je suis capable de détecter à distance la marque génétique de Doreen. Si je n'y arrive pas, il nous restera toujours le traceur de Dake. En espérant que Santino n'a pas prévu de parade.

Je sentis plus que je n'entendis le soupir de soulagement de Gabe. Jace hocha la tête, saisit son bâton, et sortit. Gabe le suivit, en tirant Eddie par la main. Le skinlin passa devant moi sans me regarder. Gabe s'immobilisa un instant sur le seuil.

— Danny ?

— Hmm ?

Je rassemblai mon courage en contemplant la flamme bleue autour de ma lame. Le pouvoir. La transformation était effective, et je ressentais la même force que celle qui entourait Japhrimel courir à travers mes veines. Tant de pouvoir... Je n'avais même plus besoin de puiser dans la réserve d'énergie de la cité. Mon cerveau frémit à la pensée des implications. *Je pourrais réduire cette maudite maison en poussière.*

— Tu es toujours mon amie, dit Gabe fermement. Quoi que tu sois, tu es toujours mon amie.

Saisie, je me retournai vers la porte, mais elle était déjà partie, entraînant Eddie derrière elle.

Je me retrouvai seule avec Japhrimel.

Il me scrutait à travers l'air pesant. Enfin, il bougea légèrement, et recroisa les mains derrière son dos.

— Je ne le regrette pas, dit-il.

— Bien sûr que non. Vous êtes un démon.

— Un *A'nankimel*. Pas un démon. Un Déchu. (Son regard fit ce que ses mains ne faisaient pas, caressant mon visage, errant le long de mon corps.) Je ne vous abandonnerai pas, Dante.

— Je ne vous appartiens pas, répliquai-je d'un ton acerbe.

— Non, admit-il. Vous ne m'appartenez pas.

Je déglutis péniblement.

— Pourquoi ? Pourquoi avez-vous fait ça ?

— Si vous étiez restée essentiellement humaine, Vardimal vous aurait tuée. (Il pencha la tête sur le côté.) À présent, vous n'êtes ni humaine ni démon. *Aucun homme ni démon ne peuvent le tuer*, c'est l'immunité que le Prince lui a accordée en retour de ses services.

Ce qui amenait une autre question.

— Qu'est-ce que Lucifer va penser de tout ça ?

Japhrimel me dévisagea pendant un long moment. Puis, un coin de ses lèvres se releva légèrement. Cette ébauche de sourire fit s'emballer mon cœur.

— Demandez-moi plutôt si je m'en soucie.

— Vous vous en souciez ? (Mon souffle resta suspendu à la dernière syllabe.)

— Non.

Eh bien, ça résumait plus ou moins la situation. À l'exception d'une chose.

Je contournai un tas de bois qui avait autrefois été une chaise, et je me rapprochai lentement de Japhrimel. Mes bottes laissaient des empreintes blanches dans les débris de plâtre. Tenant fermement mon katana, je m'immobilisai à moins d'un pas de lui, assez près pour sentir la chaleur qui émanait de son corps. Il soutint mon regard sans broncher.

— Est-ce que vous le pensiez ? Tout ce que vous m'avez dit…

Il hocha la tête.

— Bien sûr, Dante. Chaque mot.

Une lueur fiévreuse brillait dans ses yeux, et une légère rougeur presque humaine colorait ses joues.

Je le crus. Les dieux m'en sont témoins, je le crus.

— Vous allez devoir me dire ce que ça signifie et ce que je suis devenue exactement. Après que j'aurai tué Santino.

Il y a pas mal de choses sur lesquelles je vais devoir faire le point une fois que j'aurai buté ce salopard. Je souris à cette pensée. Elle me ressemblait – du moins, elle ressemblait à ce que je croyais être.

— Quand il sera mort, je vous expliquerai tout, opina Japhrimel. Je vous présente mes excuses, Dante. Mais je ne regrette rien.

Je m'humectai les lèvres.

— Moi non plus, admis-je d'un ton rauque. (Il méritait la vérité.) Je... Je... C'est juste... Je suis sous le choc, c'est tout.

Il me fallut encore plus de courage que je ne le croyais pour lever la main et poser mes doigts sur sa joue.

— Je n'aurais jamais cru être seulement capable d'imaginer sortir avec un démon, repris-je dans une nouvelle tentative d'humour ratée.

Ses épaules se relâchèrent, et il ferma les yeux. Un long moment s'écoula avant que je retire ma main, et son regard vert plongea dans le mien. Ses yeux semblaient étrangement sombres à présent.

— Maintenant, venez, dis-je. On a un démon à tuer, un Œuf à récupérer, et la petite fille de Doreen à sauver.

44

Les autres dînèrent dans la salle à manger ornementée pendant que j'examinais le plan et que je vérifiais mon matériel. J'avais perdu mon fourreau, mais Jace possédait un ancien katana accroché au mur de son bureau, je lui empruntai donc le sien. C'était mieux que rien.

Nous étions encore loin d'être prêts, mais j'avais regagné un peu d'optimisme.

Je m'installai en tailleur devant la cheminée, le visage rafraîchi par la brise du climatiseur, et je déroulai la carte. Les zones contrôlées par l'Hégémonie en bleu, les Villes Libres en rouge, l'empire Poutchkine en pourpre, et les terres désolées et inhabitées en blanc. Il y avait très peu de blanc – essentiellement autour des pôles, plus une tache dans la zone de l'Hégémonie, le désert de Vegas, où la première et unique bombe nucléaire de la guerre des Soixante-Dix Jours avait été lâchée.

Pourquoi toutes ces chambres ont-elles des cheminées ? me demandai-je. *On est à Nuevo Rio, il ne fait jamais froid ici.*

Gabe et Eddie discutaient vivement à voix basse, sur fond de tintement de couverts. Jace ne disait rien et contemplait son assiette comme si elle contenait les secrets de l'Univers. Japhrimel se tenait devant la porte-fenêtre qui donnait sur le jardin intérieur, la mine sombre et toujours aussi impénétrable.

J'étendis ma paume au-dessus du plan, pour voir si je ressentais quelque chose. Rien. Rien du tout.

Je soupirai. Puis je tirai un des poignards de ma veste, et appuyai la lame contre ma paume.

Un lourd silence s'abattit sur la pièce.

— Dante ?

Le ton de Japhrimel était neutre, mais je perçus comme un grondement dans sa voix.

— Pas la peine de paniquer, dis-je. C'est du sang, que je cherche. Laissez-moi travailler.

Il n'ajouta rien, mais je sentais son regard peser sur moi.

J'appuyai la pointe de la lame contre ma paume. Ma nouvelle peau dorée était beaucoup plus résistante que de la peau humaine ; je dus presque forcer pour entailler la chair. Un mince filet de sang anthracite perla.

Je laissai échapper un sifflement entre mes dents. L'entaille commençait déjà à se refermer.

Je fermai les yeux et le poing. Le sang était brûlant contre ma peau. Puis j'étendis la main au-dessus du plan.

— Doreen, murmurai-je.

Doreen.

Je l'avais rencontrée lors de l'affaire Brewster, celle qui avait fait ma réputation en tant que mercenaire et pas seulement nécromante. J'avais accepté de rechercher Michael Brewster – psychopathe et tueur en série – jusqu'aux Villes Libres, pour le remettre entre les mains de la justice de l'Hégémonie. Je m'étais fait tirer dessus, poignarder, brûler, et j'avais échappé de peu à un viol collectif par un gang de magi. C'était Doreen qui m'avait permis d'échapper aux magi en faisant diversion dans l'entrepôt où ils m'avaient kidnappée. Après ça, j'avais traqué Brewster avec une rage impitoyable. Le lendemain, il était sous les verrous. J'avais aussitôt pris un vol retour pour le Vieux-Singapour où j'avais tiré Doreen de son bordel sordide, en menaçant son souteneur et en dépensant la quasi-totalité de mes gages pour racheter sa liberté.

Elle était dans un piteux état. Le gang avait dû se retourner contre elle après que je leur avais échappé. Une psion en valait bien une autre, et une *sedayeen* ne pouvait même pas se défendre comme je l'aurais fait... Enfin, comme je l'aurais fait si je n'avais pas été enchaînée physiquement et magiquement.

Je n'étais pas dupe. Je savais que je n'aurais pas pu m'échapper sans son aide. L'abandonner derrière moi était une terrible façon de la remercier, mais je n'avais pas le choix.

Il nous avait fallu du temps pour établir un réel lien après que je l'avais ramenée à Saint-City – pendant des mois, elle avait hurlé toutes les nuits dans l'obscurité, torturée par ses cauchemars jusqu'à ce que je la réveille. Ma peau nue contre la sienne, sa bouche rencontrant la mienne, nos cheveux entremêlés dans la sécurité de mon lit...

Tu m'as sauvée, me disait-elle souvent. *Je te dois la vie, Danny.*

Et je répondais toujours, *tu as sauvé la mienne, Reena.* Je n'aurais pas survécu à cette mission si elle n'avait pas été là. Ni aux années qui suivirent, où je commençai véritablement à travailler comme mercenaire et à traquer régulièrement des criminels. La maison que j'avais achetée avec mes gages devint *notre* maison : elle avait toujours eu envie d'un jardin, et depuis le Hall des Manipulations, je voulais un endroit qui m'appartienne. En tant que nécromante, j'avais besoin d'espace et de tranquillité, et la maison était tout ce qu'il me restait de Doreen.

Et Doreen m'avait fait le plus beau cadeau qui puisse être : elle m'avait réappris à vivre.

Ses cheveux clairs, coupés court ; ses yeux d'un bleu si sombre... Elle travaillait dans un hôpital libre au cœur du Tank District, et elle rafistolait de temps à autre les mercenaires et les psions esquintés. Calme et sereine, sa bouche ébauchait un perpétuel sourire, ses yeux étaient toujours gais. Tous les psions de Saint-City faisaient corps autour d'elle comme un mur protecteur. Les psions guérisseurs – les *sedayeen* – étaient des pacifistes absolus, incapables de blesser qui que ce soit. La moindre souffrance qu'ils infligeaient, ils la ressentaient dans leur propre corps. Ils étaient sans défense. Tout le monde voulait la protéger – et tout le monde avait finalement échoué.

Des centaines de fleurs bleues. Je sais à présent qu'elles étaient le présent de Santino aux « mères du futur », mais à l'époque, elles signifiaient seulement pour moi que la vie de Doreen était en danger.

Gabe était le seul flic qui m'avait cru.

Je déplaçais Doreen de planque en planque, mais les fleurs la retrouvaient toujours. Gabe et moi avions organisé des tours de garde, tout en tentant désespérément de localiser l'assassin qui semblait en vouloir à sa vie. Il y avait eu un très court répit après la découverte de son identité d'emprunt – nous savions désormais que nous cherchions Modeus Santino. L'entreprise dont il se servait comme couverture avait été démantelée, et il s'était écoulé une semaine avant que réapparaissent les fleurs et que reprenne le sordide jeu d'échecs. Garder toujours un coup d'avance, en perpétuel mouvement, passer d'une planque à l'autre...

... nous n'avons jamais eu un coup d'avance, compris-je brutalement. Il ne faisait probablement que jouer au chat et à la souris avec nous, en nous laissant l'illusion du répit pour mieux préparer son coup final, sa « récolte d'échantillons », dans cet entrepôt. Gabe avait été appelée sur une autre affaire, Eddie était parti chercher des provisions, et il ne restait que moi et Doreen, cachées dans une aile désaffectée d'un bâtiment préhégémonique.

Le sang brûlant dans ma paume. Je sentais le pouvoir prendre forme.

Ma joue s'embrasa, et l'émeraude émit une vibration cristalline. Je *touchai* ce lieu où je n'avais pas pénétré depuis la mort de Doreen, à l'intérieur de moi.

Un grattement léger, un rire aigu dans les ténèbres. Doreen se retourne, ses courts cheveux clairs en bataille. Je bondis sur mes pieds et ma lame siffle hors du fourreau en crachant une flamme bleue. Je pousse Doreen et elle tombe, lâchant un léger cri en s'écorchant les mains. Un grondement en bruit de fond – les transporteurs de fret, qui passent à toute vitesse devant l'entrepôt. Ici, dans la partie dévastée de la ville, ils volent beaucoup plus près du sol.

Des explosions. Non – un bruit de fusillade. Le gémissement des décharges plasma. Je cherche le tireur. Un sniper isolé, qui nous tire dessus – non, qui me *tire dessus. Doreen essaie de se relever, mais il la veut vivante. Je la pousse en direction de la sortie.*

— Baisse la tête, Doreen ! Baisse la tête !

Le grondement du tonnerre. Avancer désespérément, ramper à terre... mes doigts qui s'écorchent contre le bitume, esquiver le sifflement des balles... Je bute contre un obstacle, et une ombre surgit des ténèbres juste devant moi... Il tient le petit sac noir dans une main.

— La partie est finie, ricane-t-il, et ses griffes déchirent l'air.

La douleur atroce à mon côté se transforme en brûlure insupportable. Je me jette en arrière, pas assez vite, pas assez vite... Une explosion de sang, une odeur de cuivre.

— Danny !

Le cri désespéré de Doreen.

— Va-t'en !

J'ai hurlé, mais elle revient déjà vers moi ; une lueur bleutée brille entre ses doigts.

Elle essaye de me soigner. Le lien tendu entre nous résonne à l'unisson de ma douleur et de ses mains brûlantes...

Je me relève, je lui hurle encore une fois de foutre le camp, et les griffes de Santino sifflent de nouveau, l'une d'elles vient se planter entre mes côtes. Mon épée fend désespérément l'air, lente, je suis trop lente...

Je tombe une nouvelle fois. Un froid glacial s'étend dans ma poitrine. Les mains de Doreen se referment autour de mon bras. Une explosion de chaleur. Du sang. Tellement de sang.

Son pouvoir m'enveloppe, et je sens sa dernière étincelle de vie se communiquer à mes veines. Elle se raccroche à moi, férocement, tandis que Santino pousse un petit gloussement de triomphe. Le bourdonnement du scalpel laser, le bruit de succion du drain aspirant. Des gouttes de sang s'écrasent sur mes joues, dans mes yeux. Un hurlement de sirènes – le datband de Doreen avait enregistré automatiquement sa mort, alertant les patrouilles de police. Trop tard. Trop tard pour toutes les deux.

Je perds conscience en entendant les derniers bruits humides et écœurants produits par Santino, accompagnés de son petit gloussement aigu caractéristique. Son visage marque ma mémoire au fer rouge – les larmes noires sous ses yeux, ses oreilles pointues, ses crocs d'ivoire acérés. Il n'est pas humain, il ne peut pas être humain, Doreen, Doreen, fuis, fuis...

Son âme s'échappe et traverse le long hall de la mort comme une flamme vacillante, une étincelle au milieu de l'espace infini. J'étais nécromante, mais j'étais incapable de l'empêcher d'aller embrasser la Mort.

Je revins à moi en sursautant. Les larmes coulaient sur mes joues. Japhrimel était agenouillé en face de moi, de l'autre côté de la carte, et il avait refermé ses doigts autour de mon poignet. Mon index pointait un endroit sur la carte, bien au sud de Nuevo Rio, au milieu d'une zone blanche et du bleu pâle de l'océan.

Une île au milieu d'une mer froide. Presque en Antarctique. Le dernier endroit au monde ou vous iriez chercher un démon.

— C'est là qu'il se trouve, lâchai-je d'une voix rauque en appuyant mon index sur la carte. Juste là.

Japhrimel hocha la tête.

— Alors, c'est là qu'il faut nous rendre. Dante ?

— Je vais bien, dis-je en essuyant les larmes sur mes joues d'un revers de main. Allons-y.

Il relâcha ma main avec réticence. Je relevai les yeux vers la table.

La fourchette de Gabe était suspendue dans l'air. Elle me regardait, le visage livide ; l'émeraude sur son front étincelait. Eddie était debout, sa chaise renversée sur le sol comme s'il l'avait repoussée brusquement. Jace avait écarté son assiette et me fixait lui aussi avec des yeux écarquillés.

— Finissez de manger, conclus-je. (Ma voix ressemblait à présent à celle de Japhrimel, monocorde et pourtant chargée d'un pouvoir meurtrier.) Et allez vous reposer. On a du pain sur la planche.

45

Toute la maison dormait.

Gabe et Eddie étaient partis se coucher, et Jace avait fini par faire de même, écrasé de sommeil. Cette nuit de repos leur serait profitable à tous.

Je n'avais pas sommeil. Au lieu d'aller me coucher, je traversai lentement les pièces du rez-de-chaussée, suivie par l'écho léger de mes pas. Je ne savais pas vraiment où j'allais avant de me retrouver face à la grande porte d'entrée, sur laquelle je posai ma main. Le pouvoir contenu dans les murs du manoir de Jace vibrait faiblement, d'une pulsation agitée, et je le calmai comme je l'aurais fait avec un slicboard mal réglé.

— Où allez-vous ? me chuchota Japhrimel à l'oreille.

Il venait d'apparaître au milieu des ténèbres, silencieux comme une ombre.

Je haussai les épaules.

— Je ne vais nulle part. J'ai juste besoin de prendre l'air.

— Et ?

Sa voix était calme, presque excessivement calme.

Sans répondre, je poussai la poignée et me glissai dans la nuit.

Je me retrouvai face à l'esplanade, vaste étendue de marbre clair. À l'autre bout, la falaise rocheuse plongeait à pic jusqu'aux faubourgs de Nuevo Rio. Je songeai que Jace avait certainement choisi cet endroit pour des raisons de sécurité, mais aussi pour la prise de hauteur symbolique qu'il lui offrait.

Japhrimel referma la porte derrière moi. Je m'avançai au milieu de l'esplanade en regardant le ciel. Des nuages défilaient devant le croissant de lune, mais j'y voyais parfaitement bien. La vision des démons était bien supérieure à celle des humains. Je pouvais distinguer les moindres craquelures du marbre, le moindre caillou égaré.

Japhrimel, toujours silencieux, s'immobilisa sur le perron.

— Alors, je suis quoi ? demandai-je finalement. (La puanteur humaine de Nuevo Rio et la fragrance piquante du pouvoir se mêlaient dans le vent nocturne.) Je suis quoi, *exactement* ?

— *Hedaira*, répondit-il d'une voix qui s'éleva dans la nuit. Je suis un Déchu, Dante. Et j'ai partagé mon pouvoir avec vous.

— Merci, je suis vachement plus avancée, lâchai-je d'un ton acerbe en crispant mes doigts sur la garde du katana.

— Pourquoi ne me demandez-vous pas ce que vous avez vraiment envie de savoir, Dante ?

Il avait toujours l'air fatigué. Presque triste.

— Est-ce que je peux vous tuer ?

— Peut-être.

— Qu'est-ce qui vous arrivera si Santino me tue ?

— Il ne vous tuera pas.

La pierre vibra légèrement sous mes pieds en écho à ses paroles. Sa voix avait une texture presque physique, à présent, elle caressait ma peau comme rien d'autre ne l'avait jamais fait. Je me souvins de cette extase à la limite de la douleur, si intense qu'elle ressemblait à la mort… Je me souvins de son corps sur le mien.

Je me retournai vers lui, et vis qu'il avait recroisé les mains derrière son dos. Une légère lueur verte brillait dans ses yeux. La noirceur de son manteau ailé se fondait dans l'obscurité, se détachant sur le marbre blanc.

— Ce n'est pas une réponse, Tierce Japhrimel.

Il se tendit à l'énoncé de son nom.

Mon pouce glissa sur la garde de l'épée. Il baissa les yeux, puis les releva. La lune se reflétait au fond de ses prunelles. Le mince croissant disparut de nouveau derrière les nuages, et la silhouette de Japhrimel se fondit une nouvelle fois au milieu des ombres. Pourtant, si je me concentrais, je pouvais déchiffrer chaque détail de son expression.

— Vous n'avez pas envie de poser des questions, me dit-il. Vous avez envie de vous battre.

— C'est la seule chose que je sais faire, répondis-je en regrettant qu'il m'ait percée à jour.

— Pourquoi les choses sont-elles toujours si compliquées, avec vous ?

Je pouvais voir qu'il souriait, et ça me mit en rogne encore davantage.

— Pourquoi vous ne portez pas d'épée ?

— Je n'en ai pas besoin, dit-il en haussant les épaules. Vous voulez que je vous le prouve ?

— Si vous pouvez me battre, alors Santino...

— Santino chasse des humains. C'est un charognard. Je suis le Bras Droit du Prince des Enfers, Dante.

— Vous chassez quoi, vous ?

Je faisais mon possible pour conserver un ton agressif, mais je réussis seulement à paraître fébrile.

— D'autres démons. J'ai tué plus de membres du Cercle Supérieur que vous ne pouvez l'imaginer.

Il retroussa les lèvres en un sourire carnassier.

Auparavant, à chaque fois qu'il souriait de cette façon, ça me glaçait d'effroi. Plus maintenant. Maintenant, mon cœur s'accélérait, et je me rappelais sa bouche sur la mienne. Ses mains sur ma peau nue.

Je tirai presque mon katana – plusieurs centimètres d'acier scintillèrent sous la lune. Pas de flamme bleue.

Il souriait toujours et me regardait.

— Est-ce que vous aviez prévu ça ? Est-ce que Lucifer l'avait prévu ?

Je déglutis, en regrettant la disparition de mon ancienne peur humaine, si familière, avec une amertume qui me surprit. Je n'aurais jamais cru que l'absence de peur pût être effrayante.

— Lucifer n'a pas prévu cela, Dante ; il en sera extrêmement contrarié. Aucun démon ne prévoit de Déchoir. Devenir un *A'nankimel*, c'est renoncer à presque toute la puissance et la gloire des Enfers.

Il haussa les épaules, les mains toujours croisées derrière son dos.

— Vous ne pourrez pas y retourner ? Et... et votre liberté ?

— Il y a d'autres formes de liberté, Dante. Mon destin est lié au vôtre. Je reste soumis à la volonté du Prince jusqu'à ce que nous ayons tué Santino, et après... après, nous verrons, vous et moi, quel compromis nous pourrons trouver.

Je fermai les yeux.

Tu es une dure à cuire, n'est-ce pas ? Si dure... Un jour, il faudra que tu trouves quelqu'un que tu ne pourras pas embobiner, Danny. La voix de Doreen résonnait dans ma mémoire. *Un jour, quelqu'un se rendra compte que tu es une sentimentale. Qu'est-ce que tu feras quand ce moment arrivera ?*

Je ne suis pas une sentimentale, avais-je répliqué avant de changer de sujet. Doreen avait éclaté de rire en passant sa main sur la peau nue de mes hanches, une douce caresse pleine d'indulgence.

J'avais rencontré Jace à notre pendaison de crémaillère, et il avait commencé à me tourner autour après la mort de Doreen. Il venait chez moi pour effectuer de menues réparations, et apparaissait parfois au beau milieu d'une de mes missions pour couvrir mes arrières. Il avait risqué sa vie pour moi pendant l'affaire Freemen-Tarks, une de celles dont je conservais le plus cuisant souvenir. Je faisais encore des cauchemars où j'étais piégée dans le fond d'une impasse, sous la pluie battante, Tarks s'avançant vers moi armé d'une barre de fer, jusqu'à ce que Jace surgisse de nulle part et le descende. Même quand Jace avait commencé à me courtiser ouvertement, je l'avais tenu à distance. Il fallait toujours que ça tourne à la bagarre, entre nous, et il semblait y prendre autant de plaisir que moi, ciselant chacune de ses reparties acérées. Il avait été mon premier véritable partenaire d'entraînement, un partenaire avec lequel je n'avais pas à retenir mes coups.

Je rouvris les yeux et regardai ma lame. La lune faisait étinceler l'acier entre la garde et le fourreau. Je la rengainai en soupirant. Qu'est-ce que j'allais faire, essayer de le tuer parce qu'il m'avait rendue plus forte ? Si Santino ne pouvait plus me tuer aussi facilement, si j'étais plus rapide et plus résistante à cause de ce que Japhrimel m'avait fait...

Je ne réalisai même pas que je m'étais rapprochée de lui jusqu'à ce qu'il descende une marche du perron et m'entoure de ses bras, m'enveloppant dans la chaleur d'une étreinte de démon. Je laissai échapper un soupir et mes épaules se détendirent, momentanément libérées de leur fardeau d'angoisse. Dans ses bras, je pouvais respirer. Comme s'il portait autour de lui la seule sphère d'air respirable de la planète.

Il m'embrassa doucement sur le front. Une flamme bondit dans mes veines à ce seul contact.

— Si tu veux te battre contre moi, Dante, bats-toi, murmura-t-il. (Ses lèvres erraient sur mon nouveau visage.) Si ça peut te faire du bien, je jouerai à ce jeu. Mais nous pourrions aussi en inventer d'autres.

Je n'aurais jamais cru qu'un démon serait capable de me séduire. Mais après tout, c'était leur spécialité. Cajoler, fasciner, exciter, tenter... ils en avaient fait une sorte de sport national, et ils avaient eu tout le temps de s'entraîner.

Il embrassa ma joue, puis le coin de ma bouche. Je rejetai la tête en arrière, un faible gémissement implorant s'échappa de ma gorge, et nos lèvres se rejoignirent. Ce baiser ne ressemblait pas au premier – il était plus doux. Un démon dur, avide, contre qui je pouvais me battre... Japhrimel, tendre, qui partageait sa bouche avec moi comme s'il était humain – je ne pouvais pas me défendre contre ça.

Il m'entraîna dans la maison de Jace, ses doigts entrelacés aux miens. Quand il referma la porte d'une autre chambre derrière nous, des larmes coulaient sur mes joues. Il les essuya, tendrement, et mes sanglots muets cessèrent d'eux-mêmes tandis qu'il me disait silencieusement tout ce que j'avais toujours voulu entendre.

46

— On décolle à dix heures, annonça Jace. Tu as dit qu'on avait besoin de quelque chose qui puisse traverser l'océan.

Je fixai la navette en tripotant une mèche folle. Elle ressemblait à une épave récupérée dans une décharge avec son fuselage crasseux et son nez écrasé. Son nom – *Betsy* – était peint en lettres roses sur la carlingue.

— Et tu as sélectionné ce déchet ambulant pour une raison particulière… ?

— Ouvre bien les yeux.

Jace leva le poignet et tapota sur son datband. Ma mâchoire se décrocha. Je voyais toujours l'esplanade de marbre, la fumée qui s'élevait de Nuevo Rio en arrière-plan, le trafic des transporteurs au-dessus de la ville – mais plus d'épave.

Je levai mon propre datband et scannai les environs. Une expression stupide sur le visage, je fouillai dans mon sac pour en extraire mon datpilot et répétai la manœuvre, en réduisant mes boucliers pour essayer de détecter une perturbation électromagnétique. Toujours aucune épave.

Rien. Si je n'avais pas vu l'engin quelques instants auparavant, je n'aurais absolument rien suspecté.

— Par tous les dieux, soufflai-je. Comment tu as…

— La technologie militaire de l'Hégémonie, associée à un petit extra, répondit Jace. (Le soleil écrasant réverbéré par l'esplanade accentuait encore sa blondeur.) J'ai un excellent Tech parmi mes hommes, et ton démon a des talents plutôt utiles. Invisible au radar, au scan, au magscan, et aux sondes psi. Elle est plus rapide qu'elle n'en a l'air. Et blindée d'armement ; des canons solaires, des…

— D'accord, d'accord, grogna Eddie. Y a des jolies hôtesses, aussi ? (Il me tendit un petit paquet renfermant cinq ou six éclats de cristal, pas plus gros que mon pouce.)… les boutefeux. Fais-y attention, OK ?

Il évitait toujours mon regard. Je ne pouvais pas l'en blâmer – j'avais du mal à me regarder dans un miroir, et il s'agissait de mon propre corps.

Gabe haussa les épaules, sur lesquelles elle avait jeté négligemment son manteau.

— C'est moi qui ai la carte. On va vraiment monter dans ce truc ?

— Eh ! protesta Jace en tapotant de nouveau sur son datband, faisant réapparaître la navette. Elle est peut-être moche vue de l'extérieur, mais elle a un cœur d'or.

Il sortit une petite flasque de son sac.

Une brise au parfum de cendres soulevait légèrement mes cheveux. Nuevo Rio ne brûlait plus, mais des bruits de fusillade montaient sporadiquement dans la ville, au rythme de la progression des lieutenants de Jace. Après un long conseil de guerre, nous étions parvenus à cette conclusion : si son offensive réussissait, Jace deviendrait maître de toutes les possessions des Corvin à Nuevo Rio, et probablement dans le reste de l'Hégémonie. C'était la méthode admise pour imposer une nouvelle famille, par le meurtre et par le feu, une fois que les papiers administratifs étaient en règle. Nous espérions que cela distrairait Santino – il était tellement sûr de lui qu'il se croirait probablement en sécurité pendant que nous attaquions les Corvin, non ?

Non, songeai-je.

Jace déboucha la flasque, renifla le liquide et porta le goulot à sa bouche, rejetant la tête en arrière.

— Ceux qui vont mourir te saluent, dit-il d'un ton solennel.

Il tendit la flasque à Gabe, qui me jeta un regard en biais.

— Un ancien rituel à nous, précisai-je. Chaque fois qu'on démarrait une mission, on buvait un coup de ce truc en trouvant une citation. Bonne chance.

Elle fronça les sourcils, avala une gorgée et toussa, les joues empourprées.

— Les dieux reconnaîtront les leurs, dit-elle en grimaçant. Par Hadès, c'est complètement idiot !

Eddie prit la flasque et but un long trait.

— *Fortis fortunam iudavat**, rugit-il. (Il toussa légèrement, et des larmes envahirent ses yeux.) Bon dieu, Jace, qu'est-ce que c'est ?

— De l'eau-de-vie maison.

Jace souriait, et une lueur malicieuse brillait dans ses yeux.

Eddie me passa la flasque. Si Jace avait pensé me toucher avec ce geste, il avait visé juste. Je portai le goulot à ma bouche et avalai une longue gorgée. Le liquide brûlant descendit le long de mon gosier. Je toussai à mon tour.

— « Va, étranger, dire à Sparte qu'ici nous gisons, fidèles à ses lois. »

C'était juste aussi atroce que toutes les autres fois où j'y avais goûté. Je rendis la flasque à Jace, qui me contempla quelques instants sans mot dire. Est-ce qu'il avait regardé mes lèvres se refermer autour du goulot, le frémissement de ma gorge au moment où j'avalais le tord-boyaux ? Peut-être.

Enfin, il tendit le bras en direction de Japhrimel, aussi sombre et silencieux qu'à son habitude.

— Buvez un coup et dites un truc. Vous faites partie des nôtres.

Je ne sais pas combien ça avait coûté à Jace de dire ça, mais je lui en fus reconnaissante. Je me mordis nerveusement la lèvre inférieure, mais personne ne me regardait.

— Je crois que Jace a raison, intervint Gabe d'une voix enrouée. Il a sauvé la vie de Danny.

— Il n'aurait pas eu à lui sauver la vie s'il ne l'avait pas entraînée dans tout ça, grogna Eddie.

Elle lui donna un coup d'épaule. Son émeraude scintillait sous le soleil du matin. L'orage de l'après-midi commençait tout juste à assombrir l'horizon. Je pouvais sentir l'approche de la pluie et l'adrénaline qui courait dans les veines de mes amis. Sauf celles de Japhrimel.

Il prit la flasque et l'éleva à sa bouche. Une courte gorgée. Ses yeux se voilèrent légèrement.

— *A'tai, hetairae A'nankimel'iin. Diriin.* (Il rendit la flasque à Jace.) Je te remercie, humain.

---

* « La fortune sourit aux audacieux. »

— Il n'y a pas de quoi. (Jace inclina la flasque, et versa une rasade de liquide fumant sur le marbre avant de la refermer d'un geste machinal.) Eh bien... si on doit partir pour une mission suicide, autant ne pas trop tarder.

— Ce n'est pas une mission suicide, répliqua Gabe d'un ton acerbe. J'ai des taxes immobilières à payer. Je ne peux pas me permettre de mourir.

47

Je contemplais pensivement l'océan perdu dans la nuit au-dessous de nous. Japhrimel faisait de même à travers le hublot opposé. L'habitacle était équipé de sièges rudimentaires, et un énorme tas de matériel occupait l'arrière de la navette. J'espérais que nous n'aurions pas besoin de tout ce que nous avions emporté – il y avait de quoi traquer Santino pendant des mois. Et si je devais passer des mois à faire ça, je deviendrais probablement folle.

Gabe, harnachée dans le siège du commandant de bord, pilotait la navette d'une main experte. Eddie arpentait le couloir central en grondant silencieusement. Il marchait jusqu'au bout de l'allée, faisait demi-tour, marchait jusqu'à l'autre bout, et recommençait. Il se préparait à lancer ses *golem'ai.* Ces trucs de boue étaient l'arme ultime des skinlins. Je sentis un frisson descendre le long de ma colonne vertébrale.

Jace était rencogné sur son siège, les yeux fermés. C'était son rituel habituel juste avant une mission. Peut-être repassait-il les détails du plan dans sa tête, peut-être priait-il, peut-être s'adressait-il à un de ses *loas.* Le tatouage torturé sur sa joue bougeait légèrement.

Et moi ? J'étais assise et je regardais mes mains, refermées sur le fourreau du katana. Autour de mes doigts dorés, mes bagues émettaient un scintillement qui oscillait entre l'ambre, l'argent, la pierre de lune et l'obsidienne. À présent, elles luisaient en permanence, nourries par le pouvoir du démon.

J'en avais bien trop, bien plus que je n'avais l'habitude d'en contrôler. Le pouvoir faisait crépiter l'air autour de moi et courait à l'intérieur de mon cerveau, excitant chacun de mes neurones, suppliant que je l'utilise. Je tirai très légèrement mon katana hors du fourreau, à peine deux ou trois centimètres, et je regardai la faible lueur bleue jouer sur le métal. Le chant de la lame runique, si familier, accompagnait le bourdonnement du réacteur à énergie.

Je relevai les yeux vers Japhrimel, qui scrutait les vagues. Son profil acéré se découpait avec netteté devant la lumière de la lune. Je clignai des paupières.

Ses yeux avaient perdu leur lueur de laser émeraude. Ils étaient sombres, voilés. J'en eus le souffle coupé. Je renfonçai le katana dans son fourreau.

— Japhrimel ?

Il tourna son regard vers moi, et sourit. C'était un sourire franc et complice qui fit bondir mon cœur dans ma poitrine. *J'étais au lit avec lui ce matin*, songeai-je, en sentant le rouge me monter aux joues.

— Vous... Vos yeux..., soufflai-je.

Il haussa les épaules d'un mouvement élégant. Est-ce qu'il m'avait aussi transmis la grâce qui imprégnait tous ses gestes ? *Il aurait pu m'arriver pire que ça*, pensai-je, avant de me reprendre : *Non. Je suis humaine. Humaine.*

Ce n'est pas vrai. Mes doigts se crispèrent sur la garde du katana.

— Ils sont sombres ? C'est une bonne chose.

— Pourquoi ?

Son sourire s'accentua légèrement.

— Ça veut dire que je ne suis plus un sujet des Enfers. Seulement le vôtre.

— Alors, techniquement, vous êtes libre ? Vous pourriez abandonner la mission ?

— Bien sûr que non. Ça signifie simplement qu'une fois que Lucifer aura récupéré l'Œuf, je resterai avec vous.

— Je ne suis pas sûre d'être très à l'aise avec cette idée, répondis-je en détournant les yeux vers le hublot. Qu'est-ce qui nous attend sur cette île, à votre avis ?

Japhrimel était toujours adossé contre l'intérieur de la carlingue.

— Plusieurs cercles de défense, des gardes humains, et d'autres choses. Impossibles à deviner. Mieux vaut attendre et voir.

— La méthode d'approche classique pour une base militaire inconnue, ajouta Gabe depuis le siège de pilotage. On ne peut rien prévoir avant d'y être, il faut juste être préparé à tout. Pas le temps d'établir un plan d'attaque.

On avait déjà parlé de tout ça, mais la conversation était réconfortante. Mieux que le silence, en tout cas. Pourtant, quelque chose me chiffonnait, un détail que je n'arrivais pas à cerner.

— Ben, si on est invisibles, on peut au moins faire un tour de reconnaissance avant de les envoyer se faire foutre en Enfer, grogna Eddie. (Il jeta un regard vers Japhrimel.) Sans vouloir vous offenser.

Japhrimel cligna des yeux.

— Pas d'offense.

Je contemplai la mer au-dessous de nous. Je n'avais jamais aimé la mer. Tout ce qui était grand et imprévisible me foutait la trouille. Idem pour le tonnerre, certains chefs-d'œuvre... et les démons.

La question fit brusquement surface dans mon esprit. *Comment Santino a-t-il fait pour s'évader des Enfers ?* Certes, il était puissant, plus que la plupart des monstres humains que j'avais eu l'occasion d'affronter. Et pourtant... J'avais *vu* les Enfers à présent, et je ne pensais pas que Santino soit doté du pouvoir nécessaire pour échapper aux mains du Prince, en particulier avec une chose aussi précieuse que l'Œuf. L'artefact ne devait pas être souvent utilisé... Lucifer le faisait forcément garder. *Garder par un démon en qui il avait confiance.*

Mes yeux se posèrent une nouvelle fois sur le manteau de Japhrimel, détaillant son profil. Je ne voulais pas penser à ça, surtout alors que je venais de passer une matinée au lit dans ses bras. Il n'avait pas l'air de vouloir me laisser tomber ; je pourrais poser les questions qui fâchent plus tard.

S'il y avait un plus tard.

Il nous restait environ quatre heures de vol avant d'atteindre l'île. Après, il faudrait découvrir quel genre de base Santino avait établi sur place, réussir à traverser ses défenses, et le tuer – et aussi sauver la petite fille.

La fille de Doreen. Ou son clone. Lucifer cloné avec un bout de Doreen. Un quart ? Une moitié ? Combien ? Est-ce que ça avait de l'importance ? Bien sûr que non. J'avais une dette immense envers Doreen. Plus que toute autre chose, elle m'avait réconciliée avec mon corps, elle avait permis à la petite fille terrifiée à l'intérieur de moi de s'endormir enfin pour que l'adulte puisse apparaître.

Redescends sur terre, Danny ! songeai-je en dressant mon katana à la verticale pour appuyer mon front sur la garde. Heureusement qu'il faisait nuit dans l'habitacle, ça m'évitait d'avoir à contempler mon reflet dans le hublot. *Qu'est-ce que tu vas faire d'une enfant-démon ? Jouer à la maman ? L'envoyer à l'école en espérant qu'elle ne mettra pas le feu à tout le bâtiment ?*

Ça ne fait rien. Tu ne peux pas abandonner une petite fille – la fille de Doreen – aux mains de Lucifer. C'est juste impossible. Qu'est-ce que lui *ferait d'elle ? Tu le dois à Doreen. Elle a donné sa vie pour sauver la tienne.*

Je soupirai. J'étais assise à l'intérieur d'une épave volante, en train d'entraîner ma meilleure amie – qui pouvait mériter ce titre plus que Gabe ? – et son petit ami vers la mort. Et Jace. Et Japhrimel, mais lui était probablement capable de se défendre tout seul.

Probablement. Qu'est-ce qui me prenait de m'inquiéter pour lui ?

Je reposai le katana sur mes genoux.

— Japhrimel ?

— Dante ?

— Est-ce que... Est-ce que vous êtes vulnérable, maintenant ?

Ma voix sonnait de manière moins neutre que je ne l'aurais voulu.

— Pas face aux humains. Face à certains démons, peut-être. Pas beaucoup.

— Santino ?

Il haussa les épaules.

— Je ne m'inquiète pas à son sujet.

— Ce n'est pas une réponse.

— Vous avez gagné en perspicacité.

— Et vous essayez de tourner autour du pot. Ce qui veut dire qu'il peut vous blesser.

— Le pouvoir que renferme l'Œuf peut probablement me blesser. Cependant, ce n'est pas moi qu'il veut capturer.

Il ressemblait maintenant à une statue de ténèbres.

— Il m'a tiré dessus. Je doute que me « capturer » soit prioritaire sur sa liste de trucs à faire.

— S'il avait voulu vous tuer, il vous aurait éviscérée, Dante. Il était en mesure de le faire. Et il vous a seulement tiré dessus, en sachant que ça nous retarderait. Il espère de toute évidence vous kidnapper de nouveau. Et ça signifie qu'il a un plan.

Cette idée était assez peu réconfortante. J'ouvris la bouche pour répondre, mais Jace fut plus rapide que moi.

— Ça n'a pas d'importance. Quand ma famille aura définitivement vaincu les Corvin, ses parfaits petits plans partiront en fumée. Il n'aura plus aucune ressource à sa disposition pour les mettre en pratique.

— Je doute qu'il n'ait pas anticipé votre offensive, répondit calmement Japhrimel.

La navette traversa un trou d'air. Je me crispai sur mon siège, et Eddie lâcha un grognement.

— On s'en fout, de toute façon. On va le buter. (Il se tourna vers nous et nous cloua de son regard féroce.) J'ai fait tout ce chemin, j'ai pris plein de coups et je me suis laissé enfermer dans deux navettes, il ne va pas s'en tirer avec une fessée. En plus, on a *la* Gabrielle Spocarelli. Et Jace Monroe. Et Danny Valentine Version Deux, une nécromante de la mort-qui-tue avec son méga-démon domestique. Sans compter Eustache Edouard Thorston III, sorcier skinlin, Maître des Éléments, super énervé, pour vous servir. (Il découvrit ses crocs.) Il a fait du mal à ma Gabby, continua-t-il doucement. Et je vais le lui faire *payer*.

Je clignai des yeux, incrédule. Je n'avais jamais entendu Eddie faire une phrase aussi longue.

Gabe ne se retourna pas, mais je pouvais voir à l'inclination de ses épaules qu'elle était en train de sourire. Japhrimel regardait Eddie avec un air un peu surpris. Jace souriait, les yeux toujours fermés, la nuque posée contre l'appuie-tête.

Je m'éclaircis la gorge.

— Merci, Eddie. Je me sens mieux.

Le plus drôle, c'est que c'était vrai.

48

— Sainte mère des dieux..., siffla Gabe entre ses dents. Vous devriez venir voir ça.

— Et les scans à radiations ? m'inquiétai-je.

— Signature électromagnétique plate. Ils ne peuvent pas nous voir, répondit Jace en se penchant par-dessus l'épaule de Gabe. Par Ogoun... Et merde.

— Impressionnant, gloussa Gabe. (Le ton de sa voix était léger, presque enfantin, mais il me donna la chair de poule.) On dirait le repaire d'un grand méchant de ciné holovid.

Au-dessous de nous, au milieu de l'océan glacial, les vagues se fracassaient contre une falaise abrupte. L'île était un à-pic rocheux isolé au milieu des plaques de banquise, et le château se dressait à son sommet. Ses tourelles étroites s'élevaient dans la nuit, constellées de petits points lumineux. On aurait dit un décor de conte de fées gothique, avec des passerelles entrelacées et des gargouilles grimaçantes surgies de la pierre.

— Récupère-moi une sortie laser de tout ça, dis-je à Jace. (Il tapota sur l'écran de contrôle et l'imprimante se mit en marche.) Tu es *sûr* qu'on est invisibles ?

Eddie me tendit la sortie papier.

— Ça ressemble à des batteries antiaériennes là, là et là, expliqua-t-il en posant la photo sur la table. S'ils nous avaient repérés, ils nous auraient déjà abattus.

Je balayai la surface lisse du papier de ma paume. On avait terminé de vérifier notre équipement. Tout ce qui restait à faire, c'était de se poser et de passer à l'attaque.

— Jace, sors-moi deux autres vues. Gabe, essaie de ne pas trop ralentir. Les boucliers magiques ne servent à rien si on est trop statiques.

— Oui, maman, grinça Gabe. Laisse-moi piloter tranquille, d'accord ?

— Ils ne se doutent de rien, intervint Japhrimel. Dante, cet endroit grouille de gardes.

— Tant mieux. Plus il y aura de confusion, mieux ce sera.

Jace me tendit deux nouvelles vues aériennes.

— Tu en veux d'autres ?

Nos regards se croisèrent. C'était un moment de complicité totale, le genre d'accord parfait qui s'installait entre nous du temps où on travaillait ensemble.

— Tu peux traverser le bouclier ? demandai-je.

— Ça ne pose pas de problème, répondit Japhrimel, qui ne me quittait pas des yeux. Santino ne peut pas utiliser de bouclier démoniaque. S'il le faisait, Lucifer le retrouverait instantanément. Il est obligé de s'en remettre à la technologie humaine pour se protéger.

— Parfait. (J'étendis mes mains au-dessus du plan aérien, et je fermai les yeux.) Japhrimel, assurez-vous que je ne déborde pas du plan.

Il hocha la tête.

— Bien sûr.

Je me *concentrai*, essayant de retrouver le lien que j'avais déjà suivi. Il était très faible – la fillette n'était pas Doreen, et elle n'était pas humaine. Mais, je me le répétai une fois de plus, moi non plus. Plus maintenant.

Je suivis en tâtonnant le mince câble psychique tendu au-dessus de la mer houleuse. Je me rapprochais, encore, encore...

Contact.

... qui es-tu...

La voix n'était ni mâle ni femelle, mais elle m'était *familière*, aussi familière que la mienne. Une vague de chaleur remonta le long de mes bras et s'infiltra à travers mes os ; mon cœur battait à tout rompre ; un goût métallique envahit ma bouche.

Désengage-toi, romps le lien, il est ouvert, trop ouvert, des larmes salées sur une blessure ouverte, Doreen, le souvenir de Doreen qui rejette ma tête en arrière, la flamme bleu pâle entre ses mains, son sang, son sang partout...

... qui es-tu...

Le lien s'affaiblit. Mes « doigts » mentaux se figèrent, incapables de rompre le contact, tandis que la chose, quelle qu'elle soit – *l'enfant ? Aucun enfant ne peut être aussi fort* –, m'examinait comme une mouche capturée sous un verre.

Je trébuchai en arrière. Japhrimel me rattrapa par les épaules et me soutint, absorbant le contrecoup du pouvoir. Il posa son menton sur le sommet de ma tête.

— Dante ?

— Ça va, dis-je.

Mon index pointait un endroit de la carte. *Quoi que ce soit, ce n'est pas un enfant. Ça ressemble à un enfant, mais ça n'en est pas un. Pourtant ça vient de Doreen, et j'ai fait une promesse.*

— Elle est là. On va la chercher.

— Ça me va, dit Gabe. Je vais mettre cette bonne vieille *Betsy* en pilotage automatique.

Je jetai un regard à Eddie. Le skinlin blond hirsute rajustait son manteau de cuir sur ses épaules, avant de vérifier ses flingues pour la quarantième fois.

— Tu devrais peut-être nous attendre ici, Gabe, suggérai-je.

— Va te faire foutre, répliqua-t-elle d'une voix égale en tapotant sur le panneau de contrôle.

Une fois qu'elle eut terminé de rentrer les coordonnées de vol, elle se glissa hors du siège de pilotage et commença à passer son harnachement. Des plasguns, des poignards et des détonateurs de toutes sortes prirent place à différents endroits de sa personne. Même engoncée dans cet attirail, elle arrivait à rester élégante.

— Je ne vais pas attendre ici pendant que vous vous amusez en bas.

— Tu es la seule à pouvoir piloter ce truc, et on aura besoin de quelqu'un pour nous ramener.

— Arrête de me couver. (Elle rajusta une épingle derrière son chignon impeccable.) Pourquoi tu ne restes pas, *toi*, ici, pour nous couvrir ?

— C'est le boulot de Jace, répliquai-je.

Je baissai une nouvelle fois les yeux sur les vues aériennes. Mon doigt s'arrêta sur un des points de lumière jaune, dans la partie sud du château, un des endroits les plus difficiles d'accès.

— Japhrimel, est-ce que vous pouvez... Euh... Voler ?

— Je peux vous amener jusqu'à cette fenêtre, Dante. Mais je ne peux pas porter plus d'une personne.

— Ne vous inquiétez pas pour ça, intervint Gabe. On a emmené des slicboards.

— Je suppose que je ne peux rien faire pour vous convaincre de m'attendre ici, soupirai-je en rejetant la tête en arrière.

Japhrimel déposa un baiser sur ma nuque. Jace détourna les yeux. Je me redressai lentement en écartant ma main de la photo aérienne avec réticence. Mon cœur avait adopté son rythme habituel juste avant une mission : rapide, mais pas encore frénétique. L'adrénaline commençait tout juste à envahir mes veines.

— Attends une minute, dit Jace. Il est hors de question que je reste ici. Tu as besoin de renforts.

— J'ai Japhrimel, répondis-je sans y penser.

Ça y est, c'était sorti. La bouche de Jace esquissa un léger rictus, et Japhrimel resserra ses bras autour de moi. Une chaleur brûlante pulsait dans mon épaule gauche.

— On est trop peu nombreux pour se permettre de laisser quelqu'un en arrière, trancha Eddie. On a besoin de tout le monde pour mettre un maximum de bordel en bas.

La tension dans mes épaules reflua.

— Vous êtes cinglés, soufflai-je. (J'appuyai mes paumes sur la table.) Très bien. On descend tous ensemble.

Gabe posa sa main sur la mienne.

— Tous ensemble. Et que les dieux nous viennent en aide.

Eddie recouvrit nos deux mains de sa patte poilue.

— On va tous les buter, gronda-t-il.

Jace, ensuite.

— Je ne resterai pas en arrière. Pas aujourd'hui.

Japhrimel demeura silencieux un moment, puis se glissa à mon côté. Il posa sa main sur les nôtres.

— Puissent vos dieux et les miens nous protéger, ajouta-t-il judicieusement.

— Je ne savais pas que les démons avaient des dieux, sourit Gabe.

C'était son sourire de combat, féroce et lumineux.

Tout le monde se sépara comme d'un commun accord, et je jetai un regard à Japhrimel.

— Sois prudent, OK ?

Mon pouce caressait nerveusement la garde du katana.

Son expression était plus sombre et meurtrière que jamais. La lueur sinistre des écrans de contrôle semblait l'entourer d'un halo radioactif.

— Ne t'inquiète pas pour moi, Dante. J'ai disputé beaucoup d'autres batailles.

Je jetai un dernier coup d'œil sur les vues aériennes, la bouche sèche. Le château était immense, et je n'avais aucune idée de l'endroit où Santino se cachait.

Jace ouvrit le sas extérieur tandis que la navette ralentissait.

— Vos datbands ? hurla-t-il pour couvrir le rugissement du vent, de l'océan, et du système de dépressurisation.

Les commlinks grésillèrent dans nos oreilles. Je secouai la tête – j'avais horreur de ces appareils, mais je ne pouvais pas me permettre de gaspiller ma concentration pour maintenir une conversation télépathique à cinq.

Je levai mon datband, et Gabe et Eddie m'imitèrent. Nous étions à présent tous les trois reliés au système de radioguidage de la navette, ce qui signifiait que nous pourrions suivre en permanence le trajet de chacun sur nos datbands. Gabe sortit un long slicboard NeoSho d'un étui au milieu de la pile de matériel, tandis que je vérifiais mon plasgun pour la cinquantième fois. Eddie avait déjà en main son propre NeoSho et Jace déballa son Chervoyg.

Gabe sourit.

— Rendez-vous en Enfer ! s'exclama-t-elle en se jetant dans le vide.

Eddie la suivit, dirigeant son slicboard dans le sens du vent avant de s'élancer à son tour, enveloppé par le halo jaune-vert de la magie skinlin. *Il est en train d'amorcer les* golem'ai *pour lancer la diversion*, songeai-je en frissonnant.

— Japhrimel ! hurlai-je à travers le vacarme. Cause autant de dommages que tu le peux une fois qu'on aura récupéré l'enfant. Détruis cet endroit, si c'est en ton pouvoir.

Il hocha sobrement la tête. Les pans de son manteau se détachèrent au milieu de son torse, pour se déployer lentement derrière lui. Jace sauta par-dessus bord avec deux plasguns déjà en main et son épée au côté. J'inspirai profondément.

— Tu me rattrapes ? hurlai-je.

Japhrimel hocha la tête.

L'instant suivant, je m'élançai vers le sas et me jetai dans la nuit.

Sans attendre que la terreur me paralyse.

49

On peut dire que notre entrée fut fracassante.

Nous représentions des cibles trop petites pour les batteries antiaériennes. Quand les bras de Japhrimel me rattrapèrent, le premier *golem'ai* était déjà apparu. Il faisait presque trois mètres de haut, une forme humanoïde façonnée dans une sorte de boue semi-consciente. Il atterrit au milieu des baraquements avec un bruit sourd, et des cris s'élevèrent à travers le rugissement des vagues et le vent glacial.

Froid. Un froid brutal. Le vent me congelait jusqu'aux os. Jace virevoltait au-dessous de nous, menant son slicboard à une vitesse folle sous le sifflement des balles – *d'où viennent les tirs ?* me demandai-je en jetant un boutefeu dans la direction approximative des tireurs. Un souffle de pouvoir le dirigea vers l'affleurement rocheux où les gardes humains embusqués nous criblaient de balles. L'explosion qui en résulta illumina brièvement le ciel d'une lueur orangée, et je vis que Gabe et Eddie avaient déjà atteint la partie sud du château. Gabe zigzaguait entre les balles avec une grâce extraordinaire, comme si elle narguait des transporteurs lourds à Saint-City. J'entendis sa voix s'élever tandis que Japhrimel planait silencieusement, en louvoyant pour nous garder hors d'atteinte des tirs plasma. Un autre point d'origine des tirs explosa. Je sentis le souffle du pouvoir de Gabe. Elle venait de lancer un boutefeu.

Maintenant, il faut essayer d'imaginer ceci : la bataille tout entière se déroula en quelques secondes. Les boutefeux de Jace crépitèrent, et il leur fit décrire une trajectoire tordue. Une tour entière s'écroula, et j'entendis son hurlement de joie sanglante. Il fonça ensuite vers les baraquements, son épée dans une main et un plasgun dans l'autre, manquant tomber de son slicboard quand un tir de canon plasma explosa à la limite de son bouclier.

Nous étions encore du côté nord, et Japhrimel effectua un large demi-tour complet pour nous ramener vers l'endroit du château où j'avais vu la fille de Doreen. Là-bas, une rangée de tourelles automatiques s'apprêtaient à faire feu en direction des trois autres.

— Lâche-moi ! hurlai-je à Japhrimel en amorçant un boutefeu.

Chose incroyable, il m'obéit sans discuter.

J'atterris brutalement sur le sol et roulai sur moi-même. Japhrimel était déjà derrière moi. Je m'occupai des deux hommes qui fonçaient sur moi avant même de prendre conscience de leur présence ; mon corps se mouvait avec une vitesse et une précision instinctives. Je bondis sur eux, arrachai la barre de fer des mains du premier des deux hommes, visai sa cheville, et tirai. Il s'effondra dans le vent glacé avec un horrible cri humain qui se perdit au milieu du vacarme.

— Ils ont des armes lourdes ! rugit Eddie.

— Je m'en occupe, répondis-je d'un ton sec tout en me relevant.

J'entendais les balles siffler autour de moi tandis que Japhrimel s'occupait de l'autre garde humain. Ma conscience me tourmenterait plus tard – et après tout, ils travaillaient pour Santino, ils savaient ce qu'ils risquaient. J'épaulai mon canon plasma et appuyai sur la détente, priant pour que…

Ma prière fut exaucée. Le tir atteignit le sommet de la muraille, où les canons explosèrent tous les uns après les autres. Je plongeai à terre et Japhrimel me hurla un son inarticulé que je compris sans aucune difficulté. J'amorçai un autre boutefeu que j'envoyai d'une pichenette en direction du dernier canon survivant, pendant que le démon m'emportait de nouveau dans les airs.

— C'est pas mieux, comme ça ?

Japhrimel évita le sommet d'une tour branlante.

— On fonce ! hurla-t-il.

Je jetai un coup d'œil en direction du sol. On perdait de l'altitude rapidement.

— Guide-moi, Danny, grésilla la voix de Gabe dans mon commlink.

— Deux fenêtres plus haut, droit devant toi, c'est là que l'enfant se trouve. Fais attention sur ta gauche, il y a un paquet de gardes qui se dirigent vers toi.

— Compris, rugit Eddie, et une nouvelle flamme jaillit de ses mains.

Un énorme « boum » déchira la nuit, dans une explosion de pierre et de verre. J'entendis de faibles cris humains, une nouvelle sirène commença à hurler. D'autres points lumineux s'allumèrent dans la masse imposante du château. *Nom de dieu*, songeai-je, *on est en train de mener un assaut de grande envergure contre le repaire d'un démon, et de réussir.*

C'est à ce moment-là que les choses commencèrent à devenir intéressantes.

Je ne voulais pas voir comment Japhrimel s'y prenait pour voler – ou planer, plus exactement, car le sol se rapprochait à grande vitesse. Il visait la fenêtre de la pièce où se trouvait l'enfant et je fermai les yeux pendant quelques instants, *ressentant* sa présence. Elle était proche, si proche…

— Dante ?

La voix de Japhrimel dans le commlink.

— On y est, dit Gabe. Bordel de merde, qu'est-ce que c'est que…

— Danny ! gronda Eddie. *Il est là ! Il est là !*

— Japhrimel, mets le paquet ! criai-je.

Le monde entier devint soudain silencieux tandis que Japhrimel rassemblait tout le pouvoir dont il disposait. J'aperçus une mince silhouette blanche projetée par le souffle de l'explosion, et mon corps hurla. C'était peut-être Santino, ma proie, qui tombait à travers l'air glacial.

Si c'est lui, ça ne va pas le tuer. Même une explosion comme ça ne peut pas le tuer, c'est un démon, il est trop fort, et on n'est pas assez rapides, pas assez rapides…

Jace se faufila à travers la crevasse qui béait dans la façade du château. Japhrimel me lâcha quelques secondes plus tard et le sol se rapprocha de moi à une vitesse vertigineuse ; seuls mes réflexes surhumains m'empêchèrent de m'écraser contre le mur. Le « boum ! » d'une nouvelle explosion retentit dans le hall, et je me laissai tomber dans la crevasse. Le vent siffla dans mes cheveux, mes doigts labourèrent la pierre, et j'atterris finalement sur un plancher recouvert de débris de verre, de gravats et d'éclats de bois.

Encore une chambre d'enfant. On avait accroché des tableaux pastel aux murs de pierre brute dans une pâle tentative de la faire paraître moins sinistre. Des jouets à moitié brûlés étaient éparpillés sur le sol. Un immense lit d'acajou trônait d'un côté de la pièce, et un éclair de lumière frappa mes yeux. L'émeraude sur le front de la fillette brillait d'une lueur étincelante, et la mienne vibra en retour.

— Oh non !

Le hurlement d'Eddie déchira l'air. L'odeur – mélange de sang et glace, d'asticots et de rat humide – envahit ma gorge. Si j'avais eu quoi que ce soit dans l'estomac, je l'aurais rendu instantanément. Comme quoi les démons *pouvaient* vomir. *Santino.* C'était son odeur, il se trouvait ici il y a quelques instants, je *savais* qu'il s'y trouvait. C'était donc bien lui que l'explosion avait projeté à l'extérieur.

Le corps de Gabe, ensanglanté et désarticulé, gisait inerte contre le mur opposé – elle avait été la première à pénétrer dans la pièce, et Santino l'y attendait probablement ; il se préparait sans doute à notre venue depuis le début de l'attaque. À quel point ses blessures étaient-elles graves ? Je n'avais pas le temps de penser à ça ; Eddie allait s'occuper d'elle.

Eddie se releva d'un bond et s'ébroua. On aurait dit qu'il venait d'essayer d'enfoncer une porte. Il était plus hirsute que jamais, et ses cheveux étaient recouverts de poussière. Il se rua vers Gabe. *Faites qu'elle vive*, implorai-je, *faites qu'elle vive...*

Jace me tendit la main et m'aida à me relever pendant que Japhrimel atterrissait à son tour dans la pièce en effectuant un tourneboulé, protégé par son manteau ailé. Il se redressa instantanément, me vit et hocha la tête. Il s'avança vers Gabe et je dégageai ma main de celle de Jace pour me ruer vers le lit.

La fillette était assise, droite comme un I, et me regardait avec des yeux immenses. Seule la lumière vacillante de l'incendie à l'extérieur éclairait la pièce, à travers l'énorme crevasse ouverte dans le mur. Les éclats de verre du grand lustre tombé du plafond craquaient sous la semelle de mes bottes. J'atteignis le lit et je posai les yeux sur l'enfant.

Ce n'est pas une enfant. Qu'est-ce que je suis en train de faire ?

— Allez-y, dit la voix de Japhrimel. Ramenez-la à la navette. Elle vivra.

— Il l'a éventrée ! rugit Eddie.

Japhrimel lui saisit les épaules, et l'ancienne flamme verte illumina ses yeux pendant un instant.

— Je l'ai réparée, elle va vivre, skinlin. Si tu tiens à sa vie, pars ! s'exclama-t-il avant de l'écarter de son chemin.

— Et Santino ? cria Jace.

Je tendis mes mains vers la fillette.

Elle me regardait. Les sirènes hurlantes, les cris des humains, le pilonnage des batteries antiaériennes qui avait repris – comme si quelque chose de nouveau venait d'apparaître dans le ciel –, tout cela s'évanouit en une seconde.

Elle a les yeux de Doreen. La fillette hocha la tête.

Ce n'était pas seulement parce qu'elle était belle – et elle l'était. Elle ressemblait à une fusion parfaite de Doreen et de Lucifer sous une forme enfantine. Ce n'était pas non plus parce qu'elle me tendit les mains et me sourit. Ni même parce que son odeur m'était familière – une odeur unique qui faisait résonner une partie de mon subconscient.

Non, sa vision me bouleversa profondément parce que ses yeux sombres reflétaient un savoir infini et une absence absolue de peur. Je savais qu'elle m'attendait depuis toujours. Elle savait que *quelque chose* allait venir, et elle l'acceptait. Cette pensée me glaça jusqu'aux os.

Elle n'est pas humaine. Et si c'était mieux de la laisser à Santino ?

Je la pris dans mes bras et me tournai vers les autres, ses bras chauds et potelés accrochés à mon cou.

Eddie venait de libérer le troisième *golem'ai.* Des coups ponctués de cris ébranlaient la lourde porte bardée de fer. Ils étaient là. L'armée humaine de Santino était là.

Où est Santino ? Combien de temps lui faudra-t-il pour revenir ici ?

Je n'avais pas le temps d'y penser.

Je déposai la fillette dans les bras de Jace. Avant de réaliser ce que j'étais en train de faire, je le poussai vers la crevasse extérieure en imprimant une puissante poussée à son slicboard qui s'élança en vrombissant. *J'y suis allée un peu fort, désolée, Jace.*

— Ramène-la au vaisseau, Jace ! *Vite !*

Japhrimel souleva Gabe pour la déposer dans les bras d'Eddie. Son pouvoir crépitait dans l'espace confiné de la chambre et emplissait l'air de flammes noires. Gabe était toujours inanimée, mais Japhrimel avait dit qu'elle vivrait. Son slicboard tordu et inutile gisait à l'autre bout de la pièce.

— Il... Il l'a..., balbutia Eddie, le visage déformé par un masque de rage.

Je le saisis au collet et le secouai.

— Sors-la d'ici ! *Dépêche-toi !*

Je n'eus pas à le lui dire deux fois. Il se rua vers la crevasse, Gabe dans les bras. Du sang gouttait de sa longue tresse brune. *Pourvu qu'elle soit toujours en vie. Si elle meurt, Santino, je te tuerai deux fois...*

— Danny, tire-toi de là ! me cria la voix de Jace dans le commlink. En vitesse !

Japhrimel s'avança vers le mur crevassé.

Oh non, Jace. Je ne pars pas. J'ai un travail à terminer.

Je me tournai vers la porte en libérant mon katana. Je laissai tomber le fourreau emprunté, arrachai le commlink de mon oreille, et dégainai un plasgun de ma main gauche. Japhrimel s'écarta de l'ouverture. Est-ce qu'il avait vraiment cru que je partirais sans avoir accompli ce pour quoi j'étais venue ?

Tant que Santino serait en vie, je ne connaîtrais pas le repos.

Les lèvres de Japhrimel prononcèrent mon nom et j'inspirai profondément, tandis qu'une flamme bleue impitoyable embrasait ma lame. Je pointai le plasgun vers la porte, où un cercle blanc chauffé à vif était en train de se dessiner. Ils utilisaient une scie-laser pour découper le métal.

— *Santino !*

Je plaçai tout mon nouveau pouvoir dans ce rugissement, et j'appuyai sur la détente du plasgun juste au moment où le démon Vardimal faisait exploser le mur derrière le lit. Des centaines d'échardes de bois acajou furent projetées à travers la pièce, et la glace fit voler la pierre en éclats. L'onde de choc me repoussa violemment en arrière, et je faillis lâcher mon épée tandis que mon corps se fracassait contre le mur opposé, provoquant une nouvelle chute d'éclats de pierre.

Japhrimel poussa un rugissement si colossal qu'il en était presque inaudible, et se jeta sur Santino.

Ce dernier leva une main griffue à l'intérieur de laquelle une lueur brillait, fit un geste tordu et compliqué, et projeta la lueur droit sur Japhrimel.

L'Œuf ! Cette pensée mit du temps avant de s'imposer vraiment à mon esprit.

Je me redressai péniblement. J'entendais des gémissements s'élever autour des débris de la porte. Le tir plasma avait réagi avec le laser, provoquant une énorme explosion d'énergie. C'était une des règles de base pour utiliser un plasgun : *ne jamais tirer sur un matériau réactif ou un champ laser.* Plus personne ne pouvait être en état de se battre après *ça* – personne d'humain. Si j'avais été humaine, l'onde de choc aurait pu me tuer.

Je m'élançai vers Santino au moment où la petite chose brillante, pas plus grosse que mon poing, percutait la poitrine de Japhrimel. Projeté en arrière, il passa à travers le mur et tomba dans la nuit avec un bruit atroce qui fit jaillir un flot de sang de mon nez et de mes oreilles. Je secouai la tête, hébétée. Une douleur aiguë traversa mon corps, et le sang gela sur ma peau en quelques millisecondes. De la buée s'échappait de mes lèvres ; mon haleine se figeait instantanément en milliers de cristaux de glace.

Japhrimel ! Je fis un pas vers Santino, qui déchirait l'air de ses griffes. Mes pieds crissaient sur les débris de verre et les éclats de pierre éparpillés au sol.

Il n'avait pas l'air très content de me voir.

— Stupide ! siffla-t-il. Il était stupide.

Ma lame flamboya. Le reste du monde disparut. Il était là, en face de moi.

Ma vengeance.

— Santino, soufflai-je. (L'Univers entier semblait retenir son souffle ; ma vengeance prenait forme derrière le voile de la réalité, prête à advenir.) Ou Vardimal. Ou qui que vous soyez.

— Vous ne pouvez pas me tuer, ricana-t-il. Aucun homme ou démon ne peut me tuer. Lucifer me l'a promis.

Je découvris mes dents, en continuant à avancer vers lui.

— Je vais vous bouffer le cœur, l'informai-je.

Je ne suis ni homme ni démon, Santino. Ton immunité ne s'applique pas.

— Vous auriez pu être reine ! me lança-t-il. (Les larmes noires sous ses yeux semblaient absorber la lumière.) Vous auriez pu m'aider à tuer Lucifer et à prendre le contrôle des Enfers ! Mais non, stupide, misérable *humaine*...

— Pas humaine. Plus maintenant.

Un rictus déforma son visage.

— Qui m'a aidé à m'évader des Enfers, à votre avis ? Il est l'Assassin de Lucifer ! Son Bras Droit ! Il vous a utilisée...

Ça répondait à la question qui me trottait dans la tête depuis le début de cette affaire : comment Santino avait fait pour s'échapper des Enfers. J'aurais dû être folle de rage contre Japhrimel parce qu'il m'avait dissimulé cela, j'aurais dû me demander ce qu'il m'avait caché d'autre, quels autres secrets il gardait. Mais j'avais ma vengeance à portée de main, et le sang de Japhrimel coulait dans mes veines.

— Ça ne m'intéresse pas. (Ma propre voix fit tomber des morceaux de pierre du plafond, qui s'écrasèrent au sol dans un nuage de poussière.) Je suis venu pour te tuer, sale charognard, à cause de ce que tu as fait à Doreen. Et à toutes les autres femmes que tu as assassinées.

Ce furent les dernières paroles que je lui adressai, car il se rua vers moi avec cette vitesse quasi instantanée impossible à suivre à l'œil nu.

Je parai ses griffes, et mon katana décrivit un arc de cercle en flamboyant. Il hurla, un hurlement de douleur aigu et atroce, et m'arracha le plasgun des mains. Je projetai mes ongles en avant et frappai à toute volée. Le sang noir du démon jaillit et gela instantanément dans l'air glacial. Quelque chose était arrivé quand il avait touché Japhrimel avec cette chose. Il faisait anormalement froid, même pour l'Antarctique.

Il se jeta sur moi et nous roulâmes tous les deux sur le sol. Ses griffes déchirèrent ma chair, et une douleur horriblement familière envahit mon flanc. Je hurlai, oubliant que je n'étais plus humaine, et je fis la seule chose que je pouvais faire.

Je fis basculer mon corps au bord de la crevasse, utilisant autant son énergie cinétique que la mienne, et nous chutâmes tous les deux dans la nuit tandis que je plongeais mon épée dans sa poitrine, utilisant toute la force surnaturelle que Japhrimel m'avait donnée. L'acier consacré perfora une carapace de magie, traversa les muscles et se désintégra dans le phénol acide du sang de démon. L'agonie de la lame se répercuta à travers tout mon corps.

Un des éclats d'acier transperça son cœur. Je lacérai Santino de mes griffes, et un flot de sang jaillit de sa gorge pour inonder mon visage avant de geler instantanément, obturant presque mes narines. Si je n'avais pas été en train de hurler, j'aurais peut-être été asphyxiée.

J'étais toujours en train de le déchiqueter quand nos deux corps heurtèrent les vagues. Son cadavre inerte explosa en milliers de fragments incendiaires. Le choc de l'impact me fit perdre conscience, et je sombrai dans les bras de l'océan, tandis que les vagues glacées me recouvraient de leur linceul.

50

Je flottais. Le visage dans l'eau.

La puanteur. Le froid si intense qu'il en était brûlant. La lassitude dans chaque fibre de ma chair.

Non. Une voix familière. Des doigts qui caressaient mes joues et soutenaient ma tête. *Non, Danny. Tu dois vivre. Tu as promis.*

Je n'ai rien promis ! Laisse-moi partir ! Laisse-moi partir, laisse-moi mourir…

Tu as une tâche à accomplir. La voix de Doreen, extraordinairement douce. *Je t'en prie, Danny. Je t'en prie…*

Flotter. Sombrer. Même le sang d'un démon Déchu ne pourrait pas me garder vivante très longtemps. Il était arrivé quelque chose – Santino avait fait quelque chose, cette petite lueur qui avait touché Japhrimel…

Santino. Je l'avais tué. J'avais déchiqueté son corps de mes griffes, j'avais lacéré sa gorge. Il était indiscutablement mort, et ses restes éparpillés dans l'océan. Il n'en restait pas la moindre miette.

Je l'ai tué. Je l'ai fait. Je t'ai vengée, est-ce que ce n'est pas suffisant ?

Non, répondit-elle solennellement. *Tu dois vivre, Danny. Je veux que tu vives.*

Ça fait trop mal, suppliai-je.

Les murs de cristal, le pont sous mes pieds. Durant un moment vertigineux, je me trouvai dans deux mondes à la fois – le Chemin des Morts, illuminé par la douce lueur bleue, avec Anubis qui se tenait droit et sombre à l'autre bout du pont ; et le monde réel, où je flottais sur le ventre, au-dessous d'une plaque de banquise. Pendant un laps de temps qui sembla durer une éternité, je demeurai clouée sous le regard à la fois impitoyable et infiniment clément d'Anubis. Ses yeux noirs sondaient les miens. *Ça fait trop mal,* lui dis-je. *Je vous en supplie, ne me renvoyez pas.*

Il secoua Sa mince tête noire une fois, deux fois. Je me débattis – *Non ! Laissez-moi rester ! Laissez-moi rester !*

Puis, Il parla.

Le Mot explosa à l'intérieur de moi. Ce n'était pas Son nom ni aucun mot de pouvoir. Ce n'était pas le nom secret avec lequel je Le désignais, ma clé des portes de la Mort.

Non.

C'était mon propre nom – et plus que ça. C'était le Mot qui me désignait, prononcé par le dieu, le son qui exprimait ce que j'étais, celui qui ne devait pas être énoncé à voix haute. Mon âme bondit en moi, répondant à Son appel. Le dieu prit le fardeau sur mes épaules, brièvement, m'autorisant à ressentir la liberté, l'incroyable *liberté*, à m'élever hors de mon corps, à laisser le monde derrière moi. La pâle lueur bleue devint dorée, la lumière vraie et éblouissante de Ce-Qui-Venait-Après.

Puis elle se contracta en un point unique au cœur des ténèbres, et je réintégrai brutalement mon corps avec un hurlement. On était en train de me tirer hors de l'eau glacée et je tremblais de tous mes membres, aveuglée par les projecteurs de l'épave volante nommée *Betsy*. Jace, les lèvres bleues, arrimait autour de moi le harnais du treuil électrique qui nous soulevait tous les deux dans les airs, ses bras et ses jambes accrochées autour de moi. On nous hissa sur la plate-forme du sas extérieur de la navette, et la trappe se referma enfin derrière nous tandis que le mécanisme de repressurisation faisait entendre son sifflement caractéristique.

Je toussai un litre d'eau de mer.

— *Respire*, putain de tête de mule…

Jace tremblait et m'agonisait de jurons, furieux contre moi. L'eau inondait le sol de la navette.

— Est-ce qu'elle est vivante ? demanda la voix d'Eddie.

Après le vacarme de l'extérieur, les voix des personnes en train de parler normalement me parurent incroyablement étouffées.

— Elle est vivante, répondit Jace en me prenant une nouvelle fois dans ses bras. (Mes doigts et mes orteils me tourmentaient en revenant à la vie.) Bordel de dieu, Danny, ne me refais jamais ça.

Il m'embrassa le front, examina mes doigts et mes bagues, et m'enveloppa dans une couverture de survie qui commença à luire en me restituant la chaleur de mon corps. Mes dents s'entrechoquaient. Je n'arrivais pas à rouvrir mon poing droit.

— G-G-Gabe…

— Elle vivra. Ton ami démon a recousu ses intestins là-bas au milieu de cette chambre, c'est la chose la plus bizarre que j'aie jamais vue. Elle a perdu beaucoup de sang, mais son état est stable et ses fonctions vitales sont sous le contrôle du medbot. (Il embrassa ma joue en écartant les cheveux trempés de mon visage.) Ne me refais *jamais* ça, Danny. J'ai cru que j'allais te tuer.

— La petite f-f-f…

— La petite fille va bien. On l'a allongée sur un siège avec une couverture. Elle dort. (Jace se racla la gorge.) Écoute, Danny…

— Japhrimel ? demandai-je dans un souffle.

Jace secoua la tête.

— Il y avait une autre navette. Peut-être qu'elle l'a récupéré, je ne sais pas. On l'a cherché, Danny. On l'a vraiment fait. L'île entière est prise sous la glace, je crois que personne ne peut survivre à ça. Si on était restés au sol, on aurait été congelés sur place. Qu'est-ce qui s'est passé ?

— Je l'ai tué, chuchotai-je. J'ai tué Santino. Il a lancé quelque ch-chose sur J-J-Japhrimel…

— On n'a pas réussi à le retrouver. Je suis désolé, Danny.

Je plaquai mes paumes sur mes oreilles, me recroquevillai sous la couverture, et éclatai en larmes. Après tout, j'en avais gagné le droit.

51

Douze heures plus tard, nous survolions un Nuevo Rio étrangement calme. Sèche et enfin réchauffée, j'étais assise à côté de la fille de Doreen (je ne trouvais pas comment la désigner autrement), en train de contempler par le hublot la ville sous le matin naissant. Jace occupait le siège du pilote, Eddie à ses côtés, et la radio de bord grésillait de communications. Gabe était étendue sur une table, sanglée et plongée dans un profond sommeil artificiel. Le medbot bourdonnant contrôlait le contenu de sa perfusion et lui injectait régulièrement du plasma et des antibiotiques. Elle se réveillerait avec un sacré mal de tête et l'estomac en vrac, et devrait prendre une bonne semaine de convalescence, mais elle vivrait.

La famille Corvin avait disparu. Juste... disparu. Ils n'avaient même pas livré de réel combat contre les forces de Jace. Ce dernier contrôlait à présent la quasi-totalité de leurs anciennes bases.

Je me retournai vers la fille de Doreen, et je vis qu'elle était réveillée. Dans la lumière de l'aube, ses yeux étaient immenses et clairs, d'un bleu profond. Comme ceux de Doreen.

Exactement comme ceux de Doreen.

Elle me regardait d'un air grave, fillette avec d'effrayants yeux d'adulte, emplis de bien trop de pouvoir et de connaissance. Un laps de temps passa ainsi, dans un simple regard échangé entre une nécromante à bout de forces et de larmes, et une petite enfant démon Androgyne.

Je suis incapable de m'occuper d'elle, songeai-je. Puis : *Je n'ai pas le choix.*

Je parvins finalement à m'éclaircir la gorge.

— Salut, dis-je tranquillement. Je m'appelle Danny.

Elle continua à me fixer pendant quelques secondes avant de répondre.

— Je sais, dit-elle d'une voix claire et légère. Il m'avait dit que vous viendriez.

Je déglutis, la gorge sèche. Ce n'était pas une réaction normale pour une enfant.

Comme si je savais ce qui était normal pour un enfant. Je n'avais jamais passé de temps avec un enfant, pas tant que je pouvais l'éviter.

— Qui te l'a dit ? articulai-je laborieusement. Sant... euh, ton papa ?

Elle hocha la tête, et une mèche de cheveux blonds retomba sur son visage.

— Il disait qu'il était mon papa, confia-t-elle. Mais je ne crois pas qu'il l'était. Mon vrai papa parlait dans ma tête la nuit. Il a des yeux verts et une pierre verte comme moi et il m'a dit que tu viendrais me chercher. Il a dit qu'il t'avait envoyée.

Elle semblait attendre une sorte de réponse. Il était facile de deviner qui était son « vrai » papa. Soit Lucifer avait la capacité de communiquer avec elle, soit elle était précog, soit... Mon cerveau cessa de passer en revue toutes les hypothèses. Ça n'avait pas d'importance. Lucifer connaissait depuis le début l'existence de la fillette, je l'aurais parié. Et j'aurais aussi parié qu'il savait ce que Santino faisait de ses « échantillons » – ou, s'il ne le savait pas, qu'il l'avait deviné. Le Prince des Enfers n'était pas stupide.

Pourquoi, alors, Japhrimel m'avait-il promis de ne rien lui révéler ?

— J'ai promis à ta maman que je m'occuperais de toi, dis-je d'une voix éraillée.

Oh, par tous les dieux, Danny, tu ne peux plus reculer maintenant.

La fillette hocha solennellement la tête.

— Tu n'es pas comme eux. (Elle désigna du doigt l'avant de la navette, où Jace et Eddie discutaient à voix basse.) Tu n'es pas non plus comme mon vrai papa.

— J'espère que non. (Je me tortillai nerveusement sur mon siège, faisant crisser la couverture de survie.) Comment tu t'appelles ?

— Ève.

Je tressaillis. *Évidemment*, me dis-je, en voyant ses fossettes s'animer.

Elle me sourit.

— Je peux avoir une glace ?

— Je ne crois pas qu'on en ait ici, ma chérie.

Japhrimel avait besoin de sang, de sexe et de feu pour vivre. De quoi se nourrit cette petite fille ? Oh, Danny, tu n'es pas prête pour ça. Pas prête du tout.

La navette effectua un léger virage et amorça la descente vers le manoir de Jace.

— Euh... Danny ? appela Jace. Tu pourrais avoir envie de jeter un coup d'œil à ça.

Tandis que je me relevais, la fillette repoussa sa couverture et laissa glisser ses jambes au bas du siège. Elle me tendit sa petite main parfaite.

— Est-ce que je peux venir aussi ?

Elle était vêtue d'une chemise de nuit blanche de poupée, et ses pieds potelés étaient nus. Je luttai contre l'envie de la prendre dans mes bras pour lui éviter le contact du sol de métal froid.

— D'accord, dis-je en lui prenant la main.

Ses doigts étaient chauds au creux des miens – une peau de démon.

Comme celle de Japhrimel. Est-ce qu'il était mort ? Ou est-ce que les hommes de Santino s'étaient emparés de lui ? Que pouvaient-ils lui faire ? Était-il blessé ?

Je gagnai l'avant de la navette en tenant la petite fille par la main.

— Qu'est-ce qu'il y a ? demandai-je en me penchant pour regarder à travers la vitre du cockpit.

— Jette un coup d'œil. (Jace me lança un bref regard.) Comment va la gamine ?

— Ça a l'air d'aller.

Sous nos pieds, la silhouette familière du manoir de Jace grossissait tandis que nous perdions de l'altitude. Sur le marbre blanc de l'esplanade, deux limoplanes racées nous attendaient, ainsi que quatre croiseurs de police.

— Bordel de merde, soufflai-je en oubliant la main de la fillette dans la mienne. Qu'est-ce qu'ils foutent là ?

— J'espérais que tu pourrais me le dire, répondit Jace. J'ai une licence du Cercle officielle et mes opérations se déroulent sous codes accrédités, donc je suis presque sûr qu'ils ne sont pas là pour *me* coffrer.

— *Sekhmet sa'es.* (J'étais trop fatiguée pour user de mes capacités de déduction.) Je suppose qu'ils ne viennent pas pour toi, Eddie.

— Évidemment que non, à moins qu'ils veuillent arrêter Gabe pour tentative de décès, dit-il sans grondement apparent dans la voix. (Il devait être épuisé.) Qu'est-ce qu'on fait, Danny ?

J'aimerais bien que les gens arrêtent de me demander d'avoir des idées.

— Rien de spécial. Atterrissons, et laissons tourner le moteur pour pouvoir redécoller en cas de besoin. Jace, tu peux me donner un commlink ?

— Bien sûr. Qu'est-ce que tu veux que je fasse, Danny ?

— Reste ici avec l'enfant, répondis-je en jetant un coup d'œil à Ève. (La petite fille leva les yeux vers moi comme si j'étais la seule personne présente dans la navette.) S'ils me prennent, emmène-la dans un endroit sûr et attends mon retour.

Jace se balança sur son siège sans même tenter d'argumenter. Je ressentis une sorte de soulagement las. Est-ce que c'était normal que je me sente comme ça ? Fatiguée, si fatiguée, mais incapable de dormir.

Ne pas dormir. Pas avant d'avoir terminé le jeu. Car c'était un jeu ; on m'avait poussée de case en case tout au long de la partie.

Je ramenai l'enfant à l'arrière et je la réinstallai sur son siège, en prenant soin de l'envelopper dans la couverture. Quand j'eus terminé, Jace était debout à côté d'une pile de matériel, une expression étrange sur le visage. Ses cheveux bouclés formaient un halo informe autour de sa tête, trempés par l'eau gelée puis séchés par la thermorégulation. Je ne ressemblais probablement pas à grand-chose moi-même.

— Qu'est-ce qu'il y a ?

— Rien, répondit-il. Je vais te chercher un commlink.

Eddie prit en main l'atterrissage, et la navette se posa sur l'esplanade avec un choc brutal.

— Désolé ! s'excusa-t-il.

Je glissai le commlink dans mon oreille, enfilai ma veste froissée, et vérifiai que toutes mes bagues étaient en place. Une douleur sourde pulsait dans ma main droite, s'infiltrant jusqu'aux os. Si j'avais été encore humaine, il aurait probablement fallu m'amputer.

Je m'agenouillai à côté d'Ève, qui me regardait avec les yeux de Doreen.

— Je dois parler aux gens en bas, lui dis-je. Tu restes avec Jace jusqu'à ce que je revienne, OK ?

Elle hocha la tête.

— Ça va bien se passer, Danny. Mon papa me l'a dit.

Sa petite voix aiguë sonnait d'un ton étrangement adulte.

— Super, répondis-je avec un sourire forcé avant de me relever. (Le sol oscillait sous mes pieds. À moins que ça vienne de moi.) Jace, je veux que tu me promettes. Promets-moi que tu prendras soin d'elle si je...

Il haussa les épaules.

— Tu sais que je le ferai, Danny. Vas-y, et règle ce qui reste à régler.

Ses yeux bleus faisaient des allers-retours entre moi et l'enfant.

J'opinai gravement, et Eddie commanda l'ouverture de la trappe. Je sautai à terre, manquant de perdre l'équilibre. Une chaleur écrasante tomba sur mes épaules. Nuevo Rio, ensoleillée, terrible, et égale à elle-même. *Je veux rentrer à la maison.* Cette pensée subite me surprit. Ça faisait deux ou trois ans que Saint-City ne représentait plus pour moi « la maison. »

La porte d'une des limoplanes s'ouvrit et je déglutis. J'avais une petite idée de ce qui m'attendait à l'intérieur.

Je m'avançai sur le marbre brûlant en direction des deux élégants véhicules noirs et essayai de redresser mes épaules, en me maudissant d'être crasseuse, ensanglantée, hirsute, et si proche de fondre en larmes que ma gorge me faisait mal.

52

L'intérieur de la limoplane était décoré de différentes nuances de rouge. Bordeaux, cardinal, magenta, carmin, rouge homard, cramoisi... L'air était imprégné d'une odeur musquée de démon, et j'emplis profondément mes poumons.

Ce fut comme si je respirais pour la première fois. Quel que soit le genre d'air auquel étaient accoutumés les démons, l'habitacle en était rempli.

C'est pour ça que son odeur m'est familière, réalisai-je sans réelle surprise. *Elle sent comme lui. Comme Lucifer.*

Le Prince des Enfers était négligemment allongé sur un divan de velours rouge, les pieds en travers du tissu. Je balayai l'habitacle d'un regard fatigué. Un minibar, des vitres teintées, deux portes qui donnaient probablement sur une chambre et une salle de bains privées. Il y avait une vasque dans un coin, où s'écoulait en glougloutant un liquide clair et visqueux qui ne ressemblait même pas de loin à de l'eau.

Les cheveux blonds de Lucifer flamboyaient au milieu de tout ce rouge. Il était vêtu d'un ensemble élégant de soie noire, constitué d'un pantalon décontracté et d'une chemise à manches longues et à col Mao. Les parois de l'habitacle étaient recouvertes de rouge damasquiné, et de lourdes draperies de velours étouffaient chaque son.

Je déglutis.

— Elle craint, votre déco.

J'étais trop fatiguée pour commencer à faire des courbettes. Je gardai ma main gauche crispée autour de la droite – ça commençait vraiment à faire très mal depuis que l'adrénaline avait cessé de faire effet.

— Bonjour, Dante, répliqua Lucifer d'une voix soyeuse. (Un frisson parcourut mon dos comme une vieille flamme fatiguée. Je n'avais plus assez de forces pour lui répondre. J'aurais trouvé ça inquiétant, s'il m'avait resté suffisamment d'énergie pour m'inquiéter.) M'avez-vous rapporté l'Œuf ?

— Non. Mais Santino est mort. Et vous n'aviez pas réellement besoin de moi pour rapporter l'Œuf de toute façon, c'était le boulot de Japhrimel. On dirait qu'il a réussi, puisque vous vous baladez librement hors des Enfers.

Lucifer leva une élégante main dorée. Je pouvais le regarder en face à présent, sans que mes paupières clignent d'elles-mêmes et que des larmes inondent mes yeux. Son odeur se referma autour de moi, s'infiltra dans mes cheveux, imprégna mes vêtements. Mes os vibraient en réaction à sa présence, une vibration électrisante qui me donnait envie de tomber à genoux. Je résistai.

Une mince chaîne d'or était entrelacée à l'une de ses splendides mains.

— L'ex-démon Japhrimel m'a rapporté ceci, dit-il en révélant un ovale de diamant étincelant à l'extrémité de la chaîne.

Le bourdonnement du pouvoir monta dans l'air. J'étais incapable de regarder directement l'objet, ça me brûlait les yeux.

Ma gorge était aussi sèche que le Sahara.

— Alors, c'était bien ça.

— Effectivement. Vardimal a réussi à libérer une fraction du pouvoir de l'Œuf pour la projeter vers Tierce Japhrimel. Il savait que c'était la seule chose qui pouvait blesser mon Aîné – parce qu'il est mien, et par conséquent presque aussi dangereux que moi. N'importe quel démon aurait été blessé grièvement. À l'exception, bien entendu, de moi-même. Je suis le Prince. (Sa voix semblait amusée. Il inclina légèrement la tête sur le côté.) Où est l'enfant, Dante Valentine ?

Je haussai les épaules.

— C'est ça que vous cherchiez véritablement depuis le début, hein ? L'enfant de Doreen. L'Androgyne. Vous avez laissé Santino l'élever tranquillement jusqu'à ce qu'il représente une menace réelle, et à présent, vous avez tout gagné.

— La *sedayeen* n'était rien de plus qu'un modèle, Dante. L'Œuf renferme mon code génétique, et mon pouvoir à l'état le plus pur. C'est un des symboles de mon règne, et un outil utile.

— Vous saviez tout depuis le début. Vous *saviez*. Mais comme vous ne pouviez pas vous permettre que quelqu'un d'autre apprenne ce que Santino avait réalisé, vous deviez trouver un humain pour faire le sale boulot. Et toutes ces inepties sur ce qui se passerait si l'Œuf était brisé...

Je secouai la tête. Une boule était en train de monter dans ma gorge. Ma voix semblait rauque et éraillée, en comparaison de la texture soyeuse de celle de Lucifer.

— Pensez à ce qui se serait passé si Vardimal avait réussi à élever l'enfant jusqu'à l'âge adulte, Dante. Imaginez-le à la tête des Enfers, et de nos agents Infernaux sur Terre, à travers cet enfant. C'est ça que « briser l'Œuf » signifie. Briser l'ordre des pouvoirs, briser la loi d'Iblis Lucifer.

Un soudain flash d'intuition me donna la chair de poule. *Il ne montre pas de nervosité*, me dis-je, *mais il est tendu. Où est Japhrimel ? À quel jeu Lucifer joue encore ?*

Je jetai un coup d'œil vers la porte de la limo. Elle s'était refermée sans un bruit. J'étais seule dans une limoplane avec le Diable. Et, chose extraordinaire, le Diable semblait avoir un peu peur de moi.

— L'autre navette au-dessus du repaire de Santino – c'était vous, ou vos agents. Ils vous ont ramené l'Œuf, et Japhrimel. Santino est mort. Vous avez tout ce que vous vouliez, l'affaire est close, et j'ai rempli mon contrat.

Il fallait bien que je le dise à un moment ou à un autre.

Lucifer rejeta sa tête parfaite en arrière, et laissa errer son regard vert sur mon corps.

— Vous ne me demandez rien au sujet de Japhrimel ?

Cette question qui m'avait tourmentée durant chaque instant du voyage retour revint torturer mon esprit. *Qui m'a aidé à m'évader des Enfers, à votre avis ? Il est l'Assassin de Lucifer ! Son Bras Droit ! Il vous a utilisée...*

— Je doute que vous me disiez la vérité si je vous posais la question. Pourquoi gaspiller mon souffle ?

— C'est un *A'nankimel*, un Déchu. Je ne peux plus l'utiliser, et il s'est enchaîné à vous. Qui plus est, je lui ai promis sa liberté. (Il s'enfonça encore davantage entre les coussins.) Je n'aurais jamais cru que mon Assassin s'abaisserait un jour à cause d'une femme humaine.

J'avais la nette impression que Lucifer n'appréciait pas trop la tournure des événements.

Nous y voilà, songeai-je froidement, en regrettant de ne pas avoir mon épée.

— Et donc ? Il est libre. C'est parfait.

Lucifer cligna des paupières, et je réprimai un fou rire nerveux.

— Je vais être parfaitement clair, Dante : ne jouez pas à ça avec moi.

Je haussai les épaules.

— Je ne joue pas, Lucifer. Je n'en ai plus envie. Je veux juste rentrer chez moi et dormir.

Je regardai mes mains – mes nouvelles mains à la peau dorée – et mes bagues crachèrent des étincelles. Il y avait de la tempête dans l'air.

Lucifer se redressa sur le divan et laissa ses pieds glisser au sol. Je me crispai instantanément, mais il se contenta de me fixer, les mains sur les genoux.

— Dans ce cas, très bien. Voici le choix que je vous offre : donnez-moi l'enfant, et je vous rendrai Japhrimel.

Il avait osé.

Je rejetai la tête en arrière et laissai échapper un gloussement, qui se mua rapidement en fou rire irrépressible. Je continuai à rire jusqu'à ce que les larmes débordent de mes paupières et que mon estomac me fasse mal. Quand mon hilarité se calma enfin, dans une série de hoquets haletants, je m'essuyai les yeux et fixai le Prince des Enfers.

— Allez vous faire foutre, dis-je d'un ton aimable. Bien profond. Si vous croyez que je vais vous livrer une enfant innocente – l'enfant de *Doreen* – pour que vous en fassiez les dieux savent quoi, vous vous fourrez le doigt dans l'œil. Vous avez passé un marché avec Japhrimel et vous lui avez promis qu'il recouvrerait sa liberté quand j'aurais rempli mon contrat. Je l'ai fait. Vous n'avez pas le droit de le garder prisonnier, espèce de salopard, et j'aimerais bien vous voir essayer. Il vous boufferait tout cru. (Je pris une grande inspiration, et mes bagues crépitèrent. Le pouvoir commença à tournoyer autour de moi.) Laissez-moi vous donner un conseil, *Iblis Lucifer.* N'essayez jamais d'arnaquer un nécromant. Aussi effrayant que vous soyez, Prince, la Mort est plus puissante que vous et plus brutale.

J'achevai mon discours les mains posées sur les hanches et la tête haute, en crispant de toutes mes forces mon poing droit pour contenir la douleur. Lucifer ne bougea pas. Il se contenta de me fixer avec des yeux étincelants. Je ne doutais pas de l'avoir effrayé – si Santino pouvait le défier avec Ève, il pensait probablement que j'en étais aussi capable, s'il me mettait vraiment en rogne.

— Comment croyez-vous que vous allez la nourrir, Dante ? Ou lui apprendre à vivre dans le monde des humains ? L'Enfer est séparé de la Terre pour une raison. Vous ne pouvez pas élever un Androgyne, dit-il doucement d'une voix qui caressait mes oreilles, qui bruissait dans mes veines, qui chantait au rythme de mes battements de cœur.

— J'ai promis, répondis-je. J'ai promis de m'occuper d'elle. Je ne veux plus entendre parler des Enfers et de vos minables petites combines. Vous auriez dû tout me dire dès le départ, Lucifer. Elle ne faisait pas partie du contrat. Libérez Japhrimel.

Je me tus. L'air était devenu brûlant. Je ne bougeai pas et soutins son regard, tellement épuisée que je ne me demandai pas une seconde s'il était bien raisonnable de regarder le Diable dans les yeux.

Il parla enfin.

— Japhrimel n'est plus un démon. Tout contrat passé entre nous antérieurement ne s'applique plus. Il restera enchaîné aux Enfers, où je le tourmenterai jusqu'à la fin de son existence. Et je ne manquerai pas de lui faire savoir que vous auriez pu le sauver si vous l'aviez voulu.

— Vous êtes vraiment un immonde salopard, dis-je en rapprochant ma main gauche de mon poignard. (La main gauche ? Je n'arriverais pas à tuer le Diable de la main gauche.) Je *ne* vais *pas* vous livrer une enfant, espèce de cinglé. Et si vous vous entêtez à torturer Japhrimel – ce que je ne vous conseille pas –, ça fera de vous un escroc. Qu'est-ce que vous dites de ça ? Le Prince des Enfers qui trahit sa parole ? Vous étiez déjà connu pour être un menteur, vous êtes un tricheur, à présent…

Je ne le vis même pas bouger. J'étais debout, les poings sur les hanches, en train d'insulter le Prince des Enfers, et l'instant suivant il enserrait ma gorge, me clouant contre la paroi de l'intérieur de la limousine comme un papillon sur une planche.

— Je vais me montrer miséricordieux, dit-il doucement, parce que vous m'avez rendu service. Vous avez encore l'illusion (il resserra sa prise, et je me débattis sans succès) que je vous donne le choix. Ne vous occupez plus de l'enfant, et je vous laisserai vous et Japhrimel vivre vos misérables petites vies.

Il disait quoi, déjà, à propos d'être mon ami ? Je luttai pour respirer ; des points noirs envahissaient mon champ de vision. Ses doigts étaient semblables à des barreaux de fer même en comparaison de ma nouvelle force de démon. Quelque chose craqua dans ma gorge ; il relâcha un peu la pression. Je grappillai quelques centimètres cubes d'air.

— Allez... vous... faire foutre, croassai-je.

Ses yeux étincelèrent. Il était nettement moins beau quand il se mettait en colère.

Mon épaule gauche commença à me brûler. Légèrement d'abord, puis d'un feu féroce. Les étincelles noires dansaient devant mes yeux. Je battis des jambes, une fois, deux fois.

— Ah.

Il jeta un regard par-dessus mon épaule, à travers la vitre teintée, et me laissa retomber comme une pile de chiffons. Je toussai, roulai sur le côté et portai mes mains à ma gorge. Un air miséricordieux m'emplit les poumons. Il me fallut deux tentatives pour parvenir à me relever. La porte de la limoplane était ouverte, et le soleil éblouissant de Nuevo Rio dessinait un carré blanc sur le sol.

Je roulai quasiment au bas du véhicule. Les angles durs des marches meurtrirent mes hanches, et je me cognai la tête. Du sang dégoulina sur mon visage. Je m'immobilisai finalement sur le marbre lisse et me remis péniblement debout.

L'enfant – Ève – se tenait à côté de l'épave volante ; sa chevelure blonde étincelait sous l'éclat du soleil. Ses yeux brillaient d'un bleu incandescent.

Lucifer était à ses côtés.

— Non ! criai-je d'une voix étranglée. *Non !*

Le Prince des Enfers s'agenouilla lentement, semblable à une tache noire au milieu de l'esplanade écrasée de lumière. Je vis Jace, debout dans l'embrasure du sas extérieur, secouer la tête comme si on l'avait hypnotisé. Lucifer brandit l'Œuf et passa la fine chaîne d'or autour du cou de la fillette.

Elle lui sourit.

Mon corps exténué ne me répondait plus. Mes genoux vacillèrent, et je m'écroulai au sol. Lucifer se redressa comme une vague de ténèbres, et l'enfant s'accrocha à son cou pour se serrer contre lui, posant sa tête sur son épaule.

Juste une petite fille dans les bras de son papa. Mon cœur se souleva. Les démons n'étaient pas humains, et les règles humaines ne s'appliquaient pas à eux. Pour ce que j'en savais, tous les amants de Lucifer étaient ses propres enfants. Il était l'Androgyne. Le Premier.

Puis Lucifer tourna les talons, fit trois pas et leva une main dorée. Ses cheveux flamboyaient sous le soleil comme une couronne d'or, presque aveuglante. J'entendis vrombir les moteurs de la limoplane, et je vis Lucifer ouvrir une faille dans le voile de la réalité, avant d'en franchir le seuil comme s'il passait juste dans une autre pièce. La dernière chose que j'aperçus, ce fut Ève qui me souriait derrière son épaule, ses yeux bleus fixés sur moi, calme, tranquille et terriblement inhumaine. Le pouvoir fit onduler l'espace et une vague de nausée me submergea.

Des bruits de bottes sur le marbre. Jace s'avança vers moi d'un pas chancelant. Il s'agenouilla devant moi et entoura mes épaules. Les limoplanes s'élevèrent dans le ciel au-dessus de nous et disparurent rapidement dans la brume de Nuevo Rio. Les croiseurs de police firent une fois le tour du manoir avant de repartir eux aussi vers la ville.

Fin de la partie. Lucifer avait gagné.

Jace jura et me secoua par les épaules.

— Danny ! Danny !

— Quoi ?

Ma langue semblait faite de plâtre. Les bras de Jace se refermèrent autour de moi.

— Bordel, Danny, qu'est-ce qui s'est passé ? La gamine a entendu sa voix dans le commlink et elle est sortie. Elle a dit que son papa venait la chercher.

J'émis un grognement.

— Je déteste mon job, articulai-je péniblement, avant de jeter un regard par-dessus mon épaule, là où les limoplanes se trouvaient quelques instants plus tôt.

Une autre tache noire sur le marbre blanc, celle-là avec une chevelure de jais.

— Ils l'ont jeté dehors…, murmura Jace dans mes cheveux. Danny…

— Aide-moi. Aide-moi à me relever !

Il s'exécuta et me soutint alors que je menaçais de m'écrouler une nouvelle fois.

— Qu'est-ce qui se passe ici, bordel ? rugit Eddie depuis l'ouverture de la trappe.

— Laisse-moi, dis-je à Jace. Ça va aller.

— Ça ne va pas aller du tout, Danny. Regarde-toi. Ta main… Ta *gorge*…

— Assure-toi que Gabe va bien, répliquai-je en le repoussant en arrière. Vas-y.

Peut-être que j'avais eu tort de faire ça. Il recula et son visage devint aussi froid et dur que le marbre sous nos pieds. J'eus l'impression de le voir vieillir de dix ans en une seconde ; ses épaules s'affaissèrent, et une distance glacée envahit ses yeux.

— Danny… Tu ne penses pas sérieusement à…

Je lui tournai le dos, et je boitai tant bien que mal en direction de la forme noire brisée et inerte qui gisait sous le soleil. Trop immobile. Il était trop immobile.

— Danny !

La voix de Jace s'éleva encore une fois derrière mon dos et je l'ignorai. Je m'en fichais.

Il me fallut un long moment pour rejoindre la silhouette noire. Quand je l'atteignis enfin, je m'agenouillai à son côté. Il gisait sur le sol de pierre lisse, les membres tordus, le visage méconnaissable. Rien ne pouvait être à ce point brisé et continuer à vivre.

Je posai ma main gauche sur sa poitrine fracassée. Ses ailes brisées formaient un angle bizarre. Il ne saignait plus. De la fumée s'élevait de ses ailes.

— Non, murmurai-je. Non.

Ses yeux étaient légèrement entrouverts et semblaient fixer le ciel.

— Japhrimel ?

La marque sur mon épaule ne me faisait plus mal. Elle était froide, à présent, d'une froideur qui se communiquait à mes os.

Aucun signe de vie. Je posai deux doigts sur sa tempe et soulevai une de ses paupières meurtries. Pas de pouls. Pas la moindre réaction dans sa pupille. Juste l'odeur âcre de la fumée qui s'élevait au-dessus de son corps.

Je laissai retomber ma tête en avant, et j'inspirai profondément. Ma gorge pulsait de douleur.

Je posai ma main droite sur son corps, fermai les yeux, et je me *concentrai*, avec tout le pouvoir qui me restait. Je cherchai désespérément la moindre petite étincelle de vie, mais il ne restait rien. Seulement une coquille vide.

Japhrimel était parti.

Libre. Il était libre, finalement. Lucifer l'avait tué – ou l'avait laissé mourir.

Je mis du temps à réaliser que les larmes qui coulaient sur son visage étaient les miennes. Je demeurai agenouillée au-dessus de lui pendant un long moment, cherchant frénétiquement un signe de vie, avant de me redresser sur mes talons, transie de froid dans la fournaise de Nuevo Rio. Des flammes apparurent sur sa poitrine et commencèrent à consumer son corps de démon, dans une odeur semblable à de la cannelle brûlée.

Je relevai enfin la tête et hurlai à travers le ciel bleu étranger.

Épilogue

Gabe allait bien. Elle tremblait, claquait des dents, avait perdu beaucoup de sang et possédait à présent une intéressante nouvelle série de cicatrices à l'endroit où Santino lui avait ouvert le ventre, mais elle allait bien. Elle était en vie, et elle m'appela quelques jours plus tard pour me dire qu'Eddie avait cessé d'arpenter le manoir en menaçant de briser les vitres. Je logeais dans un hôtel de Nuevo Rio, un endroit infesté de cafards où j'entendais chaque nuit des hurlements et des échos de fusillade. Gabe me dit aussi que Jace allait leur offrir *Betsy*, et qu'ils prévoyaient de rentrer avec à Saint-City. Eddie voulait faire le voyage retour en navette de toute façon.

Je ne dis rien, me contentant d'écouter le son de sa voix, avant de reposer doucement le combiné. J'étais contente pour eux.

Je pris un billet retour première classe sur un vol régulier. Ma main droite ressemblait à une horrible serre, mais je me débrouillais assez bien avec la gauche. De toute façon, il me faudrait beaucoup de temps pour consacrer une nouvelle épée si jamais ma main se détendait un jour.

Je portais l'urne avec moi. C'était un bel objet de bois précieux, lourd et laqué de noir. J'avais recueilli la moindre parcelle de cendre au parfum de cannelle sur le sol de marbre lisse. Peut-être le cadeau d'adieu de Lucifer. Une façon de conclure les choses.

Jace ne vint pas me dire au revoir à l'aéroport. Je ne m'attendais pas à ce qu'il le fasse. J'avais quitté le manoir comme une voleuse, au milieu de la nuit, en emportant les cendres de Japhrimel. Jace n'avait pas essayé de me retrouver ou de me recontacter.

Parfait.

Ce fut au milieu du voyage, alors que je laissais reposer ma nuque contre l'appuie-tête, l'esprit vide, que tout devint soudainement clair. Bien sûr que c'était Japhrimel qui avait aidé Vardimal à s'échapper des Enfers. C'était parfaitement logique, et Lucifer lui avait probablement demandé de le faire, en sachant que Santino trouverait un moyen d'exploiter les gènes des humains, en particulier ceux dont les veines charriaient encore le sang des Déchus – les psions. Ce que Lucifer ne savait pas, et que Japhrimel ignorait sans doute aussi, c'est que Vardimal avait dérobé l'Œuf. Quand Lucifer l'avait découvert, il avait réalisé que le démon représentait une menace bien plus grande qu'il ne l'avait prévu. Et si Lucifer ne connaissait pas au départ l'existence de l'enfant, il l'avait probablement devinée en constatant la disparition de l'Œuf et en prenant des nouvelles du monde des humains. Il avait appris que Vardimal, conformément à ses projets, avait prélevé des échantillons d'organes sur des psions humains avant de disparaître. Et à un certain moment, il avait réussi à entrer en contact avec Ève – bien avant que j'y parvienne, mais en utilisant très probablement la même méthode que moi. Son lien avec l'enfant était plus fort que le mien, car elle portait directement son matériel génétique, alors que je ne disposais que du faible écho de mon amour pour Doreen.

Et puisque Lucifer n'était plus capable de quitter les Enfers depuis qu'il avait perdu l'Œuf, il devenait soudainement nécessaire d'attaquer Vardimal à partir d'une direction que le démon charognard n'anticiperait pas. Aucun démon n'était capable d'imaginer que le Prince ferait appel à une humaine.

Lucifer avait avancé ses pions dans la partie pour préserver son règne sur les Enfers ; Ève n'était qu'un pion supplémentaire possédant la valeur potentielle d'un Androgyne artificiel. Grâce à elle, ce serait un jeu d'enfant pour Lucifer de retracer le processus, le « sentier lumineux des gènes » découvert par Vardimal, pour s'assurer un contrôle complet sur la reproduction des démons. Qui plus est, le Prince avait sans doute été piqué au vif de voir Vardimal réussir là où il avait échoué.

Vardimal avait joué pour gagner le contrôle des Enfers. Japhrimel n'avait joué que pour gagner sa propre liberté, et juste au moment où il avait semblé possible qu'il survive à la partie, Lucifer l'avait assassiné pour le punir de l'évasion de Santino – le fait qu'il ait lui-même autorisé et même facilité cette évasion n'avait pas d'importance.

Toutes les pièces du puzzle s'imbriquaient sans difficulté, maintenant que j'y réfléchissais. C'était même assez simple.

Et moi dans tout ça ? Juste un outil humain. J'avais joué ma vie. J'avais survécu, et le démon qui m'avait menti était mort. Et si j'avais fini par avoir la peau de Santino, Lucifer m'avait pris la fille de Doreen. Nous étions quittes, et pourtant c'était moi la perdante.

Lucifer n'avait vraisemblablement pas prévu que Japhrimel me transformerait en ce que j'étais maintenant. Et c'était tout le problème : qu'est-ce que j'étais ? Japhrimel avait espéré vivre assez longtemps pour pouvoir me l'expliquer une fois que tout serait terminé. Peut-être avait-il juste sous-estimé la rancune de Lucifer envers quiconque s'emparait de quelque chose qui lui appartenait – même envers son Assassin, qu'il aurait abandonné de toute façon.

La navette atterrit enfin, et je laissai tous les autres passagers me passer devant avant de rejoindre la passerelle qui menait au spatioport. L'odeur de Saint-City envahit mes narines, et je sentis le flux de pouvoir froid de la ville remonter à travers mes os. Il ne me fallut que quelques secondes pour m'y accoutumer, car je n'étais plus… humaine.

Je pris un taxi, l'urne serrée contre mon cœur, et je me retrouvai quelques dizaines de minutes plus tard devant le seuil de ma maison, sous le ciel merveilleusement nuageux de Saint-City. Il pleuvait faiblement, et mon jardin était parsemé de flaques. J'allais devoir désherber, et arracher la moitié de la valériane. Je ferais sécher les racines pour en faire de la tisane, celle que je buvais tous les soirs avant d'aller dormir.

À supposer que je redorme un jour.

Je déverrouillai la serrure et m'essuyai les pieds sur le paillasson. Puis, mon univers si familier se referma autour de moi.

Je fis quelques pas dans l'ombre, sans lâcher l'urne. Ça sentait le renfermé. L'odeur si particulière d'un endroit où personne n'a respiré depuis longtemps, d'une maison laissée à elle-même.

À mi-chemin des escaliers, la niche avec la petite statuette d'Anubis était telle que je l'avais laissée – elle avait juste pris un peu la poussière. Ma maison était restée la même. C'était seulement ma vie qui avait été dévastée jusqu'à ses fondations.

Je déposai l'urne entre les deux petits vases de fleurs mortes – j'avais oublié de les jeter avant mon départ –, et j'allumai deux grands cierges noirs sur leurs bougeoirs de cristal. Puis je gravis le reste des escaliers, une marche après l'autre. Je jetai ma veste en travers de la rampe, déboutonnai ma chemise, défis lentement mes cheveux tressés.

Mon ordinateur personnel se trouvait dans mon bureau, la pièce où j'avais conservé le dossier de Santino. Je l'allumai et passai rapidement en revue mes affaires.

Après avoir fait défiler l'état de mes comptes, je demeurai figée pendant un long moment, le souffle coupé.

Je n'étais plus Danny Valentine, nécromante et mercenaire à ses heures.

J'étais riche. Pas juste riche – *phénoménalement* riche. Je fixais stupidement l'écran. Je n'aurais jamais plus à me soucier d'argent – pas avant très, très, très longtemps, en tout cas.

Mais combien de temps au juste me restait-il à vivre, rongée de regrets, et me rappelant chaque jour que j'avais perdu une partie contre le Diable sans même avoir eu conscience de la disputer ? Je suppose que je pouvais m'estimer heureuse d'être encore en vie.

Je regardais les chiffres, tandis que mon pouls affolé martelait mes tempes. Au moins, Lucifer avait respecté cette part du contrat.

Je me déconnectai, refermai le clapet de l'ordinateur, et contemplai mes mains dans la pénombre qui s'accentuait, enveloppée par le calme paisible de mon foyer.

Mes mains reposaient sur mes genoux, dorées et gracieuses. La droite était toujours crispée en une sorte de serre, mais j'arrivais à bouger mes doigts un peu plus chaque jour. Mes poignets étaient de minces merveilles d'élégance anatomique. Si je me décidais à essuyer la poussière de mon visage, je pourrais contempler dans le miroir une beauté démoniaque à la longue chevelure de jais, une émeraude scintillante sur la joue.

Est-ce que j'étais toujours capable de pénétrer dans le royaume des Morts ? J'en étais presque sûre… mais je n'avais pas le foutu courage de vérifier. Pas encore.

Vide. J'étais une poupée vide.

Vous ne me laisserez pas errer seul sur la Terre. Est-ce qu'il l'avait vraiment pensé ?

Est-ce que la seule chose que Japhrimel n'avait pas prévue, c'était *moi* ? Ou est-ce que j'avais fait partie du jeu ?

D'une manière ou d'une autre, j'étais quasi sûre que non. Traitez-moi de naïve si vous voulez, mais… il me semblait que non.

Je clignai des paupières. Mes yeux s'embuèrent, et une larme s'écrasa sur ma main droite.

J'aurais pu rester immobile ainsi pendant des heures, si quelqu'un n'avait pas cogné avec insistance à ma porte.

Au bord de la nausée, je descendis lentement les escaliers, comme une vieille femme. Je poussai la poignée sans même songer à scanner ce qui se trouvait de l'autre côté de la porte. Mes boucliers – et ceux de Japhrimel – étaient toujours actifs, entourant la maison d'un infime bourdonnement. Il faudrait l'équivalent psychique d'une attaque thermonucléaire pour venir me déranger dans ma solitude, à présent.

Je n'avais pas envie de me demander pourquoi les boucliers de Japhrimel tenaient toujours parfaitement en place, s'il était mort. Peut-être que la magie des démons fonctionnait différemment.

J'ouvris la porte et me retrouvai face à une paire d'yeux bleus sous des cheveux blonds trempés par la pluie. Il se tenait sur le seuil, son bâton à la main, et me regardait.

Je ne dis rien.

Il me passa devant et pénétra dans le couloir. Je refermai la porte avant de me retourner vers lui. Il se tenait à présent au milieu de mon salon, immobile dans la pénombre.

Nous nous regardâmes sans mot dire pendant un long moment.

Enfin, il s'humecta les lèvres.

— Tu peux me haïr autant que tu veux. Vas-y. Je ne t'en voudrai pas. Insulte-moi, hurle-moi dessus, essaye de me tuer, ce que tu veux. Mais je ne partirai pas.

Je croisai les bras et soutins son regard.

Il ne cilla pas.

Je m'éclaircis enfin la gorge.

— Je ne suis plus humaine, Jace.

Ma voix était rauque, abîmée d'avoir tant hurlé – et par les doigts du Diable écrasant mon larynx. J'avais eu de la chance qu'il ne me tue pas.

À moins qu'il ne m'ait délibérément laissé la vie sauve ? *Pour errer seule sur la Terre.*

— Je me fiche de ce que tu es. Je ne pars pas.

— Et si c'est moi qui pars ? demandai-je. Je peux aller n'importe où dans le monde.

— Pour l'amour de dieu, Danny ! (Il frappa à deux reprises le sol de son bâton, deux coups secs de frustration.) Laisse tomber, tu veux ? Je reste. C'est comme ça. Crie-moi dessus autant que tu veux, je ne te laisserai pas seule. Le démon est mort, et tu as besoin de quelqu'un pour surveiller tes arrières.

— Je ne t'aime pas, l'informai-je d'une voix neutre. Je ne t'aimerai plus jamais.

— Si je me souciais de ça, je serais resté à Rio avec ma nouvelle famille et une jolie petite *babalawao* aux fesses dodues, répliqua-t-il. C'est mon choix, Danny. Je ne te demande pas ton avis.

Je haussai les épaules et lui passai devant. Je gravis les escaliers, lentement, une marche à la fois.

Je n'avais pas fait mon lit avant de partir. Je me laissai tomber sur les draps et les couvertures en désordre, et fermai les yeux. Des larmes chaudes s'échappèrent de mes paupières, inondant l'oreiller.

J'entendis ses pas dans l'escalier, lents et mesurés. Il posa son bâton à côté du lit, en l'appuyant contre le mur comme il avait l'habitude de le faire. Puis il s'étendit à côté de moi, tout habillé.

— Je dormirai sur le canapé, si tu veux.

Il était allongé sur le dos, les yeux fixés sur le plafond.

— Fais ce qui te chante, soufflai-je. Je m'en fiche.

— Juste ce soir, alors. (Il ferma les yeux.) Je serai un gentleman. Demain, tu achèteras un autre lit et tu feras un peu de ménage dans ta chambre d'amis...

Il laissa traîner sa voix.

— Je m'en fiche, répétai-je.

Le silence s'étendit de nouveau dans la maison, perturbé seulement par le doux bruissement de la pluie sur le toit. La douleur aiguë qui déchirait ma poitrine s'apaisa un peu, puis encore un peu. Les larmes coulaient librement sur mes tempes, mouillant mes cheveux.

Jace devait être épuisé, car il s'écoula très peu de temps avant que sa respiration régulière ne s'élève dans l'air. Son visage était serein, de cette sérénité inconsciente propre aux humains. Le Sommeil – le frère cadet de la mort.

Ou le fils aîné...

Je demeurai étendue à côté de Jace, raide comme une branche, et je sombrai à force de larmes dans un sommeil agité de démon.

Entretien de Fin d'Études

ACADÉMIE AMADEUS DE L'HÉGÉMONIE

Étudiante n° 47138SAZ
Nom : Dante Valentine

Entretien mené par : Mollison Rigby,
Conseillère d'orientation 4A

— *Bonjour, mademoiselle Valentine. Tout d'abord, permettez-moi de vous féliciter.*

— Merci.

— *Nous sommes très fiers de vous avoir comptée parmi nos élèves. Vous attestez de l'excellence de notre cursus de Nécromancie.* [Silence.] *Eh bien... commençons, donc.* [Rire nerveux.] *Nous avons discuté de votre inclination pour le maintien de la loi, et vous avez suivi plusieurs options dans ce domaine. Vous avez également obtenu de très bonnes notes à l'entraînement. Je vous le demande à nouveau, quelle orientation prévoyez-vous ? Les bureaux fédéraux, ou peut-être un poste à responsabilité dans une ville plus petite ?*

— Je n'y ai pas trop réfléchi. Je suppose que je prendrai ce qui se présentera.

— *OK.* [Bruits de papier.] *Vous êtes consciente que le coût de votre scolarité sera déféré sur les gages que vous versera l'Hégémonie ? Avez-vous déjà consulté les documents portant sur...*

— Je sais exactement ce que je dois, Rigby. Cinq mille crédits standards, à quelques crédits près. Taux d'intérêt habituel. Un pourcentage de chaque paiement que je recevrai sera transféré sur un compte dédié pour rembourser ma dette. Je ne serai pas taxée sur ces sommes et on me versera les intérêts.

— *Je vois que vous avez bien étudié la question. Ça ne devrait pas m'étonner.* [Rires.] *Je suis obligée de vous le demander, voyez-vous, j'y suis tenue par la loi fédérale. Il nous reste juste deux ou trois choses à voir, et vous serez libre de démarrer votre vie en tant que psion totalement intégré. Signez ici.* [Bruits de papier.]

— Qu'est-ce que c'est que ça ?

— *Comme vous avez atteint votre majorité et que vous êtes à présent accréditée, je suis autorisée à vous le révéler. C'est le montant de l'héritage de votre parrain, augmenté de la vente de ses biens, comme il l'avait spécifié dans son testament, dont vous trouverez une copie accompagnée d'un relevé de compte détaillé dans cette enveloppe rouge. Quant à l'enveloppe bleue...*

— Par Anubis... J'ignorais tout ça.

— *Ses dernières volontés étaient très explicites ; il avait prévu toute l'organisation de ses funérailles, ainsi que les coûts futurs de votre scolarité. Vous ne deviez prendre connaissance de cela qu'une fois accréditée.* [Murmure indistinct.] *Qu'avez-vous dit ?*

— Ses livres. Qu'est-ce que vous avez fait de ses livres ?

— *Ils ont été mis aux enchères pour un bon prix. Il possédait certains ouvrages assez rares.*

[Pause.]

— Oui. Oui, il en avait. Il n'en reste aucun ?

— *Je ne crois pas.* [Pause.] *Je crois que nous avons fait le tour, vous êtes libre de faire ce qui vous plaît maintenant. Peu d'étudiants nous quittent en recevant d'aussi bonnes nouvelles.* [Rire sarcastique.]

— Merci. Je peux y aller maintenant ?

— *Tout va bien ?*

— Je peux y aller, *maintenant* ?

— *Pas encore. Il nous reste une dernière chose à voir. Dans cette enveloppe scellée, vous trouverez un questionnaire anonyme, dans le cadre de notre programme de contrôle qualité. J'encourage tous mes étudiants à le remplir consciencieusement – nous aimons avoir un retour sur la qualité de notre enseignement.*

— C'était mieux que le Hall des Manipulations. *[Pause.]*

— *Oui, c'est là-bas que vous avez suivi vos études primaires, n'est-ce pas ? J'espère que le temps que vous avez passé ici a été plus agréable.*

— Je ne peux pas me plaindre. Est-ce qu'on doit vraiment en passer par tout ça ? Vous avez probablement mieux à faire de votre temps.

— *Ce n'est pas une perte de temps, Valentine. Et de toute façon, c'est la routine.*

— Bien sûr. C'est super. Je peux y aller, maintenant ?

— *Je crois qu'il ne reste rien de très important à voir. Voici vos affaires. Je serai à votre disposition pendant les deux prochaines années, qui représentent, je suis sûre que vous en êtes consciente, une période d'adaptation délicate dans la vie d'une jeune psion – je crois que vous devriez vraiment prendre le temps de songer sérieusement à...*

— Qu'est-ce qu'il y a dans l'enveloppe bleue ? Celle de Lewis ? Vous le savez ?

— *Je l'ignore. Vous avez l'air un peu pâle. Vous êtes sûre que ça...*

— Je vais bien. Il faut que j'y aille. Merci, Rigby. À la prochaine.

— *Valentine !* [Bruit de porte qui se referme.] *Bon sang, foutus gamins.*

Remerciements

L'écriture est un labeur solitaire. Pourtant, aucun livre ne naît du néant. Mes remerciements vont d'abord et avant tout à James, Maddy et Nicky. Sans eux, je serais incapable de canaliser mon besoin d'écriture – et les liens d'affection qui fondent ma vie n'existeraient pas. Pour James « Banane » ensuite. Pour mon père et ma mère, qui n'auraient sans doute jamais imaginé que leur fille deviendrait écrivain.

Je dois aussi des remerciements à Linda Kichline, une des premières personnes à avoir cru en moi. À Betsy Gallup et Ann MacDonald pour mes débuts sur *anotherchapter.com*, leurs précieux conseils et leur merveilleux humour. Le monde de Danny Valentine n'existerait littéralement pas sans elles. Merci au meilleur agent littéraire du monde, Miriam Kriss ; et aussi à Devi Pillai chez Warner, un des meilleurs éditeurs avec qui j'ai eu la chance de travailler. Sans l'enthousiasme et l'implication de Miriam et Devi, ce roman serait bien plus mauvais, et d'ailleurs non publié. Une pensée spéciale à elles deux : merci d'avoir patiemment enduré mes névroses.

Un merci général à tous ceux qui m'ont soutenue pendant la rédaction de ce roman : Joe Zeutenhorst, sur qui on peut toujours compter pour son agréable compagnie et son esprit acéré, qui m'a donné une clé pour débloquer Jace. Chris Goodwin, qui a dansé avec moi à l'*Alibi Room*. Mes sœurs Alison et Tricia (toujours, vous le savez bien). Jess Hartley, qui s'est toujours montré un ami indéfectible depuis notre rencontre. Jeff et Janine Davis pour avoir supporté mes états d'âme (merci en particulier à Jeff pour la longue discussion sur les fantômes). Josh Carter pour sa clairvoyance, et Andrzej Karwacki pour m'avoir tant appris sur mes propres personnages. Akira, Lenore et Sideeffect du *Dead-Journal*, que je n'aurai probablement jamais la chance de rencontrer.

À Nicholas Deangelo. Ton nom reste gravé dans mon cœur. Merci pour m'avoir enseigné ce qu'était l'honneur.

Un grand merci à tous ces artistes que je n'ai jamais rencontrés mais qui ont nourri l'univers de Dante Valentine : Joy Division et New Order, The Eagles, Moby, Mandalay, Garbage, Quentin Tarantino (qui ne se reconnaîtra jamais dans mes romans), Alex Proyas (avec qui j'adorerais collaborer si l'occasion se présente un jour), Jacqueline Carey (le meilleur auteur de fantasy de la dernière décennie), Jacques Cazotte, John Milton (cité par Lucifer), et beaucoup d'autres.

Pour finir : merci à tous ceux qui lisent mes livres et en disent du bien. C'est pour vous que j'écris. Merci également à ceux qui les lisent et en disent du mal. Vous me donnez envie de continuer pour vous convaincre.

Retrouvez chez

orbit

Kristin Cashore, *Graceling*
Kristin Cashore, *Rouge*
Mark Chadbourn, *La Nuit sans fin (L'Âge du chaos *)*
J.V. Jones, *Le Piège de glace blanche (L'Épée des ombres *)*
J.V. Jones, *La Caverne de glace noire (L'Épée des ombres **)*
J.V. Jones, *La Piste des glaces (L'Épée des ombres***)*
J.V. Jones, *La Forteresse de glace grise (L'Épée des ombres ****)*
Paul Kearney, *10 000. Au cœur de l'Empire*
Stephen R. Lawhead, *Robin (Le Roi Corbeau *)*
Stephen R. Lawhead, *Will (Le Roi Corbeau **)*
Tom Lloyd, *Isak le blanc-regard (Une ère de pénombre *)*
Brandon Sanderson, *Elantris* (Chute)*
Brandon Sanderson, *Elantris** (Rédemption)*
Brandon Sanderson, *L'Empire Ultime (Fils-des-Brumes *)*

Photocomposition Facompo

Impression réalisée par

CPI
BRODARD & TAUPIN

La Flèche

pour le compte des Éditions Calmann-Lévy
31, rue de Fleurus 75006 Paris
en mai 2010

N° d'éditeur : 14929/01
N° d'imprimeur : 58021
Dépôt légal : juin 2010
Imprimé en France